L'indice de la peur

Du même auteur

Fatherland
Julliard, 1993 ; Pocket, 1996.

Enigma
Plon, 1996 ; Pocket, 1997.

Archange
Plon, 1999 ; Pocket, 2000.

Pompéi
Plon, 2005 ; Pocket, 2006.

Imperium
Plon, 2006 ; Pocket, 2008.

L'Homme de l'ombre
Plon, 2007 ; Pocket, 2011.

Conspirata
Plon, 2009.

Robert Harris

L'indice de la peur

roman

*Traduit de l'anglais par
Natalie Zimmermann*

PLON
www.plon.fr

Titre original
The Fear Index

Ce livre est publié sous la direction éditoriale d'Ivan Nabokov.

Ce roman est une œuvre de fiction. Les noms et les personnages sont les fruits de l'imagination de l'auteur. Toute ressemblance avec des personnes réelles, mortes ou vivantes est pure coïncidence.

© Robert Harris, 2011.
First published in Great Britain in 2011 by Hutchinson, Random House, London.
© Plon, 2012 pour la traduction française.
ISBN Plon : 978-2-259-21482-7

À ma famille
Gill,
Holly, Charlie, Mathilda, Sam

1

> « *Apprenez, sinon par mes conseils du moins par mon exemple, combien il est dangereux d'acquérir le savoir, et combien l'homme qui croit que sa ville natale est le centre de l'univers est plus heureux que celui qui aspire à dépasser ses limites naturelles.* »
>
> Mary Shelley, *Frankenstein*, 1818.

Le docteur Alexander Hoffmann était installé au coin du feu, dans son bureau de Genève. Un cigare à demi consumé éteint dans le cendrier près de lui, une lampe d'architecte abaissée juste au-dessus de son épaule, il feuilletait une première édition de *L'Expression des émotions chez l'homme et les animaux* de Charles Darwin. La comtoise de l'entrée sonnait minuit, mais Hoffmann ne l'entendait pas. Il ne remarquait pas non plus que le feu était presque éteint. Toute sa formidable capacité d'attention était concentrée sur le livre.

Il savait que l'ouvrage avait été publié en 1872, à Londres, chez John Murray & Cie, et qu'il avait été imprimé à sept mille exemplaires en deux tirages. Il savait aussi que le second tirage contenait une faute d'impression – « htat » – page 208. Comme l'exemplaire qu'il tenait entre les mains ne présentait pas cette coquille, il en déduisait qu'il devait s'agir d'un premier tirage et qu'il avait donc beaucoup plus de valeur. Il le retourna pour en examiner le dos. C'était bien la reliure originale en toile verte et lettres dorées, à peine usée en haut et en bas. C'était ce que les bibliophiles appellent un « bel exemplaire », qui devait valoir dans les quinze mille dollars. Il l'avait trouvé ce soir-là en rentrant du bureau, dès la fermeture des marchés new-yorkais, soit peu après 22 heures. Mais le plus étrange était que, même s'il collectionnait les premières éditions scientifiques et avait examiné cet ouvrage en ligne avec, en effet, l'intention de l'acheter, il ne l'avait pas commandé.

Il avait immédiatement pensé que ce devait être un cadeau de sa femme, or elle avait nié. Il avait au départ refusé de la croire et l'avait suivie dans la cuisine en lui tendant le livre pendant qu'elle mettait le couvert.

— Tu es sûre que ce n'est pas toi qui l'as acheté ?

— Oui, Alex, désolée, ce n'est pas moi. Que veux-tu que je te dise ? Quelqu'un t'admire peut-être en secret.

— Tu me certifies que ce n'est pas toi ? Ce n'est pas notre anniversaire de mariage ni rien de ce genre ? Je n'ai pas oublié de t'offrir quelque chose ?

— Bon sang, je ne l'ai pas acheté, compris ?

Il n'y avait pas de message, sinon la carte d'un bouquiniste hollandais : « Rosengaarden & Nijenhuise, livres anciens à caractère médical et scientifique, depuis 1911. Prinsengracht 227, 1016 HN Amsterdam. Pays-Bas. » Hoffmann avait pressé la pédale de la poubelle pour récupérer l'enveloppe à bulles recouverte d'épais papier brun. Le paquet portait une étiquette imprimée avec une adresse correcte : « Dr Alexander Hoffmann, Villa Clairmont, 79, chemin de Ruth, 1223 Cologny, Genève, Suisse. » Il avait été envoyé par courrier d'Amsterdam la veille.

Après dîner – un pâté de poisson et une salade verte préparés par la gouvernante avant de partir –, Gabrielle était restée dans la cuisine pour donner quelques coups de fil angoissés au sujet de son exposition, qui devait avoir lieu le lendemain, pendant qu'Hoffmann se retirait dans son bureau, le mystérieux livre entre les mains. Une heure plus tard, lorsqu'elle entrouvrit la porte pour lui annoncer qu'elle montait se coucher, il lisait toujours.

— Chéri, ne viens pas trop tard. Je t'attends.

Il ne répondit pas. Elle resta un instant dans l'embrasure de la porte à le regarder. Il paraissait nettement plus jeune que ses quarante-deux ans et avait toujours été plus beau qu'il ne le pensait – qualité trop rare qu'elle avait toujours trouvée séduisante chez un homme. Elle s'était cependant rendu compte qu'il n'était pas modeste pour autant. Au contraire : il affichait une suprême indifférence pour tout ce qui ne le sollicitait pas sur un plan intellectuel, et cela lui avait valu parmi les amis de sa femme la réputation d'être carrément grossier – ce qui ne déplaisait pas non plus à Gabrielle. Le visage d'éternel adolescent américain était penché sur le livre, et ses lunettes remontées en équilibre sur le sommet de son épaisse chevelure châtain clair semblèrent lui adresser un regard d'avertissement. Elle se garda bien de le déranger, et avec un soupir, monta l'escalier.

Hoffmann savait depuis des années que *L'Expression des émotions chez l'homme et les animaux* était l'un des premiers livres à avoir été publiés avec des photographies, mais il ne les avait jamais vues auparavant. Des planches monochromes montraient des modèles de peintres et des pensionnaires de l'asile d'aliénés du Surrey dans des émotions diverses – le chagrin, le désespoir, la joie, le défi, la terreur –, dans la mesure où il devait s'agir d'une étude sur l'*Homo sapiens* en tant qu'animal, doté de réactions instinctives animales, soit privé du masque des conventions sociales. Bien que nés assez tard dans l'ère scientifique pour être photographiés, ces personnages aux yeux décalés et aux dents de travers avaient l'air de paysans rusés et superstitieux venus tout droit du Moyen Âge. Ils lui firent penser à un cauchemar enfantin – où des adultes sortis d'un vieux livre de contes venaient en pleine nuit vous prendre dans votre lit pour vous emporter dans les bois.

L'autre détail qui troublait Hoffmann était que le haut des pages consacrées à la peur avait été corné, comme pour attirer l'attention du lecteur sur elles.

« L'homme effrayé reste d'abord immobile comme une statue, retenant son souffle, ou bien il se blottit instinctivement comme pour éviter d'être aperçu. Le cœur bat avec rapidité et violence, et soulève la poitrine[1]... »

Lorsqu'il réfléchissait, Hoffmann avait l'habitude de pencher la tête de côté et de regarder à mi-distance, et c'était ce

---

1. Traduit de l'anglais par S. Pozzi et R. Benoît, C. Reinwald & Cie, Paris, 1890. (Toutes les notes de bas de page, sauf mention contraire, sont de la traductrice.)

qu'il faisait à présent. Curieusement, ce livre semblait complètement lié au projet sur lequel il travaillait en ce moment, le VIXAL-4. Mais le VIXAL-4 était top secret, connu des seuls membres de son équipe de recherche et, même s'il tenait à les payer très bien – le salaire de base était de deux cent cinquante mille dollars par an, auxquels s'ajoutaient de nombreuses primes –, il n'imaginait pas l'un d'entre eux dépenser quinze mille dollars pour lui faire un cadeau anonyme. Le seul qui aurait pu se le permettre, qui était parfaitement au courant du projet et qui aurait pu trouver ça amusant – même si cela faisait un peu cher la plaisanterie – était son associé, Hugo Quarry, et Hoffmann l'appela sans même réfléchir à l'heure qu'il était.

— Allô, Alex. Comment ça va ?

Si Quarry trouvait étrange d'être dérangé juste après minuit, sa parfaite éducation ne lui aurait jamais permis de le montrer. De plus, il était habitué aux façons d'agir d'Hoffmann, le « professeur maboul », comme il l'appelait – aussi bien devant que derrière son dos car une partie de son charme tenait à ce qu'il s'adressait toujours à tout le monde de la même façon, que ce fût en public ou en privé.

Hoffmann, qui n'avait pas cessé de lire le chapitre concernant la peur, répliqua d'un ton distrait :

— Oh, salut. Est-ce que tu m'as acheté un livre ?

— Je ne crois pas, mon vieux. Pourquoi ? J'étais censé le faire ?

— Quelqu'un vient de m'envoyer une première édition de Darwin, et je ne sais pas qui c'est.

— Ça doit coûter un max.

— Effectivement. Et je me suis dit que comme tu connaissais l'importance de Darwin dans le VIXAL, ça pouvait être toi.

— Dommage, mais non. Est-ce que ça pourrait venir d'un client ? Un cadeau de remerciement, et on a oublié d'y mettre la carte ? Comment savoir, Alex – on leur fait gagner tellement d'argent.

— Oui, peut-être bien. D'accord. Désolé de t'avoir dérangé.

— Ce n'est rien. À demain matin. On a une grosse journée devant nous. Mais en fait, on est déjà demain. Tu devrais être au lit.

— C'est vrai. J'y vais. Bonne nuit.

« Quand la frayeur atteint une intensité extrême, l'épouvantable cri de la terreur se fait entendre. De grosses gouttes de sueur perlent sur la peau. Tous les muscles du corps se relâchent. Une prostration complète survient rapidement, et les facultés mentales sont suspendues. Les intestins sont impressionnés. Les sphincters cessent d'agir et laissent échapper les sécrétions... »

Hoffmann porta le livre à ses narines et le huma. Un mélange de cuir, de poussière de bibliothèque et de fumée de cigare, si vive qu'il en sentait le goût, plus une légère nuance de produit chimique – du formol, peut-être, ou du gaz – l'expédièrent mentalement dans un laboratoire du XIXe siècle, ou un amphithéâtre, et, pendant un instant, il crut voir des becs Bunsen sur des plateaux en bois, des flacons d'acide et un squelette de grand singe. Il marqua sa page en glissant la carte du bouquiniste dans le livre avant de le refermer soigneusement. Puis il le porta à sa bibliothèque et lui fit une place en écartant à deux doigts une première édition de *De l'origine des espèces*, qu'il avait achetée aux enchères cent vingt-cinq mille dollars chez Sotheby's à New York, et un exemplaire relié cuir *De la descendance de l'homme* qui avait appartenu à T. H. Huxley.

Il s'efforcerait par la suite de se remémorer la chronologie exacte des événements. Il consulta sa page Bloomberg sur son ordinateur afin d'avoir les derniers indices américains : le Dow Jones, le S&P 500 et le Nasdaq avaient tous terminé à la baisse. Il eut un échange de mails avec Susumu Takahashi, l'opérateur responsable de l'application du VIXAL-4 jusqu'au lendemain, qui lui assura que tout se déroulait parfaitement et lui rappela que la Bourse de Tokyo rouvrirait dans moins de deux heures après les trois jours fériés de la Golden Week. Elle commencerait sans doute à la baisse, pour rattraper ce qui avait été une semaine de repli sur les marchés européens et américains. Et ce n'était pas tout : le VIXAL proposait de vendre à découvert trois millions d'actions supplémentaires dans Procter & Gamble au prix de 62 dollars l'unité, ce qui leur ferait un total de 6 millions – un gros marché. Hoffmann était-il d'accord ? Celui-ci lui donna le feu vert par retour de mail, jeta son cigare encore inachevé, installa un pare-feu métallique devant la cheminée et éteignit les lumières du bureau. Il vérifia dans l'entrée que la porte était bien fermée, puis enclencha l'alarme en tapant le code à quatre chiffres : 1729. (Ce nombre provenait d'un échange qui avait eu lieu en 1920 entre les mathématiciens G. H. Hardy et S. I. Ramanujan. Ayant pris un taxi portant ce numéro pour aller voir son collègue mourant à l'hôpital, Hardy avait déploré devant lui que ce fût un nombre bien terne. Ramanujan avait alors répondu : « Mais non, Hardy ! Non ! C'est un nombre très intéressant au contraire. C'est le plus petit nombre décomposable en somme de deux cubes par deux manières différentes. ») Il ne laissa qu'une seule lampe allumée au rez-de-chaussée – il en était certain –, puis gravit le grand escalier tournant en marbre blanc pour se rendre dans la salle de bains. Il posa ses lunettes, se déshabilla, se lava, se brossa les dents et enfila un pyjama de soie bleu. Il régla le réveil de son portable sur 6 h 30 et remarqua en passant qu'il était minuit vingt.

Dans la chambre, il fut surpris de trouver Gabrielle encore éveillée, allongée sur le dos en kimono noir sur le couvre-lit. Une bougie parfumée brûlait sur la table de chevet, sinon, la chambre était plongée dans l'obscurité. Gabrielle avait les mains croisées derrière la nuque, les coudes légèrement relevés et les jambes croisées au niveau du genou. Un pied blanc et mince, aux ongles laqués de rouge foncé, dessinait de petits cercles impatients dans l'air parfumé.

— Oh, bon Dieu, dit-il. J'avais oublié la date.

— Ne t'en fais pas, répliqua-t-elle en ouvrant sa ceinture pour écarter les pans de soie avant d'ouvrir les bras. Je n'oublie jamais.

* * *

Il devait être 3 h 50 quand quelque chose réveilla Hoffmann. Il fit un effort pour émerger des profondeurs du sommeil et ouvrit les yeux sur la vision céleste d'une lumière d'un blanc éclatant. La lumière suivait des formes géométriques, comme un graphique, avec des lignes horizontales rapprochées et des colonnes verticales très espacées, mais sans qu'y figure la moindre donnée – un rêve de mathématicien. Puis il s'aperçut au bout de quelques secondes que, au lieu d'être un rêve, il s'agissait en fait de l'action combinée des huit ampoules halogènes au tungstène de cinq cents watts du système de sécurité qui brillaient de mille feux à travers les lattes des stores – de quoi éclairer un petit terrain de football, et il s'était déjà dit qu'il devrait les faire changer.

Les lampes fonctionnaient avec un minuteur de trente secondes. Il attendit qu'elles s'éteignent et passa en revue ce qui avait pu les déclencher en touchant les rayons infrarouges qui quadrillaient le jardin. Il pensa que ce devait être un chat, ou un renard, ou une branche un peu longue agitée par le vent. Au bout de quelques secondes, les lumières s'éteignirent effectivement, et la chambre fut replongée dans l'obscurité.

Mais Hoffmann était bien réveillé, maintenant. Il chercha son portable à tâtons. C'était un modèle spécialement conçu pour la société, et il permettait de crypter certains appels téléphoniques ou e-mails sensibles. Afin de ne pas déranger Gabrielle – elle détestait cette manie encore plus que de le voir fumer –, il le glissa sous la couette et vérifia brièvement les résultats des transactions en Extrême-Orient. À Tokyo, Singapour et Sydney, les marchés étaient, comme prévu, en repli, mais le VIXAL-4 avait déjà grimpé de 0,3 %, ce qui signifiait, selon ses calculs, qu'il avait déjà gagné près de 3 millions de dollars depuis qu'il s'était couché. Satisfait, il éteignit l'application et reposa le portable sur la table de chevet. C'est alors qu'il entendit un bruit : léger, imprécis et cependant très troublant, comme si on bougeait au rez-de-chaussée.

Les yeux rivés sur le minuscule point rouge du détecteur de fumée fixé au plafond, il tendit prudemment la main vers Gabrielle sous le duvet. Ces derniers temps, quand elle n'arrivait pas à dormir après l'amour, elle avait pris l'habitude de descendre travailler dans son atelier. Il tâta de la paume les ondulations tièdes du matelas jusqu'à ce qu'il lui effleure la hanche du bout des doigts. Gabrielle marmonna aussitôt quelque chose d'inintelligible et lui tourna le dos en resserrant la couette sur ses épaules.

Le bruit se fit entendre à nouveau. Il se souleva sur les coudes et tendit l'oreille. Ce n'était rien de spécifique – un simple coup sourd occasionnel. Il pouvait s'agir du chauffage, qu'il ne connaissait pas encore très bien, ou d'une porte prise dans un courant d'air. Il se sentait tout à fait calme. La maison était dotée d'un système se sécurité formidable, ce qui était l'une des raisons qui l'avaient poussé à l'acheter, quelques semaines plus tôt : en plus des projecteurs, il y avait un mur d'enceinte de trois mètres de haut autour du jardin et un solide portail électronique, une porte d'entrée blindée munie d'un digicode, des fenêtres à l'épreuve des balles au rez-de-chaussée et une alarme antivol à détecteur de mouvement qu'il était certain d'avoir mise en marche avant de monter se coucher. La probabilité qu'un intrus ait pu franchir cet arsenal pour pénétrer dans la propriété était infime. En outre, il se sentait en pleine forme : il avait depuis longtemps constaté qu'un niveau élevé d'endorphines lui permettait de mieux réfléchir. Il faisait de la musculation. Du jogging. L'instinct atavique de protéger son bien le poussa à agir.

Il se leva sans réveiller Gabrielle, chaussa ses lunettes et enfila son peignoir et ses mules. Il hésita et scruta l'obscurité autour de lui, mais il ne se rappelait rien dans la chambre qui pût faire office d'arme. Il glissa son portable dans sa poche et ouvrit la porte de la chambre, un tout petit peu d'abord, puis en grand. La lumière de la lampe allumée en bas projetait un halo diffus sur le palier. Il s'immobilisa devant la porte et écouta. Mais le bruit – s'il y avait bien eu bruit, ce dont il commençait à douter – avait cessé. Hoffmann finit par se diriger vers l'escalier et descendit très lentement.

Peut-être était-ce dû au fait qu'il avait lu Darwin juste avant de s'endormir, en tout cas il s'aperçut, alors qu'il descendait les marches, qu'il détaillait avec un détachement purement scientifique l'ensemble de ses symptômes physiques. Il avait le souffle court, ses battements de cœur se précipitaient tellement que c'en était incommodant, et ses cheveux se dressaient sur sa tête.

Il arriva au rez-de-chaussée.

Datant de la Belle Époque, le manoir avait été construit en 1902 pour un homme d'affaires français qui avait fait fortune en extrayant du pétrole de déchets houillers. La porte d'entrée se trouvait à gauche d'Hoffmann et, juste devant lui, il y avait la porte du salon. À sa droite, un couloir menait vers la salle à manger, la cuisine, la bibliothèque et une véranda victorienne dont Gabrielle avait fait son atelier. Il demeura parfaitement immobile, les mains levées, prêt à se défendre. Il n'entendait rien. Dans un coin du vestibule, le minuscule œil rouge du détecteur de mouvements cilla. S'il ne faisait pas attention, c'était lui qui allait déclencher l'alarme. Cela s'était déjà produit deux fois à Cologny depuis qu'ils avaient emménagé – de grandes maisons qui s'étaient mises à hurler nerveusement sans raison, semblables à de vieilles riches hystériques derrière leurs hauts murs recouverts de lierre.

Hoffmann laissa retomber ses bras et traversa l'entrée jusqu'au baromètre ancien fixé au mur. Il pressa un bouton et le baromètre s'écarta. Le boîtier de commande de l'alarme était dissimulé derrière. Il tendit l'index pour taper le code qui désactivait le système et s'immobilisa soudain.

L'alarme était déjà débranchée.

Il garda le doigt figé en l'air pendant que sa raison cherchait une explication rassurante. Peut-être que Gabrielle était tout de même descendue, avait débranché le système puis avait oublié de le réenclencher avant de retourner se coucher. Ou bien que c'était lui qui avait oublié. Ou bien qu'il y avait un problème avec le clavier.

Très lentement, il se tourna vers la gauche pour examiner la porte d'entrée. La lueur de la lampe se reflétait sur la laque noire. Elle semblait bien fermée et ne présentait pas de trace d'effraction. Elle était, comme l'alarme, très récente et commandée par le même code à quatre chiffres. Il jeta un coup d'œil par-dessus son épaule, en direction de l'escalier et du couloir. Tout était tranquille. Il s'avança vers la porte et tapa le code. Il entendit les verrous s'ouvrir. Il saisit alors la grosse poignée de laiton, la tourna et sortit sur le perron obscur.

Au-dessus de la pelouse d'un noir d'encre, la lune semblait un disque bleu argenté projeté à grande vitesse à travers la masse fuyante de nuages sombres. La silhouette noire des grands sapins qui protégeaient la maison de la route oscillait et bruissait dans le vent.

L'indice de la peur

Hoffmann fit quelques pas sur l'allée de gravier – juste assez pour croiser le rayon des capteurs infrarouges et déclencher les projecteurs devant la maison. La luminosité le fit sursauter et le cloua sur place, tel un prisonnier évadé. Il leva le bras pour se protéger les yeux et se retourna vers le rectangle jaune de l'entrée éclairée, remarquant alors une paire de grosses chaussures noires soigneusement rangées à côté de la porte, comme si leur propriétaire n'avait pas voulu laisser de traces de boue à l'intérieur, ou déranger les occupants. Ce n'étaient pas les chaussures d'Hoffmann, et encore moins celles de Gabrielle. Et il était pratiquement certain qu'elles ne se trouvaient pas là quand il était rentré, près de six heures plus tôt.

Hypnotisé par les souliers, il chercha son portable à tâtons, faillit le laisser tomber et commença à composer le 911 avant de se rappeler qu'il était en Suisse. Il fit alors le 117.

On décrocha à la première sonnerie – à 3 h 59, d'après la police de Genève, qui enregistre tous les appels d'urgence et en remettrait par la suite une copie. Une femme répondit avec brusquerie :

— *Oui, police*[1] ?

Hoffmann trouva la voix très sonore dans le silence ambiant. Il prit alors conscience qu'il était complètement exposé, debout dans la lumière des projecteurs. Il se déporta rapidement vers la gauche, hors du champ de vision de quelqu'un qui regarderait depuis le couloir, tout en se rapprochant de la maison. Il tenait le téléphone très près de sa bouche et chuchota :

— *J'ai un intrus dans ma propriété*.

Sur la bande, sa voix semble calme, presque mécanique. C'est la voix d'un homme dont le cortex cérébral – sans même qu'il en ait conscience – est intégralement concentré sur la survie. C'est la voix de la terreur pure.

— *Quelle est votre adresse, monsieur* ?

Il la lui donna. Il se déplaçait toujours le long de la façade de la maison. Il entendit les doigts de la femme taper sur un clavier.

— *Et votre nom* ?

---
1. Les phrases en italique suivies d'un astérisque sont en français dans le texte.

— Alexander Hoffmann, chuchota-t-il.
Les projecteurs de l'alarme s'éteignirent.
— *D'accord, monsieur Hoffmann. Restez là. Une voiture est en route**.

Elle raccrocha. Hoffmann se trouvait au coin de la maison, seul dans l'obscurité. Il faisait particulièrement froid pour une première semaine de mai en Suisse. Le vent du nord-est arrivait directement du lac Léman. Il entendait l'eau clapoter vivement contre les appontements tout proches, et les câbles cliqueter contre les mâts métalliques des yachts. Il resserra son peignoir sur ses épaules. Il tremblait violemment et il dut serrer les dents pour les empêcher de claquer. Pourtant, curieusement, il ne ressentait aucune panique. La panique, il le découvrait, était tout à fait différente de la peur. La panique correspondait à un effondrement moral et nerveux, à une perte d'énergie précieuse, alors que la peur était tout en force et en instinct, pareille à un animal qui se dressait sur ses pattes postérieures pour prendre totalement possession de vous, contrôlant à la fois votre cerveau et vos muscles. Il huma l'air et coula un regard vers le côté de la maison, en direction du lac. Il y avait une lumière allumée au rez-de-chaussée quelque part sur l'arrière de la demeure. La lueur éclairait très joliment la végétation alentour, lui donnant l'allure d'une grotte de conte de fées.

Il attendit trente secondes, puis se dirigea furtivement vers la lumière, se frayant un chemin à travers les touffes de graminées qui bordaient ce mur. Il ne détermina pas tout de suite de quelle pièce provenait la lumière : il ne s'était pas aventuré par là depuis que l'agent immobilier leur avait fait visiter la propriété. Mais, en se rapprochant, il s'aperçut qu'il s'agissait de la cuisine et, lorsqu'il arriva à sa hauteur et passa la tête devant la fenêtre, il distingua la silhouette d'un homme à l'intérieur. L'intrus lui tournait le dos. Il se tenait devant le plan de travail en granit de l'îlot central. Il se semblait nullement pressé et sortait les couteaux de leur logement, dans un billot, pour les aiguiser sur une meule électrique.

Hoffmann sentit son cœur s'emballer au point de l'entendre battre à ses oreilles. Sa première pensée fut pour Gabrielle. Il devait la faire sortir pendant que l'intrus était occupé dans la cuisine. Il fallait qu'elle quitte la maison, ou au moins qu'elle s'enferme dans la salle de bains jusqu'à l'arrivée de la police.

Il avait toujours son téléphone à la main. Sans quitter l'intrus des yeux, il composa le numéro de sa femme. Quelques secondes plus tard, il entendit le portable sonner – trop fort et trop près pour être au premier. Aussitôt, l'étranger leva les yeux. Le téléphone de Gabrielle était posé là où elle l'avait laissé avant d'aller se coucher, sur la grande table en pin de la cuisine, écran illuminé, boîtier de plastique rose vibrant sur le bois comme un gros insecte tropical renversé sur le dos. L'intrus redressa la tête pour le repérer. Puis, toujours avec ce calme horripilant, il posa le couteau qu'il aiguisait – le préféré d'Hoffmann, avec la longue lame mince, si pratique pour désosser – et contourna l'îlot pour atteindre la table. Il se présenta alors de profil, et Hoffmann put le voir vraiment pour la première fois : un crâne dégarni encadré de longues mèches grises ramenées derrière les oreilles en une maigre queue-de-cheval, des joues creuses, mangées de barbe. L'homme portait un manteau élimé en cuir brun. Il évoquait un itinérant, le genre de type qui aurait pu travailler dans un cirque ou une fête foraine. Il contempla le téléphone avec une telle stupéfaction qu'il semblait n'en avoir jamais vu auparavant, puis il le prit, hésita, appuya sur la touche « réponse » et le porta à son oreille.

Hoffmann se sentit submergé par une vague de rage meurtrière. Elle l'inonda comme un flot de lumière.

— Sors de chez moi, espèce d'enfoiré, souffla-t-il à voix basse.

Il fut récompensé en voyant l'inconnu sursauter, affolé, comme tiré brusquement par un fil accroché à son crâne. L'homme remua vivement la tête – gauche, droite, gauche, droite –, puis son regard se posa sur la fenêtre. Pendant un instant, son regard croisa celui d'Hoffmann, mais sans le voir car il fixait une vitre sombre. Il aurait été difficile de déterminer lequel des deux était le plus effrayé. Soudain, l'inconnu jeta le téléphone sur la table et fonça avec une agilité surprenante vers la porte.

L'indice de la peur

Hoffmann poussa un juron, fit volte-face et reprit le chemin par lequel il était venu, sans cesser de glisser et de trébucher dans l'interminable plate-bande qui longeait la maison jusqu'à la façade – les mules n'arrangeaient rien, il s'était tordu la cheville et chaque respiration lui arrachait un sanglot. Il arrivait au coin de la maison quand il entendit la porte d'entrée claquer. Il supposa que l'intrus filait en direction de la route. Mais non : les secondes passèrent et l'homme n'apparut pas. Il avait dû s'enfermer à l'intérieur.

— Bon Dieu, murmura Hoffmann, bon Dieu de bon Dieu.

Il se rua vers la porte. Les brodequins étaient toujours là – languette pendante, vieux, tassés, menaçants. Il composa le code d'entrée d'une main tremblante. Il criait en même temps le nom de Gabrielle alors même que leur chambre se trouvait de l'autre côté de la maison et qu'elle ne pouvait certainement pas l'entendre. Les serrures s'ouvrirent. Il poussa la porte à la volée dans l'obscurité. La lampe de l'entrée avait été éteinte.

Il demeura un instant sur le seuil, le souffle court, essayant de se représenter la distance qu'il lui faudrait franchir, évaluant ses chances, puis il plongea vers l'escalier en hurlant :

— Gabrielle ! Gabrielle !

Il avait atteint le milieu du vestibule quand la maison sembla exploser tout autour de lui. Les dalles de marbre se précipitèrent vers son crâne tandis que les murs disparaissaient pour s'enfoncer dans la nuit.

2

> « *La plus petite différence de conformation ou de constitution peut suffire à faire pencher la balance dans la lutte pour l'existence et se perpétuer ainsi*[1]... »
> Charles Darwin, *De l'origine des espèces*, 1859.

Hoffmann ne se souvint ensuite plus de rien – ni rêves ni pensées ne vinrent troubler son esprit naturellement agité –, jusqu'au moment où, surgissant enfin du brouillard telle une langue de terre basse après une longue traversée, il prit conscience d'un réveil graduel de ses sens – de l'eau glacée qui lui coulait dans le cou puis dans le dos, quelque chose de froid plaqué contre son crâne, une vive douleur à la tête, une rumeur mécanique dans ses oreilles, les senteurs florales à la fois vives et suaves du parfum de sa femme – et il s'aperçut qu'il était allongé sur le côté, avec quelque chose de doux contre sa joue. Il sentit qu'on lui touchait la main.

Il ouvrit les yeux et découvrit, à quelques centimètres de son visage, une cuvette en plastique blanche dans laquelle il vomit aussitôt, le pâté de poisson de la veille lui donnant un goût aigre dans la bouche. Il eut un nouveau haut-le-cœur et cracha encore. La bassine disparut. On lui projeta une lumière vive

---

[1]. Traduit de l'anglais par Edmond Barbier, Alfred Coste Éditeur, Paris, 1921.

dans chaque œil alternativement puis on lui essuya la bouche et le nez. On porta un verre d'eau à ses lèvres. Il commença par le repousser de façon puérile puis finit par le prendre et le vida. Il rouvrit ensuite les yeux et examina le monde qui s'offrait à lui.

Il se trouvait par terre, dans le vestibule, en position latérale de sécurité, dos appuyé contre le mur. Le gyrophare bleu d'une voiture de police illuminait la fenêtre tel un orage électrique figé dans le temps : la radio déversait un bavardage inintelligible. Gabrielle se tenait agenouillée à côté de lui et lui tenait la main. Elle lui sourit et pressa ses doigts.

— Dieu soit loué, dit-elle.

Elle portait un jean et un pull fin. Hoffmann se redressa et regarda autour de lui, éberlué. Sans ses lunettes, tout lui paraissait légèrement flou : deux infirmiers penchés au-dessus d'une mallette de matériel rutilant ; deux *gendarmes** en uniforme, l'un près de la porte, un récepteur bruyant à la ceinture, l'autre qui descendait l'escalier ; et un troisième homme, la cinquantaine fatiguée, vêtu d'un coupe-vent bleu marine sur une chemise blanche et une cravate noire, qui l'examinait avec une compassion détachée. Tout le monde était habillé, sauf Hoffmann, et il lui parut soudain terriblement important de troquer son pyjama contre des vêtements de ville. Mais lorsqu'il essaya de se lever, il s'aperçut qu'il n'avait pas assez de forces dans les bras. Un éclair douloureux lui transperça le crâne.

— Attendez, laissez-moi vous aider, proposa l'homme à la cravate sombre avant de s'avancer, la main tendue. Jean-Philippe Leclerc, inspecteur de la police de Genève.

L'un des infirmiers saisit Hoffmann par l'autre bras et, joignant ses forces à celles de l'inspecteur, l'aida à se mettre doucement debout. Là où sa tête s'était appuyée, sur le mur de couleur crème, s'étalait une tache de sang frottée. Il y avait aussi du sang par terre – qui formait des traînées, comme si quelqu'un avait glissé dedans. Hoffmann sentit ses genoux se dérober.

— Je vous retiens, le rassura Leclerc. Respirez à fond. Prenez votre temps.

— Il faut qu'il aille à l'hôpital, dit Gabrielle avec inquiétude.

— L'ambulance sera là dans dix minutes, répliqua l'infirmier. Ils ont été retardés.

— Pourquoi n'attendrions-nous pas ici ? proposa Leclerc en ouvrant la porte du salon glacial.

Une fois qu'Hoffmann fut installé en position assise sur le sofa – il refusa de s'allonger –, l'infirmier s'accroupit devant lui.

— Pouvez-vous me dire combien j'ai de doigts ?

— Est-ce que je pourrais avoir mes… ?

Quel était le mot, déjà ? Il porta la main à ses yeux.

— Il a besoin de ses lunettes, intervint Gabrielle. Tiens, chéri, dit-elle en lui glissant les lunettes sur le nez avant de lui embrasser le front. Calme-toi, d'accord ?

— Vous voyez mes doigts, maintenant, insista l'infirmier.

Hoffmann compta soigneusement. Il se passa la langue sur les lèvres avant de répondre :

— Trois.

— Et maintenant ?

— Quatre.

— Nous devons prendre votre tension, monsieur.

Placide, Hoffmann le laissa remonter la manche de son pyjama, fixer un brassard autour de son biceps et le gonfler. L'extrémité du stéthoscope lui parut froide sur sa peau. Son esprit semblait se remettre peu à peu en mode actif, section par section. Il prit méthodiquement note du contenu de la pièce : les murs jaune pâle, les fauteuils et méridiennes habillés de soie blanche, le Bechstein demi-queue, la pendule Louis XV posée sur la cheminée avec, au-dessus, un paysage d'Auerbach au fusain. Devant lui, sur la table basse, il y avait l'un des premiers autoportraits de Gabrielle : un cube d'une cinquantaine de centimètres constitué d'une centaine de feuilles de verre Mirogard sur lesquelles elle avait tracé à l'encre noire les sections d'une IRM de son propre corps. Cela donnait une créature étrange et vulnérable, une sorte d'extraterrestre suspendu dans les airs. Hoffmann l'examina comme s'il le voyait pour la première fois. Il y avait là quelque chose dont il devait se souvenir. De quoi s'agissait-il ? C'était nouveau pour lui, de ne pas pouvoir accéder immédiatement à une information dont il avait besoin. Lorsque l'infirmier en eut terminé, Hoffmann demanda à Gabrielle :

— Tu n'as pas quelque chose de spécial, aujourd'hui ? (Un pli de concentration lui creusa le front alors qu'il fouillait le chaos de sa mémoire.) Je sais, ajouta-t-il alors avec soulagement. C'est ton expo.

— Oui, mais nous allons l'annuler.

— Non, on ne peut pas faire ça – pas ta première expo.

— C'est bien, commenta Leclerc, qui observait Hoffmann depuis son fauteuil. C'est très bien.

Hoffmann se tourna lentement vers lui, et un nouveau spasme douloureux fusa alors dans son crâne. Il adressa au policier un regard mauvais.

— C'est bien ?

— C'est bien que les souvenirs vous reviennent, précisa l'inspecteur en levant le pouce en signe d'encouragement. Par exemple, quelle est la dernière chose de cette nuit que vous vous rappelez ?

— Je crois qu'Alex devrait voir un médecin avant de répondre à vos questions, l'interrompit Gabrielle. Il a besoin de repos.

— La dernière chose dont je me souviens ? répéta Hoffmann en étudiant la question avec attention, comme s'il s'agissait d'un problème mathématique. Je suppose que ça venait de la porte d'entrée. Il devait m'attendre derrière.

— Il ? Il n'y avait qu'un seul homme ?

Leclerc ouvrit son coupe-vent, sortit non sans peine un calepin enfoui dans une poche intérieure, puis se tortilla sur son siège et en extirpa un stylo, le tout sans cesser d'adresser à Hoffmann un regard encourageant.

— Oui, pour autant que je sache. Un seul.

Hoffmann porta la main à sa nuque. Ses doigts sentirent un bandage, bien serré.

— Avec quoi m'a-t-il frappé ?

— Vraisemblablement un extincteur.

— Bon sang, et combien de temps suis-je resté inconscient ?

— Vingt-cinq minutes.

— Pas plus ?

Hoffmann avait l'impression que cela avait duré des heures, mais un coup d'œil vers la fenêtre lui indiqua qu'il faisait encore nuit tandis que la pendule Louis XV n'affichait pas encore 5 heures.

— Et je criais pour te prévenir, dit-il à Gabrielle. Je m'en souviens très bien.

— C'est vrai, je t'ai entendu. Je suis descendue tout de suite. Et tu étais là, couché par terre. La porte d'entrée était grande ouverte. L'instant d'après, la police arrivait.

— Vous l'avez arrêté ? demanda Hoffmann en regardant Leclerc.

— Malheureusement, il avait filé quand notre patrouille a débarqué. C'est étrange, ajouta Leclerc en feuilletant son calepin. On dirait qu'il est tout simplement entré par la grille et ressorti par le même chemin. J'imagine qu'il faut pourtant deux codes séparés pour le portail et la porte d'entrée. Je me demande... Ne connaîtriez-vous pas cet homme, par hasard ? Je suppose que vous ne l'avez pas fait entrer délibérément.

— Je ne l'avais jamais vu de ma vie.

— Ah ! fit Leclerc en prenant des notes. Vous l'avez donc bien regardé ?

— Il se trouvait dans la cuisine. Je l'ai vu par la fenêtre.

— Je ne comprends pas. Vous étiez dehors et lui dedans ?

— C'est ça.

— Excusez-moi, mais comment est-ce possible ?

De façon entrecoupée au début, puis avec plus d'assurance à mesure que ses forces et sa mémoire lui revenaient, Hoffmann reconstitua les événements : comment il avait entendu du bruit, était descendu, avait découvert que l'alarme était débranchée, avait ouvert la porte d'entrée, vu les grosses chaussures, remarqué la lumière émanant d'une fenêtre du rez-de-chaussée, s'était glissé le long de la maison et avait observé l'intrus par la fenêtre.

— Pouvez-vous le décrire ?

Leclerc notait rapidement, terminant à peine une page avant d'en commencer une autre.

— Alex..., intervint Gabrielle.

— Ça va, Gaby, assura Hoffmann. Il faut qu'on les aide à attraper cette ordure.

Il ferma les yeux. Il avait une image mentale parfaitement claire – presque trop – de l'intrus au moment où il avait scruté la fenêtre d'un air affolé dans la cuisine brillamment éclairée.

— Il était de taille moyenne. Le genre brutal. Visage hâve. Crâne dégarni. Des cheveux gris, longs et maigres, attachés en queue-de-cheval. Il portait un manteau de cuir, à moins que ce ne soit une veste – je n'arrive pas à me souvenir.

Un doute s'insinua dans son esprit. Hoffmann s'interrompit. Leclerc ne le quittait pas des yeux et attendait qu'il continue.

— J'ai dit que je ne l'avais jamais vu, mais, en y réfléchissant, je me demande si c'est bien vrai. J'ai pu le croiser quelque part – l'entrevoir dans la rue peut-être. Il y avait quelque chose de familier…

Sa voix se perdit.

— Continuez, le pria Leclerc.

Hoffmann réfléchit un instant, puis secoua très légèrement la tête.

— Non, je n'arrive pas à me souvenir. Désolé. Mais, pour être franc – enfin, vous savez, je ne veux pas en faire tout un plat –, j'ai depuis un moment la sensation curieuse d'être observé.

— Tu ne m'en as jamais parlé, intervint Gabrielle, surprise.

— Je ne voulais pas t'inquiéter. Et puis, je n'ai jamais pu en être tout à fait sûr.

— Il a peut-être surveillé votre maison pendant quelque temps, avança Leclerc, ou bien il a pu vous suivre. Vous avez pu le voir dans la rue sans en avoir conscience. Ne vous en faites pas. Ça vous reviendra. Qu'est-ce qu'il faisait dans la cuisine ?

Hoffmann jeta un coup d'œil en direction de Gabrielle. Il hésita.

— Il… aiguisait des couteaux.

— Mon Dieu ! s'écria Gabrielle en portant la main à sa bouche.

— Vous pourriez l'identifier si vous le voyiez ?

— Oh, oui, assura farouchement Hoffmann. Comptez là-dessus.

Leclerc tapota son calepin avec son stylo.

— Nous devons faire circuler cette description, dit-il en se levant. Excusez-moi un instant.

L'indice de la peur

Il sortit dans le vestibule.

Hoffmann se sentit soudain trop fatigué pour continuer. Il ferma les yeux et appuya la tête contre le dossier du canapé avant de se rappeler soudain sa blessure.

— Pardon. Je suis en train de bousiller tes meubles.

— On s'en fout, des meubles.

Il la dévisagea. Elle paraissait plus âgée sans maquillage, plus fragile et – une expression qu'il ne lui connaissait pas – effrayée. Cela lui fit mal. Il parvint à lui sourire. Elle commença par secouer la tête puis, brièvement, à contrecœur, elle lui sourit à son tour et, pendant un instant, il voulut croire que toute cette histoire n'était pas si grave que ça : qu'il s'agissait sans doute d'un vieux clochard qui avait découvert les codes d'entrée sur un bout de papier tombé dans la rue, et qu'ils finiraient par rire un jour de toute cette histoire – son coup sur la tête (avec un extincteur!), sa bravoure de pacotille et l'inquiétude de sa femme.

Leclerc revint dans le salon avec deux sachets en plastique transparents contenant des pièces à conviction.

— Nous avons trouvé ça dans la cuisine, annonça-t-il en se rasseyant avec un soupir.

Il brandit les sachets. L'un d'eux contenait une paire de menottes, l'autre ce qui ressemblait à un collier de cuir noir équipé d'une balle de golf noire.

— Qu'est-ce que c'est? demanda Gabrielle.

— Un bâillon, répondit Leclerc. Il est neuf. Il provient sans doute d'un sex-shop. C'est pas mal utilisé par les adeptes du SM. Avec un peu de chance, on pourra retrouver sa trace.

— Oh, mon Dieu! s'exclama Gabrielle en regardant Hoffmann d'un air horrifié. Qu'est-ce qu'il allait nous faire?

Hoffmann ressentit une nouvelle faiblesse. Il avait la bouche sèche.

— Je ne sais pas. Nous enlever?

— C'est certainement une possibilité, concéda Leclerc, qui regarda autour de lui. Vous êtes riches, et c'est une raison suffisante. Mais je dois dire qu'on n'a jamais entendu parler d'enlèvement à Genève. On est très respectueux des lois, ici. (Il ressortit son stylo.) Puis-je vous demander votre profession?

— Je suis physicien.

— Physicien, répéta Leclerc, qui le nota en haussant un sourcil et en hochant pensivement la tête. Je ne m'y attendais pas. Anglais ?

— Américain.

— Juif ?

— Mais qu'est-ce que ça vient faire là-dedans ?

— Pardonnez-moi. Votre nom de famille... Je ne pose la question que pour le cas où il y aurait un motif raciste.

— Non, je ne suis pas juif.

— Et Mme Hoffmann ?

— Je suis anglaise.

— Et vous vivez en Suisse depuis combien de temps, docteur Hoffmann ?

— Quatorze ans, répondit-il, à nouveau submergé par une grande lassitude. Je suis arrivé dans les années quatre-vingt-dix pour travailler au CERN, sur l'accélérateur de particules LHC. J'y suis resté environ six ans.

— Et maintenant ?

— Je dirige une société.

— Qui s'appelle ?

— Hoffmann Investment Technologies.

— Et qui produit quoi ?

— Qui produit quoi ? Qui produit de l'argent. C'est un hedge fund, un fonds spéculatif, si vous préférez.

— D'accord, ça « produit de l'argent ». Vous êtes ici depuis combien de temps ?

— Je vous l'ai dit – quatorze ans.

— Non, je voulais dire *ici* – dans cette maison.

— Oh...

Vaincu, Hoffmann se tourna vers Gabrielle.

— Un mois seulement, dit-elle.

— Un mois ? Avez-vous modifié les codes d'entrée quand vous avez emménagé ?

— Bien sûr.

— Et, à part vous deux, qui connaît la combinaison de l'alarme antivol et tout le reste ?

— La gouvernante, répondit Gabrielle. La femme de ménage. Le jardinier.

— Et aucun d'eux ne vit sur place ?
— Non.
— Quelqu'un connaît-il les codes à votre bureau, docteur Hoffmann ?
— Mon assistante.

Hoffmann fronça les sourcils. Son cerveau fonctionnait avec une lenteur désespérante, comme un ordinateur infecté par un virus.

— Oh, et puis notre responsable de la sécurité – il a tout vérifié avant qu'on achète la maison.
— Vous vous souvenez de son nom ?
— Genoud. Maurice Genoud, ajouta-t-il après réflexion.

Leclerc leva les yeux.

— Il y avait un Maurice Genoud dans la police de Genève. Je crois me rappeler qu'il est entré dans une boîte de surveillance privée. Bien, bien, fit-il, sa figure de chien battu prenant une expression pensive. Évidemment, il faut changer immédiatement toutes les combinaisons, précisa-t-il avant de se remettre à noter. Je vous suggère de ne pas communiquer les nouveaux codes à vos employés tant que je ne les aurai pas interrogés.

Une sonnerie se fit entendre dans le vestibule. Hoffmann sursauta.

— C'est sûrement l'ambulance, dit Gabrielle. Je vais leur ouvrir la grille.

Dès qu'elle fut sortie, Hoffmann demanda :

— Je suppose que la presse va avoir vent de tout ça ?
— Est-ce que ça pose problème ?
— J'essaye de faire en sorte que mon nom n'apparaisse jamais dans les journaux.
— Nous nous efforcerons d'être discrets. Avez-vous des ennemis, docteur Hoffmann ?
— Non, pas que je sache. Et, en tout cas, personne qui ferait une chose pareille.
— Un riche investisseur – un Russe, peut-être – qui aurait perdu de l'argent ?
— Nous ne perdons pas d'argent, répliqua Hoffmann, qui passa cependant en revue la liste de ses clients pour voir

qui pourrait être impliqué – mais, non, c'était inconcevable. Vous pensez que c'est sans danger de rester ici, avec ce maniaque en liberté dans les parages ?

— Eh bien, on aura des hommes sur place la majeure partie de la journée, et on peut jeter un coup d'œil cette nuit – placer une voiture en surveillance devant la propriété. Mais je dois dire que, la plupart du temps, les personnes qui se retrouvent dans votre situation préfèrent prendre leurs propres précautions.

— Engager des gardes du corps, vous voulez dire ? dit Hoffmann en faisant la moue. Je ne veux pas vivre comme ça.

— Malheureusement, une maison comme celle-ci vous vaudra toujours des attentions indésirables. Et les banquiers n'ont pas vraiment la cote en ce moment, même en Suisse.

Leclerc parcourut la pièce du regard.

— Je peux vous demander combien vous l'avez payée ?

En temps normal, Hoffmann l'aurait envoyé se faire voir, mais là, il n'en avait pas la force.

— Soixante millions de dollars.

— Vous m'en direz tant ! s'écria Leclerc avec une grimace de douleur. Vous savez que je ne peux plus me permettre de vivre à Genève ? Ma femme et moi avons dû emménager de l'autre côté de la frontière, en France, parce que c'est moins cher. Du coup, évidemment, j'ai de la route à faire tous les jours, mais c'est comme ça.

Un bruit de moteur leur parvint du dehors. Gabrielle passa la tête par la porte.

— L'ambulance est arrivée. Je vais te chercher des vêtements à emporter.

Hoffmann voulut se lever. Leclerc s'approcha pour l'aider, mais Hoffmann l'écarta d'un geste. Les Suisses, pensa-t-il avec amertume : ils feignent d'accueillir les étrangers à bras ouverts, mais, en réalité, ils nous en veulent. Qu'est-ce que ça peut me faire, qu'il habite en France ? Il dut s'y reprendre à trois fois afin d'avoir assez d'élan pour décoller du canapé et, lorsqu'il y parvint, à la troisième tentative, il vacilla un instant sur le tapis d'Aubusson. Le vacarme qui résonnait dans son crâne lui redonnait la nausée.

— J'espère que cet incident déplaisant ne vous aura pas dégoûté de notre beau pays.

Hoffmann se demanda s'il plaisantait, mais l'inspecteur gardait un visage de marbre.

— Pas du tout.

Ils sortirent ensemble dans le vestibule, et Hoffmann se concentra de façon exagérée sur chaque pas, un peu comme un ivrogne qui voudrait donner l'illusion qu'il est sobre. La maison grouillait d'employés des services d'urgence. D'autres *gendarmes** étaient arrivés, ainsi que deux ambulanciers, un homme et une femme, qui poussaient un brancard. Face à leurs gros uniformes, Hoffmann se sentit à nouveau très nu et vulnérable ; semblable à un invalide. Il fut soulagé de voir Gabrielle descendre l'escalier avec son imperméable. Leclerc le prit et en drapa les épaules de l'Américain.

Hoffmann remarqua un extincteur enveloppé dans un plastique, posé près de la porte d'entrée. Cette simple vision provoqua en lui un élancement douloureux.

— Allez-vous établir un portrait-robot de cet homme ?

— C'est possible.

— Alors je crois qu'il y a quelque chose que vous devriez voir.

Ça lui était venu tout à coup, avec la force d'une révélation. Ignorant les protestations des ambulanciers qui voulaient absolument le faire allonger, il fit demi-tour et regagna son bureau par le couloir. L'écran de son ordinateur affichait toujours la page d'accueil Bloomberg. Il nota une lueur rouge du coin de l'œil. Pratiquement tous les cours étaient à la baisse. Ça devait être la débandade sur les marchés asiatiques. Il alluma la lumière et chercha *L'Expression des émotions chez l'homme et les animaux* dans la bibliothèque. Ses mains tremblaient d'excitation. Il le feuilleta rapidement.

— Voilà, dit-il en se retournant pour montrer sa découverte à Leclerc et à Gabrielle. C'est l'homme qui m'a attaqué.

C'était la photo qui illustrait l'émotion de la terreur – un vieillard aux yeux écarquillés et à la bouche édentée grande ouverte. Duchenne, le grand médecin français spécialiste du galvanisme, était en train de fixer des sortes d'électrodes sur ses muscles faciaux dans le but de stimuler l'émotion requise.

Hoffmann perçut le scepticisme de ses compagnons – non, pire, leur consternation.

— Pardon, fit Leclerc, perplexe. Vous nous dites que c'est l'homme qui s'est introduit chez vous cette nuit ?

— Oh, Alex, soupira Gabrielle.

— Évidemment, je ne dis pas que c'est lui *littéralement* – il est mort depuis plus d'un siècle –, mais je dis qu'il lui *ressemble*.

Ils l'examinaient tous les deux avec attention. Ils me croient fou, pensa-t-il avant de prendre une profonde inspiration.

— Bon, ce livre, expliqua-t-il prudemment à l'intention de Leclerc, est arrivé hier sans aucune explication. Je ne l'ai pas commandé, vous comprenez ? Je ne sais pas qui me l'a envoyé. Ce n'est peut-être qu'une coïncidence. Mais vous devez convenir que c'est tout de même curieux que, quelques heures seulement après que je l'ai reçu, un homme – qui semble être tout juste sorti des pages de ce livre – cherche à nous agresser.

Ils ne firent aucun commentaire.

— Bref, conclut-il, tout ce que je dis, c'est que si vous voulez faire établir un portrait-robot de ce type, vous pouvez commencer avec ça.

— Merci, répliqua Leclerc. J'y penserai.

Il y eut un silence.

— Bon, intervint vivement Gabrielle. On t'emmène à l'hôpital.

* * *

Leclerc les raccompagna à la porte d'entrée.

La lune avait disparu derrière les nuages. Il n'y avait guère de lumière dans le ciel bien que l'aube ne fût plus qu'à une demi-heure de se lever. L'un des ambulanciers aida le physicien américain, avec sa tête bandée, son imperméable noir et ses chevilles maigres et roses qui apparaissaient sous son pyjama coûteux, à monter à l'arrière du véhicule. Depuis ses remarques indistinctes sur la photographie datant du XIXe siècle, il n'avait plus rien dit : Leclerc lui trouva l'air gêné. Sa femme le suivait, un sac de vêtements à la main. Ils faisaient penser à un couple de réfugiés. Les portières claquèrent et l'ambulance démarra, suivie par une voiture de police.

Leclerc regarda les deux véhicules disparaître dans le virage de l'allée qui menait à la route. Les lueurs rouges des feux de stop brillèrent fugitivement, puis s'évanouirent.

Il retourna dans la maison.

— Ça fait grand pour deux personnes, marmonna l'un des gendarmes qui se tenaient à l'entrée.

— Ça fait grand pour dix, grogna Leclerc.

Il partit en expédition solitaire pour tenter d'appréhender ce à quoi il avait affaire. Cinq, six... non, *sept* chambres à coucher à l'étage, chacune équipée d'une salle de bains attenante n'ayant visiblement jamais servi ; la chambre principale, immense et flanquée d'un dressing avec tiroirs et portes miroirs ; télé plasma dans la salle de bains ; un lavabo pour chacun ; cabine de douche futuriste avec une douzaine de jets. De l'autre côté du palier, une salle de gym avec vélo d'appartement, rameur, elliptique, poids, un autre écran géant. Pas de jouets. Aucune trace d'enfants nulle part, d'ailleurs, pas même sur les photos encadrées disséminées un peu partout et qui représentaient principalement les Hoffmann lors de vacances coûteuses – au ski, évidemment, puis sur un yacht ou se tenant la main sur une terrasse qui semblait construite sur pilotis au-dessus d'un lagon corallien d'un bleu improbable.

Leclerc s'engagea dans l'escalier et s'imagina dans la tête d'Hoffmann, une heure et demie plus tôt, alors que l'Américain descendait affronter l'inconnu. Il évita les taches de sang et pénétra dans le bureau. Un mur entier était voué aux livres. Il en choisit un au hasard et regarda le dos : *Die Traumdeutung*, de Sigmund Freud. Il l'ouvrit. Publié à Leipzig et à Vienne, en 1900. Une première édition. Il en sortit un autre. *Psychologie des foules* de Gustave Le Bon, Paris, 1895. Puis un autre : *L'Homme machine* de Julien Offray de La Mettrie, Leyde, 1747. Encore une première édition... Leclerc n'y connaissait pas grand-chose en livres rares, mais il en savait assez pour estimer que cette collection devait valoir des millions. Pas étonnant qu'il y eût des détecteurs de fumée partout dans la maison. Les sujets abordés étaient essentiellement d'ordre scientifique : sociologie, psychologie, biologie, anthropologie... Rien concernant l'argent.

L'indice de la peur

Il s'approcha du bureau et s'assit sur le fauteuil capitaine ancien d'Hoffmann. De temps en temps, le grand écran posé en face de lui frémissait alors que des séquences de chiffres lumineux défilaient : – 1.06, –78, – 4.03, – 0.95$. C'était pour lui aussi obscur que la pierre de Rosette. Si seulement j'arrivais à déchiffrer tout ça, se dit-il, je deviendrais peut-être aussi riche que ce type. Ses propres investissements, qu'un « conseiller financier » boutonneux l'avait persuadé de faire quelques années plus tôt pour s'assurer une vieillesse confortable, ne valaient plus à présent que la moitié de ce qu'il les avait payés. Au rythme où allaient les choses, il devrait à sa retraite prendre un boulot à mi-temps, du genre chef de la sécurité dans un grand magasin. Il devrait travailler jusqu'à ce que mort s'ensuive, ce que ni son père ni même son grand-père n'avaient dû faire. Trente ans dans la police, et il ne pouvait même plus se permettre de vivre dans la ville où il était né ! Et qui achetait toutes les belles propriétés ? Les blanchisseurs d'argent sale, nombreux – femmes et filles de Présidents de prétendues « démocraties nouvelles », politiciens en provenance des républiques d'Asie centrale, oligarques russes, seigneurs afghans, marchands d'armes –, en bref, les véritables criminels de ce monde, pendant qu'il passait son temps à courir après des ados algériens qui dealaient près de la gare. Il se força à se lever et à pénétrer dans une autre pièce pour penser à autre chose.

Dans la cuisine, il se planta devant l'îlot de granit et examina les couteaux. Suivant ses instructions, on les avait mis dans des sachets scellés dans l'espoir d'y trouver des empreintes. Il ne comprenait pas cette partie du récit d'Hoffmann. Si l'intrus était entré dans l'intention de les enlever, il n'aurait pas manqué de s'armer avant d'arriver sur place, si ? Et un kidnappeur aurait eu besoin d'un complice au moins, voire davantage : Hoffmann était relativement jeune et en bonne santé – il se serait sûrement défendu. S'agissait-il alors d'un simple cambriolage ? Mais un cambrioleur serait reparti au plus vite en emportant avec lui le plus gros butin possible, et il y avait largement de quoi faire. Tout désignait donc un criminel souffrant de troubles mentaux. Mais comment un psychopathe violent aurait-il pu connaître les codes d'entrée ? C'était un mystère. Peut-être y avait-il un autre accès qui n'avait pas été verrouillé ?

L'indice de la peur

Leclerc retourna dans le couloir et tourna à gauche. L'arrière de la maison donnait sur une grande serre de style victorien qui servait d'atelier d'artiste, même s'il ne s'agissait pas exactement d'art au sens où l'inspecteur l'entendait. On aurait plutôt dit un service de radiographie, ou éventuellement un atelier de vitrier. Sur ce qui avait été le mur extérieur de la maison, était affiché un gigantesque collage d'images électroniques du corps humain – numériques, infrarouges, radios –, ainsi que des planches anatomiques de muscles, membres et organes divers.

Des plaques de verre antireflet et de Plexiglas de dimensions et épaisseurs variées étaient stockées sur des supports en bois. Une cantine contenait des dizaines de dossiers débordant d'images informatiques soigneusement étiquetées : « Scans crâne IRM, 1-14 sagittales, axiales, coronales » ; « Homme, coupes, Hôpital virtuel, sagittales et coronales ». Il y avait encore, sur un établi, une table lumineuse, un petit étau et tout un tas d'encriers, de pointes à graver et de pinceaux. Une perceuse électrique était posée sur un support en caoutchouc noir avec, juste à côté, une boîte à thé bleu foncé – *Taylors of Harrogate, Earl Grey Tea* – pleine de forets, et une pile de prospectus sur papier glacé pour une exposition intitulée « Profils humains » qui devait commencer le soir même dans une galerie de la Plaine de Plainpalais. Le texte présentait une notice biographique : « Gabrielle Hoffmann naît en Angleterre, dans le Yorkshire. Après un double cursus à l'université de Salford, elle obtient un diplôme des Beaux-Arts. Elle travaille pendant plusieurs années aux Nations unies, à Genève. » Il roula le prospectus et fourra le mince cylindre dans sa poche.

Près de l'établi, une œuvre était montée sur des tréteaux : un scanner en 3D d'un fœtus composé d'une vingtaine de coupes tracées sur des feuilles de verre très transparent. Leclerc se pencha pour l'examiner de plus près. La tête était disproportionnée et ses jambes grêles remontées et recroquevillées juste en dessous. Vu de côté, l'ensemble avait une profondeur, mais à mesure qu'on se déplaçait pour venir en face, l'image s'amenuisait et finissait par disparaître complètement. Leclerc n'aurait su dire si l'œuvre était achevée ou non. Il était forcé d'admettre qu'elle exerçait une certaine fascination, mais il n'aurait pas pu vivre avec ça chez lui. Cela évoquait trop un reptile fossilisé suspendu dans un vivarium. Sa femme aurait trouvé ça répugnant.

La serre disposait d'une porte d'accès au jardin. Elle était fermée et verrouillée ; il ne trouva pas trace de clé à proximité. À travers le verre épais, les lumières de Genève brillaient de l'autre côté du lac. Des phares solitaires remontèrent le quai du Mont-Blanc.

Leclerc quitta la véranda et revint dans le couloir. Il y avait encore deux portes fermées. L'une donnait sur des toilettes contenant de grands W.-C. à l'ancienne, où Leclerc en profita pour se soulager, et l'autre sur une réserve remplie de ce qui semblait les résidus du précédent domicile des Hoffmann : des tapis roulés et attachés avec de la ficelle, une machine à pain, des transats, un jeu de croquet et, tout au bout, en parfait état, un berceau, une table à langer et un mobile musical avec des lunes et des étoiles.

3

> « *La défiance, conséquence de la peur, caractérise éminemment la plupart des animaux sauvages*[1]. »
> Charles Darwin, *De la descendance de l'homme*, 1871.

D'après les fichiers transmis ultérieurement par les services médicaux de Genève, l'ambulance signala qu'elle quittait le domicile des Hoffmann à 5 h 22. À cette heure-ci, la traversée des rues désertes du centre de Genève ne leur prit pas plus de cinq minutes jusqu'à l'hôpital.

À l'arrière de l'ambulance, Hoffmann refusa de se plier aux règles et s'entêta à rester assis, jambes pendantes, maussade et récalcitrant, au lieu de s'allonger sur la couchette. C'était un homme brillant, fortuné, habitué à ce qu'on l'écoute avec respect. Et voilà qu'il se retrouvait soudain propulsé en territoire nettement moins favorisé : au royaume des malades, où tout citoyen devenait de seconde zone. Le souvenir du regard que lui avaient adressé Gabrielle et Leclerc lorsqu'il leur avait montré *L'Expression des émotions chez l'homme et les animaux* l'irritait – comme si le lien évident entre l'agression et le livre n'était qu'un fantasme de son cerveau déréglé. Il avait emporté le livre et le tenait à présent sur ses genoux, le martelant nerveusement du bout des doigts.

---

1. Traduit de l'anglais par Edmond Barbier, C. Reinwald & Cie, Paris, 1891.

L'ambulance prit un virage, et l'infirmière tendit la main pour le retenir. Hoffmann la foudroya du regard. Il ne faisait pas confiance à la police de Genève ni à aucun service public en général. Il ne faisait confiance à personne sauf à lui-même. Il chercha son portable dans la poche de son peignoir.

Gabrielle, qui l'observait depuis le siège d'en face, à côté de l'ambulancière, demanda :

— Qu'est-ce que tu fais ?

— J'appelle Hugo.

Elle leva les yeux au ciel.

— Mais enfin, Alex…

— Quoi ? Il faut qu'il sache ce qui s'est passé.

Tout en écoutant la tonalité, Hoffmann se pencha pour prendre la main de sa femme en signe d'apaisement.

— Je me sens beaucoup mieux, vraiment.

Quarry finit par décrocher.

— Alex ? Mais qu'est-ce qui se passe ? questionna-t-il, et, pour une fois, sa voix généralement nonchalante était tendue par l'inquiétude.

— Pardon de t'appeler à cette heure-ci, Hugo. Quelqu'un s'est introduit chez nous.

— Oh mince, je suis désolé. Ça va ?

— Gabrielle va bien. J'ai pris un coup sur la tête. On est dans l'ambulance qui me conduit à l'hôpital.

— Lequel ?

— L'Hôpital universitaire, je pense, répondit Hoffmann en jetant un regard interrogateur à Gabrielle, qui acquiesça d'un signe de tête. Oui, l'Hôpital universitaire.

— J'arrive.

Deux minutes plus tard, l'ambulance remontait l'allée du grand centre de formation médicale. Hoffmann entrevit brièvement l'immensité du site à travers les vitres fumées – dix étages de lumière, éclairés comme un grand aéroport étranger en pleine nuit – puis les lumières disparurent comme si on venait de tirer un rideau par-dessus. L'ambulance s'engageait dans un passage souterrain qui tournait légèrement, puis elle s'immobilisa. On coupa le moteur. Dans le silence qui suivit, Gabrielle lui adressa un sourire rassurant, et Hoffmann pensa : « Vous qui entrez ici, abandonnez toute espérance. » Les portières arrière s'ouvrirent sur ce qui apparut comme un parking souterrain immaculé. Un homme cria au loin, et sa voix se répercuta contre les murs de béton.

On demanda à Hoffmann de s'allonger et, cette fois, il choisit de ne pas discuter : il était entré dans le système ; il devait se soumettre à ses règles. Il s'étendit. Le lit fut abaissé, et, avec un horrible sentiment d'impuissance, le regard rivé sur les néons du plafond, le physicien se laissa emporter à travers de longs couloirs mystérieux qui évoquaient des allées d'usine, jusqu'au service des admissions, où on le rangea un instant. Un gendarme qui les accompagnait se chargea des formalités. Hoffmann surveilla les opérations, puis tourna la tête sur l'oreiller et regarda, à l'autre bout d'une salle bondée d'ivrognes et de drogués indifférents, l'écran de télé réglé sur une chaîne d'infos. On y voyait des traders japonais, un portable collé à l'oreille, afficher divers états d'horreur et de désespoir. Mais avant qu'il ne puisse en savoir plus, on le déplaçait à nouveau et lui faisait emprunter un petit couloir pour pénétrer dans un box libre.

Gabrielle s'assit sur une chaise en plastique moulée, prit son poudrier et entreprit d'appliquer à petits coups nerveux du rouge sur ses lèvres. Hoffmann l'observa comme s'il ne la connaissait pas : si sombre, impeccable et indépendante, pareille à un chat faisant sa toilette. C'était exactement ce qu'elle faisait la première fois qu'il l'avait vue, lors d'une soirée à Saint-Genis-Pouilly. Un jeune médecin turc fatigué entra avec un bloc-notes. Le badge en plastique fixé à sa blouse indiquait « Dr Muhammet Celik ». Il consulta la fiche d'Hoffmann. Puis il lui projeta une lumière dans les yeux, lui frappa le genou avec un petit marteau et lui demanda qui était le président des États-Unis avant de le prier de compter à rebours de cent à quatre-vingts.

Hoffmann répondit sans difficulté. Satisfait, le médecin enfila une paire de gants chirurgicaux. Il retira le bandage autour de la tête de l'Américain, lui écarta les cheveux et examina sa blessure, la palpant doucement du bout des doigts. Hoffmann eut l'impression qu'il lui cherchait des poux sur le crâne. Les propos échangés pendant l'opération ne s'adressaient nullement à lui.

— Il a perdu beaucoup de sang, indiqua Gabrielle.

— Les blessures à la tête saignent toujours abondamment. Je crois qu'il va avoir besoin de quelques points de suture.

— C'est profond ?

— Oh non, pas très, mais la zone enflée est assez étendue, vous voyez ? Il a été frappé avec un gros objet ?

— Un extincteur.

— D'accord, je note. Il va falloir lui faire un scanner.

Celik se baissa pour venir au niveau d'Hoffmann. Il sourit. Puis il ouvrit les yeux très grand et parla avec une extrême lenteur.

— Parfait, monsieur Hoffmann. Je recoudrai la blessure plus tard. Pour l'instant, nous allons vous descendre à l'imagerie médicale pour prendre des photos de l'intérieur de votre crâne. Nous utiliserons un CAT-scan. Vous savez ce qu'est un CAT-scan, monsieur Hoffmann ?

— La tomodensitométrie axiale calculée par ordinateur et qui utilise des rayons X en mouvement rotatoire et une couronne de détecteurs pour obtenir des images en coupes fines – c'est de la technologie des années soixante-dix, rien de très compliqué. Et, au fait, ce n'est pas monsieur Hoffmann, mais docteur Hoffmann.

Pendant qu'elle le poussait jusqu'à l'ascenseur, Gabrielle protesta :

— Ce n'était pas la peine de te montrer si grossier. Il essayait seulement de t'aider.

— Il me parlait comme à un gosse.

— Alors arrête de te conduire comme tel. Tiens, tu peux tenir ça, ajouta-t-elle en laissant tomber le sac de vêtements sur ses genoux pour aller appeler l'ascenseur.

Gabrielle savait visiblement comment se rendre à l'imagerie médicale, et Hoffmann trouva cela curieusement irritant. Il y avait deux ans que les membres de ce service aidaient sa femme dans son travail artistique, lui donnant accès aux scanners lorsqu'ils étaient libres, restant après leurs heures de service pour produire les images dont elle avait besoin. Elle s'était liée d'amitié avec plusieurs d'entre eux. Il aurait dû leur en être reconnaissant, mais ce n'était pas le cas. Les portes s'ouvrirent sur un sous-sol sombre. Hoffmann se rappela qu'il y avait beaucoup de scanners dans cet hôpital. C'était là qu'on amenait par hélicoptère la plupart des victimes de graves accidents de ski depuis Chamonix, Megève et même Courchevel. Hoffmann eut l'impression d'une vaste étendue de bureaux et d'installations techniques plongées dans l'ombre – tout un service calme et désert, mis à part cette toute petite antenne d'urgence. Un jeune homme aux longs cheveux noirs et bouclés s'avança vers eux à grandes enjambées.

— Gabrielle! s'exclama-t-il en lui prenant la main pour la baiser avant de se tourner vers Hoffmann. Alors, tu m'amènes un vrai patient, pour changer?

— Je te présente mon mari, Alexander Hoffmann. Alex, voilà Fabian Tallon. Tu te souviens de Fabian? Je t'ai beaucoup parlé de lui.

— Je ne crois pas, non, répliqua Hoffmann.

Il leva les yeux vers le jeune homme. Tallon avait de grands yeux foncés et le regard direct, une bouche large, des dents très blanches et une barbe de deux jours. Sa chemise était plus déboutonnée que nécessaire et attirait l'attention sur sa large poitrine, un poitrail de joueur de rugby. Hoffmann se demanda soudain si cet homme avait une liaison avec Gabrielle. Il s'efforça de repousser cette idée, mais elle refusa de partir. Il y avait des années qu'il n'avait pas éprouvé les affres de la jalousie, et il avait oublié à quel point cette douleur pouvait être lancinante. Il regarda l'un, puis l'autre, et déclara :

— Merci pour tout ce que vous avez fait pour Gabrielle.

— Ce fut un plaisir, Alex. Voyons maintenant ce que nous pouvons faire pour vous.

Il poussa le lit aussi facilement que s'il s'agissait d'un chariot de supermarché, franchit la zone de contrôle et le fit entrer dans la salle de scan proprement dite.

— Levez-vous, je vous prie.

Cette fois encore, Hoffmann se soumit sans discuter. On lui prit son pardessus et ses lunettes. Puis on l'invita à s'asseoir au bord de la table qui faisait partie intégrante de la machine. On lui retira son bandage et on lui demanda de s'allonger sur le dos, tête vers le scanner. Tallon régla le cale-nuque.

— Ça prendra moins d'une minute, assura-t-il avant de disparaître.

La porte se referma derrière lui avec un soupir. Hoffmann souleva légèrement la tête. Il était seul. Au-delà de ses pieds nus, de l'autre côté de la vitre épaisse au fond de la pièce, il vit Gabrielle qui l'observait. Tallon la rejoignit. Ils se dirent quelque chose qu'il ne put entendre. Il y eut un crépitement, puis la voix de Tallon retentit avec force dans un haut-parleur.

— Gardez la position, Alex. Essayez de rester aussi immobile que possible.

Hoffmann obéit. Il y eut un bourdonnement, et la table se mit à avancer à travers le grand anneau du scanner. Une première fois brièvement, pour les réglages, puis une seconde fois plus lentement, pour l'acquisition des images. Il examina le boîtier de plastique blanc pendant qu'il passait dessous. C'était un peu comme d'être soumis à un lavage automobile radioactif. La table s'arrêta, puis repartit en arrière, et Hoffmann imagina que son cerveau était aspergé par une lumière brillante et purifiante à laquelle rien ne pouvait échapper – une lumière qui traquait et éliminait toutes les impuretés avec un grésillement.

Le haut-parleur se remit fugitivement en marche, et Hoffmann entendit la voix de Gabrielle s'éteindre en fond sonore. Il lui sembla – se trompait-il ? – qu'elle chuchotait quelque chose.

— Merci, Alex, dit alors Tallon. C'est terminé. Ne bougez pas. Je viens vous chercher. (Puis il reprit sa conversation avec Gabrielle :) Mais tu comprends...

Le son fut coupé.

Hoffmann resta allongé ce qui lui sembla un très long moment : largement le temps, en tout cas, de constater qu'il aurait été très facile pour Gabrielle d'avoir une liaison au cours de ces derniers mois. Il y avait toutes ces heures qu'elle avait passées à l'hôpital pour récupérer les images dont elle avait besoin pour son travail ; et surtout tous ces jours et ces nuits où il était resté au bureau pour mettre au point le VIXAL. Que restait-il à un couple pour sécuriser son mariage après plus de sept ans de vie commune quand il n'y avait pas d'enfant pour exercer une force d'attraction ? Il éprouva soudain une autre sensation depuis longtemps oubliée : la souffrance enfantine et délicieuse qu'on éprouve à s'apitoyer sur soi-même. Il fut horrifié de s'apercevoir qu'il se mettait à pleurer.

— Ça va, Alex ? demanda le visage de Tallon, beau, compatissant, insupportable.

— Impeccable.

— Vous êtes sûr que tout va bien ?

— Ça va.

Hoffmann s'essuya rapidement les yeux sur le pan de son peignoir et chaussa ses lunettes. Son côté rationnel admettait que ces soudaines sautes d'humeur puissent être le symptôme d'un trauma crânien, mais cela ne les rendait pas moins réelles pour autant. Il refusa de se rallonger sur le lit roulant, posa les pieds par terre et prit quelques profondes inspirations. Lorsqu'il eut regagné l'autre salle, il avait repris le contrôle de lui-même.

— Alex, annonça Gabrielle, voici la radiologue, le docteur Dufort.

Elle désigna une toute petite femme aux cheveux gris coupés en brosse, installée devant un écran d'ordinateur. Dufort se tourna pour lui adresser un salut indifférent du haut de ses épaules étroites, puis reprit son examen des résultats du scanner.

— C'est moi ? s'enquit Hoffmann en regardant l'écran.

— Oui, *monsieur**, dit-elle sans se retourner.

Hoffmann contempla son cerveau avec détachement, voire une certaine déception. L'image, qui s'affichait en noir et blanc, aurait pu représenter n'importe quoi – un bout de récif corallien filmé dans les profondeurs sous-marines, un plan de la surface lunaire, une tête de singe. Son caractère désordonné, son manque de forme et de beauté le déprimèrent. On peut sûrement mieux faire, songea-t-il. Ça ne peut pas être le produit fini. Il ne doit s'agir que d'une étape dans l'évolution, et notre tâche à nous, humains, est de préparer le chemin pour ce qui viendra juste après, de la même façon que le gaz crée de la matière organique. L'intelligence artificielle, ou les mécanismes de raisonnement autonomes, les MRA, comme il préférait appeler ça, étaient au centre de ses préoccupations depuis plus de quinze ans. Les imbéciles, encouragés par les journalistes, pensaient que le but était de reproduire l'esprit humain et d'arriver à une version numérique de nous-mêmes. Alors que, en fait, à quoi rimerait d'imiter quelque chose d'aussi vulnérable, faillible, et voué à une obsolescence intrinsèque : une unité centrale qui pourrait être entièrement détruite par la défaillance temporaire d'une de ses composantes mécaniques – disons le cœur ou le foie ? Cela reviendrait à perdre un superordinateur Cray et tous ses fichiers mémoire à cause d'une fiche à remplacer.

La radiologue fit basculer le cerveau de son axe du haut vers le bas, et Hoffmann eut l'impression qu'il lui faisait signe, comme un salut depuis l'espace.

— Aucun signe de fracture, annonça-t-elle, et pas de gonflement non plus, ce qui est le plus important. Mais qu'est-ce que c'est que ça, je me le demande ?

La boîte crânienne ressemblait à l'image inversée d'une coquille de noix. Un trait blanc d'épaisseur variable renfermait la matière grise et spongieuse du cerveau. Le docteur Dufort fit un zoom. L'image grossit, se brouilla, et finit par se dissoudre en une supernova grisâtre. Hoffmann se pencha pour mieux voir.

— Là, dit le médecin en touchant l'écran d'un doigt dépourvu de bague et à l'ongle rongé. Vous voyez ces pointillés blancs ? Ces étoiles brillantes ? Ce sont de minuscules hémorragies dans la matière cervicale.

— C'est grave ? questionna Gabrielle.

— Non, pas nécessairement. Ce n'est sans doute pas étonnant avec une blessure de ce genre. Vous voyez, quand la tête est frappée avec assez de force, le cerveau ricoche contre la paroi et ça peut saigner un peu. On dirait que ça s'est arrêté.

Elle souleva ses lunettes et s'approcha très près de l'écran, tel un bijoutier qui examinerait une pierre précieuse.

— Quoi qu'il en soit, j'aimerais bien procéder à un autre examen.

Hoffmann avait si souvent imaginé cette scène – l'hôpital immense et impersonnel, les résultats d'analyse anormaux, le verdict médical froidement assené, première marche d'une descente irréversible vers l'impotence et la mort – qu'il lui fallut un moment pour comprendre qu'il ne s'agissait pas d'une de ses visions hypocondriaques coutumières.

— Quel genre d'examen ? demanda-t-il.

— Je voudrais vérifier avec une IRM. Ça donne une vision beaucoup plus précise des tissus mous, et ça devrait nous dire s'il y a un problème médical ou non.

Un problème médical...

— Ça prendra combien de temps ?

— L'examen en lui-même est assez rapide. Le tout est d'avoir une machine de libre. (Elle ouvrit un nouveau fichier et le parcourut.) On devrait pouvoir avoir une machine à midi, s'il n'y a pas d'urgences.

— Et ça, ce n'est pas une urgence ? intervint Gabrielle.

— Non, non. Il n'y a pas de caractère de danger immédiat.

— Dans ce cas, je préfère ne pas le faire, déclara Hoffmann.

— Ne sois pas bête, dit Gabrielle. Fais cet examen. Ça vaudra beaucoup mieux pour toi.

— Je ne veux pas de cet examen.

— Tu es ridicule...

— *J'ai dit que je ne voulais pas de ce putain d'examen !*

Il y eut un instant de silence pétrifié.

— On sait que vous êtes bouleversé, Alex, dit Tallon d'une voix calme, mais ce n'est pas la peine de parler ainsi à Gabrielle.

— Ne me dites pas comment je dois parler à ma femme !

Il porta la main à son front. Il avait les doigts glacés, la gorge sèche. Il fallait qu'il quitte cet hôpital au plus vite. Il déglutit avant de reprendre la parole.

— Je suis désolé, mais je ne veux pas de cet examen. J'ai des choses importantes à faire aujourd'hui.

— Monsieur, répliqua fermement Dufort, nous gardons en observation au moins vingt-quatre heures tous les patients qui sont restés inconscients aussi longtemps que vous l'avez été.

— Je crains que ça ne soit impossible.

— Quelles choses importantes ? s'enquit Gabrielle en le regardant, incrédule. Tu ne comptes pas aller au bureau ?

— Si, je vais au bureau. Et tu vas à la galerie pour ton vernissage...

— Alex...

— Mais si. Tu bosses là-dessus depuis des mois – pense à toutes les heures que tu as passées ici, pour commencer. Et ce soir, nous irons dîner dehors pour fêter ton succès.

Il avait conscience de hausser à nouveau la voix, et il se força à parler plus calmement.

— Ce n'est pas parce que ce type s'est introduit chez nous qu'il doit s'immiscer dans notre vie. Sauf si on le laisse faire. Regarde-moi, ajouta-t-il en se désignant. Je vais bien. Tu viens de voir le scanner – pas de fracture ni de gonflement.

— Et pas une once de bon sens, fit une voix à l'accent anglais derrière eux.

— Hugo, dit Gabrielle sans se retourner, tu veux bien expliquer à ton associé qu'il est fait de chair et de sang, comme le commun des mortels.

— Ah, mais est-ce bien le cas ?

Quarry se tenait près de la porte, pardessus ouvert, une écharpe de laine rouge cerise enroulée autour du cou et les mains dans les poches.

— « Ton associé » ? répéta le docteur Celik, qui s'était laissé persuader d'amener Quarry des urgences et l'examinait maintenant d'un air soupçonneux. Je croyais que vous étiez son frère ?

— Fais-toi donc faire ce fichu examen, Al, dit Quarry. On peut repousser la présentation.

— Exactement, renchérit Gabrielle.

— Je te promets que je le ferai, assura Hoffmann d'une voix égale. Mais pas aujourd'hui, c'est tout. Est-ce que ça vous va, docteur ? Je ne vais pas m'écrouler ni quoi que ce soit ?

— Monsieur, dit la radiologue grisonnante, qui était de service depuis l'après-midi précédent et commençait à perdre patience, ce que vous faites ou ne faites pas relève uniquement de votre décision. Selon moi, cette blessure a absolument besoin de suture et, si vous partez, il faudra signer un formulaire pour décharger l'hôpital de toute responsabilité. Le reste vous regarde.

— Parfait. Je vais donc me faire recoudre et je signerai ce formulaire. Et je reviendrai une autre fois passer cette IRM, à un moment plus pratique. Tu es contente ? demanda-t-il à Gabrielle.

Avant qu'elle ne puisse répondre, une sonnerie familière de réveil électronique retentit. C'était le réveil du portable d'Hoffmann, qu'il avait réglé sur 6 h 30, dans ce qu'il considérait déjà comme une autre vie.

* * *

Hoffmann laissa sa femme avec Quarry à la réception du service des urgences pendant qu'il retournait dans le box pour se faire recoudre. On lui administra un anesthésique local, par injection – la douleur vive et brève lui coupa le souffle –, puis on lui rasa une étroite bande de cheveux autour de la blessure à l'aide d'un rasoir en plastique jetable. Sans lui faire mal, la suture proprement dite lui fit une impression bizarre, comme si l'on retendait son cuir chevelu. Le docteur Celik prit ensuite un petit miroir pour montrer son ouvrage à son patient, tel un coiffeur cherchant l'approbation d'un client. L'entaille ne faisait pas plus de cinq centimètres et, une fois suturée, elle évoquait, là où l'on avait rasé les cheveux, une bouche tordue aux épaisses lèvres blanches. Elle semblait contempler Hoffmann d'un regard mauvais.

— Ça va faire mal, annonça joyeusement le docteur Celik, dès que l'anesthésie se dissipera. Il faudra prendre des antidouleurs.

Il reprit le miroir, et le sourire s'évanouit.

— Vous ne faites pas de pansement ?

— Non, ça cicatrisera plus vite si on laisse la blessure à l'air libre.

— Parfait. Dans ce cas, je peux partir maintenant.

— C'est votre droit, répondit Celik en haussant les épaules. Mais vous devez d'abord signer une décharge.

Lorsqu'il eut signé la petite note – « Je déclare que je quitte l'hôpital universitaire contre l'avis des médecins et bien que j'aie été informé des risques, et que j'en assume la pleine responsabilité » –, Hoffmann prit son sac de vêtements et suivit Celik jusqu'à une petite cabine de douche. Le médecin alluma la lumière. Au moment où il partait, le Turc murmura, à peine audible, « Connard » – ou c'est du moins ce qu'Hoffmann crut entendre, mais la porte se referma avant qu'il n'ait pu répondre.

C'était la première fois qu'il se retrouvait seul depuis qu'il avait repris conscience, et il savoura un moment cette solitude. Il retira son peignoir et son pyjama. Un miroir recouvrait le mur en face de lui, et Hoffmann s'immobilisa pour examiner le reflet de son corps nu sous la lumière impitoyable du néon ; la peau jaunâtre, le ventre mou, les seins légèrement plus visibles qu'autrefois, évoquant ceux d'une gamine pubescente. Il avait des poils gris sur la poitrine. Un long hématome noir lui barrait la hanche gauche. Il se tordit de côté pour s'examiner, promena ses doigts sur la peau éraflée et brunie, puis posa brièvement la main sur son sexe. Il n'y eut pas de réaction, et il se demanda si un coup sur la tête pouvait rendre impuissant. Il baissa les yeux, et ses pieds lui parurent anormalement marbrés et déformés sur le carrelage. C'est la vieillesse, pensa-t-il, ébranlé, c'est mon avenir : je ressemble au portrait de Lucian Freud que Gabrielle voulait me faire acheter. Il se baissa pour prendre le sac et, fugitivement, tout se brouilla et il vacilla. Il s'assit sur la chaise en plastique blanche et mit la tête entre ses genoux.

Le malaise dissipé, il s'habilla lentement et méthodiquement – caleçon, tee-shirt, chaussettes, jean, chemise blanche à manches longues, veste sport – et chaque vêtement lui redonna des forces, le rendit un peu moins vulnérable. Gabrielle avait glissé son portefeuille dans la poche de sa veste. Il en vérifia le contenu : 3 000 francs suisses en billets neufs. Il s'assit et enfila une paire de chaussures montantes. Lorsqu'il se releva pour se regarder à nouveau dans le miroir, il eut la satisfaction de se trouver suffisamment camouflé. Sa tenue ne trahissait rien sur lui, et c'est ce qui lui plaisait. Le patron d'un fonds spéculatif disposant de 10 milliards d'actifs gérés pouvait de nos jours passer pour le livreur. À cet égard du moins, l'argent – l'argent opulent, l'argent sûr de lui, l'argent qui n'a pas besoin d'ostentation – s'était démocratisé.

On frappa à la porte, et il entendit la radiologue, le docteur Dufort, l'appeler :

— Monsieur Hoffmann? Monsieur Hoffmann, vous vous sentez bien?

— Oui, merci, répondit-il. Beaucoup mieux.

— Je quitte mon service maintenant, et j'ai quelque chose pour vous.

Il ouvrit la porte. Elle avait enfilé un imperméable et des bottes en caoutchouc, et s'était munie d'un parapluie.

— Tenez, voici les résultats de votre CAT-scan, dit-elle en lui fourrant une pochette en plastique contenant un CD dans les mains. Si vous voulez mon conseil, portez-les à votre médecin le plus rapidement possible.

— Je n'y manquerai pas, bien sûr. Merci.

— Vraiment? dit-elle avec un coup d'œil dubitatif. Vous devriez, vous savez. S'il y a quelque chose, ça ne partira pas tout seul. Mieux vaut affronter ses peurs une bonne fois que de les laisser couver.

— Vous pensez donc qu'il y a quelque chose qui cloche?

Il détesta le son de sa propre voix – tremblotante, pathétique.

— Je n'en sais rien, monsieur. Il faudrait une IRM pour le déterminer.

— Qu'est-ce que ça pourrait être, d'après vous? questionna Hoffmann avec une hésitation. Une tumeur?

— Non, je ne crois pas.

— Quoi d'autre, alors?

Il scruta son regard pour y chercher un indice, mais n'y trouva que de l'ennui; il prit conscience qu'elle devait souvent annoncer des mauvaises nouvelles.

— Ce n'est probablement rien du tout, répondit-elle. Mais j'imagine qu'il pourrait y avoir d'autres explications, comme – ce ne sont que des conjectures, notez-le bien – une sclérose en plaque ou une possible démence. Mieux vaut y être préparé.

Elle lui tapota la main.

— Allez voir votre médecin, monsieur. Vraiment, vous pouvez me croire : le plus effrayant est toujours ce qu'on ne sait pas.

4

> « *La moindre supériorité que certains individus, à un âge ou pendant une saison quelconque, peuvent avoir sur ceux avec lesquels ils se trouvent en concurrence, ou toute adaptation plus parfaite aux conditions ambiantes, font, dans le cours des temps, pencher la balance en leur faveur.* »
> Charles Darwin, *De l'origine des espèces*, 1859.

Dans le secret du cercle très fermé des superriches, on se demandait parfois pourquoi Hoffmann avait fait de Quarry son associé à parts égales dans Hoffmann Investment Technologies : c'étaient bien les algorithmes du physicien qui produisaient les dividendes, et l'enseigne était à son nom. Mais le fait de pouvoir se cacher derrière quelqu'un de plus extraverti convenait parfaitement à Hoffmann. Et il savait en outre que, sans son associé, il n'y aurait pas eu de société. Ce n'était pas seulement que, contrairement à lui, Quarry s'intéressait au système bancaire et possédait l'expérience nécessaire ; l'Anglais avait un autre don auquel Hoffmann n'accéderait jamais, quels que soient ses efforts pour y parvenir : le don de savoir s'y prendre avec les gens.

Il y avait une part de charme, bien sûr. Mais c'était plus que ça. C'était la capacité de pousser les autres vers des objectifs plus vastes. En cas de guerre, Quarry aurait fait l'aide de camp idéal d'un maréchal – poste qu'avaient en fait occupé dans l'armée britannique son arrière et son arrière-arrière-grand-père – pour s'assurer que les ordres étaient bien transmis, apaiser les rancœurs, renvoyer des subordonnés avec un tel tact qu'ils partaient en croyant l'avoir décidé eux-mêmes, réquisitionner les meilleurs châteaux pour les états-majors de campagne et, au terme d'une journée de seize heures, réunir des rivaux jaloux autour d'un dîner dont il aurait lui-même sélectionné les vins. Il était diplômé d'Oxford avec mention très bien en philosophie, politique et économie, avait une ex-femme et trois enfants gardés à l'abri dans un lugubre manoir conçu par Lutyens dans un repli pluvieux du Surrey, un chalet de ski à Chamonix où il se rendait en hiver avec celle qui se trouvait avec lui ce week-end-là parmi une suite interchangeable de filles belles et sous-alimentées qu'il écartait toujours avant que ne se profile le moindre signe annonciateur de gynécologue ou d'avocat à l'horizon. Gabrielle ne pouvait pas le supporter.

Néanmoins, la situation de crise les rendait momentanément alliés. Pendant qu'Hoffmann se faisait recoudre, Quarry alla chercher pour Gabrielle une tasse d'un café ignoble au distributeur du couloir. Il s'installa avec elle dans la salle d'attente étriquée, avec ses chaises en bois inconfortables et sa galaxie d'étoiles en plastique qui brillait au plafond. Il lui tint la main et la serra aux moments appropriés. Il l'écouta raconter ce qui s'était passé et, lorsqu'elle lui énuméra les bizarreries de comportement de son mari, lui assura que tout irait bien :

— Inutile de se voiler la face, Gabs : même quand tout va bien, il n'est jamais à proprement parler normal, si ? Ne t'inquiète pas, on va régler tout ça. Donne-moi dix minutes.

Il appela son assistante et lui dit qu'il avait besoin d'une voiture avec chauffeur pour tout de suite. Il réveilla le responsable de la sécurité de la société, Maurice Genoud, et lui ordonna sur un ton brusque de se rendre à une réunion d'urgence au bureau moins d'une heure plus tard, et d'envoyer quelqu'un chez les Hoffmann. Il obtint ensuite de parler à un certain inspecteur Leclerc, et le persuada d'accepter que le docteur Hoffmann ne soit pas contraint d'aller faire sa déposition dans les locaux de la police dès sa sortie de l'hôpital. Leclerc convint qu'il avait déjà pris des notes suffisamment détaillées pour faire son rapport, et qu'Hoffmann pourrait y apporter les corrections nécessaires et le signer plus tard dans la journée.

Pendant tout ce temps, Gabrielle observa malgré elle Quarry avec admiration. Il était tellement à l'opposé d'Alex. Il était beau *et* il le savait. Son attitude si typique des Anglais méridionaux portait sur ses nerfs de presbytérienne du Nord. Elle se demandait parfois s'il n'était pas gay, et si tout ce défilé de belles filles n'était pas davantage destiné à la galerie qu'à sa consommation personnelle.

— Hugo, dit-elle d'une voix grave lorsqu'il eut enfin rangé son portable. Je voudrais que tu me rendes un service. Je voudrais que tu lui ordonnes de ne pas aller au bureau aujourd'hui.

— Ma chérie, répliqua-t-il en lui reprenant la main, si je pensais que ça pourrait y changer quoi que ce soit, je le lui dirais. Mais, comme tu le sais au moins aussi bien que moi, une fois qu'il s'est mis en tête de faire quelque chose, il le fait.

— Et c'est vraiment si important que ça, ce qui est prévu aujourd'hui ?

— Oui, tout à fait.

Quarry redressa très légèrement le poignet afin de lire l'heure à sa montre sans lâcher la main de Gabrielle.

— Enfin, rien qui ne puisse être repoussé s'il y allait réellement de sa santé. Mais, pour être franc avec toi, il serait très nettement préférable qu'il soit là. Des gens sont venus de très loin pour le voir.

Elle retira sa main.

— Prends garde de ne pas tuer la poule aux œufs d'or, commenta-t-elle avec amertume. Ce serait franchement mauvais pour les affaires.

— Ne crois pas que je n'en aie pas conscience, assura affablement Quarry. (Son sourire fit naître de petites rides autour de ses yeux d'un bleu profond ; ses cils, comme ses cheveux, avaient une teinte blond vénitien.) Écoute, reprit-il, si j'ai, ne serait-ce qu'un instant, l'impression qu'il joue avec sa santé, je te le renvoie à la maison dans le quart d'heure qui suit pour que maman le mette au lit. Je t'en fais la promesse. Et maintenant, dit-il en regardant par-dessus l'épaule de Gabrielle, voici, si je ne me trompe, venir notre bonne vieille poule, à moitié plumée et ébouriffée. (Il fut aussitôt debout.) Mon cher Al, commença-t-il en le rejoignant à mi-chemin dans le couloir. Comment te sens-tu ? Tu es blême.

— J'irai beaucoup mieux dès que je serai sorti d'ici.

Hoffmann glissa le CD dans la poche de son pardessus pour que Gabrielle ne puisse pas le voir. Puis il embrassa sa femme sur la joue.

— Ça va aller, maintenant.

* * *

Ils traversèrent le grand hall des admissions. Il était près de 7 h 30 et dehors le jour s'était enfin levé, froid, couvert et réticent. Les épais rouleaux de nuages suspendus au-dessus de l'hôpital étaient du même gris que la matière grise cervicale, ou c'est du moins ce qu'il parut à Hoffmann, qui voyait à présent le scanner où qu'il posât les yeux. Une rafale de vent tourbillonna sur l'esplanade circulaire et plaqua son imperméable contre ses jambes. Un groupe de fumeurs, réduit mais égalitaire, médecins en blouse blanche et patients en peignoir, se tenaient devant la porte d'entrée, rassemblés pour affronter le temps exceptionnellement pourri de ce mois de mai. La fumée de leurs cigarettes tourbillonnait sous les lampes à sodium avant de se dissoudre dans le crachin.

Quarry repéra leur voiture, une grosse Mercedes propriété d'une entreprise de location genevoise fiable et discrète sous contrat avec la société. Elle était garée sur une place réservée aux handicapés. Le chauffeur quitta le siège conducteur en les voyant arriver et leur ouvrit la portière arrière – un type costaud et moustachu : il a déjà conduit pour moi, songea Hoffmann, qui chercha à se rappeler son nom alors qu'ils se rapprochaient.

— Georges ! le salua-t-il avec soulagement. Bonjour, Georges !

— Bonjour, monsieur, rétorqua le chauffeur, qui porta la main à sa casquette en guise de salut tandis que Gabrielle se glissait sur la banquette arrière, suivie par Quarry. Et, monsieur, chuchota-t-il en aparté à Hoffmann, pardonnez-moi mais, pour votre information, je m'appelle Claude.

— Bon, les enfants, dit Quarry, qui, assis entre les Hoffmann, les prit chacun par le genou le plus proche de lui. Où on va ?

— Au bureau, indiqua Hoffmann au moment même où Gabrielle indiquait :

— À la maison.

— Au bureau, insista Hoffmann, et ensuite à la maison, pour ma femme.

Il commençait déjà à y avoir de la circulation à l'approche du centre-ville et, lorsque la Mercedes prit le boulevard de la Cluse, Hoffmann sombra dans son silence habituel. Il se demanda si les autres avaient entendu son erreur. Qu'est-ce qui avait bien pu le pousser à dire ça ? Ce n'était pas comme s'il était du genre à remarquer qui était son chauffeur, et encore moins à lui parler : les trajets en voiture s'effectuaient généralement en compagnie de son iPad, à chercher des infos sur Internet ou plus simplement à lire l'édition en ligne du *Financial Times* ou du *Wall Street Journal*. Il lui arrivait même rarement de regarder par la vitre. Il trouvait d'ailleurs très bizarre de contempler le paysage qui défilait à présent, puisqu'il n'y avait rien d'autre à faire, et de remarquer par exemple, pour la première fois depuis des années, les gens qui faisaient la queue à un arrêt de bus, la mine épuisée avant même d'avoir vraiment commencé leur journée ; ou le nombre de jeunes Maghrébins qui traînaient au coin des rues – chose qui ne se voyait pas lorsqu'il était arrivé en Suisse. Et pourquoi ne seraient-ils pas là ? pensa-t-il. Leur présence à Genève découlait tout autant de la mondialisation que la sienne ou celle de Quarry.

La limousine ralentit pour tourner à gauche. Une cloche retentit et un tram arriva à leur hauteur. Hoffmann leva distraitement les yeux sur les visages encadrés par les fenêtres éclairées. Pendant un instant, ils parurent suspendus, immobiles, dans la pénombre matinale, puis ils commencèrent à le dépasser en silence : certains le regard perdu dans le vide, d'autres assoupis, un autre lisant la *Tribune de Genève* et enfin, dans l'encadrement de la dernière fenêtre, le profil d'un homme d'une bonne cinquantaine d'années au front haut et aux cheveux gris ramenés grossièrement en queue-de-cheval. Il resta un instant au niveau d'Hoffmann, puis le tram accéléra et, dans une décharge d'électricité et une gerbe d'étincelles bleu pâle, l'apparition s'évanouit.

Tout fut tellement rapide et irréel. Hoffmann n'était pas certain de ne pas avoir rêvé. Quarry dut le sentir sursauter ou l'entendre retenir sa respiration.

— Ça va, vieux ? s'enquit-il en se tournant vers lui.

Mais Hoffmann était trop saisi pour lui répondre.

— Qu'est-ce qui se passe ? demanda Gabrielle en s'étirant pour voir son mari derrière la tête de Quarry.

— Rien, assura Hoffmann, qui s'efforça de retrouver une voix normale. L'anesthésie doit se dissiper. (Il s'abrita les yeux derrière sa main et regarda par la vitre.) Vous voulez bien mettre la radio ?

La voix de la présentatrice se fit entendre, d'une jovialité déconcertante, comme si elle ne savait pas ce qu'elle disait ; elle aurait pu annoncer l'Apocalypse avec le sourire.

« Malgré la mort de trois employés de banque à Athènes, le gouvernement grec a promis hier soir de poursuivre le plan d'austérité. Les trois employés ont été tués alors que des manifestants qui protestaient contre les coupes budgétaires attaquaient la banque avec des bombes artisanales... »

Hoffmann essayait de déterminer s'il était ou non victime d'une hallucination. Si ce n'en était pas une, il devait absolument appeler Leclerc tout de suite et demander au chauffeur de suivre le tram jusqu'à l'arrivée de la police. Mais s'il s'imaginait des choses ? Il reculait mentalement devant l'humiliation qui ne manquerait pas de suivre. Pire encore, cela impliquerait qu'il ne pourrait plus se fier aux signaux que lui envoyait son propre cerveau. Il était prêt à tout supporter à part la démence. Plutôt mourir que de suivre à nouveau ce chemin. Il préféra donc se taire et garda le visage tourné vers la vitre afin que les autres ne voient pas la panique dans ses yeux tandis que la radio continuait de déverser ses informations.

« On s'attend à ce que les marchés financiers ouvrent à la baisse ce matin après avoir dévissé toute la semaine en Europe et aux États-Unis. La crise est alimentée par la crainte qu'un ou plusieurs pays de la zone euro puisse ne plus faire face au remboursement de sa dette publique. Cette nuit, on a assisté encore à de fortes pertes en Extrême-Orient... »

Si mon esprit était un algorithme, songea Hoffmann, je le mettrais en quarantaine. Je le fermerais.

« En Grande-Bretagne, les électeurs se rendent aux urnes aujourd'hui pour élire leur nouveau gouvernement. Après treize années de pouvoir, on s'attend à la défaite du parti travailliste de centre gauche... »

— Tu as voté par correspondance, Gabs? demanda Quarry avec désinvolture.

— Oui, pas toi?

— Oh, non. Pourquoi irais-je m'embêter avec ça? Pour qui as-tu voté? Non, attends, laisse-moi deviner. Les Verts.

— C'est un scrutin secret, répliqua-t-elle avec raideur, irritée qu'il soit tombé juste.

La société d'Hoffmann était située dans les Eaux-Vives, un quartier au sud du lac aussi solide et assuré que l'homme d'affaires suisse du XIXe siècle qui l'avait bâti : d'imposantes demeures, de larges boulevards d'inspiration parisienne coiffés de câbles de trams, des cerisiers qui jaillissaient des trottoirs pour arroser les pavés gris de pétales blanc sale et roses, des rez-de-chaussée de boutiques et de restaurants imperturbablement surmontés par sept étages de bureaux et d'habitations. Niché au milieu de toute cette respectabilité bourgeoise, Hoffmann Investment Technologies présentait au monde une étroite façade victorienne, facile à manquer si on ne la cherchait pas, signalée simplement par une petite plaque au-dessus d'un interphone. Une rampe fermée par un volet métallique et surveillée par une caméra de sécurité menait à un garage souterrain. Il y avait d'un côté un *salon de thé**, de l'autre un supermarché ouvert tard le soir. Au loin, la chaîne du Jura était encore coiffée de neige.

L'indice de la peur

— Tu me promets de faire attention ? demanda Gabrielle alors que la Mercedes se garait.

Hoffmann passa la main derrière Quarry pour serrer l'épaule de sa femme.

— Je me sens de mieux en mieux. Mais toi ? Ça va aller, de retourner à la maison ?

— Genoud envoie quelqu'un, intervint Quarry.

Gabrielle adressa une rapide grimace à Hoffmann – sa tête d'Hugo, qui impliquait de baisser les coins de la bouche en tirant la langue et en levant les yeux au ciel. Malgré tout, il faillit éclater de rire.

— Hugo maîtrise la situation, dit-elle, n'est-ce pas, Hugo ? Comme *toujours*. (Elle embrassa la main de son mari, restée sur son épaule, avant de reprendre :) De toute façon, je ne reste pas. Je prends juste mes affaires et je file à la galerie.

Le chauffeur ouvrit la portière.

— Écoute, dit Hoffmann, qui n'avait pas envie de la laisser partir. Bonne chance pour ce matin. Je passerai voir comment ça se présente dès que j'ai un moment.

— Ça me ferait plaisir.

Il descendit sur le trottoir. Elle eut soudain la prémonition qu'elle ne le reverrait plus jamais, si vive qu'elle en eut la nausée.

— Tu es sûr qu'on ne devrait pas tout annuler tous les deux pour prendre notre journée ?

— Pas question. Ça va être super.

— Eh bien, salut, très chère, conclut Quarry en faisant glisser son derrière soigné sur la banquette de cuir en direction de la portière ouverte. Tu sais quoi ? ajouta-t-il en sortant. Je crois que je vais venir t'acheter un de tes bidules. Ça ferait très bien dans notre réception, je crois.

La voiture s'éloigna, et Gabrielle les regarda par la lunette arrière. Quarry avait passé son bras gauche autour des épaules d'Alex et l'entraînait vers la porte ; il faisait un geste de la main droite. Elle ne comprit pas ce que le geste signifiait, mais elle savait que Quarry lançait une plaisanterie. Un instant après, ils avaient disparu.

* * *

L'indice de la peur

Les bureaux d'Hoffmann Investment Technologies se présentaient au visiteur comme les étapes parfaitement orchestrées d'un tour de magie. Tout d'abord, de grosses portes de verre fumé s'ouvraient automatiquement sur une réception étroite, à peine plus large qu'un couloir, et basse de plafond, cernée de murs de granit brun à peine éclairés. Vous deviez ensuite présenter votre visage à une caméra de reconnaissance faciale en 3D. Il fallait moins d'une seconde pour que l'algorithme de géométrie métrique compare vos traits avec ceux enregistrés dans la banque de données (il était important de conserver une expression neutre pendant toute l'opération) ; si vous étiez un visiteur, vous deviez donner votre identité au garde impassible posté à l'entrée. Une fois votre identité établie, vous franchissiez un tourniquet tubulaire métallique, remontiez un autre couloir très court et tourniez à gauche pour vous retrouver devant un immense espace ouvert inondé de lumière naturelle. Ce qui frappait alors, c'était qu'il s'agissait en fait de trois bâtiments réunis en un seul. La paroi du fond avait été démolie et remplacée par une sorte d'à-pic de glacier alpin en verre sur huit niveaux, qui surplombait une cour intérieure centrée sur un jet d'eau et des fougères géantes très graphiques. Deux ascenseurs jumeaux se déplaçaient sans bruit dans leur gangue de verre insonorisée.

Quarry, passé maître dans l'art de la mise en scène et le commercial, avait été stupéfié pas le concept à l'instant même où il avait visité les lieux, neuf mois plus tôt. Hoffmann avait pour sa part été séduit par les systèmes informatisés – l'éclairage qui s'ajustait à la lumière du dehors, les fenêtres qui s'ouvraient automatiquement pour réguler la température, les cheminées d'aération sur le toit qui permettaient de se passer de l'air conditionné dans tous les espaces ouverts, la pompe à chaleur géothermique pour le chauffage, le récupérateur d'eau de pluie avec sa citerne de cent mille litres pour alimenter les chasses d'eau. L'immeuble était présenté comme « une entité holistique entièrement numérisée avec un impact carbone réduit ». En cas d'incendie, les régulateurs de débit du système de ventilation se fermaient pour éviter la propagation de la fumée, et les ascenseurs étaient renvoyés au rez-de-chaussée pour éviter que les gens ne les prennent. Et surtout l'immeuble était relié au très haut débit par fibre optique GV1, le réseau le plus rapide d'Europe. L'affaire était réglée : ils louèrent tout le cinquième étage. Les sociétés locataires des étages supérieurs et inférieurs – DigiSyst, EcoTech, EuroTel – étaient aussi mystérieuses que leurs noms. Aucun membre d'une de ces entreprises ne semblait avoir conscience de l'existence des autres. Les montées et descentes en ascenseur s'effectuaient dans un silence gêné, sauf au moment où les passagers pénétraient dans la cabine et annonçaient leur étage de destination (le système de reconnaissance vocale parvenait à distinguer les accents régionaux de vingt-quatre langues différentes), et cela n'était pas pour déplaire à Hoffmann, qui était obsédé par sa tranquillité et détestait les bavardages inutiles.

Le cinquième étage constituait un royaume à l'intérieur du royaume. Une paroi de verre bullé opaque de couleur turquoise masquait l'accès aux ascenseurs. Comme en bas, il fallait pour entrer présenter un visage détendu à une caméra reliée à un scanner. La reconnaissance faciale déclenchait l'ouverture d'un panneau coulissant, le verre vibrant à peine tandis qu'il s'écartait pour révéler la réception personnelle d'Hoffmann Investment : des cubes de cuir gris et noir empilés et disposés comme des briques de jeu de construction pour former des sièges et des canapés, une table basse en verre et chrome et des pupitres réglables équipés d'ordinateurs à écran tactile sur lesquels les visiteurs pouvaient consulter Internet en attendant leur rendez-vous. Chaque terminal affichait un écran de veille énonçant le mot d'ordre de la société en lettres rouges sur fond blanc :

L'ENTREPRISE DE L'AVENIR N'UTILISE PAS DE PAPIER
L'ENTREPRISE DE L'AVENIR NE FAIT PAS DE STOCK
L'ENTREPRISE DE L'AVENIR EST ENTIÈREMENT NUMÉRIQUE
L'ENTREPRISE DE L'AVENIR EST LÀ

Il n'y avait ni magazines ni journaux d'aucune sorte dans la salle d'attente : la politique de l'entreprise voulait éviter autant que possible que tout document imprimé ou papier à écrire ne franchisse le seuil de ses bureaux. La règle ne s'appliquait évidemment pas aux invités, mais les employés comme les patrons de la société devaient s'acquitter d'une amende de dix francs suisses et voyaient leur nom figurer sur l'Intranet de la compagnie chaque fois qu'il étaient surpris en possession d'encre et de pulpe de bois au lieu de s'en tenir au silicone et au plastique. Il était étonnant de constater avec quelle rapidité cette simple règle avait modifié les habitudes de chacun, y compris celles de Quarry. Dix ans après que Bill Gates avait commencé à prêcher l'évangile du bureau sans papier dans *Le Travail à la vitesse de la pensée,* Hoffmann l'avait plus ou moins appliqué. Curieusement, il était presque aussi fier de cela que de toutes ses autres réalisations.

C'était donc très embarrassant pour lui de devoir traverser la réception avec sa première édition de *L'Expression des émotions chez l'homme et les animaux.* S'il avait surpris n'importe qui d'autre avec ce livre, il lui aurait fait remarquer qu'on pouvait consulter ce texte en ligne *via* le Projet Gutenberg ou darwin-online.org et lui aurait demandé sur un ton sarcastique s'il croyait pouvoir lire plus vite que l'algorithme du VIXAL-4 ou s'il s'était entraîné mentalement à faire de la recherche de mots. Il ne trouvait nullement paradoxal de mettre autant de zèle à bannir les livres du bureau qu'à collectionner les premières éditions rares chez lui. Les livres étaient des antiquités, au même titre que n'importe quel objet du passé. Autant reprocher à un collectionneur de candélabres de Venise ou de chaises percées Régence de se servir de la lumière électrique ou de tirer une chasse d'eau. Il glissa néanmoins le volume sous son pardessus et lança un coup d'œil coupable vers l'une des caméras de sécurité miniatures qui surveillaient l'étage.

— On viole ses propres règles, professeur ? se moqua Quarry en desserrant son écharpe. Elle est bien bonne !

— J'avais oublié que je l'avais avec moi.

— Tu parles ! Le tien ou le mien ?

— Je ne sais pas. Ça a une importance ? D'accord, le tien.

Pour arriver au bureau de Quarry, il était nécessaire de traverser la salle des marchés. La Bourse japonaise allait fermer dans un quart d'heure, les marchés européens ouvriraient à 9 heures, et déjà près d'une cinquantaine d'analystes quantitatifs – ou quants, dans le jargon méprisant de la finance – étaient sur le pont. Nul n'élevait la voix au-dessus d'un chuchotement, et la plupart scrutaient leur batterie de six écrans en silence. Des téléviseurs plasma géants retransmettaient CNBC et Bloomberg avec le son coupé, cependant qu'en dessous une bande lumineuse rouge d'horloges numériques égrenait silencieusement le passage du temps à Tokyo, Beijing, Moscou, Genève, Londres et New York. Voilà le bruit que fait l'argent dans la deuxième décennie du XXIe siècle. Le tapotement étouffé des doigts sur les claviers était la seule indication qu'il y avait des humains présents.

Hoffmann porta la main à l'arrière de son crâne et toucha le sourire crispé de sa blessure. Il se demanda si la plaie était très visible. Peut-être devrait-il porter une casquette de base-ball ? Il avait conscience d'être livide et mal rasé, et il évita de croiser des regards, ce qui lui fut assez facile dans la mesure où les quants furent très peu à lever les yeux. Pour des raisons qu'il ne s'expliquait pas vraiment, l'équipe de quants d'Hoffmann était aux neuf dixièmes masculine. Ce n'était pas un choix délibéré. Il semblait simplement que les hommes étaient les seuls à postuler – le plus souvent des réfugiés des deux plaies jumelles de l'université : bas salaires et haut niveau de compétences. Une demi-douzaine d'entre eux venaient du grand collisionneur de particules LHC. Hoffmann n'aurait même pas envisagé d'engager quelqu'un qui ne serait pas au moins titulaire d'un doctorat de mathématiques ou de sciences physiques. On attendait de tous qu'ils aient été classés par leurs pairs dans les meilleurs 15 % de la profession. La nationalité, comme l'aptitude sociale, importait peu, ce qui faisait que le registre du personnel d'Hoffmann Investment faisait parfois penser à une conférence des Nations unies sur le syndrome d'Asperger. Quarry appelait ça « le monde des *nerds* », ces fondus d'informatique complètement asociaux. L'année dernière, les bonus avaient amené la rémunération moyenne à près d'un demi-million de dollars.

Seuls cinq cadres supérieurs disposaient d'un bureau personnel – les directeurs financiers, des risques et des opérations –, ainsi qu'Hoffmann, qui occupait le poste de président de la société, et Quarry, qui en était le directeur général. Les bureaux en question étaient des cubes de verre insonorisé standard avec stores vénitiens blancs, moquette beige et mobilier scandinave en bois clair et chrome. Les fenêtres de Quarry donnaient sur la rue et, juste en face, sur une banque privée allemande protégée des regards par des voilages impénétrables. L'Anglais se faisait construire un méga yacht de soixante-cinq mètres par Benetti, à Viareggio. Ses murs étaient tapissés d'esquisses et de plans encadrés, et il y avait une maquette du bateau posée sur son bureau. Une rampe de lumières était censée courir tout le long de la coque, juste sous le pont, et il pourrait l'allumer, l'éteindre ou changer la couleur de l'éclairage d'un simple bip de télécommande pendant qu'il dînerait sur le port avec des amis. Il projetait de le baptiser *Trade Alpha*. Hoffmann, qui se contentait de balades en Hobie Cat, avait craint que leurs clients ne puissent voir dans une telle ostentation la preuve qu'ils gagnaient trop d'argent. Mais, comme d'habitude, Quarry connaissait mieux que lui la psychologie humaine :

— Non, non, ils vont adorer ça. Ils diront à tout le monde : « Vous n'avez pas idée du fric que se font ces types... » Et, crois-moi, ça leur donnera encore plus envie de faire partie du club. Ce sont des gosses. Et ce sont des suiveurs.

Il était à présent installé derrière sa maquette de bateau et regardait par-dessus l'une de ses trois piscines miniatures pour proposer :

— Café ? Petit déj ?

— Juste un café, répondit Hoffmann, qui s'approcha directement de la fenêtre.

Quarry appela son assistante.

— Deux cafés noirs. Tout de suite. Et tu devrais boire de l'eau, suggéra-t-il au dos d'Hoffmann. Il ne faudrait pas que tu te déshydrates.

Hoffmann n'écoutait pas.

— Et de l'eau plate, ma chérie. Et puis je prendrai une banane et un yaourt. Genoud est arrivé ?

— Pas encore, Hugo.

— Envoie-le-moi dès qu'il sera là, dit-il avant de lâcher le bouton. Quelque chose d'intéressant, dehors ?

Hoffmann avait les mains posées sur le rebord de la fenêtre. Il contemplait la rue. Un groupe de piétons attendait pour traverser au coin d'en face que le feu passe au vert alors même qu'il n'y avait pas de circulation. Hoffmann les regarda un moment, puis grommela avec férocité :

— Putains de Suisses complètement coincés...

— Oui, mais pense aux petits 8,8 % d'impôts que ces putains de Suisses complètement coincés nous demandent, et tu te sentiras mieux.

Une jeune femme athlétique et couverte de taches de rousseur, en pull décolleté et coiffée d'une cascade de cheveux roux foncé, entra sans frapper : l'assistante d'Hugo, une Australienne – Hoffmann ne se souvenait pas de son nom. Il la soupçonnait d'être une ex de son associé qui avait dépassé l'âge réglementaire de la retraite pour ce rôle, trente et un ans, et s'était vu offrir des fonctions moins astreignantes. Elle portait un plateau. Un homme attendait derrière elle, en complet sombre et cravate noire, un imperméable fauve plié sur le bras.

— M. Genoud est là, annonça-t-elle avant de demander avec sollicitude : Comment vous sentez-vous, Alex ?

Hoffmann se tourna vers Quarry.

— Tu lui as *dit* ?

— Oui, je l'ai appelée de l'hôpital. C'est elle qui nous a envoyé une voiture. Quel est le problème ? Ce n'est pas un secret, si ?

— Je préférerais que tout le monde au bureau ne soit pas au courant, si ça ne te dérange pas.

— D'accord, si c'est ce que tu veux. Tu gardes ça pour toi, Amber, d'accord ?

— Bien sûr, Hugo. Pardon, Alex, ajouta-t-elle en regardant Alex sans comprendre.

Hoffmann leva la main en guise de bénédiction. Il prit son café sur le plateau et retourna près de la fenêtre. Les piétons avaient traversé. Un tram s'arrêta en bringuebalant et ouvrit ses portes ; ses passagers se déversèrent sur toute sa longueur, comme si on avait incisé son flanc au couteau pour le vider.

L'indice de la peur

Hoffmann s'efforça de distinguer les visages, mais ils étaient trop nombreux et se dispersaient trop rapidement. Il but son café. Quand il se retourna, Genoud se trouvait dans le bureau et la porte s'était refermée. On lui parlait, et il ne s'en était pas rendu compte. Il prit conscience du silence soudain.

— Pardon ?

— Docteur Hoffmann, reprit patiemment Genoud, je disais juste à M. Quarry que j'ai parlé avec plusieurs de mes anciens collègues de la police de Genève. Ils ont sorti un portrait-robot de l'homme. La police scientifique est chez vous en ce moment.

— L'inspecteur chargé de l'affaire s'appelle Leclerc.

— Oui, je le connais. Il est sur le point d'être mis sur la touche, malheureusement. On dirait que cette affaire le dépasse déjà. Je voudrais vous demander, monsieur Hoffmann, poursuivit Genoud avec hésitation : Vous êtes sûr de lui avoir tout dit ?

— Évidemment. Pourquoi ne lui aurais-je pas tout dit ?

Hoffmann se moquait de paraître grossier.

— Je me fiche de ce que pense l'inspecteur Clouseau, intervint Quarry. Ce qui importe, c'est de savoir comment ce dingue a pu franchir le système de sécurité d'Alex. Et s'il l'a franchi une fois, est-ce qu'il peut recommencer ? Et s'il l'a franchi chez lui, est-ce qu'il peut entrer ici, dans nos bureaux ? C'est pour ça qu'on vous paye, non, Pierre ? La sécurité ?

Les joues cireuses de Genoud s'empourprèrent.

— Cet immeuble est l'un des mieux protégés de Genève. Quant au domicile du docteur Hoffmann, la police dit que l'intrus semblait connaître les codes du portail, de la porte d'entrée et peut-être même celui de l'alarme. Aucun système de sécurité au monde ne peut vous protéger contre ça.

— Je vais changer les codes ce soir, annonça Hoffmann. Et, à partir de maintenant, c'est *moi* qui décide qui les connaîtra.

— Je vous certifie, docteur Hoffmann, que nous ne sommes que deux dans la société à connaître ces combinaisons – moi-même et l'un de mes techniciens. La fuite ne peut pas venir de chez nous.

— C'est ce que vous dites. Mais il a bien fallu qu'il les trouve quelque part.

— D'accord, laissons les codes pour le moment, proposa Quarry. Ce qui compte, c'est que jusqu'à ce qu'on arrête ce type, je veux qu'Alex soit protégé comme il faut. Qu'est-ce que ça suppose ?

— Un garde en permanence dans la maison, certainement – j'ai déjà un homme sur place. Au moins deux autres hommes pour assurer la garde cette nuit – un pour patrouiller dans le jardin, l'autre pour rester en bas, dans la maison. Et quand le docteur Hoffmann doit se déplacer en ville, je propose un chauffeur formé au contre-terrorisme et un garde du corps.

— Armé ?

— C'est vous qui décidez.

— Et toi, professeur, qu'est-ce que tu en dis ?

Une heure plus tôt, Hoffmann aurait décrété que toutes ces précautions étaient absurdes. Mais l'apparition dans le tram l'avait secoué. De petits éclairs de panique semblables à des feux de brousse ne cessaient de se déclencher dans sa tête.

— Je veux une protection pour Gabrielle aussi. Nous n'arrêtons pas de supposer que ce maniaque en avait après moi, mais si c'était après elle qu'il en avait ?

Genoud prenait des notes sur un agenda personnel.

— Oui, nous pouvons arranger ça.

— Simplement jusqu'à ce qu'il soit arrêté, OK ? Ensuite, tout pourra rentrer dans l'ordre.

— Et vous, monsieur Quarry ? s'enquit Genoud. Faut-il que nous prenions des mesures de précaution pour vous aussi ?

Quarry se mit à rire.

— La seule chose qui m'empêche de dormir, c'est l'idée de faire l'objet d'une recherche en paternité.

* * *

— Bon, fit Quarry dès que Genoud fut sorti, parlons de cette présentation – si tu crois toujours pouvoir la faire.

— Je suis prêt.

— D'accord, et je remercie le ciel pour ça. Neuf investisseurs – tous des clients existants, comme convenu. Quatre institutions, trois très grosses fortunes, deux family offices, et des joujoux par milliers.

— Des joujoux ?

— Bon, d'accord, pas de joujoux. Il n'y a pas de joujoux, je te l'accorde.

Quarry était de très bonne humeur. S'il était aux trois quarts joueur, il était aussi pour un quart un vendeur-né, et il y avait un petit moment que cette part de lui n'avait pas pu s'exprimer.

— Les règles de base sont : *primo*, qu'ils doivent signer une clause de confidentialité concernant nos logiciels, et *secundo*, qu'ils sont autorisés à se faire accompagner par un conseiller attitré chacun. Ils doivent débarquer dans une heure et demie. Je suggère que tu prennes une douche et que tu te rases avant qu'ils arrivent : si tu permets, on a besoin que tu aies l'air génial et excentrique et pas complètement dingo. Tu leur exposes les principes généraux. On leur montre le matériel. C'est moi qui fais le boniment. Et puis on les emmène déjeuner au Beau Rivage.

— On cherche à obtenir combien ?

— J'aimerais bien un milliard. Mais je me contenterais de 75 millions.

— Et la commission ? Qu'est-ce qu'on décide ? Est-ce qu'on en reste à deux et vingt ?

— Qu'est-ce que tu en penses ?

— Je ne sais pas. C'est à toi de décider.

— Si on demande plus que le taux en vigueur, on aura l'air trop gourmands. Si on demande moins, on perd leur respect. Avec nos résultats, on a un avantage, mais, même comme ça, je propose qu'on s'en tienne à deux et vingt.

Quarry recula son fauteuil et balança d'un même mouvement fluide ses pieds sur le bureau.

— Ça va être un grand jour pour nous, Alexi. Ça fait un an qu'on attend de leur montrer ça. Et eux sont chauds comme les braises.

Des frais de gestion annuels de 2 % sur un milliard de dollars, ça rapportait 20 millions de dollars, rien qu'en venant au bureau le matin. Une commission de performance de 20 % sur un investissement de un milliard de dollars, en partant d'un rapport de 20 % – modeste selon les standards actuels d'Hoffmann Investment –, produisait encore 40 millions de dollars. Autrement dit, un revenu annuel de 60 millions de dollars pour une demi-matinée de travail et deux heures de bla-bla insoutenable dans un restaurant chic. Hoffmann lui-même était prêt à endurer les pires imbéciles pour ça.

— Qui on a, exactement, ce matin ?
— Oh, tu sais, la faune habituelle.

Et Quarry passa les dix minutes suivantes à décrire les uns et les autres.

— Mais tu n'as pas à t'en faire avec ça. C'est moi qui m'occuperai d'eux. Contente-toi de parler de tes précieux algorithmes. Et maintenant, va donc te reposer un peu.

5

> « *Il n'est presque pas de faculté qui soit plus importante pour le progrès intellectuel de l'homme, que celle de l'ATTENTION. Elle se manifeste clairement chez les animaux ; lorsqu'un chat, par exemple, guette à côté d'un trou et se prépare à s'élancer sur sa proie.* »
> Charles Darwin, *De la descendance de l'homme*, 1871.

Le bureau d'Hoffmann était identique à celui de Quarry, à l'exception des représentations de bateau. Il n'y avait pour tout décor que trois photos encadrées. L'une était de Gabrielle, prise deux ans plus tôt lors d'un déjeuner sur la plage de Pampelonne, à Saint-Tropez : elle riait et regardait franchement l'objectif, le soleil sur son visage, un filigrane blanc de sel séché sur sa joue, vestige du long bain de mer qu'elle avait pris le matin – il n'avait jamais vu une telle vitalité, et se sentait ragaillardi chaque fois qu'il la regardait. Il y avait un portrait d'Hoffmann lui-même, pris en 2001, coiffé d'un casque jaune et se tenant à cent soixante-quinze mètres sous la surface du sol, dans le tunnel qui allait abriter le synchrotron de l'accélérateur de particules LHC. La troisième photo montrait Quarry en tenue de soirée, à Londres, recevant le prix du meilleur gestionnaire de hedge fund algorithmique de l'année des mains d'un ministre du gouvernement travailliste : inutile de préciser qu'Hoffmann avait, lui, refusé d'assister à la cérémonie, ce que Quarry avait approuvé, décrétant que cela ajouterait encore à la mystique de leur société.

Hoffmann referma la porte et longea les parois en double vitrage de son bureau afin d'abaisser et de fermer tous les stores vénitiens. Il suspendit son imperméable, prit le CD de son CAT-scan dans sa poche et en tapota le boîtier contre ses dents tout en se demandant ce qu'il allait en faire. Il n'y avait sur son bureau que la batterie inévitable de six écrans Bloomberg, un clavier, une souris et un téléphone. Il s'assit sur le fauteuil ergonomique pivotant à haut dossier, cuir avoine et inclinaison pneumatique à 2 000 dollars, ouvrit le tiroir du bas et y fourra le CD tout au fond. Puis il referma le tiroir et alluma son terminal. À Tokyo, l'indice Nikkei des deux cent vingt-cinq sociétés à plus forte capitalisation boursière avait fini en baisse de 3,3 %. Mitsubishi Corporation avait perdu 5,4 %, Japan Petroleum Exploration Company 4 %, Mazda Motors 5 %, et Nikon 3,5 pour cent. L'indice composite de la bourse de Shanghai accusait une chute de 4,1 après huit mois de baisse. Hoffmann songea que ça tournait à la débâcle.

Soudain, avant même qu'il comprenne ce qui se passait, les écrans se brouillèrent et il se mit à pleurer. Ses mains tremblaient et une étrange note funèbre s'échappait de sa gorge. Puis tout son buste fut secoué de spasmes. Je craque, pensa-t-il, et il posa douloureusement son front contre le bureau. Mais, en même temps, il se sentait curieusement détaché de son effondrement, comme s'il s'observait depuis un point situé au plafond de la pièce. Il avait conscience de haleter à la façon d'un animal épuisé. Au bout de quelques minutes, lorsque les tremblements se furent calmés et qu'il put reprendre sa respiration, il s'aperçut qu'il se sentait beaucoup mieux, et même légèrement euphorique – la catharsis facile des pleurs –, il était tentant d'y devenir accro. Il se redressa et retira ses lunettes pour s'essuyer les yeux de ses doigts tremblants et le nez sur le revers de sa main. Puis il gonfla les joues.

— Bon Dieu, murmura-t-il. Bon Dieu de bon Dieu.

Il resta un instant immobile, le temps de récupérer, puis se leva et retourna chercher le Darwin dans son imperméable. Il posa l'ouvrage sur le bureau et s'installa devant. La reliure de toile verte vieille de cent trente-huit ans au dos légèrement élimé paraissait totalement incongrue dans le cadre de ce bureau, où rien ne datait de plus de six mois. Hoffmann l'ouvrit avec hésitation à l'endroit où il s'était arrêté de lire, peu après minuit. (« Chapitre XII : Surprise-étonnement-crainte-horreur »). Il prit la fiche du bouquiniste hollandais, la déplia et la lissa. « Rosengaarden & Nijenhuise, livres anciens à caractère médical et scientifique, depuis 1911. » Il tendit le bras vers le téléphone. Après un court débat intérieur pour déterminer si c'était la meilleure marche à suivre, il composa le numéro du bouquiniste à Amsterdam.

Le téléphone sonna longtemps sans que personne décroche, ce qui n'était guère surprenant vu qu'il n'était que 8 h 30. Mais Hoffmann comprenait mal ces nuances temporelles : puisqu'il se trouvait à son bureau, il supposait qu'il devait en aller de même pour tout un chacun. Il laissa donc sonner interminablement et se remémora Amsterdam. Il s'y était rendu à deux reprises, et il aimait son élégance et son sens de l'histoire ; c'était une ville dotée d'intelligence. Il fallait absolument qu'il y emmène Gabrielle quand toute cette affaire serait réglée. Ils pourraient fumer des joints dans un café et faire l'amour tout l'après-midi dans la chambre lambrissée d'un tout petit hôtel. Tandis qu'il écoutait le ronronnement ininterrompu de la sonnerie, il imagina la boutique du bouquiniste avec ses petits vitraux épais à motifs de volutes donnant sur une rue pavée bordée d'arbres, au bord d'un canal ; de hauts rayonnages poussiéreux auxquels on accédait par des échelles branlantes ; des instruments scientifiques anciens en laiton poli – un sextant, peut-être, et un microscope ; un vieux bibliophile chauve et voûté qui tournait la clé dans la porte pour se précipiter sur son bureau, juste à temps pour décrocher le combiné...

— *Goedemorgen. Rosengaarden en Nijenhuise.*

La voix n'était ni vieille ni masculine, mais jeune et féminine ; mélodieuse et chantante.

— Vous parlez anglais ? demanda-t-il.
— Oui. Que puis-je faire pour vous ?

Il s'éclaircit la gorge et s'avança sur son siège.

— Je crois que vous m'avez envoyé un livre avant-hier. Je m'appelle Alexander Hoffmann et j'habite Genève.

— Hoffmann? Oui, docteur Hoffmann. Naturellement que je m'en souviens. La première édition de Darwin. Un bel ouvrage. Vous l'avez reçu? J'espère qu'il n'y a pas eu de problème avec la livraison.

— Oui, je l'ai reçu. Mais il n'y avait pas de mot avec, et je ne peux pas remercier celui qui me l'a offert. Vous pourriez me donner cette information?

Il y eut un silence.

— Vous avez bien dit que vous vous appelez Alexander Hoffmann?

— Oui, c'est ça.

Le silence qui suivit se prolongea et, lorsque la fille reprit la parole, elle semblait troublée.

— Vous l'avez acheté vous-même, docteur Hoffmann.

Hoffmann ferma les yeux. Quand il les rouvrit, il lui sembla que la pièce s'était légèrement déplacée sur son axe.

— C'est impossible, dit-il enfin. Ce n'est pas moi qui l'ai acheté. Il doit s'agir de quelqu'un qui s'est fait passer pour moi.

— Mais c'est vous qui avez réglé. Vous êtes sûr de ne pas avoir oublié?

— Comment ai-je réglé?

— Par virement bancaire.

— Qui se montait à combien?

— 10 000 euros.

De sa main libre, Hoffmann se raccrocha au bord de son bureau.

— Attendez. Comment est-ce possible? Est-ce que quelqu'un est venu au magasin en se faisant passer pour moi?

— Il n'y a plus de magasin. Plus depuis cinq ans. Juste une boîte postale. Nous travaillons à présent dans un entrepôt de la banlieue de Rotterdam.

— Bon, quelqu'un a bien dû me parler au téléphone, non?

— Non, il est devenu très rare de parler aux clients de nos jours. Les commandes arrivent toutes par courrier électronique.

Hoffmann coinça le combiné entre son épaule et son menton. Il alluma son terminal et ouvrit sa boîte mail. Il fit défiler les messages envoyés.

— Quand suis-je censé vous avoir envoyé ce mail ?

— Le 3 mai.

— Eh bien, je suis en train de visionner les mails que j'ai envoyés ce jour-là, et je peux vous assurer que je ne vous ai rien envoyé le 3 mai. Quelle adresse électronique figure sur la commande ?

— A point Hoffmann arobase Hoffmann Investment Technologies point com.

— Oui, c'est bien mon adresse. Mais je ne vois aucun message envoyé à un bouquiniste ici.

— Vous l'avez peut-être envoyé d'un autre ordinateur ?

— Non, je suis sûr que non.

Alors même qu'il prononçait ces mots, sa voix perdit de son assurance et la panique lui donna presque la nausée, comme si un gouffre venait de s'ouvrir à ses pieds. La radiologue avait suggéré que les petits points blancs sur son scanner pouvaient être un signe de démence. Peut-être s'était-il servi de son téléphone portable, ou de son ordinateur portable, ou du fixe qu'il avait à la maison, et avait-il tout oublié.

— Qu'y avait-il exactement dans le message que je vous ai envoyé ? Pouvez-vous me le lire ?

— Il n'y a pas eu de message. Tout se fait automatiquement. Le client clique sur le titre de notre catalogue en ligne et remplit le bulletin de commande électronique – nom, adresse, mode de paiement. (Elle avait dû percevoir le doute dans sa voix, car une certaine prudence teintait à présent la sienne.) J'espère que vous ne souhaitez pas annuler la commande...

— Non. Il faut juste que je tire ça au clair. Vous dites que l'argent a été versé par virement bancaire ? Quel est le numéro du compte débiteur ?

— Je ne peux pas vous livrer cette information.

Hoffmann rassembla toutes les forces qui lui restaient.

— Écoutez-moi, maintenant. J'ai de toute évidence été victime d'une imposture grave. C'est de l'usurpation d'identité. Et je vais très certainement annuler cette commande et mettre toute cette histoire entre les mains de la police et de mes avocats si vous ne me donnez pas ce numéro de compte sur-le-champ afin que je puisse comprendre ce que c'est que ce bordel.

Il y eut un silence à l'autre bout de la ligne. Puis la femme répondit d'un ton glacial :

— Je ne peux pas vous livrer cette information par téléphone, mais je peux vous l'envoyer à l'adresse mail qui figure sur le bon de commande. Je peux le faire tout de suite. Cela vous satisferait-il ?

— Ce serait parfait pour moi. Merci.

Hoffmann raccrocha et poussa un soupir. Il posa les coudes sur le bureau, laissa reposer sa tête sur le bout de ses doigts et regarda fixement son écran d'ordinateur. Le temps semblait passer très lentement, mais il ne s'écoula en réalité qu'une vingtaine de secondes avant que sa boîte mail affiche un nouveau message. Il l'ouvrit. Il provenait du bouquiniste. Il ne contenait pas de formule de politesse, juste une ligne de vingt chiffres et lettres, et le nom du titulaire du compte : A. J. Hoffmann. Il le fixa d'un regard incrédule, puis appela son assistante par l'interphone.

— Marie-Claude, pourriez-vous m'envoyer par mail la liste de tous mes comptes en banque personnels ? Tout de suite, s'il vous plaît.

— Bien sûr.

— Et vous gardez les codes de sécurité de chez moi quelque part, je crois ?

— Oui, docteur Hoffmann.

Marie-Claude Durade était une Suissesse vive d'une bonne cinquantaine d'années qui travaillait pour Hoffmann depuis cinq ans. Elle était la seule au bureau qui ne l'appelait pas par son prénom, et Hoffmann aurait trouvé inconcevable qu'elle puisse se retrouver mêlée à une quelconque activité illégale.

— Où les conservez-vous ?

— Dans votre fichier personnel, sur mon ordinateur.

— Quelqu'un vous les a-t-il demandés ?

— Non.

— Vous n'en avez pas parlé à quelqu'un ?

— Certainement pas.
— Pas même à votre mari ?
— Mon mari est mort l'année dernière.
— Vraiment ? Oh. Bon. Désolé. En fait, quelqu'un s'est introduit chez moi cette nuit. La police voudra peut-être vous poser quelques questions. C'est juste pour que vous soyez au courant.
— Oui, docteur Hoffmann.

Tout en attendant qu'elle lui envoie le détail de ses comptes, il feuilleta le Darwin. Il chercha le mot « soupçon » dans l'index :

« Un homme peut avoir l'âme dévorée de soupçons ou de haine, d'envie ou de jalousie, sans que ces sentiments provoquent par eux-mêmes aucun acte, sans qu'ils se révèlent par aucun signe extérieur... »

Malgré tout le respect qu'il devait à Darwin, Hoffmann eut le sentiment que son expérience personnelle contredisait cette assertion. Il avait bien l'âme dévorée de soupçons, mais il ne doutait pas que cela se voyait sur son visage – les coins de la bouche tournés vers le bas, les yeux fuyants, plissés, maussades. Qui avait jamais entendu parler d'un cas d'usurpation d'identité où l'usurpateur achetait un cadeau à la victime ? Quelqu'un essayait de le rendre dingue : c'était bien de cela qu'il s'agissait. On s'efforçait de le faire douter de sa santé mentale, peut-être même de l'assassiner. Sinon, c'est qu'il sombrait vraiment dans la folie.

Il se leva et se mit à arpenter son bureau. Il écarta les lames d'un store et jeta un coup d'œil sur la salle des marchés. Avait-il un ennemi dissimulé là ? Ses soixante quants se répartissaient en trois équipes : Incubation, qui composait et testait les algorithmes ; Technologie, qui transformait les prototypes en outils opérationnels, et Exécution, qui supervisait les opérations boursières proprement dites. Certains étaient certes un peu bizarres. Le Hongrois Imre Szabo, par exemple – il ne pouvait marcher dans un couloir sans toucher toutes les poignées de porte. Il y avait aussi un autre type, qui devait tout manger avec un couteau et une fourchette, même un biscuit sec ou un paquet de chips. Hoffmann avait engagé lui-même chacun d'eux, sans tenir compte de leurs bizarreries, mais il ne les connaissait pas très bien. C'était davantage des collègues que des amis. Il le regrettait à présent. Il laissa retomber la lame de store et retourna à son ordinateur.

La liste de ses comptes en banque attendait dans sa boîte mail. Il en avait huit – francs suisses, dollars, livres sterling, euros, compte courant, compte d'épargne, off-shore et compte joint. Il les compara à celui utilisé pour acheter le livre. Aucun ne correspondait. Il martela son bureau du bout des doigts pendant quelques secondes, puis décrocha son téléphone et appela le directeur financier de la société, Lin Ju-Long.

— LJ ? C'est Alex. Soyez gentil : vous voulez bien vérifier un numéro de compte pour moi ? Il est à mon nom, mais il ne me dit rien. Je voudrais savoir s'il apparaît quelque part dans notre système.

Il fit suivre le courriel du bouquiniste.

— Je vous l'envoie. Vous l'avez ?

Il y eut un instant d'attente.

— Oui, Alex, je l'ai. D'accord. Je peux tout de suite vous dire que ça commence par KYD, et que c'est le préfixe de tous les IBAN des comptes en dollars américains des îles Caïmans.

— Est-ce que ça pourrait être un compte de société ?

— Je vais le faire passer dans le système. Il y a un problème ?

— Non. Je veux juste tirer ça au clair, c'est tout. Et je préférerais que ça reste entre nous, si ça ne vous dérange pas.

— D'accord, Alex. Désolé d'apprendre ce qui vous est...

— Ça va, l'interrompit Hoffmann. Il n'y a pas de mal.

— Eh bien, tant mieux. Au fait, avez-vous parlé à Gana ?

Il s'agissait en réalité de Ganapathi Rajamani, le directeur des risques de la société.

— Non, pourquoi ? rétorqua Hoffmann.

— Vous avez autorisé une grosse VAD sur Procter & Gamble, hier soir ? 2 millions à 62 la part ?

— Et alors ?

— Gana est inquiet. Il dit qu'on a franchi la limite de sécurité. Il demande une réunion du Comité des risques.

— Eh bien, dites-lui d'aller en parler à Hugo. Et n'oubliez pas de me rappeler au sujet de ce compte, d'accord ?

Hoffmann se sentait trop las pour faire davantage. Il rappela Marie-Claude et lui demanda qu'on ne le dérange pas pendant une heure. Puis il éteignit son portable. Il s'allongea ensuite sur le canapé et essaya de se représenter qui avait bien pu prendre la peine d'usurper son identité pour lui offrir un livre rare d'histoire naturelle datant du XIXe siècle, en se servant d'un compte en dollars aux îles Caïmans qu'il serait censé détenir. Mais lui-même était dépassé par l'étrangeté de l'énigme, et il ne tarda pas à sombrer dans le sommeil.

* * *

L'inspecteur Leclerc savait que le chef de la police de Genève, maniaque de la ponctualité, arrivait au commissariat du boulevard Carl-Vogt à 9 heures précises, et qu'il commençait immanquablement sa journée par lire le compte rendu de ce qui s'était produit dans le canton pendant la nuit. Aussi, lorsque le téléphone sonna dans son bureau à 9 h 08, se doutait-il fortement de qui pouvait l'appeler.

— Jean-Philippe ? fit une voix sèche.
— Bonjour, chef.
— Cette agression du banquier américain, Hoffmann.
— Oui, chef ?
— Où on en est ?
— Il a quitté de sa propre initiative l'Hôpital universitaire. Une équipe technique est chez lui en ce moment. Nous avons établi un portrait détaillé. Un de nos hommes surveille la propriété. C'est à peu près tout.
— Il n'a pas de blessure grave, alors ?
— Apparemment pas.
— C'est déjà ça. Votre avis ?
— Bizarre. La maison est une forteresse, mais l'intrus y est entré comme dans un moulin. Il est venu pour s'en prendre à sa victime, ou ses victimes, et on dirait bien qu'il a manipulé des couteaux pendant qu'il se trouvait sur les lieux. Mais, au bout du compte, il s'est contenté de frapper Hoffmann à la tête avant de s'enfuir. Rien n'a été volé. Pour être franc, j'ai l'impression qu'Hoffmann ne nous dit pas tout, mais je ne sais pas trop si c'est délibéré ou s'il est un peu désorienté.

Il y eut une courte pause à l'autre bout du fil, durant laquelle Leclerc entendit des mouvements en bruit de fond.

— Vous avez terminé?

— J'allais partir, chef.

— Rendez-moi service et restez un peu plus, d'accord? J'ai déjà eu un coup de fil du ministère des Finances pour savoir ce qui se passait. Ce serait bien que vous puissiez régler cette affaire au plus vite.

— Le ministère des Finances? répéta Leclerc, éberlué. En quoi ça les intéresse?

— Oh, vous savez, toujours la même histoire, j'imagine. Une loi pour les riches et une pour les pauvres. Tenez-moi au courant, d'accord?

Après avoir raccroché, Leclerc proféra dans sa barbe un chapelet de jurons. Il remonta le couloir d'un pas lourd jusqu'à la machine à café et se servit une tasse d'un espresso très noir et particulièrement infect. Il avait les yeux irrités et les sinus douloureux. Je suis trop vieux pour tout ça, pensa-t-il. Ce n'était même pas comme s'il pouvait faire grand-chose : il avait envoyé un sous-fifre interroger les domestiques. Il retourna dans son bureau et appela sa femme pour lui annoncer qu'il ne pourrait pas rentrer avant le déjeuner, puis se connecta à Internet pour voir s'il pouvait trouver quelque chose sur le docteur Alexander Hoffmann, physicien et patron d'un hedge fund. Mais il fut surpris de ne trouver presque rien. Pas d'article dans Wikipedia ni dans aucun journal, pas de photo disponible en ligne. Pourtant, le ministre des Finances lui-même s'intéressait personnellement à l'affaire.

Et puis, c'était quoi, en fait, un hedge fund? se demanda-t-il. Il chercha une définition : un hedge fund est une association privée d'investissement utilisant un large éventail d'instruments financiers et de stratégies d'investissement pour préserver un portefeuille de couverture visant à minimiser le risque directionnel du marché, tout en maximisant les performances des marchés à la hausse.

Pas vraiment avancé pour autant, il parcourut ses notes. Lors de leur entretien, Hoffmann avait dit être dans le secteur financier depuis huit ans. Et il avait auparavant travaillé à l'élaboration du collisionneur de particules LHC. Il se trouvait que Leclerc connaissait un ancien inspecteur de police qui était à présent employé du service de sécurité du CERN. Il lui passa un coup de fil et, un quart d'heure plus tard, il était au volant de sa petite Renault et avançait au pas dans les encombrements matinaux de la route de Meyrin en direction du nord-ouest, après l'aéroport, dans la morne zone industrielle de Zimeysa.

Encadré par les montagnes lointaines, l'énorme globe en bois couleur de rouille du CERN semblait émerger des champs cultivés tel un gigantesque anachronisme : une vision de ce que serait le futur dans les années soixante. Leclerc se gara juste en face et pénétra dans le bâtiment principal. Il déclina son identité et accrocha son badge visiteur à son coupe-vent. En attendant que son contact vienne le chercher, il jeta un coup d'œil sur la petite exposition organisée dans la réception. Apparemment, seize cents aimants supraconducteurs pesant chacun près de trente tonnes étaient disposés sous ses pieds, dans un tunnel circulaire de vingt-sept kilomètres, et projetaient des faisceaux de particules à l'intérieur à une telle vitesse qu'elles faisaient onze mille tours de circuit par seconde. La collision de faisceaux d'une énergie de sept trillions d'électronvolts par proton était censée révéler les origines de l'univers, découvrir d'autres dimensions et expliquer la nature de la matière noire. Rien de ce que Leclerc parvenait à entrevoir ne paraissait avoir le moindre lien avec les marchés financiers.

* * *

Les invités de Quarry commencèrent à se présenter juste après 10 heures. Le premier couple – un Genevois de cinquante-six ans, Étienne Mussard, et sa sœur cadette, Clarisse – arriva en bus. Quarry avait prévenu Hoffmann :

— Ils arriveront en avance. Ils arrivent toujours en avance pour tout.

Habillés sans recherche, ils étaient tous les deux célibataires et vivaient ensemble dans un petit quatre pièces de la banlieue de Lancy qu'ils avaient hérité de leurs parents. Ils ne conduisaient pas. Ils ne prenaient jamais de vacances. Ils dînaient rarement au restaurant. Quarry estimait la fortune personnelle de M. Mussard à environ 700 millions d'euros, et celle de Mme Mussard à 550 millions. Leur grand-père maternel, Robert Fazy, avait été propriétaire d'une banque privée vendue dans les années quatre-vingts à la suite d'un scandale concernant des avoirs juifs saisis par les nazis et déposés chez Fazy et Cie pendant la Seconde Guerre mondiale. Ils étaient accompagnés par l'avocat de la famille, maître Max-Albert Gallant, dont le cabinet gérait fort commodément les affaires juridiques d'Hoffmann Investment Technologies. C'était par Gallant que Quarry avait réussi à obtenir d'être présenté aux Mussard.

— Ils me traitent comme leur fils, avait ajouté Quarry. Ils sont incroyablement grossiers et ne cessent de se plaindre.

Ce couple terne fut aussitôt suivi par celle qui était sans doute la plus exotique des clientes d'Hoffmann Investment, Elmira Gulzhan, la fille âgée de trente-huit ans du président de l'Azakhstan. Diplômée de l'INSEAD de Fontainebleau et habitant à Paris, Elmira gérait l'administration des biens de la famille Gulzhan à l'étranger, estimés par la CIA aux alentours de 19 milliards de dollars en 2009. Quarry s'était arrangé pour la rencontrer lors d'un week-end de ski à Val-d'Isère. Les Gulzhan avaient déjà investi 120 millions de dollars dans le hedge fund — mise que Quarry espérait la persuader au minimum de doubler. Il s'était également lié d'amitié avec le compagnon de longue date d'Elmira, François de Gombart-Tonnelle, un juriste parisien qui se tenait à présent à ses côtés. Elle descendit de sa Mercedes blindée revêtue d'une redingote de soie vert émeraude et d'un foulard assorti drapé légèrement sur son épaisse chevelure noire et brillante. Quarry l'attendait dans le hall.

— Ne sois pas dupe, avait-il prévenu Hoffmann. Elle aura peut-être l'air d'aller au champ de courses, mais elle aurait sans problème sa place chez Goldman Sachs. Et elle peut s'arranger pour que son père te fasse arracher les ongles.

Arrivèrent ensuite, à bord d'une limousine de l'hôtel Président Wilson, situé de l'autre côté du lac, deux Américains venus de New York exprès pour la présentation : Ezra Klein, analyste en chef du Winter Bay Trust, un fonds de 14 milliards de dollars qui, à en croire son dépliant, visait « à aplanir les risques tout en produisant des retours sur investissements élevés dans un éventail de portefeuilles diversifié plutôt qu'en capitaux propres ou actions individuelles ». Klein avait la réputation d'être extrêmement brillant, réputation renforcée par son habitude de débiter six mots par seconde (il avait un jour été chronométré en douce par des employés incrédules), soit en gros deux fois plus vite que le discours humain normal, et par le fait qu'il glissait des sigles ou des termes de jargon économique tous les trois mots.

— Ezra est le candidat idéal, avait annoncé Quarry. Pas de femme, pas d'enfants et, pour autant que je sache, pas le moindre organe sexuel identifiable. Winter Bay pourrait bien être bon pour cent millions de plus. Faudra voir.

Au côté de Klein et ne feignant même pas d'écouter son bavardage inintelligible, venait une forte carrure, la bonne cinquantaine revêtue de l'uniforme de Wall Street : costume trois-pièces noir et cravate à fines rayures. Il s'agissait de Bill Easterbrook, du conglomérat bancaire américain AmCor.

— Tu as déjà rencontré Bill, avait dit Quarry. Tu t'en souviens ? C'est le dinosaure qui a l'air de débarquer d'un film d'Oliver Stone. Depuis la dernière fois que tu l'as vu, on l'a mis à la tête d'une entité indépendante qui s'appelle AmCor Alternative Investments et qui n'est en fait rien d'autre qu'un subterfuge comptable destiné à calmer les régulateurs.

Quarry avait lui-même travaillé chez AmCor à Londres pendant dix ans, et, entre lui et Easterbrook, ça remontait – « très, très loin », comme il le dit sur un ton rêveur : trop loin, sous-entendait-il, pour s'en souvenir à travers la brume des ans – aux jours glorieux peuplés de coke et de filles des années quatre-vingt-dix. Quand Quarry avait quitté AmCor pour monter le fonds avec Hoffmann, Easterbrook leur avait envoyé leurs premiers clients moyennant une commission. AmCor Alternative était à présent le plus gros investisseur d'Hoffmann Investment Technologies avec près de un milliard de dollars en gestion, et Quarry prit là encore la peine de venir l'accueillir personnellement dans le hall.

Puis le reste de la troupe arriva : Amschel Herxheimer, vingt-sept ans, issu de la dynastie Herxheimer qui officiait dans le secteur bancaire et commercial, dont la sœur avait été à Oxford avec Quarry et qui était formé pour reprendre la banque familiale vieille de deux cents ans; le morne Iain Mould, de Fife, qui avait été une entreprise du bâtiment plus morne encore jusqu'au début de ce siècle, où elle avait décidé de s'introduire en Bourse et, en l'espace de trois ans, avait contracté des dettes équivalant à la moitié du produit national brut de l'Écosse, obligeant le gouvernement britannique à la racheter; le milliardaire Mieczyslaw Łukasiński, ancien professeur de mathématiques et dirigeant de l'Union des jeunesses communistes polonaises, qui possédait à présent la troisième compagnie d'assurances la plus importante d'Europe de l'Est; et enfin deux entrepreneurs chinois, Liwei Xu et Qi Zhang, qui représentaient une banque d'investissement de Shanghai et arrivèrent avec pas moins de six associés en costume sombre qu'ils présentèrent comme des juristes, mais dont Quarry était presque certain qu'il s'agissait d'informaticiens venus inspecter la cyber-sécurité du système de la société. Après une opposition furieusement polie, ils acceptèrent à contrecœur de partir.

Aucun des investisseurs conviés par Quarry n'avait décliné l'invitation.

— Ils viennent pour deux raisons, avait-il expliqué à Hoffmann. D'abord parce que, au bout de trois ans, et alors même que les marchés financiers faisaient le plongeon, on leur a versé des bénéfices de 83 %, et je défie quiconque de trouver où que ce soit un hedge fund qui ait fait aussi bien – ils doivent vraiment se demander comment on a pu s'en sortir comme ça, d'autant plus qu'on a refusé de toucher un centime supplémentaire pour l'investissement.

— Et quelle est la seconde raison de leur venue ?

— Oh, ne sois pas si modeste.

— Je ne pige pas.

— C'est *toi*, pauvre tache. Ils veulent savoir à quoi *tu* ressembles. Ils veulent découvrir ce que tu as derrière la tête. Tu es en train de devenir une légende, et ils veulent toucher le bord de ton vêtement, juste pour voir si leurs doigts ne se transforment pas en or.

L'indice de la peur

* * *

Hoffmann fut réveillé par Marie-Claude.

— Docteur Hoffmann ? appela-t-elle en lui secouant doucement l'épaule. Docteur Hoffmann. M. Quarry me dit de vous dire qu'ils vous attendent dans la salle de conférence.

Il était en plein dans un rêve, mais, dès qu'il ouvrit les yeux, les images s'évanouirent comme des bulles qui crèvent. Pendant un instant, le visage de son assistante penchée au-dessus de lui lui rappela celui de sa mère. Elle avait les mêmes yeux gris-vert, le même nez proéminent, la même expression anxieuse et intelligente.

— Merci, dit-il en se redressant. Dites-lui que j'arrive dans une minute. (Puis, sur une impulsion, il ajouta :) Je suis désolé pour votre mari. Je suis (il tortilla machinalement la main) perturbé.

— Tout va bien. Je vous remercie.

Il y avait un cabinet de toilette de l'autre côté du couloir, en face de son bureau. Il fit couler l'eau froide et mit ses mains en coupe sous le jet. Il s'aspergea alors le visage, encore et encore, se fouettant les joues à l'eau glacée. Il n'avait pas le temps de se raser. Sur son menton et autour de sa bouche, la peau d'habitude pâle et lisse avait pris la texture rêche et épaisse de celle d'un animal. C'était très curieux – sans doute un changement d'humeur irrationnel dû sa blessure –, mais il commençait à éprouver une certaine exubérance. Il avait survécu à une rencontre avec la mort – ce qui était déjà grisant en soi – et il avait toute une assemblée de fidèles qui n'attendaient que de toucher le bord de son vêtement dans l'espoir que son génie à produire de l'argent déteindrait un peu sur eux. Les riches de la Terre avaient quitté leurs yachts, leurs piscines et leurs courses de chevaux, leurs salles des marchés à Manhattan et leurs comptabilités à Shanghai, et se retrouvaient en Suisse pour écouter le docteur Alexander Hoffmann, le créateur légendaire (toujours selon les termes d'Hugo) d'Hoffmann Investment Technologies, prôner sa vision de l'avenir. Et il en avait à raconter ! Tout un évangile à prêcher !

L'indice de la peur

Avec ces pensées qui fusaient dans son cerveau blessé, Hoffmann se sécha le visage, redressa les épaules et se dirigea vers la salle de conférence. Alors qu'il traversait la salle des marchés, la silhouette leste de Ganapathi Rajamani, le directeur des risques de la société, s'avança avec souplesse pour l'intercepter, mais Hoffmann l'écarta d'un geste : quel que soit le problème, il devrait attendre.

6

> *« La fortune, lorsqu'elle est considérable, tend sans doute à transformer l'homme en un fainéant inutile, mais le nombre de ces fainéants n'est jamais bien grand ; car, là aussi, l'élimination joue un certain rôle. Ne voyons-nous pas chaque jour, en effet, des riches insensés et prodigues dissiper tous leurs biens ? »*
> Charles Darwin, *De la descendance de l'homme*, 1871.

La salle de conférence affichait le même caractère impersonnel et professionnel – mêmes parois de verre insonorisées, mêmes stores vénitiens du sol au plafond – que les bureaux des cadres. Un écran géant destiné aux téléconférences occupait la plus grande partie du mur du fond et dominait la grande table ovale scandinave en bois clair. Quand Hoffmann pénétra dans la pièce, tous les sièges, à l'exception d'un seul, étaient occupés par les clients eux-mêmes ou par leurs conseillers ; la dix-huitième et unique place encore libre se trouvait en tête de table, à côté de Quarry. Celui-ci le regarda avec un soulagement évident traverser la salle en longeant le mur.

— Le voilà enfin, annonça-t-il. Mesdames et messieurs, le docteur Alexander Hoffmann, président d'Hoffmann Investment Technologies. Et, comme vous le voyez, il a un cerveau tellement gros qu'on a dû lui élargir un peu la tête pour lui donner de l'espace. Pardon, Alex, je plaisante. En fait, il s'est pris un bon coup, d'où les points de suture, mais il va bien maintenant, n'est-ce pas, Alex ?

Tous le dévisagèrent. Ceux qui se trouvaient le plus près d'Hoffmann se tortillèrent sur leur siège pour mieux le voir. Mais Hoffmann, rouge de confusion, évita d'affronter leur regard. Il prit place à côté de Quarry, croisa les mains devant lui sur la table et contempla fixement ses doigts entrelacés. Il sentit la main de Quarry se poser sur son épaule, et la pression s'intensifia lorsque l'Anglais se leva.

— Bien, nous pouvons enfin commencer. Bienvenue, donc, mes amis, à Genève. Il y a près de huit ans qu'Alex et moi avons lancé la boîte, en nous servant de son intelligence et de mon physique, pour créer ce fonds d'investissement d'un genre très particulier, qui s'appuie exclusivement sur du trading algorithmique. Nous avons commencé avec un tout petit peu plus de 100 millions de dollars d'actifs gérés, dont nous devions une bonne partie à mon vieil ami ici présent, Bill Easterbrook, d'AmCor. Nous avons fait des bénéfices dès la première année, et nous n'avons jamais cessé d'en faire depuis, ce qui explique que nous soyons aujourd'hui cent fois plus gros qu'à nos débuts, avec 10 milliards de dollars d'actifs gérés.

« Je ne vais pas me vanter de nos résultats. J'espère ne pas en avoir besoin. Vous avez tous les relevés trimestriels, et vous savez ce que nous avons accompli ensemble. Je me contenterai de vous donner une statistique. Le 9 octobre 2007, le Dow Jones Industrial Average fermait à 14 164 points. Hier soir – j'ai vérifié avant de quitter mon bureau –, le Dow Jones a fermé à 10 866. Cela représente une perte de près d'un quart en plus de deux ans et demi. Vous imaginez ! Tous ces pauvres naïfs avec leurs plans de retraite et leurs obligations indexées ont perdu 25 % de leurs investissements. Mais en *nous* faisant confiance pendant la même période, *vous* avez vu la valeur de votre investissement grimper de 83 %. Mesdames et messieurs, je crois que vous serez d'accord pour admettre que vous n'avez pas à regretter de nous avoir confié votre argent.

Pour la première fois, Hoffmann risqua un rapide coup d'œil autour de la table. L'auditoire de Quarry l'écoutait avec attention. (« Les deux sujets qui passionnent le plus, avait un jour fait remarquer Quarry, sont la vie sexuelle des autres et tout ce qui touche à votre propre fric. ») Ezra Klein lui-même, qui se balançait toujours d'avant en arrière tel un étudiant de madrasa, se tenait momentanément immobile tandis que Mieczyslaw Łukasiński n'arrivait tout simplement pas à effacer le sourire de sa grosse figure de paysan.

Quarry avait toujours sa main droite posée sur l'épaule d'Hoffmann tout en gardant la gauche fourrée négligemment dans sa poche.

— Dans notre jargon, on appelle « alpha » l'écart entre les performances du marché et celles des fonds. Au cours des trois dernières années, Hoffmann a produit un alpha de 112 %. C'est pour cela que nous avons été élus deux fois hedge fund algorithmique de l'année par la presse financière.

« Et maintenant, poursuivit-il, je peux vous assurer que ces performances soutenues ne doivent rien à la chance. Hoffmann Investment Technologies consacre 32 millions de dollars par an à la recherche. Nous employons soixante analystes qui comptent parmi les esprits scientifiques les plus brillants de ce monde – enfin, on m'assure qu'ils sont brillants : moi, je ne comprends pas un traître mot de ce qu'ils font.

Quarry laissa les petits rires s'apaiser. Hoffmann remarqua que le banquier anglais, Iain Mould, gloussait plus fort que les autres, et il le rangea aussitôt dans la catégorie des imbéciles. Quarry lui lâcha l'épaule et sortit l'autre main de sa poche pour s'appuyer sur la table. Il se pencha en avant, l'air soudain sérieux et concentré.

— Il y a dix-huit mois, Alex et son équipe sont parvenus à une avancée technologique importante. Nous avons dû en conséquence nous résoudre à prendre la décision difficile de fermer le fonds aux souscriptions, c'est-à-dire de refuser tout investissement supplémentaire, même de la part de nos clients déjà existants. Or je sais que chacun d'entre vous dans cette pièce – parce que c'est pour cela que nous vous avons invités ici – a été très déçu par cette décision et ne l'a pour le moins pas comprise, et que certains en ont même été très fâchés.

Quarry coula un regard en direction d'Elmira Gulzhan, qui écoutait à l'autre extrémité de la table. Hoffmann savait qu'elle lui avait passé un vrai savon au téléphone lorsqu'il lui avait appris la chose, et qu'elle avait même menacé de retirer l'argent de sa famille du fonds.

— Eh bien, nous nous en excusons, reprit Quarry. Mais nous avons estimé que nous devions nous concentrer sur la mise en œuvre de cette nouvelle stratégie d'investissement en conservant notre volume d'actifs. Comme vous le savez sans doute déjà, tout fonds, quelle que soit sa forme, présente un risque, et en modifier la taille se traduit forcément par une perte de performance. Nous voulions donc avoir toutes les garanties que cela n'arriverait pas.

« Nous pensons à présent que ce nouveau système, que nous avons baptisé le VIXAL-4, est assez solide pour supporter un élargissement de portefeuille. De fait, l'alpha réalisé au cours de ces six derniers mois s'est révélé nettement plus positif que celui assuré par nos anciens algorithmes. À partir d'aujourd'hui, je peux donc annoncer officiellement qu'Hoffmann Investment passe d'une position de fermeture rigoureuse à une position de fermeture limitée, et est prêt à accepter de nouveaux investissements, mais uniquement de la part de nos anciens clients. (Il s'interrompit et but une gorgée d'eau pour laisser à ses paroles le temps de produire leur effet. Un silence complet régnait dans la pièce.) Réjouissez-vous, les gars, reprit-il sur un ton enjoué. C'est censé être une bonne nouvelle.

Le rire relâcha la tension et, pour la première fois depuis qu'Hoffmann était entré dans la salle, les clients se regardèrent franchement. Ils faisaient désormais partie du même club, songea-t-il : une franc-maçonnerie créée sur un secret partagé. Des sourires complices naquirent autour de la table. La satisfaction d'appartenir au cercle des élus.

— Et maintenant, déclara Quarry d'un air satisfait, je crois que le mieux est de passer la main à Alex, ici présent, qui pourra vous mettre au courant de l'aspect technique des choses. (Il s'assit à moitié puis se releva.) Avec un peu de chance, j'arriverai peut-être à comprendre, moi aussi.

D'autres rires se firent entendre, puis la parole fut à Hoffmann.

Il avait toujours eu du mal à s'exprimer en public. Les quelques cours qu'il avait donnés à Princeton juste avant de quitter les États-Unis avaient constitué une vraie torture tant pour les étudiants que pour leur professeur. Mais il se sentait maintenant animé par une clarté d'esprit et une énergie étranges. Il effleura sa plaie recousue du bout des doigts, respira à fond et se leva.

— Mesdames et messieurs, afin d'éviter de nous faire voler nos idées par nos concurrents, nous ne pouvons trop entrer dans les détails de ce que nous faisons dans cette société, mais le principe général n'a rien de mystérieux. Nous prenons dans les deux cents titres et valeurs, et nous pratiquons un trading sur un cycle de vingt-quatre heures. Les algorithmes programmés sur nos ordinateurs sélectionnent nos positions en s'appuyant sur une analyse détaillée de l'historique des tendances, en prenant principalement les futures sur indices – disons le Dow Jones ou le S&P 500 et les matières premières courantes : pétrole brut Brent, gaz naturel, or, argent, cuivre, blé ou ce que vous voudrez. Nous pratiquons aussi le high frequency trading, où nous ne tenons parfois nos positions que pendant quelques secondes. Ce n'est pas aussi compliqué que ça en a l'air. Même la moyenne des mouvements du S&P sur deux cents jours peut être un bon prédicateur du marché : si l'indice en cours est supérieur à la moyenne précédente, on a toutes les chances d'avoir un marché haussier; s'il est inférieur, un marché baissier. Ou bien nous pouvons faire une prévision en nous appuyant sur vingt ans de données : par exemple, si le cours de l'étain est à tant, et le yen à tant, il y a alors toutes les chances pour que le DAX affiche tant. Évidemment, nous fonctionnons avec infiniment plus de bases de comparaison – plusieurs millions en fait –, mais le principe se résume à un axiome très simple : le meilleur guide de l'avenir est le passé. Et il suffit que nos prévisions se vérifient dans 55 % des cas pour faire des bénéfices.

« Quand nous avons commencé, très peu de gens auraient pu deviner la place qu'allait occuper le trading algorithmique. Les pionniers dans ce secteur ont souvent été considérés comme des *geeks*, des *nerds* et autres tarés de l'informatique – c'était nous, les types avec qui les filles ne voulaient jamais danser dans les fêtes...

— C'est toujours vrai, intervint Quarry.

Hoffmann écarta l'interruption d'un geste.

— C'est possible, mais les succès que nous avons obtenus avec cette société parlent d'eux-mêmes. Hugo a fait remarquer qu'à une époque où le Dow Jones perdait près de 25 %, nous avons progressé de 83 %. Comment y sommes-nous parvenus ? C'est très simple. Les marchés ont connu deux années de panique, et nos algorithmes adorent la panique parce que les êtres humains se comportent toujours de manière très prévisible quand ils ont peur.

Il leva les mains.

— " L'espace céleste est rempli d'êtres nus qui traversent les airs. Des êtres humains, hommes nus, femmes nues qui arrivent et déclenchent la tempête et les tourmentes de neige. Entendez-vous le bruit qu'ils font ? Ce sont comme les battements d'ailes de grands oiseaux, en haut dans les airs. C'est la peur des êtres nus. C'est la fuite des êtres nus [1]. "

Il se tut et regarda autour de lui les visages levés de ses clients. Plusieurs avaient la bouche ouverte, comme des oisillons attendant la becquée. Lui-même se sentait la bouche sèche.

— Ce n'est pas de moi. Ce sont les paroles d'un chaman esquimau citées par Elias Canetti dans *Masse et puissance* : je les avais mises en fond d'écran pendant que je travaillais sur le VIXAL-4. Hugo, je pourrais avoir de l'eau ?

Quarry se pencha pour lui tendre une bouteille d'Évian et un verre. Hoffmann ignora le verre, dévissa le bouchon de plastique et but à même le goulot. Il ne savait pas quel effet il produisait sur son auditoire, et il s'en moquait. Il s'essuya les lèvres d'un revers de main.

— Vers 350 avant J.-C., Aristote a défini l'être humain comme étant un *zôon logon échon*, « un animal rationnel » ou, plus précisément, « un animal possédant la parole ». Le langage est ce qui nous distingue par-dessus tout des autres créatures terrestres. Le développement du langage nous a délivrés d'un monde d'objets physiques et l'a remplacé par un univers de symboles. Les animaux peuvent eux aussi communiquer

---

[1]. Traduit de l'allemand par Robert Rovini, Gallimard, 1966. *(N.d.T.)*

entre eux de façon primitive, et il est même possible de leur enseigner le sens de quelques-uns de nos symboles humains – un chien peut apprendre à comprendre « assis » ou « ici » par exemple. Mais pendant peut-être quarante mille ans, les humains ont été les seuls *zôon logon échon*, les seuls animaux doués de la parole. Et maintenant, pour la première fois, ce n'est plus vrai. Nous partageons notre monde avec l'ordinateur.

« L'ordinateur…, répéta Hoffmann, qui désigna la salle des marchés d'un mouvement de bouteille et répandit sans le vouloir de l'eau sur la table. Il fut un temps où l'on imaginait que les ordinateurs – les robots – se chargeraient des basses tâches, qu'ils mettraient un petit tablier et nous serviraient de domestiques, qu'ils feraient le ménage ou tout ce que vous voudrez pour nous permettre de prendre des loisirs. En fait, c'est l'inverse qui se produit. Nous avons pléthore de main-d'œuvre humaine non spécialisée et interchangeable pour accomplir ces tâches basiques et subalternes, qui prennent le plus souvent de longues heures et sont très mal payées. En revanche, les humains que les ordinateurs remplacent sont ceux qui occupent les postes les plus spécialisés : traducteurs, techniciens de laboratoire, juristes, comptables, opérateurs de marché.

« Les ordinateurs deviennent de plus en plus efficaces dans le domaine de la traduction commerciale et technique. En médecine, ils peuvent enregistrer les symptômes d'un patient, diagnostiquer une maladie et même prescrire un traitement. Dans le secteur juridique, ils sont capables d'examiner en détail et d'évaluer d'énormes quantités de documents complexes pour une fraction du prix que coûtent les services d'experts juridiques. La reconnaissance de la parole permet aux algorithmes d'extraire le sens du discours oral aussi bien que des textes écrits. Les bulletins d'information peuvent être analysés en temps réel.

« Quand Hugo et moi avons créé ce fonds d'investissement, les données dont nous nous sommes servis se limitaient exclusivement à des statistiques financières numérisées : il n'y avait pratiquement rien d'autre. Mais, au cours de ces deux dernières années, c'est toute une nouvelle galaxie d'informations qui est devenue accessible. Et, très bientôt, ce seront toutes les informations de la Terre – la moindre parcelle de connaissance détenue par les humains, le plus infime fragment de pensée jamais conçu par l'homme et jugé digne de traverser les millénaires – qui deviendront numériquement disponibles. Chaque route de cette planète a été cartographiée, chaque bâtiment photographié. Où que nous allions, quoi que nous achetions, quelque site que nous consultions, nous laissons derrière nous une trace numérique aussi visible qu'une traînée de bave d'escargot. Et ces données sont susceptibles d'être lues, triées et analysées par des ordinateurs à des fins que nous ne commençons même pas encore à concevoir.

« La plupart des gens sont à peine conscients de ce qui est en train de se passer. Pourquoi en irait-il autrement ? Si vous sortez de cet immeuble et marchez dans la rue, les choses n'ont pas l'air d'avoir vraiment changé. Un type qui arriverait du début du siècle dernier pourrait se balader dans cette partie de Genève et s'y sentir encore chez lui. Mais derrière la façade physique – derrière la pierre, la brique et le verre – le monde s'est déformé, gauchi, rétréci, comme si la planète était entrée dans une autre dimension. Je vais vous donner un tout petit exemple. En 2007, le gouvernement britannique a perdu les dossiers de vingt-cinq mille personnes – leur numéro de contribuable, le détail de leurs comptes en banque, leur adresse, leur date de naissance. Mais cela ne veut pas dire qu'ils ont perdu deux camions de documents. Il s'agissait juste de deux CD. Et ce n'est rien. Google finira par numériser tous les livres jamais publiés. Il n'y aura plus besoin de bibliothèque. Il vous suffira d'avoir un écran qui tiendra dans votre main.

« Mais voilà, les êtres humains lisent toujours à la même vitesse qu'Aristote en son temps. L'étudiant américain moyen lit quatre cent cinquante mots à la minute. L'étudiant très brillant peut arriver à en déchiffrer huit cents, ce qui donne en gros deux pages à la minute. Or, l'année dernière, IBM a annoncé qu'ils construisaient pour le gouvernement américain un nouvel ordinateur capable d'effectuer vingt mille milliards de calculs par seconde. Il y a une limite à la quantité d'informations que nous, humains appartenant à l'espèce humaine, pouvons absorber, et nous l'avons déjà atteinte. Mais il n'y a pas de limites à ce qu'un ordinateur peut absorber.

« Et le langage – le remplacement de l'objet par des symboles – présente un autre inconvénient de taille pour les humains. Le philosophe grec Épictète en avait déjà conscience il y a deux mille ans, quand il écrivait : « Ce qui trouble les hommes, ce ne sont pas les choses, mais les jugements qu'ils portent sur ces choses. Le langage ouvre les portes de l'imaginaire, et avec lui viennent la rumeur, la panique, la peur. » Les algorithmes, eux, sont dépourvus d'imagination. Ils ne paniquent pas. Et c'est pour cela qu'ils conviennent si parfaitement aux opérations sur les marchés financiers.

« Ce que nous avons essayé de faire, avec notre nouvelle génération d'algorithmes VIXAL, c'est isoler, mesurer et intégrer dans nos calculs de marché l'élément de la cote qui dépend directement de schémas prévisibles du comportement humain. Pourquoi, par exemple, un cours qui grimpe dans l'attente d'un résultat positif chute-t-il presque invariablement en dessous de son cours de départ si les résultats se révèlent décevants ? Pourquoi, en certaines occasions, les traders s'accrochent-ils obstinément à des titres même si ceux-ci perdent de leur valeur, et accumulent-ils les pertes alors qu'en d'autres occasions ils vendent des actions très saines qu'ils feraient mieux de garder, simplement parce que le marché est dans son ensemble à la baisse ? L'algorithme capable d'ajuster sa stratégie par rapport à tous ces mystères aura un énorme avantage compétitif. Nous pensons qu'il existe à présent suffisamment de données pour que nous puissions commencer à anticiper ces anomalies pour en tirer profit.

Ezra Klein, qui se balançait d'avant en arrière à un rythme de plus en plus soutenu, ne put se contenir davantage :

— Mais ce n'est rien de plus que de la *finance comportementale*! explosa-t-il, comme s'il s'agissait d'une hérésie. Bon, je suis d'accord, l'HEM a du plomb dans l'aile, mais comment arrivez-vous à faire le tri pour vous servir de la FC ?

— Quand on retire l'estimation d'un actif qui fluctue dans le temps, il reste, s'il y a lieu, le biais comportemental.

L'indice de la peur

— Peut-être, mais comment calculez-vous ce qui a déclenché le biais comportemental ? Ça revient carrément à rejouer l'histoire de tout l'univers, là !

— Ezra, je suis d'accord avec vous, répliqua Hoffmann sans se départir de son calme. Quelles que soient les données numériques disponibles et aussi rapides que soient à présent nos machines, nous ne pouvons pas analyser tous les aspects du comportement humain et ce qui l'a déclenché durant les vingt dernières années. Nous avions compris dès le début qu'il nous faudrait resserrer l'objectif. Nous avons choisi de nous concentrer sur une émotion en particulier, pour laquelle nous savions que nous disposions de données substantielles.

— Et vous avez opté pour quoi ?

— La peur.

Il y eut un mouvement dans la salle. Même si Hoffmann avait essayé d'éviter le jargon – il se dit que c'était typique de Klein d'avoir évoqué l'HEM ou Hypothèse d'Efficience du Marché –, il avait senti une certaine confusion s'emparer de son auditoire. Mais il avait à présent regagné toute leur attention. Il poursuivit :

— D'un point de vue historique, la peur est depuis toujours l'émotion la plus influente dans l'histoire de l'économie. Vous vous rappelez Roosevelt pendant la Grande Dépression ? C'est la citation la plus célèbre de l'histoire financière : « La seule chose dont nous devons avoir peur, c'est de la peur elle-même. » En fait, la peur est sans doute l'émotion humaine la plus forte, point final. Qui s'est déjà réveillé à 4 heures du matin parce qu'il était heureux ? La peur est tellement forte qu'il a été relativement facile d'éliminer les parasites produits par les autres données émotionnelles pour se concentrer sur ce seul signal. Nous avons par exemple pu établir des corrélations entre les récentes fluctuations du marché et le taux de fréquence des termes liés à la peur employés pas les médias – terreur, inquiétude, panique, désarroi, crainte, alarme, anthrax, nucléaire. Et nous sommes arrivés à la conclusion que la peur gouvernait le monde comme jamais auparavant.

— C'est Al-Qaida, commenta Elmira Gulzhan.

— En partie. Mais pourquoi Al-Qaida susciterait-il plus de peur que la menace de destruction mutuelle que constituait la guerre froide dans les années cinquante et soixante (qui se trouvent avoir été des années de grande croissance et de stabilité du marché) ? Nous sommes arrivés à la conclusion que c'était la numérisation elle-même qui créait une épidémie de peur, et qu'Épictète avait raison : nous vivons dans un monde où ce qui compte n'est pas tant la chose que le jugement que nous portons sur elle. L'augmentation de la volatilité du marché est selon nous un corollaire de la numérisation, qui exagère les changements d'humeur humains par la dissémination sans précédent de l'information *via* Internet.

— Et nous avons trouvé un moyen d'en tirer de l'argent ! lança joyeusement Quarry avant de faire signe à Hoffmann de continuer.

— Comme la plupart d'entre vous le savent déjà, la Chicago Board Option Exchange a développé un indicateur de volatilité du S&P 500, le VIX. Sous une forme ou sous une autre, cela fait dix-sept ans que cet indice existe. C'est, faute d'un meilleur terme, un baromètre basé sur la moyenne des volatilités des options d'achat et des options de vente sur l'indice S&P 500. Si vous voulez des précisions mathématiques, il est calculé sur la racine carrée de la variance des points de donnée par rapport à la moyenne sur un terme à trente jours, et est ensuite annualisé. Si les maths ne vous disent pas grand-chose, disons juste qu'il exprime la volatilité implicite du marché pour le mois à venir en s'appuyant sur le montant que les investisseurs sont prêts à mettre pour se couvrir. Le VIX varie à la hausse ou à la baisse de minute en minute. Plus l'indice est élevé, plus le marché est incertain. C'est pour cela que les traders l'ont surnommé l'« indice de la peur ». Et, bien sûr, c'est également un produit financier – il y a des contrats à terme et des options VIX négociés en Bourse, et nous les négocions.

« Le VIX constituait donc notre base de départ. Il nous a fourni tout un tas de données utiles remontant à 1993, que nous pouvons associer à nos propres compilations de nouveaux indices comportementaux tout en les intégrant à notre méthodologie existante. Dès le début, le VIX nous a aussi donné le nom de notre prototype de calcul, le VIXAL-1, que nous avons gardé tout au long de nos travaux, même si nous avons laissé le VIX loin derrière. Nous en sommes aujourd'hui à la quatrième itération, que nous avons appelée, avec un manque d'imagination certain, le VIXAL-4.

Klein s'empressa d'intervenir à nouveau :

— La volatilité implicite du VIX peut partir à la hausse aussi bien qu'à la baisse.

— Nous en tenons compte, répliqua Hoffmann. Avec nos indicateurs, on peut mesurer l'optimisme sur une échelle qui part d'une absence totale de peur et va jusqu'à une réaction contre la peur. Il faut garder à l'esprit que la peur ne signifie pas seulement une panique générale du marché et la fuite vers des valeurs refuges. Il y a aussi ce qu'on appelle un effet « crampon » quand on s'accroche à un titre contre toute raison, et un effet « adrénaline » quand un titre décolle fortement. Nous sommes encore en train d'étudier toutes ces diverses catégories pour déterminer leur impact sur le marché et affiner nos modèles.

Easterbrook leva la main.

— Oui, Bill ?

— Cet algorithme est-il déjà opérationnel ?

— Dans la mesure où il s'agit d'une question d'ordre pratique plus que théorique, pourquoi ne pas laisser Hugo vous répondre ?

Quarry s'exécuta :

— L'équipe de Gestation a commencé les back tests sur le VIXAL-1 il y a deux ans et demi, mais il ne s'agissait évidemment que de simulations sur des situations passées, sans véritable contact avec le marché. Nous avons mis le VIXAL-2 en service en mai 2009, avec 100 millions de dollars en argent virtuel. Une fois réglés les problèmes initiaux, nous sommes passés au VIXAL-3 en novembre, en lui donnant accès à un milliard de dollars. La réussite a été telle que nous avons décidé, il y a une semaine, de laisser le VIXAL-4 prendre le contrôle de l'ensemble du fonds.

— Avec quels résultats ?

— Nous vous montrerons les chiffres détaillés à la fin. Mais je peux vous dire en gros que le VIXAL-2 a rapporté 12 millions de dollars en six mois d'exercice. Le VIXAL-3 en a produit 118. Hier soir, le VIXAL-4 était en hausse à 79,7 millions.

Easterbrook plissa le front :

— Je croyais que vous disiez l'avoir mis en route il y a une semaine ?

— Effectivement.

— Mais ça veut dire...

— Ça veut dire, dit Ezra Klein en faisant le calcul dans sa tête et sautant pratiquement de sa chaise, que sur un fonds de placement de 10 milliards de dollars, vous comptez engranger un bénéfice de 4,14 milliards par an.

— Et le VIXAL-4 est un algorithme d'apprentissage automatique, précisa Hoffmann. Plus il aura de données à rassembler et à analyser, plus il est censé devenir efficace.

Des sifflements et des murmures firent le tour de la table. Les deux Chinois se mirent à chuchoter entre eux.

— Vous comprenez maintenant pourquoi nous avons décidé d'élargir les investissements, commenta Quarry avec un sourire satisfait. Il faut qu'on tire tout ce qu'on peut de ce truc avant que quelqu'un ne mette au point une stratégie concurrente. Et maintenant, mesdames et messieurs, il me semble que le moment est venu de vous proposer de jeter un coup d'œil sur le VIXAL à l'œuvre.

* * *

À trois kilomètres de là, à Cologny, les experts avaient fini d'examiner le domicile des Hoffmann. Les deux enquêteurs de la police scientifique – un jeune couple qui aurait pu passer pour des étudiants ou des amoureux – avaient ramassé leur matériel et étaient partis. Un gendarme s'ennuyait dans sa voiture, garée dans l'allée.

Gabrielle se trouvait dans son atelier et démontait la représentation d'un fœtus, soulevant chaque plaque de verre de sa rainure, dans le socle de bois, pour l'envelopper dans du papier absorbant puis dans du film à bulles avant de la coucher dans un carton. Elle se surprit à penser à quel point il était étrange que tant d'énergie créatrice ait pu surgir du trou noir de cette tragédie. Elle avait perdu le bébé deux ans plus tôt, à cinq mois et demi. Ce n'était pas sa première grossesse à se terminer par un avortement, mais c'était de loin celle qui avait duré le plus longtemps, et qui l'avait anéantie le plus. L'hôpital lui avait fait passer une IRM lorsqu'ils avaient commencé à s'inquiéter, ce qui était inhabituel. Après la fausse couche, plutôt que de rester seule en Suisse, elle avait accompagné Alex en voyage d'affaires à Oxford. Pendant qu'il faisait passer des entretiens à des titulaires de doctorats au Randolph Hotel, elle était entrée dans un musée et était tombée sur un modèle en 3D de la structure de la pénicilline réalisé sur des plaques de Plexiglas en 1944 par Dorothy Hodgkin, prix Nobel de chimie. Une idée avait alors germé dans son esprit et, de retour à Genève, elle avait essayé la même technique avec les IRM de son ventre, qui étaient tout ce qui lui restait de son enfant.

Il lui avait fallu une semaine de tâtonnements pour déterminer quelles images imprimer parmi les deux cents coupes transversales dont elle disposait, comment les retracer sur le verre, quelle encre utiliser et comment l'empêcher de baver. Elle n'avait cessé de se couper sur les bords acérés des plaques de verre. Mais l'après-midi où elle les avait pour la première fois disposées les unes contre les autres, faisant apparaître une silhouette – les doigts serrés, les orteils recroquevillés – cela avait été un miracle qu'elle n'oublierait jamais. Les fenêtres de l'appartement qu'ils occupaient alors s'étaient assombries pendant qu'elle travaillait ; des éclairs fourchus de lumière jaune s'abattaient sur les montagnes. Personne ne voudrait jamais la croire si elle le racontait. C'était tellement spectaculaire qu'elle avait eu l'impression d'exploiter une force élémentaire : de frayer avec les morts. Quand Alex était rentré du travail et avait découvert le portrait, il était resté assis, stupéfait, pendant dix minutes.

Elle s'était ensuite totalement absorbée dans la possibilité de marier art et science pour produire des images de formes vivantes. Elle s'était surtout servie d'elle-même comme modèle et avait convaincu les radiologues de l'hôpital de prendre des scanners d'elle, de la tête aux pieds. Le cerveau était la partie de l'anatomie la plus difficile à obtenir. Elle dut apprendre quels étaient les meilleurs contours à suivre – l'aqueduc de

Sylvius, la cuvette formée par la grande veine de Galien, le tentorium cerebelli de la dure-mère et le bulbe rachidien. La simplicité de la forme était ce qui l'attirait le plus, et les paradoxes que cela impliquait – la clarté et le mystère, l'impersonnel et l'intime, le générique et l'absolument unique. En regardant Alex passer son CAT-scan, ce matin, elle avait eu envie de faire un portrait de lui. Elle se demanda si les médecins lui laisseraient récupérer les images, et s'il lui permettrait de le faire.

Elle enveloppa tendrement les dernières plaques de verre, puis le socle, et referma le carton avec de l'adhésif d'emballage marron. Elle avait eu du mal à se décider d'exposer cette œuvre, entre toutes les autres : si quelqu'un l'achetait, elle savait qu'elle ne la reverrait probablement plus jamais. Et pourtant, il lui avait semblé important de le faire dans la mesure où c'était l'objet même de la création : donner à l'œuvre une existence propre, la laisser prendre son envol.

Elle prit le carton et le porta dans le couloir, comme un paquet-cadeau. Sur la poignée des portes et sur les panneaux de bois eux-mêmes, il y avait des traces de la poudre blanc bleuâtre que l'on avait répandue pour relever les empreintes. On avait nettoyé le sang sur le sol du vestibule. Gabrielle sentit sa peau se hérisser lorsqu'elle franchit l'endroit où elle avait trouvé Alex gisant par terre. Puis la silhouette trapue d'un homme surgit soudain à l'entrée du bureau, et elle poussa un petit cri, manquant lâcher le carton. Mais ce n'était qu'un employé du service de sécurité du hedge fund, que Quarry avait envoyé pour veiller sur elle. Il lui montra sa carte et lui prit le carton des mains pour le porter jusqu'à la Mercedes, qui attendait dehors.

Elle protesta qu'elle voulait prendre sa voiture pour aller jusqu'à la galerie. Mais il insista sur le fait que ce n'était pas prudent – pas tant qu'on n'avait pas arrêté l'homme qui avait agressé son mari – et il se montra d'une intransigeance professionnelle tellement bornée que Gabrielle finit par capituler et monta dans la Mercedes.

* * *

— Putain, c'était brillant, murmura Quarry en attrapant Hoffmann par le coude alors qu'ils sortaient de la salle de conférence.

— Tu trouves ? J'ai eu l'impression de les perdre à un moment.

— Ils s'en fichent d'être largués, du moment que tu les ramènes à ce qu'ils sont venus voir, soit le résultat financier. Et un peu de philosophie grecque, ça plaît à tout le monde, dit-il en faisant passer Hoffmann devant lui. Bon Dieu, ce vieil Ezra est laid comme un pou, mais je pourrais l'embrasser pour son petit numéro de calcul mental, à la fin.

Les clients attendaient avec impatience sur le seuil de la salle des marchés, tous sauf le jeune Herxheimer et le Polonais, Łukasiński, qui tournaient le dos aux autres et parlaient à voix basse et animée dans leur téléphone portable. Quarry échangea un regard avec son associé. Hoffmann haussa les épaules. Même s'ils violaient la clause de confidentialité qu'on leur avait fait signer, il n'y avait pas grand-chose à faire. Ces clauses étaient impossibles à faire appliquer sans avoir des preuves de l'infraction, et il était alors trop tard de toute façon.

— Par ici, s'il vous plaît, appela Quarry, qui, le doigt levé façon guide de voyage organisé, les fit avancer en rang par deux dans la grande salle. Herxheimer et Łukasiński s'empressèrent de raccrocher pour rejoindre le groupe. Elmira Gulzhan, les yeux dissimulés derrière de grandes lunettes noires, prit automatiquement la tête de la file. Clarisse Muissard, en cardigan et pantalon informes, traînait sans son sillage, donnant l'impression d'être sa servante. Hoffmann leva instinctivement les yeux vers la barre défilante de CNBC pour voir ce qui se passait sur les marchés européens. La baisse de toute la semaine semblait s'être enfin arrêtée ; le FTSE 100 avait monté de près de 0,5 %.

Ils se rassemblèrent autour d'un écran de l'équipe Exécution. L'un des quants leur laissa son bureau afin qu'ils aient une meilleure vue.

— Voici donc le VIXAL-4 en action, annonça Hoffmann. (Il se recula pour permettre aux investisseurs de se rapprocher du terminal. Il décida de ne pas s'asseoir : cela leur aurait donné une vision directe de la blessure sur son crâne.) L'algorithme sélectionne les opérations. Vous les voyez s'afficher à gauche de l'écran, dans le fichier des ordres en instance. À droite, il y a les ordres déjà exécutés. (Il se rapprocha un peu afin de lire les chiffres.) Ici, par exemple, commença-t-il, nous avons... (Il s'interrompit, surpris par l'ampleur de l'opération. Il crut un instant que la virgule était à la mauvaise place.) Ici, reprit-il, vous voyez, nous avons un million et demi d'options à la vente sur des Accenture à 52 dollars la part.

— Ouah ! s'exclama Easterbrook. C'est un sacré pari sur la baisse. Vous savez quelque chose de spécial sur Accenture ?

— Bénéfices de l'exercice au deuxième trimestre, moins 3 %, récita Klein de mémoire, gain de 60 cents l'action : pas énorme, mais je ne saisis pas la logique de la position.

— Eh bien, il y a forcément une logique à tout ça, ou le VIXAL n'aurait pas pris ces options, intervint Hugo. Alex, pourquoi ne leur montrerais-tu pas d'autres opérations ?

Hoffmann changea l'écran.

— D'accord. Tenez – vous voyez ? –, une autre vente à découvert que nous avons organisée ce matin. Douze millions et demi d'options sur Vista Airways à 7,28 euros la part.

Vista Airways était une compagnie aérienne européenne low cost prospère, et aucune des personnes présentes n'aurait imaginé la voir dans cette situation.

— *Douze millions et demi ?* répéta Easterbrook. Ça doit faire une sacrée part de marché. Votre machine n'a pas froid aux yeux, il faut lui reconnaître ça.

— Vraiment, Bill, répliqua Quarry, est-ce que c'est si risqué que ça ? Tous les titres de l'aviation sont fragiles en ce moment. Cette prise de position ne me trouble pas le moins du monde.

Mais il semblait sur la défensive, et Hoffmann se douta qu'il avait dû remarquer la remontée des marchés européens. Si un rétablissement technique gagnait l'autre côté de l'Atlantique, ils pourraient se retrouver coincés par la marée montante et finir par devoir vendre les options à perte.

— Vista Airways a observé une croissance de 12 % en nombre de passagers au cours du dernier trimestre, et les prévisions de bénéfices ont été revues à 9 % de hausse, déclara

Klein. On vient de leur livrer toute une nouvelle flotte d'appareils. Je ne comprends pas non plus le sens de cette opération.

— Wynn Resorts, lut Hoffmann en faisant apparaître l'écran suivant. 1,2 million en vente à découvert à 124.

Il fronça les sourcils, perplexe. Ces paris énormes sur la baisse ne ressemblaient pas aux schémas complexes habituels des opérations de couverture du VIXAL-4.

— Là, ça m'épate vraiment, reprit Klein, parce qu'ils sont passés au premier trimestre d'une croissance de 7,40 millions à 9,09 millions, avec un dividende de 25 cents la part, et ils viennent de construire ce nouvel hôtel-casino à Macao, qui n'est rien d'autre qu'un permis à faire tourner la planche à billets – ils ont ramassé plus de 20 milliards sur les tables de jeu pour le seul premier trimestre. Je peux ?

Sans attendre la permission, il se pencha devant Hoffmann, s'empara de la souris et se mit à cliquer sur l'historique des opérations. Son costume sentait la blanchisserie, et Hoffmann dut se détourner.

— Procter & Gamble, vente à découvert de 6 millions à 62... Exelon, vente à découvert de *3 millions* à 41,50... Plus toutes les options... Bon sang, Hoffmann, il y a une météorite qui va s'écraser sur la Terre ou quoi ?

Il avait le visage pratiquement collé à l'écran. Il sortit un calepin de la poche intérieure de sa veste et se mit à recopier les chiffres, mais Quarry tendit le bras et le lui prit vivement des mains.

— Ce n'est pas bien, Ezra, dit-il. Vous savez que le papier est interdit de séjour dans ces bureaux.

Il arracha le feuillet et le froissa en une boule qu'il mit dans sa poche.

François de Gombart-Tonnelle, le compagnon d'Elmira, demanda :

— Dites-moi, Alex, pour des ventes à découvert aussi importantes que chacune de celles-ci, l'algorithme les met en œuvre tout seul ou bien faut-il une intervention humaine pour les exécuter ?

— C'est un système indépendant, répondit Hoffmann en effaçant le détail des opérations de l'écran. D'abord, l'algorithme détermine les titres qu'il veut traiter. Puis il étudie l'historique de ces titres sur les vingt jours précédents. Il exécute alors les ordres lui-même en faisant en sorte d'éviter d'alerter le marché ou d'affecter les prix.

— Toutes les opérations se font donc en pilotage automatique ? Vos traders sont comme les pilotes d'un gros Jumbo Jet ?

— C'est exactement ça. Notre système s'adresse directement au système du courtier chargé de l'exécution, et puis nous utilisons leur infrastructure pour régler la transaction. Personne n'appelle plus le courtier par téléphone. Pas ici en tout cas.

— Il doit bien y avoir un contrôle humain à un moment, j'espère ? s'enquit Iain Mould.

— Oui, comme dans le cockpit d'un jet – il y a un contrôle constant, mais, habituellement, pas d'intervention, à moins que quelque chose n'aille de travers. Si l'un de nos gars du service Exécution voit passer un ordre qui l'inquiète, il peut naturellement l'interrompre jusqu'à ce qu'Hugo, moi-même ou l'un de nos directeurs puisse le vérifier.

— C'est déjà arrivé ?

— Non. Non, pas avec le VIXAL-4. Pas jusqu'à présent.

— Combien d'ordres le système peut-il gérer par jour ?

— Dans les huit cents, répondit à sa place Quarry.

— Et ils sont tous décidés par algorithme ?

— Oui. Je ne me souviens pas de la dernière fois que j'ai procédé moi-même à une opération.

— Vu les liens qui vous unissent depuis longtemps, je suppose qu'AmCor est votre prime broker ?

— Nous avons plusieurs prime brokers maintenant ; AmCor n'est plus le seul.

— C'est bien dommage, commenta Easterbrook en riant.

— Avec tout le respect que j'ai pour Bill, précisa Quarry, nous voulons éviter qu'une société de courtage ne puisse connaître toutes nos stratégies. En ce moment, nous travaillons avec un mélange de grandes banques et de boîtes de courtage : trois pour les actions, trois pour les matières premières et cinq pour les revenus fixes. Jetons un coup d'œil sur le matériel, voulez-vous ?

Pendant que le groupe avançait, Quarry prit Hoffmann à part.

— Il y a quelque chose qui m'échappe, demanda-t-il à voix basse, ou bien ces prises de position sont vraiment hors normes ?

— Ça paraît un peu plus risqué que la normale, concéda Hoffmann, mais il n'y a pas de quoi s'inquiéter. Maintenant que j'y pense, LJ m'a dit que Gana voulait une réunion du Comité des risques. Je lui ai répondu de t'en parler.

— Bon Dieu, c'était *ça* qu'il voulait ? Je n'ai pas eu le temps de prendre son appel. Merde.

Quarry consulta sa montre puis leva les yeux vers les barres défilantes. Les marchés européens s'accrochaient à leurs gains.

— Bon, on n'aura qu'à prendre cinq minutes pendant qu'ils siroteront leur café. Je vais dire à Gana de nous retrouver dans mon bureau. Va donc les distraire un peu.

Les ordinateurs étaient situés dans une grande pièce dépourvue de fenêtre, à l'autre bout de la salle des marchés et, cette fois, c'était Hoffmann qui jouait le guide. Il se plaça devant la caméra de reconnaissance faciale – ils n'étaient que très peu à avoir accès au saint des saints – et attendit que les verrous s'ouvrent pour pousser la porte. Il s'agissait d'un panneau robuste, ignifugé, constitué d'une épaisseur de verre armé entourée d'un joint à soufflet en caoutchouc qui produisit un léger bruissement lorsque la porte s'ouvrit, le bas balayant le sol carrelé de blanc.

Hoffmann entra le premier ; les autres le suivirent. Comparé au silence relatif qui régnait dans la salle des marchés, le vacarme des ordinateurs paraissait digne d'une usine. Les serveurs étaient empilés sur des rayonnages d'entrepôt. Au bout de la pièce, inséré dans de grands boîtiers en Plexiglas, deux bandothèques IBM TS3500 patrouillaient sur des monorails et tiraient à la vitesse d'un serpent-minute en direction des rangées de serveurs pour stocker ou extraire des données suivant les instructions du VIXAL-4. Il faisait plus froid de quelques degrés que dans le reste de l'immeuble. Le bruit des puissants climatiseurs nécessaires pour empêcher la surchauffe des processeurs, combiné au ronronnement des ventilateurs intégrés, rendait l'ensemble difficile à supporter. Lorsque tout le monde fut entré, Hoffmann dut élever la voix pour se faire entendre des derniers rangs.

— Au cas où tout cela vous paraîtrait impressionnant, je vous ferai remarquer qu'il n'y a là que 4 % de la capacité de la ferme de processeurs du CERN, où j'ai longtemps travaillé. Mais le principe est le même. Nous disposons de près d'un millier de processeurs standard, énonça-t-il en posant fièrement la main sur un rayonnage, chacun composé de deux à quatre cœurs, exactement comme ceux que vous utilisez chez vous, sauf qu'ils n'ont pas le même boîtier et sont reconditionnés pour nous par un fabricant de boîtes blanches. Nous avons trouvé cette solution beaucoup plus fiable et rentable que d'investir dans des superordinateurs, et ils sont plus faciles à remettre à jour, ce que nous faisons tout le temps. J'imagine que vous connaissez la loi de Moore, selon laquelle le nombre de transistors par processeur doublerait tous les dix-huit mois, et les coûts seraient divisés par deux ? Eh bien, la loi de Moore se vérifie depuis 1965 et tient encore aujourd'hui. Dans les années quatre-vingt-dix, au CERN, nous avions un superordinateur Cray X-MP/48 qui avait coûté 15 millions de dollars et était moitié moins puissant qu'une Xbox Microsoft actuelle qui coûte dans les 200 dollars. Vous imaginez ce que ça signifie pour l'avenir.

Elmira Gulzhan serrait ses bras contre elle et frissonnait exagérément.

— Pourquoi faut-il qu'on gèle autant ici ?

— Les processeurs produisent beaucoup de chaleur. Nous devons essayer de les refroidir pour éviter les pannes. Si on coupait l'air conditionné dans cette pièce, la température grimperait d'un degré par minute. Au bout de vingt minutes, ce serait à peine tenable, et en une heure et demie on aurait une panne générale.

— Que se passe-t-il alors, en cas de coupure d'électricité ? questionna Étienne Mussard.

— Pour les coupures brèves, nous nous branchons sur des batteries de voiture. Mais dès que la panne de courant dure au-delà de dix minutes, des groupes électrogènes diesel prennent le relais au sous-sol.

— Que se passerait-il s'il y avait un incendie ? demanda Łukasiński. Ou en cas d'attaque terroriste ?

— Naturellement, nous disposons d'une sauvegarde complète. Nous serions toujours opérationnels. Mais cela n'arrivera pas, ne vous inquiétez pas. Nous n'avons pas lésiné sur la sécurité : système de sprinklers, détecteurs de fumée, pare-feu, vidéosurveillance, gardiens, cyber-protection. Et puis rappelez-vous que, ici, c'est la Suisse.

La plupart esquissèrent un sourire, sauf Łukasiński.

— Votre système de sécurité se trouve-t-il sur place ou bien est-il externalisé ?

— Externalisé, répondit Hoffmann en se demandant pourquoi le Polonais semblait si obsédé par la sécurité : la paranoïa des riches, pensa-t-il. Tout est externalisé – la sécurité, les services juridiques, la comptabilité, les transports, la restauration, les services de nettoyage. Ces bureaux sont en location. Même le mobilier est loué. Notre but est d'être une entreprise qui, en plus de tirer ses bénéfices de l'ère du numérique, soit elle-même complètement numérique. Cela signifie que nous nous efforçons de produire aussi peu de friction que possible, avec un inventaire inexistant.

— Et qu'en est-il de votre sécurité personnelle ? insista Łukasiński. Ces points sur votre tête – vous avez été agressé chez vous la nuit dernière, si j'ai bien compris ?

Hoffmann ressentit une gêne mêlée de culpabilité.

— Comment l'avez-vous appris ?

— On me l'a dit, répondit le Polonais avec désinvolture.

Elmira posa la main sur le bras d'Hoffmann ; ses longs ongles brun-rouge évoquaient des serres d'oiseau.

— Oh, Alex, souffla-t-elle. Ça a dû être affreux.

— Qui ? voulut savoir Hoffmann.

— Si vous me permettez, intervint Quarry, qui les avait rejoints sans se faire remarquer, ce qui est arrivé à Alex n'a absolument rien à voir avec les affaires de la société. Il s'agit d'un dingue qui ne tardera pas à se faire arrêter, j'en suis sûr. Et pour répondre directement à votre question, Mieczyslaw, nous avons déjà pris des mesures pour assurer à Alex une protection supplémentaire jusqu'à ce que cette histoire soit réglée.

Maintenant, quelqu'un a-t-il d'autres questions concernant le matériel informatique ?

Il y eut un silence.

— Non ? Alors je suggère que nous sortions d'ici avant d'être gelés jusqu'aux os. Il y a du café dans la salle de conférence pour se réchauffer. Partez devant, nous vous rejoignons tout de suite. J'ai besoin de dire un mot à Alex.

* * *

Ils arrivaient au milieu de la salle des marchés et tournaient le dos aux écrans de télévision géants quand l'un des quants poussa une exclamation. Dans une salle où nul ne se permettait plus qu'un chuchotement, ce cri étouffé fit l'effet d'un coup de feu dans une bibliothèque. Hoffmann se figea puis se retourna pour voir la moitié de ses employés se lever, attirés par les images de Bloomberg et de CBNC. Le physicien le plus proche de lui porta la main à sa bouche.

Les deux chaînes satellite passaient la même séquence, visiblement prise avec un portable, montrant un avion de ligne qui s'apprêtait à atterrir sur un aéroport. L'appareil était visiblement en mauvaise posture et descendait beaucoup trop vite en prenant un angle bizarre, avec une aile nettement plus haute que l'autre et de la fumée qui sortait de son flanc.

Quelqu'un prit une télécommande et monta le son.

Le jet disparut derrière une tour de contrôle puis réapparut, effleurant le toit de bâtiments bas couleur de sable – des hangars, peut-être. Il y avait des sapins en arrière-plan. L'avion en toucha visiblement un avec son ventre, en un mouvement presque caressant, puis explosa brusquement en une énorme boule de feu jaune en expansion, qui roulait sur elle-même. Une aile encore équipée d'un moteur jaillit du brasier et effectua une roue gracieuse dans les airs. L'objectif la suivit en tremblotant jusqu'à ce que le son de l'explosion et l'onde de choc atteignent la caméra. Il y eut des cris métalliques et des appels affolés dans une langue qu'Hoffmann n'était pas certain de reconnaître – du russe peut-être –, l'image bougea, puis passa à une image ultérieure, plus stable, montrant une colonne de fumée noire et épaisse, semée de flammes orange et jaune, qui s'élevait au-dessus de l'aéroport.

Sur les images, la voix de la présentatrice américaine annonçait, essoufflée : « Voilà donc la scène qui s'est déroulée il y a quelques minutes à peine à Moscou, alors qu'un avion de ligne de Vista Airways s'écrasait avec ses quatre-vingt-dix-huit passagers à son atterrissage sur l'aéroport de Domodedovo... »

— Vista Airways ? prononça Quarry en se retournant pour faire face à Hoffmann. Elle a bien dit Vista Airways ?

Une dizaine de conversations étouffées s'élevèrent simultanément dans la salle des marchés :

— Bon Dieu, on n'a pas arrêté de vendre ces actions à découvert toute la matinée, fit une voix.

— Ça fait flipper, non ? commenta une autre.

— Vous allez couper le son, oui ? lança Hoffmann.

Comme personne ne bougeait, il s'avança entre les bureaux et arracha la télécommande des mains du malheureux analyste quantitatif. La séquence commençait déjà à repasser en boucle comme elle le ferait sans doute toute la journée, jusqu'au moment où la familiarité finirait par éroder son pouvoir d'attraction. Hoffmann trouva enfin la touche qui coupait le son et la salle retrouva son calme.

— Bien, dit-il, ça suffit. Retournons travailler.

Il lança la télécommande sur le bureau et revint vers ses clients. Easterbrook et Klein, vétérans endurcis des salles des marchés, s'étaient déjà précipités sur le terminal le plus proche et vérifiaient les cours. Les autres restaient pétrifiés, pareils à des paysans crédules qui viendraient d'assister à un événement surnaturel. Hoffmann sentait leurs regards posés sur lui. Clarisse Mussard esquissa même un signe de croix.

— Bon sang, commenta Easterbrook en quittant l'écran des yeux, ça s'est passé il y a moins de cinq minutes, et Vista Airways perd déjà 15 %. Ça s'effondre.

— Ça plonge, ajouta Klein avec un ricanement nerveux.

— Du calme, les gars, demanda Quarry. Il y a des civils, ici. Je me rappelle deux traders de chez Goldman, reprit-il en se tournant vers les clients, qui vendaient à découvert des actions d'assurance aviation le matin du 11 septembre. Ils se sont tapé dans la main en plein milieu de la salle quand le premier avion s'est écrasé. Ils ne pouvaient pas savoir. On ne peut jamais savoir. Le pire peut toujours arriver.

Klein gardait les yeux rivés sur les cours du marché.

— Ouah, murmura-t-il avec admiration. Votre petite boîte noire va rapporter un sacré paquet, Alex.

Hoffmann regarda par-dessus l'épaule de Klein. Les chiffres de la colonne Exécution changeaient rapidement à mesure que le VIXAL exerçait son option de vendre les actions Vista Airways au prix d'avant le crash. Le tableau du compte de résultat, converti en dollars, était un halo de pur profit.

— Je me demande combien vous allez tirer de cette opération, hasarda Easterbrook. 20 millions, 30 millions. Putain, Hugo, les régulateurs vont se précipiter là-dessus comme des fourmis sur un pique-nique.

— Alex, appela Quarry. Il faut vraiment qu'on se parle.

Mais Hoffmann, incapable de détacher les yeux des chiffres qui défilaient sur l'écran, ne l'écoutait pas. La tension était extrême à l'intérieur de son crâne. Il posa les doigts sur sa blessure et suivit les points du bout des doigts. Il avait l'impression qu'ils étaient si tendus qu'ils allaient céder.

7

> « *Ça ne pourra pas durer éternellement. Il y a une limite au-delà de laquelle une croissance exponentielle n'est plus soutenable.* »
>
> Gordon Moore, auteur de la loi de Moore, 2005.

À en croire une note rédigée plus tard par Ganapathi Rajamani, le directeur des risques de la société, le comité des risques d'Hoffmann Investment Technologies se réunit brièvement à 11 h 57. Les cinq membres de la direction figuraient sur la liste des personnes présentes : le docteur Alexander Hoffmann, président de la compagnie ; l'honorable Hugo Quarry, directeur général ; Lin Ju-Long, directeur financier ; Pieter van der Zyl, directeur des opérations ; et Rajamani lui-même.

La réunion ne fut pas aussi formelle que le compte rendu pourrait le laisser entendre. En fait, après coup, lorsque tout le monde comparerait ses souvenirs, on s'accorderait à dire que personne ne prit de siège. Ils se tenaient debout dans le bureau de Quarry, tous sauf Quarry lui-même, qui s'était perché sur le bord de la table pour garder un œil sur son terminal. Hoffmann reprit son poste près de la fenêtre et écartait de temps à autre les lames des stores pour observer la rue en contrebas. C'était l'autre détail dont tous se souviendraient : il paraissait extrêmement distrait.

L'indice de la peur

— Bon, commença Quarry. Ne perdons pas de temps. J'ai 100 milliards de dollars sur pied qui attendent en salle de conférence, et il faut que j'y retourne. Fermez la porte, voulez-vous, LJ ? (Il attendit d'être sûr qu'on ne puisse pas les entendre.) Je suppose que nous avons tous vu ce qui vient de se passer. La première question est de savoir si, en pariant autant sur la baisse de Vista Airways juste avant que les cours s'effondrent, nous risquons de déclencher une enquête officielle. Gana ?

— Pour faire court, la réponse est oui, presque certainement.

Rajamani était un jeune homme soigné et précis, pénétré de sa propre importance. Son travail était de surveiller les niveaux de risque du fonds et de s'assurer de la légalité des opérations. Quarry l'avait débauché de la Financial Services Authority de Londres six mois plus tôt pour leur servir plus ou moins de vitrine.

— Oui ? répéta Quarry. Même s'il était impossible que nous sachions ce qui allait se produire ?

— La procédure est automatique. Les algorithmes des régulateurs auront détecté toute activité anormale autour des titres de la compagnie aérienne juste avant l'effondrement des cours. Ça les conduira directement à nous.

— Mais nous n'avons rien fait d'illégal.

— Non, à moins d'avoir saboté cet avion.

— Mais on ne l'a pas fait, n'est-ce pas ? dit Quarry en parcourant la pièce du regard. Je sais bien que j'encourage les initiatives personnelles...

— Mais ce qu'ils vont *vouloir* savoir, néanmoins, reprit Rajamani, c'est pourquoi nous avons vendu à découvert douze millions et demi de titres à ce moment précis. Je sais que ça paraît complètement absurde, Alex, mais le VIXAL a-t-il eu un moyen quelconque d'être au courant du crash avant le reste du marché ?

Hoffmann laissa à contrecœur retomber les lamelles du store dans un cliquetis, puis se retourna vers ses collègues.

— Le VIXAL a un accès numérique direct à Reuters – cela lui donne peut-être un avantage d'une seconde ou deux sur un trader humain, mais rien de plus que plein d'autres systèmes algorithmiques.

— On n'aurait pas pu faire grand-chose dans ce laps de temps de toute façon, déclara van der Zyl. Une position de l'ampleur de la nôtre aurait pris des heures à organiser.

— Quand a-t-on commencé à prendre les options ? demanda Quarry.

— Dès l'ouverture des marchés européens, répondit Ju-Long. À 9 heures.

— On ne pourrait pas passer à autre chose ? fit Hoffmann avec irritation. Il ne nous faudra même pas cinq minutes pour montrer au plus borné des régulateurs que la vente de ces titres à découvert faisait partie de tout un ensemble de paris sur la baisse. Ça n'avait rien de particulier. C'était une coïncidence. Point.

— Bon, en me plaçant du point de vue du régulateur borné, dit Rajamani, je dois dire que je suis d'accord avec vous, Alex. C'est l'ensemble qui importe, et c'est bien pour ça, en fait, que je voulais vous parler, plus tôt dans la matinée, si vous vous rappelez.

— Oui, je suis désolé, mais j'étais en retard pour la présentation.

Quarry n'aurait jamais dû engager ce type, songea Hoffmann. Régulateur un jour, régulateur toujours – c'est comme un accent étranger : on n'arrive jamais à dissimuler complètement d'où on vient.

— Ce sur quoi nous devons vraiment nous concentrer, c'est notre niveau de risque si les cours reprennent – Procter & Gamble, Accenture, Exelon, il y en a des dizaines : des dizaines de millions d'options prises depuis mardi soir. Et chaque fois on se retrouve avec des mises gigantesques et personne pour contrer.

— Et puis il y a aussi le problème de notre exposition au VIX, qui m'inquiète depuis plusieurs jours, maintenant, ajouta van der Zyl. Je vous en ai parlé la semaine dernière, Hugo, vous vous rappelez ?

Il avait autrefois enseigné l'ingénierie à l'Université de technologie de Delft et en avait gardé une approche pédagogique des choses.

L'indice de la peur

— Où en sommes-nous sur le VIX ? s'enquit alors Quarry. J'ai été tellement occupé à préparer cette présentation que je n'ai pas vraiment vérifié nos positions depuis un moment.

— La dernière fois que j'ai regardé, nous arrivions à vingt mille contrats.

— Vingt *mille* ? répéta Quarry en coulant un regard vers Hoffmann.

— Nous avons commencé à accumuler les futures VIX en avril, quand l'indice était à dix-huit, précisa Ju-Long. Si nous avions vendu plus tôt dans la semaine, nous aurions fait une très bonne opération, et je supposais que c'était ce que nous allions faire. Mais, au lieu de suivre la logique et de vendre, nous continuons d'acheter. Encore quatre mille contrats à 25 la nuit dernière. Ça fait un sacré niveau de volatilité implicite.

— Je suis sérieusement inquiet, avoua Rajamani. Franchement. Nos carnets d'ordres ne ressemblent plus à rien. On est longs en or. On est longs en dollars. On est *short* sur tous les indices de contrats à terme.

Hoffmann les dévisagea tour à tour – Rajamani, puis Ju-Long et van der Zyl – et il eut soudain la certitude qu'ils s'étaient tous arrangés avant la réunion. C'était un guet-apens – un guet-apens de bureaucrates de la finance. Aucun d'entre eux n'était qualifié pour être un quant. Il sentit la colère monter. Il demanda :

— Alors, Gana, qu'est-ce que vous proposez ?

— Je crois qu'on devrait commencer à liquider certaines de ces positions.

— C'est bien la pire connerie que j'aie jamais entendue, répliqua Hoffmann qui, dans son emportement, frappa d'un revers de main les lamelles de store contre la vitre. Putain, Gana, on a fait près de 80 millions de dollars la semaine dernière. On en a engrangé 40 millions rien que ce matin. Et vous voudriez qu'on ne tienne pas compte de l'analyse du VIXAL et qu'on en revienne au trading discrétionnaire ?

— Il ne s'agit pas de ne pas en tenir compte, Alex. Je n'ai jamais dit ça.

— Laisse-le tranquille, Alex, intervint Quarry. Ce n'était qu'une suggestion. C'est son boulot de se préoccuper des risques.

— Non, il n'est pas question que je le laisse tranquille. Il voudrait qu'on renonce à une stratégie qui présente un alpha considérable, et c'est exactement ce genre de réaction insensée et illogique, fondée sur la peur de la réussite, que le VIXAL est conçu pour exploiter ! Et si Gana ne croit pas à la supériorité des algorithmes sur le cerveau humain quand il s'agit de jouer en Bourse, c'est qu'il n'est pas à sa place ici.

Rajamani ne se laissa pas démonter par la tirade du patron de la société. Il avait la réputation de ne jamais rien lâcher et, à la FSA, il s'en était pris carrément à Goldman.

— Je dois vous rappeler, Alex, répliqua-t-il, que dans la brochure de la société, on promet au client une exposition à la volatilité annuelle n'excédant pas 20 %. Si je vois que les limites de risque contractuelles sont sur le point d'être dépassées, je suis obligé d'intervenir.

— Ce qui signifie ?

— Ce qui signifie que si on ne ramène pas notre niveau d'exposition, je devrai en avertir les investisseurs. Ce qui signifie que je dois absolument en référer au conseil d'administration.

— Mais c'est *ma* boîte.

— Et c'est l'argent des investisseurs. En grande partie.

Dans le silence qui suivit, Hoffmann se massa vigoureusement les tempes du bout des doigts. Il avait à nouveau très mal à la tête et il lui fallait un antalgique.

— Le conseil d'administration ? marmonna-t-il. Je ne suis même pas sûr de savoir qui ça comprend.

C'était en fait une entité juridique purement technique, enregistrée aux îles Caïmans pour raisons fiscales, qui contrôlait l'argent des clients et réglait au fonds de placement ses frais de gestion et ses primes.

— D'accord, dit Quarry, je ne crois pas qu'on en soit encore là, loin s'en faut. Comme on dit à l'armée, du calme et on avance, ajouta-t-il avant de gratifier l'assemblée d'un de ses sourires les plus conquérants.

— Pour des raisons légales, je dois demander que mes réserves soient consignées, dit Rajamani.

— Très bien. Faites un mémo de cette réunion et je le signerai. Mais n'oubliez pas que vous êtes nouveau ici et que c'est la boîte d'Alex – celle d'Alex et la mienne aussi, même si c'est grâce à lui que nous sommes ici tous les deux. Et s'il a confiance dans le VIXAL, alors nous devons avoir confiance aussi – Dieu sait qu'on n'a pas eu à se plaindre de ses performances. Mais je suis d'accord qu'il ne faut pas perdre de vue le niveau de risque – à force d'avoir les yeux rivés sur les cadrans, on peut très bien ne pas voir la montagne arriver si on n'y prend pas garde. Alex, tu es prêt à accepter ça ? Donc, étant donné que la plupart des actions concernées sont américaines, je propose qu'on reprenne ici même à 15 h 30, à l'ouverture des marchés américains, et qu'on fasse le point à ce moment-là.

— Dans ce cas, fit Rajamani d'un ton sinistre, je crois qu'il serait plus prudent de faire venir un juriste.

— Parfait. Je demanderai à Max Gallant de rester après déjeuner. Ça te va, Alex ?

Hoffmann signala son accord par un geste las.

D'après le compte rendu, la réunion se termina à 12 h 08.

* * *

— Oh, au fait, Alex, dit Ju-Long en se retournant sur le seuil alors qu'ils sortaient tous. J'ai failli oublier – ce numéro de compte que vous m'avez demandé de vérifier. Il figure bien dans notre système.

— De quel compte s'agit-il ? s'enquit Quarry.

— Oh, rien, éluda Hoffmann. Juste une question que je me posais. Je vous rejoins dans une minute, LJ.

Rajamani en tête, les trois hommes repartirent vers leurs bureaux respectifs. Alors que Quarry les regardait s'éloigner, l'expression de suave conciliation qu'il avait prise pour les congédier se mua en grimace de mépris.

— Quel petit merdeux imbu de lui-même, cracha-t-il avant d'imiter l'anglais précis et impeccable de l'Indien. « Je dois absolument en référer au conseil d'administration ». « Il serait plus prudent de faire venir un juriste. »

Il fit mine de le viser avec un pistolet imaginaire.

— C'est toi qui l'as engagé, rétorqua Hoffmann.

— Oui, c'est vrai, un point pour toi, et ce sera moi qui le virerai, ne t'en fais pas. (Il pressa la détente fictive juste avant que le trio disparaisse hors de vue derrière un angle du couloir et baissa la voix :) On n'a pas de problème, n'est-ce pas, Alexi? Il ne faut pas que je m'inquiète? C'est juste que, pendant une seconde, là, j'ai eu le même sentiment que quand j'étais à AmCor et que je vendais des CDO[1].

— Et c'était quoi, ce sentiment?

— Que j'étais chaque jour un peu plus riche mais sans savoir vraiment comment.

Hoffmann le dévisagea avec surprise. En huit ans, il n'avait jamais entendu Quarry exprimer la moindre inquiétude, et il trouva cela presque aussi choquant que les autres événements qui s'étaient produits durant cette journée.

— Écoute, Hugo, dit-il, on peut procéder à l'annulation du VIXAL cet après-midi, si c'est ce que tu veux. On peut reprendre toutes les positions et rembourser les investisseurs. Si je suis là, c'est en grande partie à cause de toi, tu te souviens?

— Mais *toi*, Alex? le pressa Quarry. Est-ce que *tu* veux arrêter? Enfin, on pourrait, tu sais – on a déjà gagné plus qu'il ne nous en faut pour vivre dans l'opulence jusqu'à la fin de nos jours. On n'est pas obligés de continuer à harponner le client.

— Non, je n'ai pas envie d'arrêter. On a les ressources pour faire ici des expériences techniques que personne n'a jamais tentées auparavant. Mais si tu veux arrêter, je te rachète tes parts.

Ce fut à présent le tour de Quarry d'être pris de court, mais il se fendit aussitôt d'un grand sourire.

— Compte là-dessus! Tu ne te débarrasseras pas de moi aussi facilement, répliqua-t-il, son sang-froid lui revenant aussi vite qu'il l'avait quitté. Non, non, je suis là tant que ça dure. J'imagine ce que c'est de voir cet avion – ça m'a filé un peu les jetons. Mais si ça va pour toi, ça va pour moi. Bon? l'invita-t-il en lui faisant signe de passer devant. On retourne à cette bande de psychopathes et criminels estimés qu'on est fiers d'appeler nos clients?

— Vas-y. Je n'ai plus rien à leur dire. S'ils veulent investir davantage, tant mieux. Sinon, qu'ils aillent se faire foutre.

---

1. Obligations adossées à des actifs ayant grandement participé à la crise des subprimes.

— Mais c'est toi qu'ils sont venus voir...
— Ouais, eh bien, ils m'ont vu.
— Mais tu viendras au moins au déjeuner ? insista Quarry, la mine catastrophée.
— Hugo, je ne peux vraiment pas supporter ces gens...

Mais Quarry affichait une expression tellement désespérée qu'Hoffmann capitula tout de suite.

— Bon, d'accord, si c'est vraiment si important, je viendrai à ce foutu repas.

— Beau Rivage, 13 heures. (Quarry parut sur le point d'ajouter autre chose, mais il regarda sa montre et poussa un juron :) Merde ! Ils sont tout seuls depuis un quart d'heure. (Il partit vers la salle de conférence.) 13 heures, lança-t-il en se retournant et marchant à reculons. Sois sage, ajouta-t-il en tendant l'index.

Il tenait déjà son portable dans l'autre main et composait un numéro.

Hoffmann tourna les talons et partit dans la direction opposée. Le couloir était désert. Il passa rapidement la tête par la porte de la cuisine commune, avec sa machine à café, son micro-ondes et son frigo géant : déserte elle aussi. À quelques pas de là, le bureau de Ju-Long était fermé, et son assistante n'était pas à son poste. Hoffmann frappa à la porte et la poussa sans attendre de réponse.

C'était comme s'il avait dérangé un groupe d'adolescents branché sur un site pornographique sur l'ordinateur familial. Ju-Long, van der Zyl et Rajamani s'écartèrent précipitamment de l'écran, et Ju-Long cliqua sur la souris pour fermer la fenêtre.

— Nous étions en train de vérifier les marchés monétaires, Alex, déclara van der Zyl.

Le Hollandais avait les traits un peu trop grands pour son visage, ce qui lui donnait l'aspect d'une gargouille lugubre et intelligente.

— Et ?
— L'euro baisse face au dollar.
— C'est bien ce que nous avions anticipé, il me semble. Je ne voudrais pas vous retarder, ajouta-t-il en ouvrant davantage la porte.

— Alex…, commença Rajamani.
— C'est à LJ que je voulais parler… en privé.

Il garda les yeux fixés droit devant lui pendant qu'ils sortaient en file indienne. Lorsque Ju-Long et lui furent seuls, il demanda :

— Donc ce compte figurerait dans notre système ?
— Il apparaît deux fois.
— Vous voulez dire qu'il est à nous… On l'utilise pour des transactions ?
— Non, dit Ju-Long, la perplexité creusant soudain exagérément son front lisse. En fait, j'ai pensé qu'il servait à votre usage personnel.
— Pourquoi ?
— Parce que vous avez demandé à la logistique de transférer 42 millions de dollars dessus.

Hoffmann étudia attentivement son expression pour voir s'il plaisantait. Mais, comme Quarry le faisait souvent remarquer, même si Ju-Long était bourré de qualités admirables, il était totalement dépourvu de sens de l'humour.

— Quand ai-je demandé ce transfert ?
— Il y a onze mois. Je vous ai transféré le mail original pour mémoire.
— D'accord, merci. Je vérifierai ça. Vous parliez de deux transactions ?
— Effectivement. L'argent a été intégralement restitué le mois dernier, avec les intérêts.
— Et vous n'en avez jamais discuté avec moi ?
— Non, Alex, répondit tranquillement le Chinois. Pourquoi l'aurais-je fait ? Comme vous l'avez dit, c'est votre boîte.
— Oui, évidemment. Merci, LJ.
— Pas de souci.

Hoffmann se retourna sur le seuil de la porte.

— Et ce n'est pas de ça que vous parliez avec Gana et Pieter ?
— Non.

Hoffmann se dépêcha de regagner son bureau. 42 millions de dollars ? Il était certain de n'avoir jamais demandé le transfert d'une telle somme. Il n'aurait pas pu oublier. Ce ne pouvait être qu'un détournement de fonds. Il passa devant

Marie-Claude, occupée à taper sur son clavier, à son poste de travail, juste devant la porte, et se rendit directement à son terminal. Il se connecta et ouvrit sa boîte de réception. Il y trouva effectivement sa demande de transférer 42 032 127,88 dollars vers la Royal Grand Cayman Bank Limited datée du 17 juin de l'année précédente. Et, juste en dessous, une notification de la banque du hedge fund concernant un remboursement de 43 188 037,09 dollars en provenance du même compte et daté du 3 avril.

Il effectua un rapide calcul dans sa tête. Quel fraudeur remboursait le capital qu'il avait détourné en y ajoutant très exactement 2,75 % d'intérêt ?

Il revint en arrière et examina ce qui était censé être son mail d'origine. Il ne portait ni formule de politesse ni signature, mais simplement l'instruction standard habituelle de transférer le montant X sur le compte Y. LJ avait dû la faire exécuter sans la moindre hésitation, sans douter un instant de la sécurité de leur Intranet protégé par les meilleurs pare-feu disponibles sur le marché, et du fait qu'il y aurait de toute façon, le moment venu, une conciliation électronique des comptes. Si l'argent s'était présenté sous forme de lingots d'or ou de valises de billets, ils se seraient certainement montrés plus attentifs. Or, il ne s'agissait pas à proprement parler d'argent au sens physique du terme, mais de chaînes et suites de caractères lumineux sans plus de substance qu'un protoplasme. C'est comme ça qu'ils trouvaient le sang-froid de faire ce qu'ils faisaient.

Il vérifia l'heure à laquelle il était censé avoir envoyé le mail ordonnant le transfert : minuit pile.

Il se renversa en arrière sur son siège et examina le détecteur de fumée au plafond, au-dessus de la table. Il lui arrivait souvent de travailler tard au bureau, mais jamais jusqu'à minuit. Ce message, s'il était authentique, devait donc forcément provenir de son ordinateur personnel. Y avait-il une possibilité qu'en vérifiant les messages envoyés depuis chez lui il puisse trouver trace de ce mail ainsi que de la commande au bouquiniste hollandais ? Souffrait-il d'une sorte de syndrome à la Jekyll et Hyde qui voulait que la moitié de son cerveau agisse à l'insu de l'autre moitié ?

Pris d'une impulsion soudaine, il ouvrit le tiroir de son bureau, en sortit le CD et l'inséra dans le lecteur de son ordinateur. Le programme mit un moment à charger, puis l'écran se remplit d'un catalogue de deux cents images monochromes de l'intérieur de son crâne. Il les fit défiler rapidement, cherchant à trouver celle qui avait attiré l'attention de la radiologue, mais c'était sans espoir. Visionné à cette vitesse, son cerveau parut émerger du néant, enfler jusqu'à devenir un nuage de matière grise, puis se contracter à nouveau pour redevenir néant.

Il appela son assistante sur l'interphone.

— Marie-Claude, si vous voulez bien chercher dans mon agenda personnel, vous trouverez les coordonnées du docteur Jeanne Polidori. Vous voulez bien me prendre un rendez-vous avec elle pour demain après-midi ? Dites-lui que c'est urgent.

— Oui, docteur Hoffmann, pour quelle heure ?

— N'importe quelle heure. Et puis je voudrais aller à la galerie où ma femme fait son exposition. Vous connaissez l'adresse ?

— Oui, docteur Hoffmann. Quand voulez-vous partir ?

— Tout de suite. Vous pouvez m'avoir une voiture ?

— Vous avez un chauffeur à disposition à n'importe quelle heure de la journée, maintenant. C'est M. Genoud qui s'en est occupé.

— Oh, oui, c'est vrai, j'avais oublié. Bon, dites-lui que je descends.

Il éjecta le CD et le rangea dans le tiroir, avec le volume de Darwin, puis il prit son imperméable. En traversant la salle des marchés, il jeta un coup d'œil vers la salle de conférence. À un endroit où les stores n'étaient pas complètement tirés, il aperçut à travers les lamelles Elmira Gulzhan et son petit ami avocat penchés au-dessus d'un iPad, sous le regard de Quarry, qui avait les bras croisés. Il paraissait plein de suffisance. Étienne Mussard, qui présentait son dos voûté aux autres, entrait des chiffres sur une grande calculatrice de poche avec une lenteur de vieux monsieur.

Sur le mur d'en face, Bloomberg et CNBC affichaient des colonnes de flèches rouges, toutes en baisse. Les marchés européens avaient déjà perdu leurs gains d'ouverture et commençaient à dévisser. Cela affecterait très certainement l'ouverture des cotations américaines, ce qui aurait pour effet de rendre les positions du hedge fund beaucoup moins exposées dès le milieu de l'après-midi. Hoffmann sentit le soulagement l'envahir. Il éprouva même une bouffée d'orgueil. Une fois de plus, le VIXAL se montrait plus malin que les humains qui l'entouraient.

Sa bonne humeur persista dans l'ascenseur qui l'amena au rez-de-chaussée et lorsqu'il pénétra dans le hall, où une silhouette trapue en costume sombre bas de gamme se leva pour l'accueillir. De toutes les manies des nantis, Hoffmann n'en avait jamais trouvé aucune aussi absurde que celle d'avoir un garde du corps qui vous attende à la sortie d'une réunion ou d'un restaurant; il s'était souvent demandé de qui les riches avaient aussi peur, sinon, peut-être, de leurs actionnaires ou d'un membre de leur famille. Mais, ce jour-là, il fut heureux de trouver cet homme poli au physique de brute qui l'attendait et lui montra sa carte en se présentant comme étant Olivier Paccard, *l'homme de la sécurité**.

— Si vous voulez bien attendre un instant, docteur Hoffmann, demanda Paccard. (Il leva la main afin de réclamer poliment le silence et regarda au-dehors. Il avait un fil relié à son oreille.) C'est bon, dit-il. On peut y aller.

Il s'avança rapidement vers l'entrée et appuya sur le bouton d'ouverture avec le bas de sa paume à l'instant même où une longue Mercedes sombre se garait contre le trottoir, conduite par le même chauffeur qui était venu chercher Hoffmann à l'hôpital. Paccard sortit le premier, ouvrit la portière arrière et fit monter Hoffmann. Il effleura brièvement la nuque du physicien et, avant même qu'Hoffmann fût complètement installé sur la banquette, Paccard s'était déjà assis à l'avant, toutes portières refermées et verrouillées, et la voiture se glissait dans la circulation de midi. L'ensemble de la procédure n'avait pas dû prendre plus de dix secondes.

Ils tournèrent brusquement à gauche, faisant crisser les pneus, et foncèrent dans une petite rue sombre qui débouchait sur le lac et tout un paysage de montagnes lointaines. Le soleil n'avait toujours pas réussi à percer les nuages. La colonne blanche du Jet d'eau dressait ses cent quarante mètres contre le ciel gris pour se dissoudre en son sommet en une pluie glaciale qui retombait en cataracte sur la surface noire du lac. Les flashes des appareils des touristes qui se photographiaient au pied du jet lançaient des éclairs dans la pénombre.

La Mercedes accéléra pour prendre un feu rouge de vitesse, puis opéra un nouveau virage serré vers la gauche, emprunta la rue à quatre voies et se retrouva immobilisée devant le Jardin anglais, coincée par un obstacle invisible. Paccard tendit le cou pour voir ce qui se passait.

C'est là qu'Hoffmann venait parfois courir quand il avait un problème à résoudre – sur un circuit qui allait d'ici au bout du parc des Eaux-Vives et qu'il faisait deux ou trois fois si nécessaire, jusqu'à ce qu'il eût trouvé sa réponse, sans parler à personne, sans rien voir. Il n'avait jamais vraiment regardé autour de lui auparavant, et il découvrait à présent ce quartier faussement familier avec une sorte d'étonnement : l'aire de jeux des enfants avec ses toboggans de plastique bleu, la *crêperie** en plein air, sous les arbres, le passage piéton où il devait parfois faire du sur-place en attendant que le feu passe au vert. Pour la deuxième fois de la journée, il eut le sentiment d'être un visiteur de sa propre vie et éprouva le soudain désir de demander au chauffeur d'arrêter la voiture et de le laisser descendre. Mais à peine cette idée lui fut-elle venue que la Mercedes accéléra à nouveau. Ils s'immiscèrent dans la circulation dense au bout du pont du Mont-Blanc et en sortirent à vive allure quelques minutes plus tard pour se faufiler entre les camions et les bus plus lents qui allaient vers l'ouest, en direction des galeries et des boutiques d'antiquaires de la plaine de Plainpalais.

8

> « *Il n'y a aucune exception à la règle que tout être organisé se multiplie naturellement avec tant de rapidité que, s'il n'est pas détruit, la Terre serait bientôt couverte par la descendance d'un seul couple.* »
> Charles Darwin, *De l'origine des espèces*, 1859.

Contours de l'homme : une exposition de l'œuvre de Gabrielle Hoffmann (elle trouvait que c'était beaucoup plus impressionnant en français qu'en anglais) ne devait durer qu'une semaine à la Galerie d'art contemporain Guy Bertrand, un petit espace blanchi à la chaux, ancien garage de réparation Citroën, situé dans une rue non loin du MAMCO, le célèbre musée d'Art moderne de Genève.

Cinq mois plus tôt, Gabrielle s'était retrouvée assise à côté du propriétaire, M. Bertrand, lors d'une vente de charité organisée pour Noël à l'hôtel Mandarin Oriental – événement auquel Alex avait catégoriquement refusé de participer – et, le lendemain, le galeriste avait réussi à se faire inviter à son atelier pour voir sur quoi elle travaillait. Après dix minutes de flatterie éhontée, il lui avait proposé de monter une exposition moyennant la moitié des recettes et la prise en charge par l'artiste de la totalité des frais. Elle avait bien sûr compris tout de suite qu'il avait été davantage attiré par l'argent d'Alex que par son talent. Elle avait noté au cours de ces dernières années que la grande richesse agissait sur les gens comme un champ de force magnétique invisible qui les attirait ou les repoussait indépendamment de leurs schémas comportementaux habituels. Mais elle avait appris à s'en accommoder. Il y avait de quoi devenir dingue s'il l'on se demandait sans cesse qui était sincère ou hypocrite. Et puis, de toute façon, elle voulait une exposition – elle prit conscience qu'elle la voulait plus qu'elle avait jamais voulu quoi que ce fût de toute sa vie, mis à part un enfant.

Bertrand l'avait pressée d'organiser une soirée de vernissage. Cela susciterait l'intérêt, avait-il assuré, et ferait un peu de publicité. Gabrielle avait rechigné. Elle savait que son mari se montrerait grincheux plusieurs jours auparavant à la simple perspective de ce genre de manifestation. Ils avaient fini par trouver un compromis. Lorsque, à 11 heures pile, les portes s'ouvrirent silencieusement, deux jeunes serveuses en chemisier blanc et minijupe noire se tenaient à l'entrée et offraient une flûte de Pol Roger et des assiettes de canapés à quiconque franchissait le seuil de la galerie. Gabrielle avait craint que personne ne vienne, mais il y avait du monde : les habitués de la galerie, qui avaient été prévenus de la manifestation par mail ; des passants attirés par la vue d'un verre gratuit ; et des amis et connaissances de Gabrielle, qu'elle rameutait depuis des semaines – des noms tirés de vieux carnets d'adresses, des gens qu'elle n'avait pas vus depuis des années. Tous étaient venus. Le résultat fut qu'à midi une réception de plus d'une centaine de personnes battait son plein et se déversait sur le trottoir, où ne tardèrent pas à se rassembler les fumeurs.

Gabrielle en était à sa seconde flûte de champagne quand elle s'aperçut qu'en fait elle s'amusait bien. Son *œuvre** consistait en vingt-sept pièces – tout ce qu'elle avait terminé depuis trois ans à part son autoportrait, qu'Alex lui avait demandé de garder et qui était resté sur la table basse du salon. Et, en vérité, une fois l'ensemble bien présenté et convenablement éclairé – les gravures sur verre, surtout –, cela donnait une collection solide et professionnelle, pas moins imposante en tout cas que ce qu'elle avait pu voir en son temps à la plupart des vernissages auxquels elle s'était rendue. Personne n'avait ri. Les gens avaient regardé attentivement les œuvres et fait des commentaires réfléchis, la plupart du temps élogieux. Le jeune journaliste fervent de la *Tribune de Genève* avait même comparé son souci de l'épure avec la topographie de la tête chère à Giacometti. La seule inquiétude qui étreignait Gabrielle était qu'elle n'avait encore rien vendu, et elle en attribuait pour le moment la faute à Bertrand, qui avait insisté pour afficher des prix très élevés : de 4 500 francs suisses, soit environ 5 000 dollars, pour les CAT-scans des plus petites têtes animales et jusqu'à 18 000 pour le grand portrait en IRM, *The Invisible Man*. Si rien n'était parti d'ici la fin de la journée, ce serait une humiliation.

Elle s'efforça de ne pas y penser et de se concentrer sur ce que disait l'homme en face d'elle. C'était difficile d'entendre, dans le brouhaha. Elle dut l'interrompre et lui posa la main sur le bras.

— Pardon, mais vous pouvez me répéter votre nom ?

— Bob Walton. Je travaillais avec Alex, au CERN. Je disais juste que je crois bien que vous vous êtes rencontrés chez moi, à une soirée.

— Oh mon Dieu, souffla-t-elle, c'est tout à fait exact. *Comment* allez-vous ?

Elle lui serra la main et le regarda vraiment pour la première fois : grand, mince, soigné, gris – ascétique, conclut-elle. Ascétique ou simplement sévère. Il aurait pu être un moine... Non, plus haut placé que ça car il avait de l'autorité : un père supérieur.

— C'est drôle, dit-elle, j'avais simplement accompagné des amis à cette fête. Je ne crois pas que nous ayons été vraiment présentés, si ?

— Je ne crois pas, non.

— Eh bien... avec un peu de retard, merci. Vous avez changé ma vie.

Il ne sourit pas.

— Je n'ai pas vu Alex depuis des années. Il doit venir, je suppose ?

— Je l'espère.

Une fois de plus, elle coula un bref regard vers la porte dans l'espoir de voir Alex apparaître. Jusqu'à présent, son mari s'était contenté de lui envoyer le garde du corps taciturne, qui s'était posté à l'entrée de la galerie tel un videur de boîte de nuit, et semblait parler de temps en temps dans sa manche.

— Alors, reprit-elle, qu'est-ce qui nous vaut l'honneur ? Vous êtes un habitué de la galerie ou bien vous avez vu de la lumière ?

— Ni l'un ni l'autre. C'est Alex qui m'a invité.

— *Alex*? Pardon, ajouta-t-elle pour se corriger. Je ne savais pas qu'Alex avait envoyé la moindre invitation. Ce n'est pas son genre.

— J'ai été moi-même un peu surpris. Surtout que nous sommes restés sur un petit différend, la dernière fois que nous nous sommes vus. Je suis donc venu faire amende honorable, et il n'est pas là. Ce n'est pas grave. Votre travail me plaît.

— Merci, dit-elle, cherchant encore à assimiler l'idée qu'Alex avait pu inviter quelqu'un de son côté sans même lui en parler. Peut-être achèterez-vous quelque chose ?

— Je crains que les prix ne soient pas dans les moyens d'un salarié du CERN.

Pour la première fois, il lui adressa un sourire, d'autant plus chaleureux qu'il était si rare, comme un rayon de soleil dans un paysage gris. Il porta la main à la poche intérieure de sa veste.

— Si jamais l'envie vous prend de faire de l'art avec de la physique des particules, appelez-moi, dit-il en lui donnant sa carte.

Elle lut :

Professeur Robert Walton
Chef du service informatique
CERN – Organisation européenne pour la recherche nucléaire
1211 Genève 23 – Suisse

— C'est tentant, répliqua-t-elle en glissant la carte dans sa poche. Merci. Je pourrais bien vous prendre au mot. Alors, parlez-moi de vous et d'Alex…

— Ma chérie, mais que tu es douée ! s'exclama une voix de femme derrière elle.

Elle sentit qu'on lui prenait le coude, et se retourna pour faire face au large visage blême et aux grands yeux gris de

Jenny Brinkerhof, autre Anglaise de moins de quarante ans mariée à un administrateur de hedge fund. (Gabrielle avait remarqué qu'elles commençaient à pulluler à Genève, ces émigrées économiques de Londres qui avaient fui le nouveau taux d'imposition de 50 % en vigueur au Royaume-Uni. Elles ne pouvaient visiblement pas parler d'autre chose que de la difficulté de trouver de bonnes écoles.)

— Jen, dit-elle, comme c'est gentil d'être venue.

— Comme c'est gentil de m'avoir *invitée*.

Elles s'embrassèrent, et Gabrielle se retourna pour la présenter à Walton, mais il s'était écarté et discutait avec le journaliste de la *Tribune*. C'était toujours le problème avec les cocktails : on se retrouvait coincé avec la personne à qui on n'avait pas envie de parler alors que celle avec qui on aurait bien voulu restait inaccessible tout en étant juste sous votre nez. Elle se demanda combien de temps cela prendrait avant que Jen mentionne ses enfants.

— Je t'envie tellement d'avoir tout simplement assez d'espace dans ta vie pour avoir ce genre d'activité. Enfin, s'il y a une chose que le fait d'avoir trois gosses dans les pattes tue absolument, c'est bien l'étincelle créatrice…

Par-dessus l'épaule de son interlocutrice, Gabrielle vit une silhouette incongrue, bizarre mais familière, entrer dans la galerie.

— Tu veux bien m'excuser une seconde, Jen ?

Elle s'écarta et se dirigea vers la porte.

— Inspecteur Leclerc ?

— Madame Hoffmann, dit Leclerc, qui lui serra poliment la main.

Elle remarqua qu'il portait les mêmes vêtements qu'à 4 heures du matin : coupe-vent sombre, une chemise blanche devenue distinctement grisâtre au col, et une cravate noire dont le nœud était placé de façon démodée, très bas sur la partie large, comme elle avait toujours vu son père le faire. Il ne s'était pas rasé, et la barbe formait sur ses joues une tache sombre qui remontait presque jusqu'aux poches qu'il avait sous les yeux. Il paraissait totalement déplacé. L'une des serveuses s'approcha avec un plateau de coupes de champagne, et Gabrielle pensa qu'il allait refuser – les policiers n'étaient-ils pas censés décliner tout alcool lorsqu'ils étaient en service ? –, mais son visage s'éclaira et, avec un « Parfait, merci », Leclerc prit précautionneusement un verre en le tenant par le pied, comme s'il redoutait de le briser.

— Il est très bon, commenta-t-il après en avoir bu une gorgée et en faisant claquer ses lèvres. Qu'est-ce que c'est ? Du 80 francs la bouteille ?

— Je ne saurais vous dire. C'est le bureau de mon mari qui s'en est occupé.

Le photographe de la *Tribune* s'approcha et les prit en photo, côte à côte. Il émanait du coupe-vent de Leclerc une odeur d'humidité qui avait viré au moisi. L'inspecteur attendit que le photographe se soit éloigné pour annoncer :

— Bon, je peux vous dire que nos experts ont trouvé de belles empreintes sur votre téléphone portable et sur les couteaux de cuisine. Malheureusement, elles ne figurent pas dans nos fichiers. Votre intrus n'a pas de casier, du moins en Suisse. Un vrai fantôme ! Nous sommes en train de vérifier avec Interpol.

Il saisit un canapé au passage d'un plateau et l'engloutit tout entier.

— Et votre mari ? Il est ici ? Je ne le vois nulle part.

— Pas encore. Vous vouliez lui parler ?

— Non, je suis venu découvrir votre travail.

Guy Bertrand s'approcha, visiblement curieux. Elle lui avait parlé de l'incident de la nuit.

— Tout va bien ? s'enquit-il, et Gabrielle fut obligée de présenter le policier au propriétaire de la galerie.

Bertrand était un jeune homme replet vêtu de soie noire de la tête aux pieds – veste, pantalon, mules zen holistiques et tee-shirt Armani. Leclerc et lui se regardèrent avec une mutuelle incompréhension ; ils auraient pu appartenir à des espèces différentes.

— Un inspecteur de police, répéta Bertrand sur le ton de l'émerveillement. *The Invisible Man* ne manquera pas de vous intéresser, je pense.

— *The Invisible Man* ?

— Permettez-moi de vous montrer, proposa Gabrielle, soulagée d'avoir une occasion de les séparer.

Elle conduisit Leclerc vers la plus grande pièce exposée, un boîtier de verre éclairé par en dessous et dans lequel un homme nu en taille réelle et qui semblait composé de gaze bleu pâle semblait flotter juste au-dessus du sol. Cela donnait un aspect spectral, dérangeant.

— Voici Jim, l'homme invisible.

— Et qui est Jim ?

— C'était un meurtrier.

Leclerc se retourna brusquement pour la dévisager.

— James Duke Johnson, poursuivit-elle, assez satisfaite d'avoir provoqué cette réaction chez lui, exécuté en Floride en 1994. Le chapelain de la prison l'avait persuadé avant sa mort de faire don de son corps à la recherche scientifique.

— Et aussi à des expositions artistiques ?

— J'en doute. Ça vous choque ?

— Oui, je l'avoue.

— Bien. C'était l'effet recherché.

Leclerc grogna et posa sa flûte de champagne. Il se rapprocha du cube transparent et plaça les mains sur ses hanches pour l'examiner très attentivement. Son ventre passait par-dessus sa ceinture, et Gabrielle ne put s'empêcher de penser aux montres molles de Dalí.

— Et comment vous faites pour donner l'impression qu'il flotte dans les airs ?

— Secret de fabrication. Non, ajouta Gabrielle en riant, je vais vous expliquer. C'est très simple. Je prends les coupes d'une IRM et je les reproduis à travers des plaques de verre extrêmement transparent – du Mirogard de deux millimètres d'épaisseur, le plus transparent qu'on puisse trouver. Mais, au lieu d'utiliser une plume et de l'encre, je trace mes traits avec une roulette de dentiste. À la lumière du jour, on ne voit pratiquement rien. Mais quand on projette une lumière artificielle dessus, sous le bon angle, eh bien, voilà ce qu'on obtient.

— Remarquable. Et qu'en pense votre mari ?

— Il trouve que ça commence à m'obséder un peu trop. Mais comme il a lui aussi ses obsessions... (Elle vida sa flûte de champagne. Tout lui paraissait agréablement renforcé – les couleurs, les sons, les sensations.) Vous devez trouver que nous formons un couple étrange…

— Croyez-moi, *madame**, mon métier me met en contact avec des gens bien plus étranges que tout ce que vous pourriez commencer à imaginer, assura-t-il avant de tourner brusquement vers elle ses yeux injectés de sang. Ça vous dérange, si je vous pose une ou deux questions ?

— Allez-y.

— Quand avez-vous rencontré le docteur Hoffmann ?

— C'est drôle, j'y repensais justement.

Elle revoyait Alex comme si c'était hier. Il parlait avec Hugo Quarry – il y avait toujours eu cette saleté de Quarry dans le tableau, dès le premier jour – et c'est elle qui avait dû faire le premier pas, mais elle avait bu suffisamment pour que ça ne la gêne pas.

— C'était il y a huit ans, lors d'une réception à Saint-Genis-Pouilly.

— Saint-Genis-Pouilly, répéta Leclerc. Beaucoup de scientifiques du CERN habitent par là, il me semble.

— À l'époque, certainement. Vous voyez le grand type grisonnant là-bas ? Je crois qu'il s'appelle Walton. Ça se passait chez lui. Après, je suis allée chez Alex, et je me souviens qu'il n'y avait rien d'autre que des ordinateurs dans son appartement. Il y faisait tellement chaud qu'il est apparu un jour sur l'écran à infrarouges d'un hélicoptère de police, et il y a eu un raid de la brigade antidrogue. Ils ont cru qu'il faisait pousser du cannabis.

Elle sourit à ce souvenir, et Leclerc fit de même – par politesse, se dit-elle, pour l'encourager à continuer de parler. Elle se demanda ce qu'il cherchait.

— Vous-même, vous travailliez au CERN ?

— Mon Dieu, non. J'étais secrétaire à l'Onu – ex-étudiante des Beaux-Arts sans perspective d'avenir et avec de bonnes bases en français : vous voyez le topo.

Elle prit conscience qu'elle parlait trop vite et souriait trop. Il allait la croire éméchée.

— Mais le docteur Hoffmann était encore au CERN quand vous avez fait sa connaissance ?

— Il était sur le point de partir pour monter sa propre affaire avec son associé, un homme appelé Hugo Quarry. Curieusement, je les ai tous deux rencontrés pour la première fois ce soir-là. Est-ce que c'est important ?

— Et pourquoi exactement a-t-il fait ça, vous le savez – quitter le CERN ?

— Il faudra lui poser la question. Ou à Hugo.

— Je n'y manquerai pas. Il est américain, ce M. Quarry ?

— Pas du tout, répondit-elle avec un éclat de rire. Il est anglais. Très anglais.

— J'imagine que l'une des raisons qui ont poussé le docteur Hoffmann à quitter le CERN, c'est qu'il voulait gagner plus ?

— Pas vraiment, non. L'argent n'a jamais été une préoccupation pour lui. En tout cas, pas à l'époque. Il disait qu'il lui serait plus facile de poursuivre ses recherches s'il avait sa propre société.

— Et de quoi s'agissait-il ?

— D'intelligence artificielle. Mais, là encore, si vous voulez des détails, il faudra vous adresser à lui. Ça m'est toujours passé au-dessus.

Leclerc réfléchit.

— Savez-vous s'il a eu recours à une aide psychiatrique ?

La question la désarçonna.

— Pas à ma connaissance. Pourquoi ?

— J'ai cru comprendre qu'il avait fait une dépression quand il était au CERN, et on m'a dit que c'était la principale raison de son départ. Alors je me demandais s'il y avait eu la moindre récidive.

Elle se rendit compte qu'elle le regardait bouche bée, et s'empressa de contracter la mâchoire.

Il l'examinait attentivement.

— Excusez-moi, dit-il. Vous n'étiez pas au courant ?

Elle se ressaisit juste assez pour mentir :

— Si, bien sûr que j'étais au courant – enfin, *en partie*.

Elle savait qu'elle n'était pas très convaincante. Mais quel autre choix avait-elle ? Admettre que son mari demeurait encore un mystère – qu'une immense partie de ce qui occupait quotidiennement son esprit avait toujours été pour elle un territoire inaccessible, et que ce côté mystérieux était à la fois ce qui l'avait attirée chez lui au début et ce qui l'effrayait depuis?

— Vous vous êtes donc renseigné sur Alex? fit-elle d'une voix cassante. Ne devriez-vous pas plutôt retrouver l'homme, qui l'a agressé?

— Je dois examiner tous les faits, *madame**, répliqua Leclerc avec raideur. Il est possible que l'agresseur ait connu votre mari dans le passé et qu'il ait nourri de la rancœur contre lui. J'ai simplement demandé à quelqu'un que je connais au CERN – en toute discrétion et de façon totalement confidentielle, je vous assure – pourquoi il était parti.

— Et cette personne vous a dit qu'il avait fait une dépression, alors vous en avez déduit qu'Alex avait peut-être inventé toute cette histoire de mystérieux agresseur?

— Non, j'essaie simplement de comprendre toutes les circonstances, corrigea-t-il avant de vider son verre d'un trait. Pardonnez-moi – je ne devrais pas vous retenir à votre propre réception.

— Vous voulez un autre verre?

— Non, déclina-t-il en portant ses doigts à ses lèvres pour réprimer un rot. Je dois y aller. Merci. (Il s'inclina légèrement, en un mouvement un peu désuet.) Ça a été vraiment très intéressant de voir votre travail, ajouta-t-il avant de s'arrêter pour contempler à nouveau le meurtrier exécuté dans son boîtier de verre. Et qu'est-ce qu'il a fait exactement, ce pauvre bougre?

— Il a tué un vieux monsieur qui l'avait surpris en train de voler sa couverture électrique. Il lui a tiré dessus et l'a poignardé. Il est resté douze ans dans les couloirs de la mort. Et quand son dernier appel à la clémence a été rejeté, il a été exécuté par injection létale.

— Barbare, marmonna Leclerc, quoi qu'elle ne sût pas très bien s'il parlait du crime, du châtiment ou de ce qu'elle en avait fait.

* * *

L'indice de la peur

Leclerc s'assit ensuite dans sa voiture, de l'autre côté de la rue, son calepin sur les genoux, et il nota tout ce qu'il pouvait se rappeler de la conversation. À travers la vitrine de la galerie, il voyait des gens tourner autour de Gabrielle, sa petite silhouette sombre prenant parfois une pose glamour pour le flash d'un appareil photo. Il décida qu'il l'aimait plutôt bien, ce qui était plus que ce qu'il pouvait dire de son exposition. Trois mille francs pour quelques bouts de verre avec un crâne de cheval gribouillé dessus ? Il gonfla les joues. Bon Dieu, on pouvait acheter un animal de trait convenable – et l'ensemble, s'il vous plaît, pas juste la tête – pour la moitié de cette somme.

Il termina d'écrire et parcourut ses notes en tous sens, comme si, en procédant par associations aléatoires, il pouvait trouver un indice qui lui avait échappé jusque-là. Son ami du CERN avait jeté un rapide coup d'œil au dossier personnel d'Hoffmann, et Leclerc en avait noté les grandes lignes : qu'Hoffmann avait rejoint l'équipe qui faisait tourner le grand collisionneur électron-positon à l'âge de vingt-sept ans, et qu'il était l'un des rares Américains affectés à ce projet à l'époque ; que son patron direct l'avait considéré comme l'un des mathématiciens les plus brillants sur place ; qu'il était passé de la construction du nouvel accélérateur de particules, le Grand Collisionneur de hadrons, à la conception des logiciels et systèmes informatiques nécessaires pour analyser les milliards de données produites par les expériences ; qu'après une période prolongée de surmenage, son comportement était devenu suffisamment imprévisible pour que ses collègues se plaignent et que les services de sécurité le prient de quitter les lieux ; enfin, qu'il s'était décidé à prendre un congé maladie prolongé au terme duquel son contrat n'avait pas été renouvelé.

Leclerc était convaincu que Gabrielle Hoffmann n'avait rien su de la dépression nerveuse de son mari : son évidente incapacité à mentir ajoutait au nombre des qualités attachantes de la jeune femme. Hoffmann semblait donc être un mystère pour tous – ses collègues scientifiques, le monde de la finance et même sa femme. Il entoura le nom d'Hugo Quarry.

Ses réflexions furent interrompues par le bruit d'un moteur puissant. Il regarda de l'autre côté de la chaussée et vit une

L'indice de la peur

grosse Mercedes anthracite se garer, tous phares allumés, devant la galerie. Avant même qu'elle se soit immobilisée, une silhouette massive en costume sombre jaillit de la place passager, à l'avant, contrôla rapidement la rue devant et derrière eux, puis ouvrit la portière arrière. Les gens éparpillés sur le trottoir avec leur verre et leur cigarette se retournèrent mollement pour voir qui descendait de voiture, puis se détournèrent avec indifférence tandis qu'on faisait franchir les portes au nouveau venu.

9

> « *Alors même que nous sommes isolés, nous nous demandons bien souvent, et cela ne laisse pas de nous occasionner du bonheur ou de la peine, ce que les autres pensent de nous ; nous nous inquiétons de leur approbation ou de leur blâme ; or ces sentiments procèdent de la sympathie, élément fondamental des instincts sociaux. L'homme qui ne posséderait pas de semblables sentiments serait un monstre.* »
>
> Charles Darwin, *De la descendance de l'homme*, 1871.

Ce n'était pas sans effort qu'Hoffmann était parvenu à n'exister nulle part sur la place publique. Un jour, tout au début de l'aventure Hoffmann Investment Technologies et alors que la société ne disposait que de deux milliards de dollars d'actifs en gestion, il avait invité les associés de la plus ancienne agence de communication de Suisse à un petit déjeuner à l'hôtel Président Wilson et leur avait proposé un marché : une rente annuelle de 200 000 francs suisses contre l'assurance que son nom ne serait jamais mentionné nulle part. Il ne fixait qu'une seule condition : si jamais son nom apparaissait ne fût-ce qu'une fois, il déduirait 10 000 francs de leurs honoraires ; s'il était mentionné plus de vingt fois dans l'année, c'est eux qui lui verseraient de l'argent. Après une longue discussion, les associés finirent par accepter son offre et lui donnèrent tous les conseils inverses de ce qu'ils réservaient habituellement à leurs clients. Hoffmann ne fit aucun don à aucune organisation caritative, n'assista à aucun dîner de gala ni à aucune cérémonie de remise de prix professionnels, ne fréquenta aucun journaliste, n'apparut sur aucune liste des plus grandes fortunes dans les journaux, ne soutint aucun parti politique, ne finança aucune institution académique ni ne prononça jamais le moindre discours ni la moindre conférence. Les rares journalistes un peu tenaces étaient dirigés vers les principaux courtiers du hedge fund, toujours trop contents de s'attribuer le succès de l'entreprise, ou, en cas d'insistance extrême, vers Quarry. Les responsables de la communication avaient toujours touché l'intégralité de leurs honoraires, et Hoffmann avait conservé son anonymat.

C'était donc pour lui une expérience inhabituelle et une véritable épreuve que d'assister au vernissage de la première exposition de sa femme. Dès l'instant où il descendit de voiture et traversa le trottoir encombré pour pénétrer dans la galerie bruyante, il regretta de ne pouvoir faire demi-tour et disparaître. Des gens qu'il supposait avoir déjà rencontrés, des amis de Gabrielle, se dressaient devant lui et lui parlaient, mais il avait beau disposer d'un cerveau capable de calculer mentalement des nombres à cinq décimales, il n'avait aucune mémoire des visages. C'était comme si sa personnalité s'était atrophiée pour compenser ses dons. Il entendait ce que les autres disaient, les banalités de rigueur et les remarques creuses, mais, d'une certaine façon, il y était imperméable. Il avait conscience de bredouiller des réponses inappropriées, voire complètement bizarres. On lui proposa une coupe de champagne, mais il prit de l'eau, et c'est alors qu'il repéra Bob Walton, qui le fixait du regard à l'autre bout de la salle.

Walton ! S'il s'attendait à ça !

Avant qu'il ne puisse trouver une échappatoire, son ancien collègue fendait la foule pour le rejoindre, la main tendue, déterminé à lui parler.

— Alex, dit-il. Ça fait un bout de temps.

— Bob, répliqua Hoffmann en lui serrant froidement la main. Je ne crois pas t'avoir revu depuis que je t'ai proposé un poste et que tu m'as renvoyé à la figure que j'étais le diable venu te voler ton âme.

— Je ne crois pas avoir formulé les choses comme ça.

— Non ? Il me semble me rappeler que tu as été assez clair sur ce que tu pensais des scientifiques qui passaient au côté obscur de la force en devenant des quants.

— Vraiment ? Je regrette. Quoi qu'il en soit, reprit Walton en embrassant la salle d'un mouvement de son verre, je suis content que ça ait si bien tourné pour toi. Je t'assure que je suis sincère, Alex.

Il dit cela avec une telle chaleur qu'Hoffmann regretta son hostilité. Lorsqu'il était arrivé de Princeton, ne connaissant personne et sans rien d'autre que ses deux valises et un dictionnaire anglais-français, Walton avait été son chef de service au CERN. Sa femme et lui l'avaient pris sous leur aile – déjeuners dominicaux, recherche d'appartement, covoiturage pour aller au travail et même des tentatives pour lui trouver une petite amie.

— Alors, reprit Hoffmann en faisant un effort pour paraître amical, où en est la recherche de la Particule de Dieu ?

— Oh, on se rapproche. Et toi ? Où en es-tu avec le Saint-Graal toujours plus fuyant de la cybernétique ?

— Pareil. On s'en rapproche.

— Vraiment ? s'étonna Walton en haussant les sourcils. Tu continues donc tes recherches ?

— Bien sûr.

— Tu m'en diras tant. C'est courageux. Qu'est-ce qui t'est arrivé à la tête ?

— Rien. Un accident bête. (Il jeta un coup d'œil en direction de Gabrielle.) Je crois que je devrais peut-être aller saluer ma femme…

— Bien sûr, pardonne-moi, dit Walton en lui tendant à nouveau la main. Eh bien, j'étais content de te parler, Alex. On devrait se voir vraiment un de ces jours. Tu as mon adresse mail.

— En fait, non, je ne l'ai pas, lança Hoffmann alors qu'il s'éloignait.

Walton se retourna.

— Mais si. Tu m'as envoyé une invitation.

— Une invitation à quoi ?

— Eh bien, à ça.
— Je n'ai pas envoyé la moindre invitation.
— Je crois pourtant que si. Une seconde...

Hoffmann songea que c'était tout à fait typique du côté universitaire pointilleux et borné de Walton d'insister sur un détail aussi mineur alors même qu'il avait tort. Mais Walton lui montra alors son BlackBerry, et Hoffmann eut la surprise d'y découvrir l'invitation, nommément envoyée depuis sa boîte mail.

— Oh, d'accord, pardon, fit-il à contrecœur, car lui aussi détestait reconnaître une erreur. J'ai dû oublier. À un de ces jours.

Il tourna vivement le dos à Walton pour dissimuler son désarroi et partit à la recherche de Gabrielle. Quand il réussit à s'en approcher, elle l'accueillit, lui sembla-t-il, avec une mine un peu boudeuse.

— Je commençais à croire que tu ne viendrais pas...
— Je suis parti dès que j'ai pu.

Il l'embrassa sur la bouche et sentit l'aigreur du champagne dans son haleine. Un homme appela :

— Par ici, docteur Hoffmann !

Et le flash d'un photographe se déclencha à moins d'un mètre.

Hoffmann eut un mouvement de recul, comme si on venait de lui jeter de l'acide au visage. Il se força à sourire en demandant :

— Qu'est-ce que Bob Walton peut bien foutre ici ?
— Comment veux-tu que je sache ? C'est toi qui l'as invité.
— Oui, il vient de me montrer. Mais tu sais quoi ? Je suis certain de n'avoir rien fait de tel. Pourquoi l'aurais-je invité ? C'est le type qui a arrêté mes recherches au CERN. Je ne l'avais pas vu depuis des années...

Il découvrit soudain le propriétaire de la galerie à ses côtés.

— Vous devez être fier d'elle, docteur Hoffmann, commenta Bertrand.
— Quoi ? fit Hoffmann, qui n'arrivait pas à détacher son regard de son ancien collègue, de l'autre côté de la salle. Oh oui. Oui, je suis... très fier. (Il se concentra pour essayer de

faire abstraction de Walton et trouver quelque chose de pertinent à dire à Gabrielle.) Est-ce que tu as vendu quelque chose ?

— Merci, Alex... L'argent n'est pas le seul but, tu sais.

— Oui, bien sûr, je sais bien. C'était juste une question.

— Nous avons tout le temps devant nous, intervint Bertrand.

Son portable émit alors deux mesures de Mozart pour annoncer un message. Le galeriste le consulta et eut une expression de surprise.

— Veuillez m'excuser, dit-il en s'éloignant aussitôt.

Hoffmann était encore à moitié aveuglé par le flash. Lorsqu'il voulut regarder les œuvres, les cubes ne semblaient rien contenir. Il s'efforça néanmoins de faire des commentaires élogieux.

— C'est formidable de tout voir rassemblé ici, non ? C'est vraiment une autre façon de regarder le monde. De chercher ce qui se cache sous la surface des choses.

— Comment va ta tête ? s'enquit Gabrielle.

— Bien. Je n'y pensais même plus. J'aime beaucoup celui-ci, dit-il en désignant un cube tout proche. C'est un portrait de toi, n'est-ce pas ?

Il se rappelait qu'elle avait dû poser toute une journée pour avoir les clichés, ramassée dans le scanner, pareille à une victime de Pompéi, les genoux au menton, les mains plaquées sur sa tête et la bouche grande ouverte, comme figée en plein cri. La première fois qu'elle lui avait montré cette œuvre, chez eux, il avait éprouvé pratiquement le même choc qu'en voyant la représentation du fœtus, dont elle était un écho conscient.

— Leclerc est venu, tout à l'heure, annonça-t-elle. Tu l'as raté de peu.

— Ne me dis pas qu'ils ont retrouvé ce type ?

— Oh non, ce n'est pas ça du tout.

Le ton qu'elle avait pris mit Hoffmann sur ses gardes.

— Qu'est-ce qu'il voulait alors ?

— Il voulait m'interroger sur la dépression nerveuse que tu as apparemment faite quand tu travaillais au CERN.

Hoffmann ne fut pas certain d'avoir bien entendu. Le brouhaha des conversations, répercuté par les murs blancs, lui rappelait le vacarme de la salle des ordinateurs.

— Il est allé au CERN ?

— Oui, ils ont discuté de ta dépression nerveuse, répéta-t-elle plus fort, celle dont tu ne m'as jamais parlé.

Il en eut la respiration coupée, comme s'il venait de prendre un coup de poing.

— Je n'appellerais pas ça à proprement parler une dépression nerveuse. Et puis je ne vois vraiment pas ce que le CERN vient faire là-dedans.

— Et comment tu appellerais ça ?

— Il faut vraiment qu'on en parle maintenant ?

L'expression de sa femme indiquait clairement que oui. Il se demanda combien de verres de champagne elle avait bus.

— D'accord, visiblement oui. J'ai fait une petite déprime. J'ai fait un break. J'ai vu un psy. Je me suis senti mieux.

— Tu as vu un psychiatre ? Tu as été soigné pour une dépression ? Et en *huit ans*, tu ne m'en as jamais parlé ?

Un couple se retourna.

— Tu fais une montagne de rien, répliqua-t-il avec irritation. C'est ridicule. C'était avant que je te connaisse, bon sang. Allez, Gaby, ajouta-t-il plus doucement. On ne va pas gâcher ce moment.

Pendant un instant, il crut qu'elle allait protester. Elle avait le menton relevé et dirigé vers lui, en signe annonciateur de tempête. Elle avait les yeux rouges et le regard vague, et il prit conscience qu'elle n'avait pas beaucoup dormi non plus. Mais il y eut alors un bruit cristallin de métal contre du verre.

— Mesdames et messieurs, appela Bertrand, qui brandissait une flûte à champagne et la frappait avec une fourchette. Mesdames et messieurs !

Ce fut étonnamment efficace. Le silence tomba sur la salle bondée. Il posa son verre.

— N'ayez crainte, mes amis, je ne vais pas faire de discours. En outre, pour les artistes, les symboles sont plus forts que les mots.

Il tenait quelque chose dans sa main. Hoffmann n'arrivait pas à déterminer ce que c'était. Bertrand s'avança jusqu'à l'autoportrait – celui où Gabrielle poussait un cri silencieux –, décolla un rond rouge du rouleau d'adhésif qu'il dissimulait dans sa paume et l'appliqua d'un geste ferme sur l'étiquette. Un murmure ravi et appréciateur parcourut la galerie.

— Gabrielle, reprit-il en se tournant vers elle avec un sourire. Permettez-moi de vous féliciter. Vous êtes désormais, officiellement, une artiste professionnelle.

Il y eut une salve d'applaudissements, et les verres s'entrechoquèrent. Toute tension abandonna le visage de Gabrielle. Elle parut transfigurée, et Hoffmann profita de ce moment pour lui prendre le poignet et le lever au-dessus de sa tête, comme si elle était un champion de boxe. De nouvelles acclamations retentirent. Le flash crépita de nouveau et, cette fois, il parvint à faire en sorte de garder un sourire plaqué sur ses lèvres.

— Bravo, Gaby, souffla-t-il. Tu le mérites.

— Merci, dit-elle en lui souriant joyeusement. (Elle leva son verre en direction de la salle.) Merci à tous. Et merci tout particulièrement à celui qui l'a acheté.

— Attendez, dit Bertrand, je n'ai pas fini.

À côté de l'autoportrait figurait la tête d'un tigre de Sibérie mort au zoo de Servion l'année précédente. Gabrielle avait fait garder son corps en chambre froide jusqu'à ce qu'elle puisse obtenir une IRM de son crâne décapité. Une lumière rouge sang éclairait la gravure sur verre par en dessous. Bertrand apposa également une gommette sur cette œuvre. Elle s'était vendue à quatre mille cinq cents francs.

— Encore un peu et tu vas gagner plus que moi, chuchota Hoffmann.

— Oh, Alex, arrête avec le fric.

Mais il pouvait voir qu'elle était heureuse, et quand Bertrand alla coller un autre point rouge, cette fois sur *L'Homme invisible*, elle battit des mains.

Si seulement tout avait pu s'arrêter là, se dirait par la suite Alex avec amertume. L'exposition aurait été un triomphe. Comment Bertrand avait-il pu ne pas s'en rendre compte? Pourquoi n'avait-il pas fait abstraction de son avidité à court terme et n'en n'était-il pas resté là? Au lieu de cela, il fit méthodiquement le tour de la galerie en laissant une éruption de points rouges sur son passage – une rougeole, une variole,

L'indice de la peur

une épidémie de pustules qui apparurent sur les murs blancs, contre les têtes de chevaux, l'enfant momifié du Museum für Völkerkunde de Berlin, le crâne de bison, le bébé antilope, la demi-douzaine d'autres autoportraits et, enfin, le fœtus lui-même. Il ne s'arrêta que lorsque toutes les œuvres furent estampillées comme vendues.

L'effet produit sur les spectateurs fut étrange. Au début, ils applaudissaient à l'apposition de chaque nouvelle gommette rouge. Mais au bout d'un moment, leur enthousiasme se calma et, peu à peu, un sentiment de gêne palpable s'installa dans toute la galerie, de sorte qu'à la fin Bertrand termina son marquage dans un silence complet. C'était comme s'ils assistaient à une plaisanterie, assez drôle au départ, mais qui s'éternisait et devenait cruelle. Il y avait quelque chose de destructeur dans cette largesse excessive. Hoffmann avait peine à regarder l'expression de Gabrielle, qui passa du bonheur à la stupéfaction, puis à l'incompréhension et enfin à la suspicion.

— On dirait bien que tu as un admirateur, se força-t-il à dire.

Elle ne parut pas l'entendre.

— Est-ce qu'il n'y a qu'un *seul* acheteur?

— Oui, c'est bien ça, répondit Bertrand.

Il rayonnait et se frottait les mains.

Un murmure de conversations étouffées se propagea. Les gens parlaient à voix basse, à l'exception d'un Américain qui dit tout fort :

— Nom de Dieu, mais c'est complètement ridicule.

— Bon, mais qui ça peut bien être? interrogea Gabrielle, incrédule.

— Malheureusement, je ne peux pas vous le dire, répondit Bertrand en coulant un regard vers Hoffmann. Tout ce qu'il m'est permis de dévoiler, c'est qu'il s'agit d'un « collectionneur anonyme ».

Gabrielle suivit son regard en direction d'Hoffmann et déglutit avant de demander, à voix très basse :

— Est-ce que c'est toi?

— Bien sûr que non.

— Parce que, si c'est le cas...

— Mais pas du tout !

La porte s'ouvrit en carillonnant. Hoffmann regarda par-dessus son épaule. Les invités commençaient à partir ; Walton se trouvait dans la première vague et boutonnait sa veste pour se protéger du vent glacial. Bertrand comprit ce qui se passait et fit signe aux serveuses de ne plus verser de champagne. Le vernissage ne servait plus à rien, et personne ne voulait être le dernier à partir. Deux femmes s'approchèrent de Gabrielle pour la remercier, et elle dut faire comme si elle croyait à leurs félicitations sincères.

— J'aurais bien acheté quelque chose, dit l'une, mais je n'en ai pas eu l'occasion.

— C'est tout à fait extraordinaire.

— Je n'ai jamais rien vu de pareil.

— Vous remettrez ça bientôt, n'est-ce pas, ma chère ?

— Je vous le promets.

Lorsqu'elles se furent éloignées, Hoffmann demanda à Bertrand :

— Mais pour l'amour du ciel, dites-lui au moins que ce n'est pas moi.

— Je ne peux pas dire qui c'est parce que, pour être honnête, je n'en sais rien. C'est aussi simple que ça.

Bertrand écarta les mains. Il appréciait visiblement la situation : le mystère, l'argent, la discrétion professionnelle exigée. Il enflait dans sa coûteuse coquille de soie noire.

— Ma banque vient de m'envoyer un courriel pour m'informer qu'ils ont reçu un virement électronique qui stipule cette exposition. Je dois avouer que j'ai moi-même été surpris par le montant. Mais quand j'ai pris ma calculette et additionné le prix de toutes les œuvres exposées, j'ai vu qu'on arrivait à 192 000 francs. Ce qui est très exactement la somme qui a été virée.

— Un virement électronique ? répéta Hoffmann.

— C'est bien ça.

— Je veux que vous le remboursiez, intervint Gabrielle. Je ne veux pas qu'on traite mon travail de cette façon.

Un grand Nigérian en costume traditionnel, une sorte de tunique épaisse de couleur noire et brune, et coiffé d'une calotte assortie, agita une immense paume rose dans sa direction. C'était un autre protégé de Bertrand, Nneka Osoba, spécialisé dans la confection de masques tribaux à partir de déchets industriels occidentaux en signe de protestation contre l'impérialisme.

— Salut, Gabrielle ! cria-t-il. Bravo !

— Au revoir, répondit-elle en se forçant à sourire. Merci d'être venu.

La porte se remit à carillonner.

— Ma chère Gabrielle, dit Bertrand, la mine réjouie, vous n'avez pas l'air de comprendre. Nous sommes dans une situation juridique. Dans une vente aux enchères, une fois que le marteau s'est abattu, le lot est vendu. Pour les galeries, c'est la même chose. Quand une œuvre d'art est achetée, elle s'en va. Quand on ne veut pas vendre, on ne fait pas d'exposition.

— Je vous en offre le double, proposa Hoffmann, désespéré. Vous êtes à 50 % de commission, et vous venez donc de gagner près de 100 000 francs, c'est ça ? Je vous en donne 200 000 pour que vous rendiez son travail à Gabrielle.

— Non, Alex, protesta Gabrielle.

— C'est tout simplement impossible, docteur Hoffmann.

— D'accord, je double encore la mise. 400 000.

Bertrand vacilla dans ses chaussons de soie zen, l'éthique et l'avarice se disputant sur les contours lisses de son visage.

— Eh bien, je ne sais tout simplement pas quoi dire...

— Arrêtez ça ! cria Gabrielle. Ça suffit, Alex ! Tous les deux ! Je n'en peux plus d'entendre ce...

— Gaby...

Mais elle laissa de côté les mains tendues d'Hoffmann et fonça vers la porte, se frayant un chemin entre les dos des invités qui s'éloignaient. Hoffmann la suivit et joua des coudes pour fendre la petite troupe. Il eut l'impression d'être dans un cauchemar où sa femme esquivait constamment son contact. À un moment, il parvint tout juste à effleurer son dos du bout des doigts. Puis il émergea dans la rue et dut encore parcourir une dizaine de mètres avant de pouvoir l'attraper par le coude. Il l'attira vers lui, dans l'encoignure d'une porte.

— Gaby, écoute...

— Non, le coupa-t-elle en le repoussant de sa main libre.
— Écoute !

Il la secoua jusqu'à ce qu'elle cesse de vouloir s'échapper. Il était fort ; cela ne lui fut pas difficile.

— Calme-toi. Merci. Maintenant, écoute ce que j'ai à te dire, s'il te plaît. Il se passe un truc très bizarre. Je suis sûr que celui qui a racheté toute ton expo ne fait qu'un avec celui qui a acheté le Darwin. Quelqu'un essaie de me déstabiliser mentalement...

— Oh, Alex, ça suffit ! Tu ne vas pas remettre ça. C'est toi qui as tout acheté – je le sais.

Elle chercha à se dégager.

— Non, écoute-moi.

Il la secoua à nouveau. Il sentait confusément que la peur le rendait agressif, et il s'efforça de se calmer.

— Je te le jure. Ce n'est pas moi. Le Darwin a été acheté exactement de la même façon – un virement par Internet. Je te parie que si on retourne à la galerie pour demander à M. Bertrand de nous donner le numéro de compte de l'acheteur, ça correspondra. Je voudrais maintenant que tu comprennes que si ce compte est peut-être à mon nom, il n'est pas à moi. Je ne sais pas comment il a été ouvert. Mais je vais trouver le fin mot de l'histoire, je te le promets. D'accord ? Voilà, conclut-il en la lâchant. C'est tout ce que je voulais dire.

Elle le dévisagea et commença à se masser le coude. Elle pleurait en silence. Il prit conscience qu'il avait dû lui faire mal.

— Je te demande pardon.

Elle leva les yeux vers le ciel, et sa gorge se serra. Puis elle finit par reprendre la maîtrise de ses émotions.

— Tu n'as vraiment pas la moindre idée de ce que représentait cette exposition pour moi ? demanda-t-elle.

— Bien sûr que si...

— Et maintenant, tout est fichu. Et c'est ta faute.

— Allons, Gabrielle, comment peux-tu dire une chose pareille ?

— Mais c'est le cas, Alex, tu comprends. Parce que soit c'est toi qui as tout acheté en croyant par je ne sais quelle logique masculine primaire me faire une faveur. Soit c'est cette autre personne qui, selon toi, essaie de te déstabiliser mentalement. Mais, dans un cas comme dans l'autre, c'est toi... toujours.

— Ce n'est pas vrai.

— D'accord, alors qui est cet homme mystère ? De toute évidence, il n'a rien à voir avec moi. Tu dois bien avoir une idée. Ce serait un adversaire ? Un de tes clients ? La CIA ?

— Ne sois pas bête.

— Ou ce ne serait pas Hugo ? Est-ce que ce ne serait pas une des farces de collégien si personnelles d'Hugo ?

— Ce n'est pas Hugo. J'en mettrais ma tête à couper.

— Oh non, bien sûr que non – impossible que ça puisse être ton cher petit Hugo, c'est ça ? dit-elle, les yeux secs à présent. Mais qu'est-ce que tu es devenu, Alex ? Leclerc voulait savoir si c'était pour le fric que tu avais quitté le CERN, et je lui ai répondu que non. Mais est-ce que tu t'écoutes parler en ce moment ? 200 000 francs... 400 000 francs... 60 millions de dollars pour une maison dont on n'a même pas besoin...

— Tu ne t'es pas plainte quand on l'a achetée, si je me souviens bien. Tu disais que tu aimais l'atelier...

— Oui, mais c'était seulement pour te faire plaisir ! Juste pour savoir, ajouta-t-elle, comme si elle pensait soudain à quelque chose, combien tu as maintenant ?

— Laisse tomber, Gabrielle.

— Non, dis-moi. Je veux savoir. Combien ?

— Je n'en sais rien. Ça dépend du mode de calcul.

— Eh bien, essaie. Donne-moi un chiffre.

— En dollars ? En gros ? Je ne sais vraiment pas. 1 milliard. 1,2 milliard.

— 1 milliard de dollars ? *En gros ?*

Elle fut un moment trop incrédule pour parler.

— Tu sais quoi ? Oublie ça. C'est fini. Pour moi, tout ce qui importe, maintenant, c'est de me barrer de cette putain de ville où la seule chose qui compte, visiblement, c'est le *fric*.

Elle fit volte-face.

— Qu'est-ce qui est fini ?

Il lui reprit le bras, mais moins vigoureusement, sans conviction, et, cette fois, elle se retourna et lui assena une gifle violente. Il la lâcha aussitôt.

— Ne t'avise plus jamais, cracha-t-elle en brandissant son index vers lui, *plus jamais*, de m'attraper de cette façon.

Et voilà. Elle était partie. Elle marcha jusqu'au bout de la rue et tourna au coin, laissant Hoffmann la main pressée contre sa joue brûlante, incapable de comprendre la catastrophe qui s'était abattue si rapidement sur lui.

* * *

Leclerc avait assisté à toute la scène depuis le confort de sa voiture. Elle s'était déroulée devant lui comme s'il était dans un *drive-in*. Toujours sous ses yeux, Hoffmann fit lentement demi-tour et repartit vers la galerie. L'un des deux gardes du corps qui se tenaient dehors, bras croisés, lui adressa quelques mots, et Hoffmann esquissa un geste las, sans doute pour lui indiquer de suivre sa femme. L'homme se mit en route. Puis Hoffmann pénétra dans la galerie, suivi par son propre ange gardien. Leclerc avait une vue parfaite : la devanture était en grande partie vitrée, et la galerie était presque vide à présent. Hoffmann s'avança vers le propriétaire, M. Bertrand, et se mit de toute évidence à l'accabler de reproches. Il sortit son téléphone portable et l'agita devant la figure du galeriste. Bertrand leva les mains et Hoffmann l'attrapa par les revers de sa veste pour le pousser contre le mur.

— Seigneur Marie Joseph ! Qu'est-ce que c'est encore, marmonna Leclerc.

Il voyait Bertrand chercher à se dégager de l'étreinte d'Hoffmann, qui le tenait à bout de bras puis le plaqua à nouveau contre le mur, plus violemment que la première fois. Leclerc grommela un juron, ouvrit sa portière à la volée et sortit avec raideur sur le trottoir. Il avait les genoux ankylosés et, alors qu'il gagnait la galerie en grimaçant, il médita une fois de plus sur la cruauté du destin, qui l'obligeait à faire encore ce genre de choses alors qu'il était plus proche de la soixantaine que de la cinquantaine.

Le temps qu'il les rejoigne, le garde du corps d'Hoffmann s'était interposé fermement entre son client et le propriétaire de la galerie, qui lissait les pans de sa veste et lançait des insultes à Hoffmann, lequel n'était pas en reste. Derrière eux, le meurtrier exécuté gardait le regard fixe, impassible dans sa cage de verre.

— Messieurs, messieurs, dit Leclerc. Veuillez cesser, je vous prie. Merci.

Il montra sa carte au garde du corps, qui l'examina avant de le dévisager puis de lever fugitivement les yeux au ciel.

— Absolument. Docteur Hoffmann, ce n'est pas une façon de se conduire. Ça me peinerait de devoir vous arrêter après tout ce que vous avez subi aujourd'hui, mais je le ferai si c'est nécessaire. Qu'est-ce qui se passe, ici ?

— Ma femme est absolument bouleversée, et tout ça parce que cet homme a agi de la façon la plus stupide possible...

— C'est ça, l'interrompit Bertrand, « la plus stupide possible » ! Je lui ai vendu toutes ses œuvres dès le premier jour de sa première expo, et en guise de remerciements je me fais agresser par son mari !

— Tout ce que je veux, répliqua Hoffmann d'une voix que Leclerc trouva proche de l'hystérie, c'est le numéro de compte en banque de l'acheteur.

— Et je lui ai répondu que c'était tout à fait hors de question ! C'est une information confidentielle.

Leclerc se retourna vers Hoffmann.

— Pourquoi est-ce si important ?

— Quelqu'un, dit Hoffmann en s'efforçant de contrôler sa voix, fait clairement tout ce qu'il peut pour m'anéantir. J'ai obtenu le numéro de compte utilisé pour commander le livre que j'ai reçu hier soir, visiblement pour me faire peur ou je ne sais quoi. Je l'ai là, sur mon portable. Et maintenant, je crois que c'est le même compte, censément à mon nom, qui a été utilisé pour saboter l'exposition de ma femme.

— Saboter ! railla Bertrand. Nous, on appelle ça une vente !

— Mais ce n'était pas *une* vente, si ? Tout a été vendu en bloc. Est-ce que c'est déjà arrivé avant ?

— Ach ! fit Bertrand en balayant l'argument d'un geste.

Leclerc les regarda et poussa un soupir.

— Montrez-moi le numéro de compte, monsieur Bertrand, s'il vous plaît.

— Je ne peux pas faire ça. Et puis, pourquoi le ferais-je ?

— Parce que si vous n'obtempérez pas, je vous ferai arrêter pour obstruction à une enquête criminelle.
— Vous n'oseriez pas !
Leclerc le toisa. Malgré son âge, il pouvait encore se charger de tous les Guy Bertrand de la Terre les yeux fermés.
— C'est bon, finit par bredouiller le galeriste. Il est dans mon bureau.
— Docteur Hoffmann, votre téléphone, je vous prie.
Hoffmann lui montra sa page mail sur l'écran.
— Voici le message que m'a envoyé le bouquiniste, avec le numéro de compte.
Leclerc saisit le portable.
— Veuillez rester ici, s'il vous plaît.
Et il suivit Bertrand dans le petit bureau en arrière-boutique. Le lieu était un amas de vieux catalogues, de cadres empilés et d'outils ; il y régnait une odeur âcre de café et de colle mêlés. Un ordinateur trônait sur un vieux bureau à cylindre éraflé et branlant. Une pile de lettres et de reçus étaient embrochés sur une pique à côté. Bertrand déplaça le pointeur sur l'écran et cliqua sur une fenêtre.
— Voici le message que j'ai reçu de ma banque, annonça-t-il en s'écartant avec une moue boudeuse. Et je vous ferai remarquer en passant que je n'ai pas cru un instant à vos menaces de m'arrêter. Je coopère simplement parce que je suis un bon citoyen suisse.
— Votre coopération est enregistrée, monsieur, assura Leclerc. Merci.
Il s'assit devant l'ordinateur et étudia l'écran avec attention. Il en approcha ensuite le téléphone portable d'Hoffmann et compara laborieusement les deux numéros de compte. C'était le même mélange de lettres et de chiffres. Le nom du titulaire du compte apparaissait comme étant A. J. Hoffmann. Il sortit son calepin et recopia la suite complète.
— Avez-vous reçu un autre message que celui-ci ?
— Non.
De retour dans la salle, il rendit à Hoffmann son portable.
— Vous aviez raison. Les numéros correspondent. Même si je dois avouer que je ne comprends pas du tout ce que tout cela a à voir avec votre agression.

— Oh, c'est lié, assura Hoffmann. J'ai essayé de vous le dire, ce matin. Putain, vous ne tiendriez pas cinq minutes dans le boulot que je fais. Vous n'arriveriez même pas à dépasser la porte. Et qu'est-ce que vous foutez à aller poser des questions sur moi au CERN ? Vous êtes censé trouver ce type, pas enquêter sur moi.

Il avait le visage hagard, les yeux rouges et irrités, comme s'il venait de les frotter. Et, avec sa barbe d'un jour, il avait l'air d'un fugitif.

— Je vais transmettre le numéro de compte à notre brigade financière et leur demander d'enquêter dessus, dit doucement Leclerc. Les comptes en banque, ça, au moins, ça nous connaît, en Suisse, et l'usurpation d'identité est un crime. Je vous ferai savoir si ça donne quelque chose. Entre-temps, je vous encourage fortement à rentrer chez vous, à voir votre médecin et à dormir.

Et à vous rabibocher avec votre femme, eut-il envie d'ajouter, mais il eut le sentiment que ce n'était pas son rôle.

10

> « [...] *l'instinct propre à chaque espèce est utile à cette espèce, et n'a jamais, autant que nous en pouvons juger, été donné à une espèce pour l'avantage exclusif d'autres espèces.* »
>
> Charles Darwin, *De l'origine des espèces*, 1859.

Hoffmann essaya de la rappeler, assis à l'arrière de la Mercedes, mais il tomba sur sa messagerie. La voix enjouée et familière le prit à la gorge :

— Salut, c'est Gaby, vous n'avez pas intérêt à raccrocher sans me laisser de message !

Il eut la terrible prémonition qu'elle était irrémédiablement partie. Même s'ils arrivaient à réparer les choses, celle qu'elle avait été avant ce jour n'existerait plus. C'était comme d'écouter la voix d'un mort.

Il y eut un bip. Après une longue pause, qu'elle ne manquerait pas de trouver étrange quand elle écouterait le message, il finit par réussir à articuler :

— Appelle-moi, d'accord ? Il faut qu'on discute. Bon, ajouta-t-il au bout d'un moment, ne trouvant plus rien d'autre à dire. D'accord. C'est tout. Salut.

Il raccrocha et contempla son portable, le soupesant, espérant qu'il allait sonner, se demandant s'il aurait dû dire autre chose ou s'il y avait un autre moyen de la joindre. Il se pencha vers le garde du corps.

— Savez-vous si votre collègue est avec ma femme ?

Sans quitter la route des yeux, Paccard répondit par-dessus son épaule :

— Non, monsieur. Le temps qu'il arrive au bout de la rue, elle n'y était déjà plus.

Hoffmann laissa échapper un grognement.

— Il n'y a donc personne, dans cette putain de ville, qui puisse faire un truc simple sans tout foutre en l'air ?

Il s'adossa brusquement à son siège, croisa les bras et regarda par la vitre. Il était au moins certain d'une chose : ce n'était pas lui qui avait acheté toutes les œuvres de Gabrielle. Il n'en avait pas eu l'occasion. Il ne serait cependant pas si simple de la convaincre. Il entendait encore sa voix : « Un milliard de dollars ? En gros ? Tu sais quoi ? Oublie ça. C'est fini. »

De l'autre côté des eaux plombées du Rhône, il distinguait le quartier de la finance – BNP Paribas, Goldman, Barclays Private Wealth... Celui-ci occupait la rive nord et une partie de l'île qui coupait le large fleuve en deux. Genève contrôlait un billion de dollars d'actifs dans le monde, dont 1 % à peine était l'œuvre d'Hoffmann Investment Technologies ; et, sur ce 1 %, les investissements personnels d'Hoffmann représentaient moins d'un dixième. Compte tenu de cette mise en perspective, pourquoi Gaby s'était-elle sentie si choquée par un milliard ? Dollars, euros, francs – telles étaient les unités dans lesquelles il mesurait la réussite ou l'échec de ses expériences, de la même façon qu'il avait utilisé les téraélectronvolts, les nanosecondes et les microjoules au CERN. Force lui était cependant de reconnaître qu'il y avait une grande différence entre les deux et que cela constituait un problème qu'il n'avait jamais réellement affronté ni résolu. Si l'on ne pouvait rien acheter avec une nanoseconde ou un microjoule, l'argent était une sorte de dérivé toxique de ses recherches. Il avait parfois l'impression que cela l'empoisonnait centimètre par centimètre, de la même façon que Marie Curie avait été tuée par les radiations.

Au début, il n'avait pas prêté attention à tout cet argent et l'avait intégré dans la société ou déposé sur des comptes. Mais la simple pensée de devenir un excentrique du genre d'Étienne Mussard, que la pression de sa bonne fortune avait fait sombrer dans la misanthropie, lui faisait horreur. Aussi, ces derniers temps, avait-il décidé d'imiter Quarry et de le dépenser. Mais cela l'avait mené tout droit au manoir de Cologny, rempli de collections coûteuses de livres rares et d'antiquités dont il n'avait pas besoin mais qui exigeaient de multiples couches protectrices, un peu comme une chambre mortuaire de pharaon pour les vivants. Il supposait que la dernière option serait de donner cet argent – il aurait au moins l'approbation de Gabrielle –, mais la philanthropie elle-même pouvait corrompre : distribuer avec discernement des centaines de millions de dollars constituerait un travail à plein temps. Il lui arrivait parfois de rêver que ses bénéfices excédentaires pourraient être convertis en papier-monnaie qui serait incinéré vingt-quatre heures sur vingt-quatre, de la même façon qu'une raffinerie de pétrole fait brûler ses surplus de gaz – flammes bleu et jaune illuminant le ciel de Genève.

La Mercedes emprunta un pont.

Il n'aimait pas savoir Gabrielle seule dans la rue. L'impulsivité de sa femme l'inquiétait. Elle était capable de tout quand elle était en colère. Elle pouvait disparaître pendant des jours, retourner auprès de sa mère en Angleterre et se farcir le crâne de stupidités. « Tu sais quoi ? Oublie ça. C'est fini. » Qu'avait-elle entendu par là ? Qu'est-ce qui était fini ? L'expo ? Sa carrière d'artiste ? Leur conversation ? Leur mariage ? La panique se mit à monter. La vie sans Gaby serait un vide complet, donc proprement irrespirable. Il appuya son front contre le verre froid et, pendant un instant vertigineux, plongea le regard dans les eaux sombres et turbides, s'imaginant aspiré par le néant, tel un passager propulsé par un trou dans le fuselage d'un avion, des kilomètres au-dessus de la Terre.

Ils prirent le quai du Mont-Blanc. La ville, tapie autour de la tache obscure du lac, paraissait basse et sombre, taillée dans la même pierre grise que le Jura lointain. Il n'y avait rien de l'exubérance animale vulgaire du verre et de l'acier propre à Manhattan ou la City de Londres : leurs gratte-ciel s'élèveraient puis s'abattraient, les booms et les krachs se succéderaient, mais Genève la rusée, avec son profil bas, durerait l'éternité.

L'hôtel Beau Rivage, agréablement situé vers le milieu de la large avenue boisée, incarnait parfaitement ces valeurs de brique et de pierre. Rien d'excitant ne s'était jamais produit ici hormis le meurtre, en 1898, de l'impératrice d'Autriche Sissi, qui fut poignardée par un anarchiste italien en quittant l'hôtel, après déjeuner. À propos de ce crime, Hoffmann avait toujours gardé en mémoire le fait que l'impératrice n'avait pris conscience de ses blessures que lorsqu'on lui avait retiré son corset. À Genève, même les assassinats sont discrets.

La Mercedes se gara de l'autre côté de la route et Paccard, levant impérieusement la main pour arrêter la circulation, escorta Hoffmann de l'autre côté du passage piéton, en haut de l'escalier puis dans le faste faux Habsbourg de l'intérieur des lieux. Si le concierge éprouva la moindre inquiétude en remarquant l'aspect d'Hoffmann, il n'en laissa rien paraître sur son visage souriant lorsqu'il relaya Paccard pour conduire *le cher docteur** à la salle à manger en étage.

Derrière ses hautes portes, l'atmosphère était celle d'un salon du XIXe siècle : tableaux, meubles anciens, chaises dorées, rideaux à embrasses d'or ; l'impératrice elle-même se serait encore sentie chez elle. Quarry avait réservé une longue table près des portes-fenêtres et était installé dos au lac, pour garder un œil sur l'entrée. Il avait une serviette de table coincée dans son col, façon club à l'anglaise, mais, dès qu'Hoffmann apparut, il s'empressa de la retirer pour la déposer sur sa chaise et se leva pour venir accueillir son associé au milieu de la salle.

— Professeur ! clama-t-il joyeusement à l'intention de l'assemblée. Putain, où étais-tu passé ? ajouta-t-il à mi-voix en l'attirant à part.

Hoffmann commença à répondre, mais Quarry l'interrompit sans l'écouter. Il était très excité, les yeux brillants, près de conclure le marché.

— Bon, tant pis, ce n'est pas grave. Le principal, c'est qu'ils ont l'air partants – la plupart en tout cas –, et j'ai dans l'idée qu'on est plus près du milliard que des 75 millions. Alors tout ce que j'attends de toi, maintenant, s'il te plaît, maestro, c'est soixante minutes d'assurance technique. De préférence avec le minimum d'agressivité, si tu crois que tu peux y arriver.

Viens te joindre à nous, ajouta-t-il en désignant la table. Tu as manqué la *grenouille de Vallorbe**, mais le *filet mignon de veau** devrait être divin.

Hoffmann ne fit pas un geste.

— Est-ce que c'est toi qui viens d'acheter toutes les œuvres de Gabrielle ? demanda-t-il sur un ton soupçonneux.

— Quoi ? fit Quarry en se retournant pour l'examiner, perplexe.

— Quelqu'un vient d'acheter toute la collection en se servant d'un compte ouvert à mon nom. Elle a cru que ça pouvait être toi.

— Mais je n'ai même pas vu son expo ! Et puis pourquoi aurais-je un compte à ton nom ? De toute façon, c'est parfaitement illégal. (Il jeta un coup d'œil derrière lui, en direction des clients, puis reporta son attention sur Hoffmann. Il semblait tomber des nues.) Tu sais quoi ? On peut parler de ça plus tard ?

— Alors tu es absolument sûr que ce n'est pas toi. Pas même pour rigoler ? Dis-le-moi, si c'est toi qui as tout acheté.

— Ce n'est pas mon genre d'humour, vieux. Désolé.

— Oui, c'est bien ce que je pensais, commenta Hoffmann en parcourant la salle d'un regard affolé : les clients, les serveurs, les deux entrées, les hautes fenêtres et la terrasse derrière. Quelqu'un m'en veut, Hugo, et cherche à me détruire petit à petit. Ça commence à me porter sur les nerfs.

— Oui, je vois ça, Alexi. Comment va ta tête ?

Hoffmann porta la main à son crâne et passa les doigts sur les petites bosses dures et bizarres formées par les points de suture. Il prit soudain conscience d'une migraine lancinante.

— Ça recommence à faire mal.

— D'accord, fit lentement Quarry.

En d'autres circonstances, Hoffmann aurait trouvé drôle la raideur de sa lèvre supérieure face à l'adversité.

— Qu'est-ce que ça veut dire, alors ? Tu crois qu'il faut que tu retournes tout de suite à l'hôpital ?

— Non, je vais juste m'asseoir.

— Et peut-être manger quelque chose ? avança Quarry, plein d'espoir. Tu n'as rien avalé de toute la journée ? Pas étonnant que tu te sentes patraque.

L'indice de la peur

Il prit Hoffmann par le bras et le conduisit à la table.

— Tu vas t'asseoir là, en face de moi pour que je puisse te surveiller, et peut-être qu'on pourra changer de place plus tard. Au fait, ajouta-t-il, *sotto voce*, bonnes nouvelles de Wall Street. On dirait bien que le Dow va ouvrir à la baisse.

Hoffmann se vit offrir un siège par un serveur, entre le juriste parisien, François de Gombard-Tonnelle, et Étienne Mussard. Quarry était flanqué de leurs partenaires respectifs, Elmira Gulzhan et Clarisse Mussard. On avait laissé les Chinois se débrouiller tout seuls à un bout de la table ; les banquiers américains, Klein et Easterbrook, occupaient l'autre. Herxheimer, Mould, Łukasiński et divers juristes et conseillers suintant la bonhomie naturelle de personnages qui se faisaient payer des heures de travail tout en profitant d'un bon repas gratuit, se répartissaient les autres places. On déplia et étendit une épaisse serviette de table sur les genoux d'Hoffmann, puis un sommelier lui proposa du vin – un montrachet ou un latour 1998 – mais il refusa l'un et l'autre et réclama de l'eau plate.

— Alex, nous étions juste en train de discuter des taux d'imposition, dit Gombart-Tonnelle en arrachant un fragment de petit pain rond qu'il glissa dans sa bouche. Nous disions que l'Europe semble vouloir marcher sur les traces de l'ancienne Union soviétique. 40 % en France, 45 % en Allemagne, 47 % en Espagne, 50 % au Royaume Uni…

— 50 % ! l'interrompit Quarry. Enfin, ne vous méprenez pas, je suis aussi patriote que n'importe qui, mais est-ce que j'ai envie de conclure un partenariat à cinquante-cinquante avec le gouvernement de Sa Majesté ? Je ne crois pas, non.

— Il n'existe plus de démocratie, intervint Elmira Gulzhan. L'État est plus interventionniste qu'il ne l'a jamais été. Nos libertés disparaissent les unes après les autres, et personne ne semble s'en soucier. C'est ce que je trouve de plus déprimant avec ce siècle.

— … même Genève en est à 44 %…, poursuivait Gombart-Tonnelle.

— Ne me dites pas que vous payez 44 % d'impôts ? s'étonna Iain Mould.

Quarry sourit, comme s'il devait répondre à la question d'un enfant.

L'indice de la peur

— Théoriquement, on est censé payer 40 % sur le salaire. Mais si vous déclarez vos revenus en dividendes et que votre boîte est enregistrée off-shore – notre siège se trouve officiellement à Guernesey –, les quatre cinquièmes de vos dividendes ne sont légalement pas imposables. On ne paye donc les 44 % que sur un cinquième. Ce qui donne un taux marginal de 8,8 %. C'est bien ça, Amschel ?

Herxheimer, qui vivait à Zermatt, put confirmer.

— 8,8, répéta Mould, visiblement écœuré. Tant mieux pour vous.

— Je vais venir vivre à Genève ! s'écria Easterbrook, à l'autre bout de la table.

— Ouais, mais essayez de dire ça à l'Oncle Sam, fit sombrement Klein. Le fisc vous poursuivra jusqu'au bout du monde pour autant que vous ayez un passeport américain. Et vous avez déjà essayé de vous débarrasser de la nationalité américaine ? C'est impossible. C'est comme d'être un Juif soviétique qui chercherait à émigrer en Israël dans les années soixante-dix.

— Pas de liberté, c'est bien ce que je dis, répéta Elmira Gulzhan. L'État veut tout nous prendre et, si nous osons protester, on veut nous arrêter parce que ce n'est pas politiquement correct.

Hoffmann gardait les yeux rivés sur la nappe et laissait la discussion dériver autour de lui. Il se rappelait à présent pourquoi il n'aimait pas les riches : ils ne cessaient de s'apitoyer sur leur sort. La persécution constituait la base commune de leurs conversations, comme le sport ou le temps pour le commun des mortels. Il les méprisait.

— Je vous méprise, lâcha-t-il.

Mais ils étaient tous si accaparés par l'inégalité des plus hauts taux d'imposition que personne ne lui prêta attention. Puis il pensa : Peut-être que je suis devenu l'un d'entre eux ; est-ce pour ça que je suis paranoïaque ? Il examina ses paumes sous la table, puis le dos de ses mains, comme s'il s'attendait presque à y voir pousser des poils.

À cet instant, les portes s'ouvrirent brusquement sur une file de huit serveurs en queue-de-pie portant chacun deux assiettes sous cloche d'argent. Ils se postèrent entre les deux convives dont ils avaient la charge, posèrent les assiettes devant eux, saisirent les cloches de leurs mains gantées de blanc et, au signal du maître d'hôtel, les soulevèrent. Le veau aux morilles et aux asperges était servi en plat principal à tout le monde sauf Elmira Gulzhan, qui avait du poisson grillé, et Étienne Mussard, qui avait demandé un hamburger et des frites.

— Je ne peux pas manger de veau, souffla Elmira sur le ton de la confidence en se penchant vers Hoffmann, lui offrant la vision fugitive de sa poitrine brun clair. Ces pauvres bêtes souffrent tellement.

— Moi, j'ai toujours eu un faible pour les aliments qui ont souffert, déclara joyeusement Quarry en brandissant son couteau et sa fourchette, sa serviette à nouveau rentrée dans son col. Je pense que la peur doit libérer dans la chair une substance particulièrement épicée en provenance du système nerveux. Côtelettes de veau, homard thermidor, *foie gras**... Plus la mort est cruelle, mieux c'est, telle est ma devise : sans douleur, pas de saveur.

Elmira lui assena un petit coup de serviette.

— Hugo, vous êtes méchant. N'est-ce pas qu'il est méchant, Alex ?

— Il est méchant, confirma Hoffmann.

Il repoussa du bout de sa fourchette la nourriture vers le bord de son assiette. Il n'avait pas faim du tout. Par-dessus l'épaule de Quarry, il voyait le Jet d'eau sonder le ciel maussade de l'autre côté du lac telle une torche liquide.

Łukasiński se mit à lancer à travers la table des questions techniques concernant le nouveau fonds d'investissement, et Quarry dut poser ses couverts pour y répondre. Toutes les sommes investies seraient immobilisées pendant un an, avec, par la suite, quatre dates de réduction de participation possibles par an : le 31 mai, le 31 août, le 31 octobre et le 31 février. Tous les rachats nécessiteraient un préavis de quarante-cinq jours. La structure du fonds serait la même que précédemment : les investisseurs seraient actionnaires d'une société à responsabilité limitée enregistrée aux îles Caïmans pour raisons fiscales, société qui confierait la gestion de ses actifs à Hoffmann Investment Technologies.

— Dans combien de temps attendez-vous une réponse de notre part? demanda Herxheimer.

— Nous pensons à une nouvelle pré-clôture du fonds à la fin du mois, répondit Quarry.

— Donc dans trois semaines?

— C'est cela, oui.

L'atmosphère autour de la table prit soudain un tour sérieux. Les bavardages se turent. Tout le monde écoutait.

— Eh bien, vous pouvez avoir ma réponse tout de suite, annonça Easterbrook avant d'agiter sa fourchette en direction d'Hoffmann. Vous savez ce qui me plaît chez vous, Hoffmann?

— Non, Bill, je ne sais pas.

— Vous ne faites pas l'article. Vous laissez les chiffres parler d'eux-mêmes. Je me suis décidé à l'instant où j'ai vu cet avion s'écraser. Je vais recommander à AmCor de doubler ses investissements.

Quarry lança un rapide coup d'œil vers Hoffmann. Ses yeux bleus s'agrandirent. Il s'humecta les lèvres du bout de la langue.

— Cela fait un milliard de dollars, Bill, dit-il à voix basse.

— Je sais que ça fait un milliard de dollars, Hugo. Et, à une époque, ça représentait un paquet de fric.

L'assemblée éclata de rire. Ils se souviendraient tous de ce moment. Ce serait une anecdote qui les ravirait pendant des années encore, sur les quais d'Antibes comme de Palm Beach : le jour où ce bon vieux Bill Easterbrook d'AmCoor dépensa un milliard de dollars au-dessus d'un déjeuner en disant que, autrefois, ça représentait un paquet de fric. L'expression d'Easterbrook suggérait qu'il savait très bien ce qu'ils pensaient et qu'il l'avait fait exprès.

— Bill, c'est extrêmement généreux de ta part, fit Quarry d'une voix rauque. Alex et moi te sommes très reconnaissants.

— Très reconnaissants, répéta Hoffmann.

— Winter Bay en sera aussi, déclara Klein. Je ne peux pas m'avancer dès à présent sur le montant – je n'ai pas le même niveau de responsabilité que Bill, mais ce sera substantiel.

— Ça vaut pour moi aussi, fit Łukasiński.

— Quant à moi, je parlerai à mon père, annonça Elmira, et il fera ce que je lui dirai de faire.

— Si j'ai bien saisi le mouvement général, vous voulez tous investir, c'est bien ça ? demanda Quarry.

Des murmures d'assentiment parcoururent la tablée.

— Bon, ça paraît prometteur. Puis-je poser la question autrement – quelqu'un prévoit-il de ne *pas* augmenter ses investissements ?

Les convives s'entre-regardèrent, certains haussèrent les épaules.

— Même vous, Étienne ?

Mussard prit un air grognon pour lever les yeux de son hamburger.

— Oui, oui, je suppose, pourquoi pas ? Mais je préfère ne pas parler de ça en public, si ça ne vous dérange pas. Je préfère faire les choses à la suisse.

— Vous voulez dire tout habillé et la lumière éteinte ? répliqua Quarry, qui se leva au milieu des rires. Mes amis, je sais que nous en sommes encore au milieu du plat, mais s'il y a jamais eu un moment de trinquer à la russe – pardonnez-moi, Mieczyslaw –, je crois qu'il est venu. (Il se racla la gorge et parut au bord des larmes.) Chers amis, nous sommes honorés de votre présence, de votre bienveillance et de votre confiance. Je crois sincèrement que nous assistons à la naissance d'une puissance résolument nouvelle dans la gestion globale des actifs, produit de l'union entre la recherche de pointe et une politique d'investissement offensive – ou, si vous préférez, entre Dieu et Mamon. [*Rires.*] Et pour saluer cet heureux événement, il n'est, me semble-t-il, que justice de se mettre debout et de lever nos verres au génie qui l'a rendue possible – non, non, non, pas moi, plaisanta-t-il en baissant un regard radieux sur Hoffmann. Au père du VIXAL-4... À Alex !

Dans un grand raclement de chaises, un « À Alex ! » repris en chœur et le tintement perlé du cristal qui s'entrechoquait, les investisseurs se levèrent et portèrent un toast à Hoffmann. Ils le contemplaient avec affection, et Mussard lui-même parvint à retrousser ses lèvres. Lorsqu'ils se furent tous rassis, ils continuèrent à lui sourire et à branler du chef jusqu'à ce qu'il se rende compte avec consternation qu'ils attendaient une réponse.

— Oh, non, dit-il.

— Allez, Alexi, le pressa à mi-voix Quarry, rien que deux mots et puis ce sera terminé pour une huitaine d'années.

— Je ne peux pas, vraiment.

Mais ses mots furent accueillis par une salve de « Non ! » et de « Quel dommage ! » si sincères qu'Hoffmann se leva malgré lui. Sa serviette glissa de ses genoux et tomba sur la moquette. Il posa une main sur la table pour reprendre son équilibre et trouver quoi dire. Sans y penser, il regarda par la fenêtre, sa vue englobant, maintenant qu'il était debout, non seulement la rive opposée, le Jet d'eau et les eaux ténébreuses du lac, mais aussi la promenade où l'impératrice avait été poignardée, juste devant l'hôtel.

Le quai du Mont-Blanc est particulièrement large à ce niveau. Il abrite une sorte de jardin miniature bordé de tilleuls, de bancs, de petites pelouses soigneusement tondues, de lampadaires Belle Époque et de topiaires vert sombre. Le quai forme à cet endroit une rotonde délimitée par une balustrade en pierre, qui s'avance dans l'eau et donne en contrebas sur un embarcadère et la station de ferrys. Cet après-midi-là, une dizaine de personnes faisaient la queue devant le petit kiosque de métal blanc pour acheter un ticket de traversée. Une jeune femme coiffée d'une casquette de base-ball rouge passa à côté sur des rollers. Deux hommes en jean promenaient un grand caniche noir. Hoffmann posa enfin les yeux sur une apparition émaciée vêtue d'un manteau de cuir brun, postée sous l'un des tilleuls vert pâle. Il avait une mine de déterré, comme s'il venait de vomir ou de s'évanouir, et des yeux enfoncés dans des orbites violacées sous un front proéminent dont tous les cheveux étaient tirés en arrière en un catogan gris. Il regardait directement la fenêtre d'où le contemplait Hoffmann.

Celui-ci sentit ses membres se bloquer. Pendant plusieurs secondes, il fut incapable de bouger. Puis il recula instinctivement d'un pas, renversant sa chaise. Quarry, qui le surveillait avec inquiétude, lâcha :

— Bon Dieu, tu vas tomber dans les pommes.

Il voulut se précipiter, mais Hoffmann leva la main pour l'arrêter. Il s'éloigna d'un autre pas de la table et se prit les pieds dans la chaise retournée. Il trébucha et faillit tomber, mais il sembla alors à ceux qui l'observaient que cela rompit la force qui le paralysait car il écarta soudain le siège d'un coup de pied, fit volte-face et courut vers la porte.

Hoffmann eut à peine conscience des exclamations étonnées qui fusaient de toutes parts ou de Quarry qui l'appelait par son nom. Il remonta au pas de course le couloir aux miroirs et dévala l'escalier, saisissant la rampe pour négocier les paliers. Il franchit les dernières marches d'un bond, dépassa son garde du corps – qui parlait avec la concierge de l'hôtel – et déboucha sur la promenade.

11

> « ... *la lutte [pour l'existence] est presque toujours beaucoup plus acharnée entre les individus appartenant à la même espèce; en effet, ils fréquentent les mêmes districts, recherchent la même nourriture, et sont exposés aux mêmes dangers.* »
> Charles Darwin, *De l'origine des espèces*, 1859.

De l'autre côté des voies de circulation, il n'y avait plus personne sous le tilleul. Hoffmann s'arrêta parmi les rangées de bagages des clients de l'hôtel, regarda à droite et à gauche et jura. Le portier lui demanda s'il voulait un taxi. Hoffmann ne prit pas la peine de lui répondre et continua de marcher jusqu'au coin de la rue. Devant lui, il y avait un panneau HSBC Private Bank ; sur sa gauche, parallèle au côté du Beau Rivage, il y avait une petite rue à sens unique, la rue Docteur-Alfred-Vincent. Faute d'une meilleure idée, il s'y engagea et parcourut une cinquantaine de mètres, passant devant des échafaudages, une rangée de motos garées et une petite église. Il tomba ensuite sur un petit carrefour et s'immobilisa à nouveau.

À un pâté de maisons de là, une silhouette en manteau brun traversait la rue. L'homme s'arrêta une fois de l'autre côté et se retourna vers Hoffmann. C'était lui, aucun doute. Une camionnette blanche passa entre eux, et il disparut en clopinant dans une petite rue latérale.

Hoffmann courait à présent. Un regain d'énergie justicière l'envahissait tout entier, propulsant ses jambes à grandes foulées rapides. Il se précipita vers l'endroit où il avait vu l'apparition pour la dernière fois. C'était encore une petite rue, et l'homme s'était à nouveau évanoui. Hoffmann courut jusqu'au carrefour suivant. Il s'agissait de rues étroites et tranquilles, sans beaucoup de circulation et bordées de voitures garées. Les petits commerces affluaient soudain – un coiffeur, une pharmacie, un bar – et les gens faisaient des courses pendant leur pause-déjeuner. Il se retourna, éperdu, partit en courant vers la droite et prit encore à droite dans un labyrinthe de petites rues à sens unique, peu désireux de renoncer mais presque certain d'avoir perdu la partie. Le quartier changea autour de lui. Il n'en prit que vaguement conscience au début. Les immeubles devinrent plus miteux, certains, couverts de graffitis, paraissant même insalubres. Puis il se retrouva dans une autre ville. Une jeune Noire en pull serré et minijupe de vinyle blanc lui cria quelque chose depuis le trottoir d'en face. Elle était plantée devant une boutique affichant une enseigne au néon violette, VIDÉO CLUB XXX. Un peu plus loin, trois prostituées plus affichées, toutes noires, battaient le pavé pendant que leurs souteneurs fumaient dans les encoignures de porte ou bien les surveillaient du coin de la rue : jeunes, petits, maigres, la peau bistre et les cheveux noirs coupés court – des Nord-Africains peut-être, ou des Albanais.

Hoffmann ralentit le pas et essaya de se repérer. Il avait dû courir jusqu'à la gare de Cornavin et pénétrer dans le quartier chaud de Genève. Il finit par s'arrêter devant une boîte de nuit condamnée, recouverte d'une pellicule d'affichettes qui pelait plus ou moins : le Black Kat (XXX, FILMS, FILLES, SEXE). Les yeux plissés, les mains sur les hanches, une douleur vive au côté, il se pencha au-dessus du caniveau pour essayer de reprendre son souffle. À moins de trois mètres, une prostituée asiatique l'observait d'un salon en vitrine. Vêtue d'un corset noir et de bas, elle se tenait assise, jambes croisées, dans un fauteuil recouvert de damas rouge. Elle recroisa les jambes, sourit et lui fit signe, puis, soudain, un mécanisme invisible tira un store sur toute la scène.

L'indice de la peur

Il se redressa, conscient d'être observé par les filles et leurs macs. Un type à face de rat, légèrement plus âgé que les autres et à la peau grêlée, le regardait en parlant dans un portable. Hoffmann battit en retraite, scrutant de part et d'autre les allées et les cours, au cas où l'homme s'y serait dissimulé. Il passa devant un sex-shop, Je Vous Aime*, et revint sur ses pas. La vitrine présentait un choix plutôt timide : vibromasseurs, perruques, sous-vêtements érotiques. Une culotte ouverte noire, tendue et punaisée sur une planche, évoquait un cadavre de chauve-souris. La porte était ouverte, mais un rideau de bandes de plastique multicolores empêchait de voir à l'intérieur. Hoffmann pensa aux menottes et au bâillon que l'intrus avait laissés derrière lui. Leclerc avait dit qu'ils pouvaient provenir de ce genre d'endroit.

Tout à coup, son portable signala l'arrivée d'un SMS : « 91 rue de berne chambre 68. »

Il le contempla pendant plusieurs secondes. Il venait de passer devant la rue de Berne, non ? Il se retourna et, en effet, elle se trouvait juste derrière lui, assez près pour qu'il puisse déchiffrer la plaque bleue. L'expéditeur était anonyme, son numéro inaccessible. Il jeta un coup d'œil alentour pour s'assurer que personne ne l'observait. Les rubans de plastique s'agitèrent puis s'écartèrent. Un gros homme chauve en bretelles sur son maillot de corps sale apparut.

— *Que voulez-vous, monsieur* * ?
— *Rien**.

Hoffmann remonta jusqu'à la rue de Berne. Elle était miteuse et interminable, mais, au moins, il y avait du monde – deux rangées de trams s'y croisaient –, et cette idée le rassura. Au carrefour, une boutique de fruits et légumes proposait un étalage extérieur, juste à côté d'un petit café perdu avec des tables et des chaises en aluminium inoccupées en terrasse, et un bureau de tabac annonçant : « Cartes téléphoniques, vidéos X, DVD X, revues X made in USA. » Il vérifia les numéros de la rue. Ils montaient vers la gauche. Il avança en procédant à un compte à rebours et, au bout de trente secondes, avait émigré d'Europe du Nord en pays méditerranéen du Sud : restaurants marocains et libanais, arabesques de caractères arabes sur les devantures, musique arabe s'échappant de haut-parleurs minuscules et odeur de kebabs chauds et graisseux qui lui retourna l'estomac. Seule l'absence incongrue d'ordures sur les trottoirs trahissait que c'était bien la Suisse.

Il trouva le numéro 91 au nord de la rue de Berne, en face d'une boutique de vêtements africains. C'était un immeuble délabré de sept étages, vieux peut-être d'un siècle, à la façade jaune écaillée et aux volets roulants métalliques verts. Le bâtiment s'étirait sur quatre fenêtres, et une enseigne verticale constituée de grandes lettres individuelles avançait sur la rue pour annoncer HÔTEL DIODATI sur presque toute sa hauteur. La plupart des volets étaient baissés, mais quelques-uns étaient mi-clos, pareils à des paupières tombantes, l'intérieur des chambres dissimulé par un flot blanc-gris de rideaux épais à motif floral. Il ouvrait sur la rue par une vieille porte en bois massif qui rappela curieusement Venise à Hoffmann ; elle était de toute évidence plus ancienne que le reste de l'immeuble, et était ornée de ce qui ressemblait à des symboles maçonniques sculptés. Pendant qu'il regardait, elle s'ouvrit vers l'intérieur, et un homme en jean et baskets émergea de la pénombre, le visage dissimulé par une capuche. Il fourra les mains dans ses poches, voûta les épaules et s'éloigna. Une bonne minute plus tard, la porte se rouvrit. Cette fois, il s'agissait d'une femme, jeune et mince, cheveux courts, mousseux et teints en orange, vêtue d'une jupe courte à carreaux noirs et blancs. Elle portait un sac en bandoulière. Elle resta longtemps devant l'entrée, ouvrit son sac et le fouilla pour en sortir une paire de lunettes de soleil qu'elle chaussa avant de partir dans la direction opposée de son prédécesseur.

Il n'y eut pas à proprement parler un moment où Hoffmann prit la décision d'entrer. Il continua d'observer, puis finit par traverser la rue et attendit devant la porte. Enfin, il la poussa et coula un regard à l'intérieur. Il y régnait une odeur fétide qu'un bâton d'encens brûlant quelque part accentuait encore au lieu de masquer. C'était un petit hall avec un comptoir, désert, et un coin salon constitué d'un canapé noir et rouge aux pieds en bois et de fauteuils assortis. Un petit aquarium brillait vivement dans la pénombre, mais il ne semblait pas y avoir de poissons dedans.

Hoffmann franchit le seuil. Il se disait que si on lui demandait quelque chose, il pourrait toujours prétendre qu'il cherchait une chambre. Il avait de l'argent sur lui et serait donc en mesure de payer. On louait sans doute des chambres à l'heure. La lourde porte se referma derrière lui et étouffa les bruits de la rue. Quelqu'un remuait au-dessus et on passait de la musique. La pulsation des basses ébranlait les cloisons minces. Il s'avança dans la réception vide, sur un lino gondolé, et s'engagea dans un étroit couloir qui menait à un petit ascenseur. Il appuya sur le bouton d'appel et les portes s'ouvrirent immédiatement, comme s'il était attendu.

La cabine d'ascenseur était minuscule et tapissée de métal gris complètement rayé, évoquant un vieux fichier métallique. Il y avait tout juste assez de place pour deux personnes et, à peine les portes se furent-elles refermées qu'Hoffmann se sentit submergé par la claustrophobie. Les boutons lui présentaient un choix de sept niveaux. Il appuya sur le numéro 6. Un moteur lointain se mit à ronronner, l'ascenseur s'ébranla et monta très lentement. Plus qu'un sentiment de danger, Hoffmann éprouvait à présent une impression d'irréalité, comme s'il se retrouvait plongé dans un rêve d'enfance récurrent dont il ne se souvenait plus très bien et que la seule façon de se réveiller était de continuer d'avancer jusqu'à ce qu'il trouve la sortie.

La montée lui parut durer très longtemps. Il se demanda ce qui l'attendait au bout. Lorsque l'ascenseur s'immobilisa enfin, Hoffmann leva les mains pour se protéger. Les portes s'ouvrirent en bringuebalant au sixième étage.

Le palier était désert. Hoffmann hésitait à sortir, mais les portes commencèrent à se refermer et il dut projeter sa jambe au-dehors pour ne pas être à nouveau emprisonné. Les portes se rouvrirent; il s'aventura prudemment sur le palier. Il y faisait plus sombre que dans le hall, et ses yeux durent s'adapter. Les murs étaient nus. Il respira la même odeur fétide d'atmosphère confinée, respirée des milliers de fois sans jamais avoir été aérée par une porte ou une fenêtre ouverte. Il faisait chaud. Deux portes lui faisaient face. D'autres donnaient sur les couloirs qui partaient des deux côtés. Une pancarte bricolée avec des lettres en plastique colorées, de celles qu'on vend dans les magasins de jouets, indiquait que la chambre 68 se trouvait à droite. Le fracas du redémarrage de l'ascenseur le fit sursauter. Il écouta la cabine descendre jusqu'en bas. Lorsque les portes se furent refermées là-bas, tout fut silencieux.

Il fit deux pas vers la droite et scruta longuement le couloir, derrière l'angle. La chambre 68 se trouvait tout au bout, porte close. Un bruit métallique, répétitif et rythmé, se faisait entendre quelque part, et il pensa à une scie avant de comprendre presque aussitôt qu'il s'agissait en fait des ressorts d'un lit. Il y eut un coup. Un homme poussa un gémissement, comme s'il souffrait.

Hoffmann sortit son portable avec l'intention d'appeler la police, mais il ne recevait pas de signal. Il le rangea dans sa poche et gagna le bout du couloir. Ses yeux arrivaient pile au niveau du judas optique opaque et bombé. Il prêta l'oreille. Il n'entendait rien. Il frappa à la porte, puis colla l'oreille contre le panneau et écouta de nouveau. Rien : les ressorts de la chambre voisine eux-mêmes s'étaient tus.

Il essaya la poignée de plastique noir. La porte ne s'ouvrit pas. Mais elle n'était retenue que par une petite serrure à cylindre, et il s'aperçut que le chambranle était pourri : à peine eut-il enfoncé son ongle dans le bois spongieux qu'il en retira des fragments orangés gros comme des allumettes. Il recula d'un pas, vérifia par-dessus son épaule que personne n'arrivait et donna une bourrade dans la porte. Elle s'ébranla. Il recula un peu plus et se précipita à nouveau dessus. Il y eut cette fois un craquement et la porte s'entrouvrit sur deux centimètres. Il introduisit les doigts des deux mains dans l'interstice et poussa. La porte s'ouvrit dans un fracas.

Il faisait sombre à l'intérieur, un simple rai grisâtre s'infiltrait au bas de la fenêtre, là où le volet n'avait pas été convenablement baissé. Hoffmann s'avança à petits pas sur la moquette, puis chercha à tâtons la commande électrique à travers le voilage. Il la trouva et appuya dessus. Le volet se souleva bruyamment. La fenêtre donnait sur un escalier de secours et, cinquante mètres plus loin, sur l'arrière d'une rangée d'immeubles séparés de l'hôtel par un mur de brique et des cours adjacentes pleines de poubelles, d'herbes folles et de rebuts divers. Dans la lumière blafarde, Hoffmann découvrit la chambre telle qu'elle était : un lit à roulettes pour une personne défait, dont les draps malpropres pendaient sur la moquette rouge et noir, une petite commode avec un sac à dos posé dessus, une chaise en bois à l'assise de cuir marron râpée. Le radiateur sous la fenêtre était brûlant au toucher. La pièce empestait la cigarette refroidie, la sueur masculine et le savon bon marché. Le papier peint avait bruni autour des ampoules nues des appliques. Dans la salle de bains minuscule, il y avait une baignoire sabot entourée d'un rideau de douche en plastique, un lavabo strié de traînées vertes tirant sur le noir à l'endroit où les robinets coulaient, et des W-C qui présentaient le même genre de traces. Un gros verre contenant une brosse à dents et un rasoir jetable bleu était posé sur une étagère en bois.

Hoffmann retourna dans la chambre. Il porta le sac à dos jusqu'au lit et en vida le contenu. Il s'agissait principalement de linge sale – une chemise écossaise, des maillots de corps, des slips, des chaussettes – mais, enfoui au milieu, il y avait un vieil appareil photo Zeiss équipé d'un téléobjectif puissant et un ordinateur portable tiède au toucher. Il était en mode veille. Hoffmann le posa et retourna à la porte ouverte. Le chambranle avait cédé au niveau de la serrure mais il n'était pas cassé. Hoffmann put donc remettre la serrure en place et refermer doucement la porte. Elle se rouvrirait dès qu'on appuierait dessus depuis l'extérieur, mais, de loin, elle donnerait l'illusion d'être intacte. Il remarqua une paire de grosses chaussures posées derrière le panneau. Il les saisit entre le pouce et l'index. Elles étaient identiques à celles qu'il avait trouvées devant chez lui. Il les reposa puis alla s'asseoir au bord du lit pour ouvrir l'ordinateur, mais entendit alors un fracas métallique retentir des entrailles de la bâtisse. L'ascenseur se remettait en marche.

Hoffmann reposa l'ordinateur et écouta la plainte de la longue ascension. Elle s'arrêta enfin, cédant la place au vacarme des portes qui s'ouvraient tout près. Il traversa vivement la chambre et colla son œil contre le judas à l'instant où l'homme apparaissait à l'angle du couloir. L'inconnu portait un sac en plastique blanc dans une main et fouillait sa poche de l'autre. Il arriva à la porte et sortit sa clé. La lentille déformante du judas rendit son visage plus squelettique encore qu'auparavant, et Hoffmann sentit à nouveau ses cheveux se dresser sur sa tête.

Il recula, jeta un regard éperdu autour de lui et battit en retraite dans la salle de bains. Un instant plus tard, il entendit la clé s'insérer dans la serrure, suivie par un grognement de surprise lorsque la porte s'ouvrit sans qu'il soit besoin de la déverrouiller. Dans la semi-pénombre, Hoffmann avait une bonne vision du milieu de la pièce par l'interstice entre la porte de la salle de bains et le chambranle. Il retint sa respiration. Pendant un instant, rien ne se produisit. Il pria pour que l'homme ait fait demi-tour et soit redescendu à la réception pour signaler l'effraction. Mais une ombre passa alors fugitivement dans sa ligne de mire, se dirigeant vers la fenêtre. Hoffmann s'apprêtait à tenter de fuir quand, avec une rapidité hallucinante, l'homme revint sur ses pas et donna un grand coup de pied dans la porte de la salle de bains.

Il y avait quelque chose du scorpion dans la façon dont il se tenait tapi, jambes écartées, armé d'un long couteau qu'il brandissait tel un dard à hauteur de sa tête. Il était plus grand que dans le souvenir d'Hoffmann, impression encore renforcée par le manteau de cuir. Il n'y avait pas d'échappatoire possible. Les deux hommes se regardèrent pendant de longues secondes, puis l'homme déclara, d'une voix curieusement calme et posée :

— *Zurück. In die Badewanne.*

De la pointe du couteau, il désigna la baignoire, et Hoffmann secoua la tête sans comprendre.

— *In die Badewanne*, répéta l'homme sur un ton insistant, pointant le couteau d'abord sur Hoffmann, puis sur la baignoire.

Au bout d'un autre silence interminable, Hoffmann s'aperçut que ses membres obéissaient à l'injonction. Sa main écarta le rideau de douche et ses jambes franchirent en tremblant le rebord de la baignoire, ses chaussures montantes écrasant pesamment le plastique bon marché. L'homme pénétra plus avant dans le réduit. C'était si exigu qu'il occupait presque tout l'espace. Il tira le cordon de la lumière et un néon clignota au-dessus du lavabo. Il ferma la porte.

— *Ausziehen*, ordonna-t-il, ajoutant cette fois la traduction : Déshabillez-vous.

Avec son long manteau de cuir, il faisait penser à un boucher.

— *Nein*, répondit Hoffmann en secouant la tête et en levant les paumes comme pour calmer les choses. Non, pas question.

L'homme cracha quelques jurons qu'Hoffmann ne comprit pas, et abattit son couteau, la lame passant si près qu'Hoffmann eut beau se presser dans l'encoignure, sous le pommeau de douche, elle entama le devant de son imperméable et en rabattit le pan inférieur sur ses genoux. Pendant un instant horrible, Hoffmann crut qu'il s'agissait de sa chair et s'empressa de dire :

— *Ja, ja*, d'accord. Je vais le faire.

La situation tout entière était tellement bizarre qu'elle semblait déconnectée de la réalité. Il avait l'impression que cela arrivait à quelqu'un d'autre. Il fit rapidement glisser l'imperméable de son épaule gauche, puis de la droite. Il n'avait guère la place de dégager ses bras des manches et, pendant quelques secondes, l'imperméable resta coincé contre son dos, le contraignant à se débattre comme pour se dégager d'une camisole de force.

Il essaya de trouver quelque chose à dire, d'établir le contact avec son assaillant, d'amener cette rencontre à un niveau plus ordinaire, moins dangereux.

— Vous êtes allemand ? demanda-t-il. (Puis, comme l'homme ne réagissait pas, il chercha à se rappeler le peu d'allemand qu'il avait appris au CERN :) *Sie sind Deutscher* ?

Il n'y eut pas de réponse.

Au moins finit-il par retirer son imperméable bousillé. Il le laissa tomber à ses pieds. Il retira ensuite sa veste et la tendit à son ravisseur, qui lui fit signe avec son couteau de la lancer sur le sol. Il commença à déboutonner sa chemise. Il continuerait de se déshabiller jusqu'à ce qu'il soit complètement nu si nécessaire, mais si l'inconnu essayait de l'attacher, il décida qu'il se battrait... Non, il ne se laisserait pas faire. Il préférait mourir plutôt que de se mettre totalement à la merci de ce type.

— Pourquoi faites-vous ça ? questionna-t-il.

L'homme fronça les sourcils comme s'il avait affaire à un enfant quelque peu déconcertant, puis répondit, en anglais :

— Parce que vous m'avez invité.

— Je ne vous ai jamais *invité* à quoi que ce soit..., protesta Hoffmann, atterré.

Le couteau tournoya de nouveau.

— Continuez, je vous prie.

— Écoutez, ça ne va pas...

Hoffmann finit de déboutonner sa chemise et la lança sur sa veste. Il réfléchissait intensément, évaluant ses risques et ses chances. Il saisit le bas de son tee-shirt, le passa par-dessus sa tête et, lorsque son visage émergea par en dessous, surprit le regard plein de convoitise de son ravisseur. Il en eut la chair de poule. Mais il se dit qu'il voyait là une faiblesse, il voyait une occasion. Il se força malgré tout à rouler le tee-shirt de coton blanc en boule et à le lui tendre.

— Tenez, dit-il et, au moment où l'homme s'avança pour le prendre, il appuya légèrement un pied contre l'arrière de la baignoire pour se donner de l'élan.

Il se pencha en avant d'un air encourageant.

— Voilà pour vous !

Et il se jeta sur lui.

Il atterrit sur son assaillant avec assez de force pour le renverser. Le couteau s'envola et ils s'écroulèrent ensemble, si étroitement enlacés qu'il leur était impossible à l'un comme à l'autre d'assener un coup. De toute façon, tout ce qu'Hoffmann voulait, c'était échapper à l'horrible claustrophobie provoquée par cette salle de bains sordide. Il chercha à se relever en saisissant le lavabo d'une main, et de l'autre le cordon du néon, mais les deux semblèrent céder tout de suite. La pièce fut plongée dans l'obscurité, et il sentit quelque chose lui enserrer la cheville pour le faire tomber. Il s'y attaqua avec l'autre pied et l'écrasa d'un coup de talon. L'homme poussa un hurlement de douleur. Hoffmann chercha la poignée de porte à tâtons tout en donnant des coups de pied. Il sentait l'os à présent – il souhaita qu'il s'agît du crâne à queue-de-cheval. Frapper l'homme pendant qu'il était à terre, pensa-t-il avec sauvagerie. Le frapper, le frapper et le frapper encore. Sa victime gémit et se recroquevilla en position fœtale. Lorsqu'elle ne sembla plus constituer une menace, Hoffmann ouvrit la porte de la salle de bains et sortit en chancelant dans la chambre.

Il s'assit lourdement sur la chaise en bois. Il mit la tête entre ses genoux et se sentit immédiatement nauséeux. Il grelottait malgré la chaleur étouffante de la pièce. Il fallait qu'il récupère ses affaires. Il revint prudemment vers la salle de bains et poussa la porte. Un bruit de frottement se faisait entendre à l'intérieur. L'homme avait rampé vers les W-C et bloquait la porte. Hoffmann insista. L'homme gémit et s'écarta aussitôt. Hoffmann l'enjamba pour ramasser ses vêtements, ainsi que le couteau. Puis il retourna dans la chambre et s'habilla rapidement. *Je l'aurais invité ?* pensa-t-il furieusement. Il vérifia à nouveau son portable, mais il n'avait toujours pas de signal.

Dans la salle de bains, l'homme avait la tête au-dessus de la cuvette des toilettes. Il leva les yeux à son entrée. Hoffmann pointa le couteau en baissant sur lui un regard impitoyable.

— Comment vous appelez-vous ? interrogea-t-il.

L'homme se détourna et cracha du sang. Hoffmann se rapprocha avec lassitude, s'accroupit et l'examina à environ cinquante centimètres de distance. L'inconnu devait avoir une soixantaine d'années, mais c'était difficile à dire avec tout le sang qui lui maculait le visage ; il avait une entaille au-dessus de l'œil. Surmontant sa répulsion, Hoffmann prit le couteau dans sa main gauche, se pencha et ouvrit le manteau de cuir. L'homme leva les bras et le laissa le fouiller jusqu'à ce qu'il trouve une poche intérieure d'où il tira d'abord un portefeuille puis un passeport rouge foncé de l'Union européenne. Un passeport allemand. Il l'ouvrit. La photographie n'était pas très ressemblante. Le texte l'identifiait comme étant Johannes Karp, né le 14.4.52 à Offenbach am Main.

L'indice de la peur

— Et vous me dites sérieusement que vous êtes venu d'Allemagne parce que je vous ai invité ? demanda Hoffmann.

— *Ja.*

Hoffmann eut un mouvement de recul.

— Vous êtes fou.

— Non, connard, c'est vous qui êtes fou, rétorqua l'Allemand avec une lueur d'esprit. Vous m'avez donné les codes de chez vous. (Une écume sanglante lui monta aux lèvres. Il cracha une dent dans sa main et l'examina.) *Ein verrückter Mann!*

— Où est cette invitation ?

L'homme désigna l'autre pièce d'un signe de tête fatigué.

— L'ordinateur.

Hoffmann se releva et le menaça de son couteau.

— Vous ne bougez pas, c'est compris ?

Dans la chambre, il s'assit sur la chaise et ouvrit le portable. Celui-ci s'alluma instantanément et lui présenta en plein écran une image de lui-même. La photo était de mauvaise qualité – apparemment un agrandissement d'une capture d'une caméra de surveillance. Il avait été pris en train de lever les yeux vers la caméra, sans expression particulière, sans méfiance non plus. Le portrait était si étroitement centré qu'il était impossible de savoir d'où il provenait.

Hoffmann pressa deux touches et pénétra dans la mémoire du disque dur. Les programmes portaient tous des noms allemands. Il fit apparaître l'historique des fichiers. Le dernier dossier à avoir été ouvert, la veille, juste après 18 heures, s'intitulait *Der Rotenburg Cannibal*. Il contenait quantité d'articles de presse sur l'affaire Armin Meiwes, un cannibale expert en informatique qui avait rencontré sa victime consentante sur Internet, l'avait droguée et en grande partie mangée, et qui purgeait maintenant une peine de prison à perpétuité en Allemagne. Un autre dossier semblait contenir les chapitres d'un roman, *Der Metzgermeister* – « Le maître boucher » : c'était bien ça ? –, des dizaines de milliers de mots de ce qui était visiblement une œuvre de fiction dans un flot ininterrompu de conscience qu'Hoffmann ne put comprendre. Puis il trouva un dossier intitulé *Das Opfer*, et cela, il savait que cela signifiait

« La victime ». C'était en anglais et ça ressemblait à des transcriptions d'un forum de discussion sur Internet – un dialogue, comprit-il, entre un intervenant qui fantasmait sur le meurtre, et un autre qui délirait sur ce que ce devait être de mourir. Il y avait quelque chose de vaguement familier dans cette deuxième voix, des expressions qu'il reconnaissait, des fragments de rêves qui s'étaient autrefois accrochés à son esprit telles des toiles d'araignées répugnantes jusqu'au jour où il s'en était débarrassé, ou croyait s'en être débarrassé.

Il avait soudain l'impression de les voir se matérialiser devant lui dans un reflet obscur, et il était tellement absorbé par ce qu'il découvrait sur l'écran que ce fut presque un miracle qu'une légère altération de la lumière lui fasse lever la tête au moment où un couteau fonçait vers lui. Il écarta brusquement la tête, et la pointe manqua son œil de justesse – un couteau à cran d'arrêt avec une lame d'une quinzaine de centimètres que l'Allemand avait dû dissimuler, dans la poche de son manteau. Karp lui balança alors un coup de pied qui le cueillit en bas de la cage thoracique, puis se jeta sur lui en brandissant son couteau pour tenter de le poignarder à nouveau. Hoffmann poussa un cri de douleur et d'angoisse, la chaise bascula en arrière et l'Allemand fut sur lui. La lame brilla dans la lumière blafarde. Aussitôt, plus par réflexe que pour obéir à une intention consciente, il saisit le poignet de son assaillant de sa main gauche, la plus faible. Le couteau vibra un instant tout près de son visage.

— *Es ist, was Sie sich wünschen,* murmura Karp d'une voix apaisante. C'est ce que vous désirez.

Hoffmann sentit alors la pointe du couteau lui entailler la peau. Grimaçant sous l'effort, il repoussa l'arme, millimètre par millimètre, jusqu'à ce que le bras de son assaillant cède brusquement vers l'arrière. Saisi par une brusque exaltation devant sa propre force, Hoffmann repoussa l'homme contre le cadre du lit métallique. Celui-ci s'écarta brièvement sur ses roulettes, heurta le mur et s'immobilisa. Sa main gauche étreignant toujours le poignet de l'homme, Hoffmann plaqua la droite sur son visage, lui enfonçant les doigts dans ses orbites creuses, le talon de sa main appuyé sur sa gorge. Karp hurla de douleur et agrippa les doigts d'Hoffmann de sa main libre. L'Américain réagit en déplaçant la sienne de façon à enserrer complètement la trachée décharnée et en pressant pour étouffer le bruit. Il s'appuyait maintenant entièrement sur son adversaire, puis il pesa de tout son poids sur sa main droite, de toute sa peur et de toute sa colère aussi, collant l'homme contre le montant du lit. Il respirait l'odeur animale du cuir de son manteau et les relents âcres et écœurants de sa sueur ; il sentait les poils drus de sa gorge mal rasée. Il perdit totalement la notion du temps, balayée par l'afflux d'adrénaline, mais il lui sembla que quelques secondes à peine s'étaient écoulées quand les doigts cessèrent peu à peu de s'accrocher à sa main et que le couteau tomba sur la moquette. Le corps de l'Allemand devint inerte sous lui et, dès qu'il eut desserré ses mains, bascula de côté.

Hoffmann prit conscience qu'on cognait contre le mur et qu'une voix masculine demandait dans un français avec un fort accent ce que c'était que ce bordel. Il se leva avec peine pour aller fermer la porte, puis tira par mesure de précaution la chaise de bois jusqu'au pêne et coinça en l'inclinant le dossier sous la poignée. Le mouvement déclencha des protestations douloureuses dans divers avant-postes meurtris de son corps – sa tête, ses jointures, ses doigts, la base de sa cage thoracique surtout, et même ses orteils, là où il avait frappé la tête de l'homme. Il porta ses doigts à son crâne et les retira ensanglantés. Ses points de suture avaient dû en partie se rouvrir. Ses mains n'étaient plus qu'une masse d'égratignures minuscules, comme s'il venait de traverser des buissons de ronces. Il suça son poing écorché et remarqua le goût métallique et salé du sang sur sa langue. Les coups contre le mur s'étaient arrêtés.

Hoffmann tremblait à présent ; la nausée lui revint. Il fila dans la salle de bains et vomit dans les toilettes. Le lavabo s'était décroché du mur, mais le robinet fonctionnait encore. Il s'aspergea les joues d'eau froide puis retourna dans la chambre.

L'Allemand gisait toujours par terre. Il n'avait pas bougé. Ses yeux ouverts fixaient un point derrière l'épaule d'Hoffmann, comme s'il attendait à une fête un invité qui n'arriverait jamais.

L'indice de la peur

Hoffmann s'agenouilla et lui prit le poignet pour vérifier son pouls. Il le gifla. Puis il le secoua, espérant que cela suffirait à le réanimer.

— Allez, murmura-t-il, je n'ai pas besoin de ça.

La tête pendait comme celle d'un oiseau au bout d'un cou brisé.

Il y eut un coup sec à la porte. Un homme appela :

— *Ça va là-dedans ? Qu'est-ce qui se passe* * *?*

C'était la même voix avec un fort accent qui avait crié depuis la chambre voisine. La poignée tourna à plusieurs reprises, puis les coups reprirent. La voix se fit plus forte et plus pressante :

— *Allez, mec, ouvre cette porte* * *!*

Hoffmann se releva douloureusement. La poignée tourna à nouveau, et celui qui était dehors se mit à pousser contre la porte. La chaise recula de quelques centimètres, mais tint bon. L'homme cessa de pousser. Hoffmann s'attendit à un nouvel assaut, mais rien ne vint. Il s'approcha tout doucement de la porte et regarda par le judas. Le couloir était désert.

La peur animale était revenue à présent, calme et rusée, contrôlant ses réflexes et ses membres, le poussant à agir d'une façon qu'il considérerait, ne serait-ce qu'une heure plus tard, avec incrédulité. Il prit les grosses chaussures du mort et en défit promptement les lacets, puis il les noua ensemble afin d'obtenir un cordon d'un mètre de long. Il saisit l'applique murale, mais le dispositif n'était pas assez solide. La barre du rideau de douche lui resta dans la main sous une pluie de plâtre rose. Il finit par opter pour la poignée de la porte de la salle de bains. Il traîna le corps de l'Allemand jusque-là et le redressa contre le panneau. Il fit ensuite un nœud coulant avec les lacets, le glissa autour du cou de Karp puis passa l'autre extrémité par-dessus la poignée de la porte et tira violemment. Il lui fallut faire un certain effort pour tirer sur le cordon d'une main et soulever le cadavre en le prenant sous les aisselles de l'autre, mais il parvint à le hisser suffisamment pour que la scène présente un semblant de vraisemblance. Il enroula le cordon autour de la poignée et fit un nœud.

Une fois qu'il eut rangé les affaires de Karp dans le sac à dos et remis le lit en place, la chambre parut curieusement intacte.

Il glissa le téléphone de l'Allemand dans sa poche, referma l'ordinateur portable et le prit avec lui. Il écarta le voilage, et la fenêtre s'ouvrit sans peine : elle était visiblement souvent utilisée. Sur l'escalier de secours, parmi les spirales desséchées des merdes de pigeon, il y avait des centaines de vieux mégots de cigarettes et des monceaux de canettes de bière. Il se hissa sur la structure métallique, passa le bras par la fenêtre et appuya sur le bouton. Le volet se referma derrière lui.

La descente fut longue, six étages, et, à chacun de ses pas sonores, Hoffmann eut terriblement conscience de se voir comme le nez au milieu de la figure – quiconque regarderait par une fenêtre des immeubles d'en face ne manquerait pas de le remarquer, de même que n'importe quel client de l'hôtel présent dans sa chambre. Mais, à son grand soulagement, les volets étaient baissés devant la plupart des fenêtres qu'il dépassa, et, derrière les autres, aucun visage fantomatique ne se matérialisa sous un suaire de voilage. L'hôtel Diodati se reposait pour l'après-midi. Hoffmann continuait de descendre, sa seule pensée étant de mettre le plus de distance possible entre lui et le mort.

Du haut des marches, il vit que l'escalier donnait sur une petite cour bétonnée. On avait fait une tentative pour y installer un petite terrasse. Il y avait des meubles de jardin en bois et deux parasols d'un vert délavé qui faisaient la publicité d'une bière blonde. Il estima que le moyen le plus simple de gagner la rue serait de passer par l'hôtel, mais quand il atteignit la cour et vit la porte coulissante qui menait à la réception, sa peur animale en décida autrement : il ne pouvait pas prendre le risque de tomber sur l'occupant de la chambre voisine. Il traîna l'une des chaises de jardin jusqu'au mur du fond et monta dessus.

Le mur donnait deux mètres plus bas sur une cour adjacente – un fouillis de végétation urbaine étiolée où s'enfouissaient à demi des bouts d'appareils ménagers rouillés et une vieille carcasse de vélo; de l'autre côté, il y avait de gros conteneurs à ordures. La cour appartenait visiblement à un restaurant. Il voyait des cuisiniers à toque blanche s'agiter devant leurs fourneaux, entendait leurs interjections et le fracas de leurs casseroles. Il posa le portable sur le mur puis se hissa à cheval à côté. Une sirène de police se mit à hurler au loin. Il saisit l'ordinateur, passa sa jambe par-dessus la paroi de brique et se laissa tomber, atterrissant lourdement dans un massif d'orties. Il jura. Un jeune sortit entre les poubelles pour voir ce qui se passait. Il tenait un seau à ordures vide à la main et fumait une cigarette – moins de vingt ans, rasé de frais, le type arabe. Il fixa Hoffmann d'un regard étonné.

— *Où est la rue* * *?* s'enquit l'Américain d'un ton mal assuré.

Et il tapota l'ordinateur d'un geste lourd de sens, comme si cela suffisait à expliquer sa présence.

Le jeune le regarda, fronça les sourcils, puis retira lentement la cigarette d'entre ses lèvres et indiqua un point derrière lui.

— *Merci* *.

Hoffmann s'engouffra dans le passage étroit, franchit le portail de bois et sortit dans la rue.

* * *

Gabrielle Hoffmann avait passé plus d'une heure à arpenter furieusement les jardins publics du parc des Bastions en se répétant mentalement tout ce qu'elle aurait voulu dire à Alex sur ce trottoir. Puis elle se rendit compte, lors de son troisième ou quatrième tour, qu'elle marmonnait toute seule comme une vieille dame qui n'aurait plus toute sa tête et que les passants la dévisageaient. Elle héla donc un taxi et rentra chez elle. Il y avait une voiture de police avec deux gendarmes à son bord garée dans la rue. Derrière le portail, à l'abri de la bâtisse, le malheureux chauffeur-garde du corps qu'Alex avait envoyé pour veiller sur elle parlait dans son portable. Il raccrocha et la regarda avec une expression de reproche. Avec son crâne bombé rasé de près et sa stature massive, il évoquait un bouddha malveillant.

— Vous avez une voiture ? lui demanda-t-elle.
— Oui, madame.
— Et vous êtes censé me conduire où je veux ?
— C'est exact.
— Allez la chercher, s'il vous plaît. Nous allons à l'aéroport.

Dans la chambre, sans cesser de se repasser mentalement la scène de son humiliation à la galerie, elle fourra des vêtements dans une valise. Comment avait-il pu lui faire une chose pareille? Elle ne doutait pas un instant que ce fût Alex qui avait saboté son expo, même si elle était prête à croire qu'il l'avait fait avec les meilleures intentions du monde. Non, ce qui la mettait en fureur, c'était qu'il puisse avoir une conception tellement à côté de la plaque et désespérante d'un geste romantique. Un ou deux ans plus tôt, alors qu'ils étaient en vacances dans le sud de la France et dînaient dans un restaurant de fruits de mer ridiculement cher de Saint-Tropez, elle avait fait une simple remarque sur le fait que c'était cruel d'entasser ces pauvres homards dans un réservoir pour attendre leur tour d'être ébouillantés vivants; il n'avait fait ni une ni deux et avait acheté tout le lot au double du prix affiché, puis avait fait transporter les crustacés sur le port pour les rejeter à la mer. Le tumulte qui avait suivi quand ils avaient touché l'eau et s'étaient carapatés dans tous les sens... En fait, cela avait été très drôle, et inutile de dire qu'Alex ne s'était aperçu de rien. Elle ouvrit une autre valise et y jeta une paire de chaussures. En tout cas, elle ne pouvait lui pardonner la scène d'aujourd'hui, pas déjà. Il lui faudrait au moins quelques jours pour se calmer.

Elle pénétra dans la salle de bains et s'immobilisa, contemplant avec une soudaine confusion les parfums et produits cosmétiques disposés sur les étagères de verre. Comment savoir ce qu'il fallait prendre quand on ne savait pas pour combien de temps on partait, ni même si on partait vraiment? Elle se regarda dans la glace, dans la tenue lamentable qu'elle avait mis des heures à choisir pour le lancement de sa carrière d'artiste, et se mit à pleurer – moins parce qu'elle s'apitoyait sur son sort, ce qu'elle aurait méprisé, que parce qu'elle avait peur. Ne le laissez pas tomber malade, supplia-t-elle. Mon Dieu, je vous en prie, ne me le prenez pas de cette façon. Pendant tout ce temps, elle étudiait son visage avec détachement. C'était incroyable à quel point on pouvait s'enlaidir en pleurant, un peu comme en griffonnant sur un dessin. Au bout d'un moment, elle mit la main dans la poche de sa veste pour y

L'indice de la peur

prendre un mouchoir, mais trouva à la place les bords rigides d'une carte de visite.

    Professeur Robert Walton
    Chef du service informatique
    CERN – Organisation européenne pour la recherche nucléaire
    1211 Genève 23 – Suisse

12

> « [...] *les variétés sont des espèces en voie de formation, ou sont, comme je les ai appelées, des espèces naissantes.* »
> Charles Darwin, *De l'origine des espèces*, 1859.

Il était bien après 15 heures quand Hugo Quarry rentra au siège du hedge fund. Il avait laissé plusieurs messages restés sans réponse sur le portable d'Hoffmann, et il se demandait avec un certain malaise où son associé avait bien pu passer : il avait trouvé son prétendu garde du corps en train de faire du plat à une fille de la réception, totalement inconscient du fait que l'homme dont il avait la charge avait même quitté l'hôtel. Quarry l'avait viré sur-le-champ.

Malgré tout, l'Anglais se sentait de très bonne humeur. Il estimait à présent qu'ils allaient pouvoir engranger le double des nouveaux investissements prévus, soit deux milliards de dollars, ce qui signifiait quarante millions de dollars supplémentaires à gagner par an en simples frais de gestion. Il avait bu plusieurs verres d'un vin proprement excellent. Et, en rentrant du restaurant, il avait fêté ça en appelant chez Benetti pour leur commander une piste d'atterrissage pour hélicoptère à l'arrière de son yacht.

Il souriait tellement que le scanner de reconnaissance faciale ne parvint pas à faire correspondre ses traits avec la base de données, et il dut recommencer une fois qu'il eut repris son sérieux. Il franchit l'œil impassible mais vigilant des caméras de sécurité placées dans le hall, lança joyeusement « Cinquième » à l'ascenseur et fredonna tout le temps de la montée dans le tube de verre. C'était l'hymne d'Eton, ou du moins ce dont il se souvenait – *sonent voces omnium,* di doum di-doum di-doum – et, lorsque les portes s'ouvrirent, il souleva un chapeau imaginaire pour saluer les autres occupants désapprobateurs de l'ascenseur, ces sinistres bons à rien de DigiSyst ou EcoTech ou n'importe quel nom à la noix de leur boîte. Il avait même réussi à garder son sourire quand la cloison de verre d'Hoffmann Investment Technologies s'était écartée pour révéler l'inspecteur Jean-Philippe Leclerc, de la police de Genève, qui l'attendait à la réception. Il examina la carte de son visiteur, puis la compara au personnage hirsute qu'il avait devant lui. Les marchés américains ouvraient dans dix minutes. Ce n'était vraiment pas le moment.

— Ne serait-il pas possible, inspecteur, de reporter cette petite conversation ? Si je dis cela, c'est uniquement parce que c'est un peu la folie aujourd'hui.

— Je suis tout à fait désolé de vous déranger, monsieur. J'avais espéré échanger un mot avec le docteur Hoffmann, mais, comme il est absent, j'aimerais discuter de certaines choses avec vous. Je vous promets que cela ne prendra pas plus de dix minutes.

Il y avait quelque chose dans la posture du policier, pieds légèrement écartés, qui avertit Quarry de faire profil bas.

— Bien sûr, dit l'Anglais, affichant son sourire de commande, prenez tout le temps qu'il faudra. Allons dans mon bureau, ajouta-t-il en tendant la main pour faire passer le policier devant lui. Continuez tout droit jusqu'au bout.

Il avait l'impression de ne pas avoir cessé de sourire pendant au moins quinze heures durant cette journée, et il avait les zygomatiques endoloris par tant de bonhomie. Dès que Leclerc lui eut tourné le dos, il s'autorisa une mine renfrognée.

Leclerc traversa lentement la salle des marchés, posant un regard intéressé sur tout ce qui l'entourait. Ce grand espace ouvert peuplé d'écrans et d'horloges multi-fuseaux horaires correspondait à peu près à ce qu'il s'attendait à trouver dans une société financière – il avait déjà vu ça à la télévision. Mais il fut surpris par les employés – tous jeunes, aucun ne portant une cravate, et encore moins un complet – et par le silence ambiant, chacun se trouvant à son poste dans une atmosphère de concentration presque palpable. L'endroit lui rappela une salle d'examen dans une faculté de garçons. Ou un séminaire, peut-être : oui, un séminaire dédié à Mamon. L'image lui plut. Sur plusieurs écrans, il remarqua un slogan, rouge sur blanc, digne de l'ex-Union soviétique.

L'ENTREPRISE DE L'AVENIR N'UTILISE PAS DE PAPIER
L'ENTREPRISE DE L'AVENIR NE FAIT PAS DE STOCK
L'ENTREPRISE DE L'AVENIR EST ENTIÈREMENT NUMÉRIQUE
L'ENTREPRISE DE L'AVENIR EST LÀ

— Bien, reprit Quarry en affichant à nouveau son sourire, que puis-je vous offrir, inspecteur ? Thé, café ? De l'eau ?
— Du thé, puisque je suis avec un Anglais. Merci.
— Deux thés, Amber, mon chou, s'il te plaît. English Breakfast.
— Tu as plein d'appels, Hugo.
— Oui, je veux bien le croire.
Il ouvrit la porte de son bureau et s'effaça pour laisser passer Leclerc, puis alla directement à son terminal.
— Je vous en prie, asseyez-vous, inspecteur. Veuillez m'excuser, je suis à vous dans une minute.
Il consulta son écran. Les marchés européens dévissaient assez rapidement maintenant. Le DAX avait perdu 1 %, le CAC 2 % et le FTSE 1,5 %. L'euro avait perdu plus d'un centime par rapport au dollar. Quarry n'avait pas le temps de vérifier toutes leurs positions, mais le compte de résultats montrait que le VIXAL-4 avait déjà pris 68 millions de dollars dans la journée. Malgré sa bonne humeur, il ne pouvait cependant s'empêcher de trouver tout cela vaguement inquiétant ; il avait le sentiment qu'une tempête allait éclater.
— Bon, tout va bien, dit-il en s'asseyant avec entrain derrière son bureau. Alors, vous l'avez coincé, ce maniaque ?
— Pas encore. Vous travaillez ensemble depuis huit ans, si je ne me trompe ?

— C'est ça. On a créé la boîte en 2002.

Leclerc sortit son calepin et son stylo, et les montra.

— Ça ne vous dérange pas si je...?

— Moi, non, c'est Alex qui râle.

— Pardon?

— Nous n'avons pas le droit d'utiliser de systèmes d'extraction de données à forte empreinte carbone – vous et moi, on appellerait ça des carnets et des journaux. Notre entreprise est censée être entièrement numérique. Mais Alex n'est pas là, alors il n'y a pas à s'inquiéter. Allez-y.

— Ça a l'air un peu excentrique, commenta Leclerc.

— Excentrique, on peut dire ça comme ça. On pourrait aussi dire que c'est complètement taré. Mais voilà, c'est Alex. C'est un génie, et les génies ont tendance à ne pas voir le monde comme le commun des mortels. Une assez grande partie de ma vie consiste à expliquer son comportement aux simples mortels. Tel Jean-Baptiste, je marche devant. Ou derrière lui.

Il pensait à leur déjeuner au Beau Rivage, durant lequel il avait dû justifier par deux fois l'attitude d'Hoffmann à de simples Terriens – la première alors que l'Américain avait une demi-heure de retard (« Il s'excuse, il travaille sur un théorème très complexe ») puis lorsqu'il avait quitté la table abruptement en plein milieu du plat principal (« Ça, c'est du Alex tout craché – j'imagine qu'il a encore eu une de ses illuminations »). Et même s'il y avait eu quelques grognements et roulements de prunelles, ils étaient prêts à tout avaler. Hoffmann pouvait bien se balancer au plafond à poil en jouant du ukulele, du moment qu'il leur assurait un bénéfice de 83 %.

— Vous pouvez me dire comment vous vous êtes rencontrés?

— Oui, quand on a commencé à bosser ensemble.

— Et comment ça s'est produit?

— Quoi, vous voulez toute la genèse?

Quarry croisa les mains derrière sa tête et se carra dans sa position favorite, les pieds sur la table, toujours heureux de répéter une histoire qu'il avait bien racontée cent fois, mille fois peut-être, la fourbissant au point d'en faire une légende digne des plus grandes entreprises : quand Sears avait rencontré Roebuck, quand Rolls avait rencontré Royce et quand Quarry avait rencontré Hoffmann.

— C'était vers Noël 2001. J'étais à Londres et je travaillais dans une grande banque américaine. Je voulais me lancer et créer mon propre fonds spéculatif. Je savais que je pourrais trouver l'argent – j'avais les contacts, ce n'était pas le problème –, mais je n'avais pas de stratégie qui puisse tenir sur le long terme. Il faut avoir une tactique solide dans ce secteur – vous savez que l'espérance de vie d'un hedge fund est de trois ans ?

— Non, répondit poliment Leclerc.

— Eh bien, c'est vrai. C'est aussi la durée de vie moyenne d'un hamster. Et puis un type de nos bureaux de Genève a parlé de ce fondu de science au CERN qui avait apparemment des idées intéressantes sur le côté algorithmique des choses. On a cru qu'on pourrait l'embaucher comme analyste quantitatif à la banque, mais il n'a rien voulu savoir – il ne voulait ni nous rencontrer ni écouter de quoi il s'agissait : un vrai givré, apparemment, un reclus complet. Ça nous a bien fait marrer – ah, ces quants ! Enfin, qu'est-ce que vous voulez en attendre ? Mais il y avait avec celui-ci un petit quelque chose qui a attiré mon attention : je ne sais pas – comme une prémonition. Il se trouve que je prévoyais d'aller skier pendant les vacances, alors je me suis dit que j'allais passer le voir…

* * *

Il décida de prendre contact au réveillon du jour de l'an. Il avait pensé que même un reclus ne pourrait pas refuser de voir quelqu'un pour le réveillon. Il avait donc laissé Sally et les enfants dans le chalet de Chamonix – qu'ils avaient loué avec les Baker, leurs épouvantables voisins de Wimbledon – et, ignorant leurs reproches, était descendu seul à Genève, heureux d'avoir une excuse pour s'en aller. Les montagnes étaient d'un bleu lumineux sous la lune pleine aux trois quarts, et les routes désertes. Il n'y avait pas de GPS dans la voiture de location, pas à l'époque, et, lorsqu'il était arrivé aux abords de l'aéroport de Genève, il avait dû se ranger sur le bord de la route pour consulter une carte Hertz. Pour aller à Saint-Genis-Pouilly, c'était tout droit, juste après le CERN, au milieu d'immenses champs labourés qui brillaient dans le gel. Une petite ville française, un centre-ville pavé avec son café, des rangées de petites maisons proprettes à toit rouge, et enfin quelques immeubles modernes en béton construits au cours des deux ans écoulés et peints en ocre, leurs balcons ornés de carillons à vent, de chaises de jardin pliées et de jardinières desséchées. Quarry avait sonné longtemps à la porte d'Hoffmann sans obtenir de réponse, bien qu'il y ait eu un trait le lumière pâle sous la porte et qu'il sentît qu'il y avait quelqu'un à l'intérieur. Un voisin avait fini par sortir pour lui indiquer que *tous les gens du CERN** se trouvaient à une soirée dans une maison près du stade. Il s'était arrêté en chemin dans un bar, avait pris une bouteille de cognac et avait sillonné les rues sombres jusqu'à ce qu'il la trouve.

Plus de huit ans plus tard, il se souvenait encore de son excitation lorsque la voiture s'était verrouillée avec un petit gloussement électronique joyeux et qu'il s'était dirigé à pied vers les illuminations multicolores de Noël et la musique pulsée. D'autres personnes, seules ou en couples réjouis, avançaient dans l'obscurité vers le même objectif, et il sentait d'une certaine façon ce qui allait se passer, à savoir que les étoiles qui brillaient au-dessus de cette morne petite ville européenne formaient un alignement et qu'il allait se produire un événement exceptionnel. L'hôte et l'hôtesse se tenaient près de la porte pour accueillir leurs invités – Bob et Maggie Walton, un couple d'Anglais, plus âgés que leurs invités, assommants. Ils eurent l'air très surpris de le voir, et ce d'autant plus quand il leur eut dit qu'il était un ami d'Alex Hoffmann. Il avait eu l'impression que personne n'avait jamais prononcé ces mots auparavant. Walton avait refusé la bouteille de cognac comme s'il s'agissait d'un pot-de-vin.

— Vous n'aurez qu'à la reprendre en partant.

Pas très amical, mais c'est vrai qu'il s'incrustait à leur fête et qu'il faisait tache dans son blouson de ski hors de prix, au milieu de tous ces savants fous au salaire de fonctionnaires. Quarry avait demandé où il pourrait trouver Hoffmann, et Walton avait répliqué avec un regard entendu qu'il ne savait pas trop, mais que Quarry ne manquerait sûrement pas de le reconnaître, « puisqu'ils étaient si bons amis ».

— Et alors? demanda Leclerc. Vous l'avez reconnu?

— Oh oui. On repère toujours un Américain, vous ne trouvez pas? Il était au milieu d'une pièce du rez-de-chaussée, et on aurait dit que la fête tournait autour de lui – il était beau mec et on le remarquait, même dans une foule –, mais sans qu'il en ait conscience. On voyait à sa figure qu'il était complètement ailleurs. Pas hostile, vous comprenez – juste pas là. Je m'y suis habitué depuis.

— Et c'était la première fois que vous lui parliez?

— Oui.

— Que lui avez-vous dit?

— Docteur Hoffmann, je présume.

Il avait fait apparaître la bouteille de cognac et avait proposé d'aller chercher deux verres, mais Hoffmann avait répondu qu'il ne buvait pas. « Mais alors, pourquoi venir à un réveillon du jour de l'an? », s'était étonné Quarry, à quoi Hoffmann lui avait répliqué que plusieurs collègues charmants mais surprotecteurs avaient trouvé qu'on ne devait pas rester tout seul un soir de réveillon. Mais ils se trompaient, avait-il ajouté – il était parfaitement heureux quand il était seul. Cela dit, il était passé dans la salle voisine, obligeant Quarry à le suivre après un court instant. C'était son premier aperçu du charme légendaire d'Hoffmann, et il ne l'avait pas très bien pris.

— J'ai fait cent bornes pour vous voir, avait-il dit en le poursuivant. J'ai laissé ma femme et mes enfants en pleurs dans une cabane en pleine montagne glaciale et j'ai conduit dans la neige et le vent pour arriver ici. Le moins que vous puissiez faire, c'est quand même de me parler.

— Pourquoi vous intéressez-vous tellement à moi?

— Parce que j'ai appris que vous travailliez sur un programme très intéressant. Un de mes collègues à AmCor m'a dit qu'il vous avait parlé.

— Oui, et je lui ai expliqué que ça ne m'intéressait pas de travailler pour une banque.

— Moi non plus.

Pour la première fois, Hoffmann l'avait regardé avec une lueur d'intérêt.

— Alors vous voulez faire quoi à la place ?

— Je veux monter un hedge fund, un fonds de couverture.

— C'est quoi, un fonds de couverture ?

Assis en face de Leclerc, Quarry rejeta la tête en arrière et éclata de rire. Ils se retrouvaient aujourd'hui avec 10 milliards de dollars – en fait, très bientôt 12 – d'actifs sous gestion, alors que, huit ans seulement auparavant, Hoffmann ne savait même pas ce qu'était un fonds de couverture ! Et même si un réveillon du jour de l'an bruyant et animé n'était probablement pas l'endroit idéal pour tenter une explication, Quarry n'avait pas eu le choix. Il lui avait crié la définition à l'oreille :

— C'est une façon d'optimiser les bénéfices tout en minimisant les risques. Il faut tout un tas de maths pour que ça fonctionne. Des ordinateurs.

Hoffmann avait hoché la tête.

— D'accord. Continuez.

— Bon, avait fait Quarry en regardant autour de lui pour trouver l'inspiration. Bon, vous voyez cette fille là-bas, avec ce groupe, là, aux cheveux noirs, courts, qui n'arrête pas de vous regarder ?

Quarry avait levé la bouteille de cognac en direction de la fille et lui avait souri.

— Bon, disons que je suis convaincu qu'elle porte une culotte noire – je trouve qu'elle a une tête à porter une culotte noire. J'en suis même tellement convaincu, je suis tellement certain de cet énoncé vestimentaire que je suis prêt à parier 1 million de dollars dessus. Le problème, c'est que si je me trompe, je suis sur la paille. Alors je vais parier aussi qu'elle porte une culotte qui n'est pas noire, mais de n'importe quelle autre couleur – disons que je mise 950 000 dollars sur cette possibilité. Ça, c'est le reste du marché, c'est la couverture. C'est un exemple assez grossier, c'est vrai, à tous les sens du terme, mais écoutez-moi quand même. Donc, si j'ai raison, je me fais 50 000 dollars. Mais, même si je me plante, je ne perds que 50 000 dollars, parce que je suis couvert. Et comme 95 % de mon million de dollar restent disponibles – on ne me demandera jamais de le montrer et, le seul risque, c'est la dispersion –, je peux faire d'autres paris similaires avec d'autres personnes. Ou je peux parier sur toute autre chose. Et le plus beau dans tout ça, c'est que je n'ai même pas besoin d'avoir raison tout le temps – si j'arrive à trouver la bonne couleur de sous-vêtements ne serait-ce que dans 55 % des cas, je peux devenir très riche. Elle vous regarde vraiment, vous savez.

Elle les avait interpellés depuis l'autre bout de la salle.

— Eh, les mecs, vous parlez de moi ?

Puis, sans attendre de réponse, elle avait laissé ses amis et s'était approchée en souriant.

— Gaby, annonça-t-elle en tendant la main à Hoffmann.
— Alex.
— Et moi, c'est Hugo.
— Oui, vous avez bien une tête d'Hugo.

La présence de la jeune femme avait irrité Quarry, et pas seulement parce qu'elle n'avait si manifestement d'yeux que pour Hoffmann, et pas pour lui. Il n'en était encore qu'à la moitié de sa démonstration et il n'avait vu en elle qu'une illustration de son propos, pas une intervenante.

— Nous étions juste en train de parier, dit-il d'un ton doucereux, sur la couleur de votre culotte. (Quarry n'avait commis que très peu de bourdes d'ordre social au cours de sa vie, mais cette fois, comme il le reconnaissait volontiers, il avait fait très fort.) Depuis, elle me déteste.

Leclerc sourit et prit note.

— Mais vos liens avec le docteur Hoffmann datent de ce soir-là ?

— Oh oui. Maintenant, quand j'y repense, je me dis qu'il attendait quelqu'un comme moi tout autant que je cherchais quelqu'un comme lui.

À minuit, les invités étaient sortis dans le jardin et avaient allumé des petites bougies – « Vous savez, ces espèces de bougies chauffe-plat » – qu'ils avaient mises dans des ballons en papier de soie. Des dizaines de lanternes qui brillaient doucement s'étaient alors élevées rapidement dans l'air froid telles de petites lunes jaunes.

— Faites un vœu ! avait lancé une voix.

Quarry, Hoffmann et Gabrielle étaient restés ensemble, sans parler, le visage levé dans un nuage de buée pour regarder les lumières devenir de minuscules étoiles avant de disparaître tout à fait. Quarry avait ensuite proposé à Hoffmann de le raccompagner, mais Gabrielle, à son irritation, s'était incrustée et, assise à l'arrière, leur avait raconté sa vie sans y être invitée : un double cursus art et français dans une université du Nord dont il n'avait jamais entendu parler, un master des Beaux-Arts au Royal College of Arts, un petit boulot aux Nations unies. Mais elle avait fini par se taire quand ils avaient pénétré dans l'appartement d'Hoffmann.

Ce dernier ne voulait pas les faire entrer, mais Quarry avait prétendu avoir besoin d'aller aux toilettes – « Franchement, j'avais l'impression d'essayer d'emballer une fille à la fin d'une mauvaise soirée » – et, à contrecœur, Hoffmann avait fini par les faire entrer dans l'immeuble puis dans un vivarium de bruit et de chaleur tropicale : des cartes mères bourdonnant partout – avec de petits yeux rouges et verts qui clignotaient sous le canapé, derrière la table, dans la bibliothèque –, des faisceaux de câbles qui couraient sur les murs comme du lierre. Cela rappela à Quarry une histoire qu'il avait lue juste avant Noël, sur un type de Maidenhead qui avait élevé un crocodile dans son garage. Il y avait un terminal Bloomberg pour traders individuels en ligne. En revenant de la salle de bains, Quarry avait jeté un coup d'œil dans la chambre : d'autres ordinateurs occupaient la moitié du lit.

De retour dans le séjour, il avait vu que Gabrielle s'était fait une place sur le canapé et avait retiré ses chaussures.

— Alors, avait-il questionné, qu'est-ce qui se passe ici, Alex ? On se croirait dans une salle de contrôle de la Nasa.

Au début, Hoffmann n'avait pas voulu en parler, puis, peu à peu, il avait fini par s'ouvrir. Le sujet, avait-il expliqué, c'était l'apprentissage autonome de la machine – créer un algorithme qui, lorsqu'il aurait reçu une mission, serait capable d'opérer en toute indépendance et d'apprendre à un rythme dépassant de loin la capacité d'assimilation des êtres humains. Hoffmann quittait le CERN afin de poursuivre seul ses recherches, ce qui signifiait qu'il ne pourrait plus avoir accès aux données expérimentales qui émanaient du grand collisionneur d'électrons et de positrons. Durant les six derniers mois, il s'était donc servi à la place de flots de données émanant des marchés financiers. Quarry avait lancé que tout ça devait lui coûter cher. Hoffmann l'avait reconnu, même si le poste principal n'était pas les microprocesseurs – il avait récupéré la plupart sur des appareils au rebut – ni l'abonnement à Bloomberg, mais l'électricité : il lui fallait trouver deux mille francs par semaine pour obtenir la puissance suffisante, et il avait par deux fois plongé tout le quartier dans le noir. L'autre problème, bien sûr, c'était la largeur de bande.

— Je pourrais t'aider à financer tout ça, si tu veux.

Ils étaient tous passés au tutoiement au cours de la soirée.

— Pas besoin. Je me sers de l'algorithme pour qu'il s'autofinance.

Quarry avait eu du mal à réprimer une exclamation d'excitation.

— C'est vrai ? C'est super, comme concept. Et ça marche ?

— Mais oui. Il suffit de quelques extrapolations à partir d'analyses de marchés basiques. (Hoffmann lui avait montré l'écran.) Là, ce sont les actions suggérées depuis le 1er décembre, en se basant sur une simple comparaison des cours sur les données des cinq dernières années. À partir de ça, j'envoie un mail à un courtier pour lui demander d'acheter ou de vendre.

Quarry avait examiné les transactions. Elles étaient fructueuses, mais limitées : rien que de la petite monnaie.

— Est-ce que ça pourrait donner plus que la couverture des frais ? Est-ce que ça pourrait produire des bénéfices ?

— Oui, en théorie, mais ça impliquerait beaucoup d'investissement.

— Je pourrais peut-être t'obtenir les investissements.

— Tu sais quoi ? Ça ne m'intéresse pas vraiment de gagner de l'argent. Ne le prends pas mal, mais je ne vois pas l'intérêt.

Quarry n'en croyait pas ses oreilles. Il n'en voyait pas l'intérêt !

Il ne lui avait pas offert à boire, ni même proposé de s'asseoir – non qu'il y eût vraiment de la place, une fois que Gabrielle avait accaparé tout l'espace disponible. Quarry était resté debout, à transpirer dans son anorak de ski.

— Mais si tu gagnes de l'argent, insista-t-il, tu pourrais t'en servir pour financer d'autres recherches, non? Ce serait la même chose que ce que tu fais maintenant, mais à une bien plus grande échelle. Je ne voudrais pas me montrer grossier, mec, mais regarde autour de toi. Tu as besoin de locaux convenables, d'un matériel plus fiable, de câbles en fibre optique...

— Et peut-être d'une femme de ménage? avait ajouté Gabrielle.

— Elle a raison, tu sais – une femme de ménage ne ferait pas de mal. Écoute, Alex, voici ma carte. Je serai dans le coin pendant encore à peu près une semaine. Pourquoi ne pas se retrouver pour parler de tout ça?

Hoffmann avait pris la carte et l'avait glissée dans sa poche sans même y jeter un coup d'œil.

— Peut-être.

À la porte, Quarry s'était penché pour chuchoter à l'oreille de Gabrielle :

— Tu veux que je te ramène? Je rentre à Chamonix. Je peux te déposer en ville quelque part.

— Ça ira, merci, avait-elle répondu avec un sourire au vitriol. Je me suis dit que j'allais rester un peu, histoire de régler ce pari entre vous deux.

— Comme tu voudras, chérie, mais tu as vu la chambre? Je te souhaite bonne chance.

* * *

Quarry avait avancé lui-même la mise de fonds initiale et s'était servi de son bonus annuel pour faire déménager Hoffmann et ses ordinateurs dans un bureau à Genève : il lui fallait un endroit où il pourrait amener des clients potentiels et les impressionner avec le matériel. Sa femme avait protesté : pourquoi ne lançait-il pas sa start-up tant désirée à Londres? Ne répétait-il pas sans cesse que la City était la « capitale mondiale des hedge funds »? Mais Genève avait fait partie des attraits de ce projet pour Quarry : outre les impôts plus bas, il y voyait une chance de repartir de zéro. Même s'il ne leur avait rien dit et ne se l'était même pas avoué à lui-même, il n'avait jamais sérieusement envisagé de faire venir sa famille en Suisse. Mais la vérité voulait que la vie domestique soit une donnée qui ne correspondait plus du tout à son portefeuille d'actions. Il s'ennuyait. Il était temps de vendre et de passer à autre chose.

Il décida qu'ils s'appelleraient Hoffmann Investment Technologies, clin d'œil à Renaissance Technologies, le fonds d'investissement légendaire basé à Long Island de Jim Simons, père de tous les hedge funds algorithmiques. Hoffmann avait protesté vigoureusement, et c'était la première fois que Quarry se trouvait confronté à son obsession de l'anonymat, mais l'Anglais s'était montré très pressant. Il avait vu depuis le début que la mystique d'Hoffmann en tant que génie mathématique, comme celle de Jim Simons, constituerait un atout important dans la vente du produit. AmCor avait accepté de jouer les prime brokers et avait laissé Quarry reprendre certains de ses anciens clients contre des frais de gestion réduits et 10 % sur les opérations concernées. Quarry avait ensuite fait le tour des conférences d'investisseurs, sillonnant l'Europe et les États-Unis, traînant sa valise à roulettes dans une bonne cinquantaine d'aéroports. Il avait adoré ça – adoré faire le représentant de commerce, celui qui se déplace seul, qui débarque « à froid » dans une salle de conférence climatisée dans un hôtel inconnu donnant sur une autoroute étouffante et emballe une assistance sceptique. Sa méthode était de leur montrer par un backtest indépendant ce qu'auraient pu produire les algorithmes d'Hoffmann par le passé, et de leur donner avec des projections un avant-goût des bénéfices qu'ils pourraient produire dans l'avenir avant de leur indiquer que le fonds était déjà fermé. Il ne leur avait présenté les choses que par politesse, pour s'acquitter de ses engagements, mais, désolé, ils n'avaient plus besoin d'argent. Les investisseurs venaient le voir après, au bar de l'hôtel. Ça marchait presque à tous les coups.

Quarry avait engagé un type de BNP Paribas pour s'occuper du back office, une réceptionniste, une secrétaire et un trader français salarié d'AmCor qui avait rencontré quelques problèmes de régulation et avait besoin de quitter Londres au plus vite. Pour le côté technique des opérations, Hoffmann avait recruté comme analystes quantitatifs un astrophysicien du CERN et un professeur de mathématiques polonais. Ils avaient travaillé sur des simulations pendant tout l'été puis s'étaient lancés effectivement en octobre 2002 avec 107 millions de dollars d'actifs sous gestion. Ils avaient fait des bénéfices dès le premier mois et n'avaient jamais cessé depuis.

Quarry s'interrompit dans son récit pour permettre au stylobille bon marché de Leclerc de rattraper son flot de paroles.

Et pour répondre à ses autres questions : non, il ne se souvenait pas exactement de quand Gabrielle avait emménagé avec Hoffmann : Alex et lui ne s'étaient jamais beaucoup vus en dehors du travail ; et puis lui-même avait passé énormément de temps en déplacements lors de cette première année. Non, il n'avait pas assisté à leur mariage : il s'était agi d'une de ces cérémonies nombrilistes organisées au coucher du soleil, sur une plage du Pacifique, avec deux employés de l'hôtel pour servir de témoins et pas d'amis ni de famille pour fêter ça. Et non, on ne lui avait jamais dit qu'Hoffmann avait fait une dépression quand il travaillait au CERN, même s'il s'en était douté : cette première nuit, quand il était allé aux toilettes chez Hoffmann, il avait fouillé dans son placard de salle de bains (comme l'aurait fait n'importe qui) et y avait découvert toute une pharmacie d'antidépresseurs – mirtazapine, lithium, fluvoxamine. Il ne se les rappelait pas tous exactement, mais ça lui avait paru plutôt sérieux.

— Ça ne vous a pas découragé de vous lancer dans une affaire avec lui ?

— Quoi ? Le fait qu'il ne soit pas « normal » ? Bon Dieu, non. Pour citer Bill Clinton, qui n'est pas toujours un puits de sagesse, je vous l'accorde, mais qui, en l'occurrence, a tout à fait raison : « La plupart des gens normaux sont des cons. »

— Et vous n'avez aucune idée de l'endroit où peut se trouver le docteur Hoffmann en ce moment ?

— Non, pas la moindre.

— Quand l'avez-vous vu pour la dernière fois ?

— Au déjeuner. Au Beau Rivage.

— Il est donc parti sans explication ?
— C'est typique d'Alex.
— Avait-il l'air agité ?
— Pas spécialement. (Quarry retira ses pieds du bureau et appela son assistante.) On sait si Alex est rentré ?
— Non, Hugo, désolée. Au fait, Gana vient d'appeler. Le comité des risques t'attend dans son bureau. Il essaie de joindre Alex de toute urgence. Il y a un problème, apparemment.
— Tu m'étonnes. Qu'est-ce qui se passe ?
— Il m'a dit de te dire que « le VIXAL pousse la couverture delta ». Il a dit que tu comprendrais ce que ça signifie.
— D'accord, merci. Dis-leur que j'arrive. (Quarry relâcha le bouton et contempla pensivement l'interphone.) Je regrette, mais je vais devoir vous laisser.

Pour la première fois, il ressentit une pointe d'inquiétude au creux de l'estomac. Il jeta un coup d'œil de l'autre côté du bureau, en direction de Leclerc qui l'examinait avec attention, et il prit soudain conscience qu'il en avait sans doute beaucoup trop dit. Ce flic ne semblait pas tant enquêter sur l'agression que sur Hoffmann lui-même.

— C'est important ? questionna Leclerc en désignant l'interphone d'un signe de tête. La couverture delta ?
— Assez, oui. Vous voudrez bien m'excuser ? Mon assistante va vous raccompagner.

Il partit abruptement, sans même serrer la main de Leclerc, lequel se retrouva peu après en train de suivre à travers la salle des marchés la superbe sentinelle rousse de Quarry et son pull décolleté. Elle semblait pressée de faire sortir l'inspecteur, ce qui naturellement lui fit ralentir le pas. Leclerc remarqua que l'atmosphère de la salle avait changé. Çà et là, plusieurs groupes de trois ou quatre analystes s'étaient rassemblés autour d'un écran, sortes de tableaux vivants chargés d'inquiétude, où l'un des sujets était assis et cliquait sur la souris pendant que les autres étaient penchés par-dessus ses épaules. Il arrivait que l'un d'eux désigne un graphique ou une colonne de chiffres. Plutôt qu'à un séminaire, Leclerc pensa à présent davantage à des médecins rassemblés au chevet d'un patient montrant des symptômes graves et déroutants. Sur l'un des grands écrans de télé, une chaîne diffusait des images d'un accident d'avion. Sous l'écran géant se tenait un homme en costume sombre et cravate. Il semblait préoccupé et envoyait un texto sur son portable. Leclerc mit un moment à l'identifier.

— Genoud, marmonna-t-il pour lui-même, puis plus fort, en se dirigeant vers lui : Maurice Genoud !

L'homme leva la tête de son clavier et, était-ce l'imagination de Leclerc ou bien ses traits étroits se contractèrent-ils légèrement en voyant soudain surgir cette silhouette du passé ?

— Jean-Philippe, dit-il avec lassitude.

— Maurice Genoud. Tu t'es étoffé. (Leclerc se tourna vers l'assistante de Quarry :) Vous voulez bien nous excuser un moment, mademoiselle ? Nous sommes de vieux amis. Laisse-moi te regarder, mon garçon.

Leclerc s'était méfié de ce bleu dès l'instant où il l'avait eu sous ses ordres. Il n'y avait selon lui rien que son ancien collègue ne ferait pas pour de l'argent – aucun principe qu'il ne serait prêt à trahir, aucun engagement qu'il ne romprait, aucune situation sur laquelle il ne serait prêt à fermer les yeux – pour peu que cela lui rapporte assez et que cela ne le mette pas directement hors la loi.

— La vie civile te réussit, on dirait.

Le sourire ne venait pas naturellement à Genoud. Il ne devrait même pas essayer, pensa Leclerc.

— Je croyais que tu avais pris ta retraite, Jean-Philippe, répliqua Genoud.

— L'année prochaine, l'année prochaine. J'ai hâte d'y être. Dis-moi, qu'est-ce qu'ils fabriquent ici ? demanda Leclerc avec un geste vers la salle des marchés. Je suppose que tu comprends, toi. Je suis trop vieux, et tout ça me passe au-dessus de la tête.

— Pareil pour moi. J'essaie juste qu'il ne leur arrive rien.

— Eh bien, ça n'a pas l'air d'être une réussite !

Genoud se rembrunit, et Leclerc lui assena une claque sur l'épaule.

— Je plaisante. Mais, sérieusement, qu'est-ce que tu penses de cette affaire ? Tu ne trouves pas ça bizarre, avec un système de sécurité pareil, que le premier type qui passe dans la rue entre là-dedans comme dans un moulin et agresse le proprio ? C'est toi qui l'as installé, je me demandais ?

Genoud s'humecta les lèvres avant de répondre, et Leclerc pensa : Il cherche à gagner du temps, c'est ce qu'il faisait quand il était au tribunal et essayait de concocter une histoire.

— Oui, finit par répondre Genoud. C'est moi qui l'ai installé. Pourquoi ?

— Je ne te fais pas de reproche, ne sois pas sur la défensive. Nous savons tous les deux que tu peux protéger quelqu'un avec les meilleurs systèmes du monde, mais que, s'il oublie de les utiliser, tu ne peux absolument rien y faire.

— C'est vrai, convint Genoud, visiblement soulagé.

Leclerc se demanda pourquoi.

— Alors, fit-il, façon d'homme à homme, comment il est, ce docteur Hoffmann ?

— Ça va.

— Pas évident à gérer, si ?

— Ça dépend.

— Il paie bien ?

— Je ne me plains pas.

— Des ennemis ?

— Il dirige un hedge fund, non ? répliqua-t-il avec un regard prudent. D'après toi ?

13

> « *L'extinction des espèces et de groupes d'espèces tout entiers, qui a joué un rôle si considérable dans l'histoire du monde organique, est la conséquence inévitable de la sélection naturelle; car les formes anciennes doivent être supplantées par des formes nouvelles et perfectionnées.* »
> Charles Darwin, De l'origine des espèces, 1859.

Le comité des risques d'Hoffmann Investment Technologies se réunit pour la deuxième fois ce jour-là à 16 h 25, heure normale d'Europe centrale, cinquante-cinq minutes après l'ouverture des marchés américains. Y assistaient l'honorable Hugo Quarry, directeur général; Lin Ju-Long, directeur financier; Pieter van der Zyl, directeur des opérations; et Ganapathi Rajamani, directeur des risques, qui se chargeait du compte rendu et dans le bureau duquel se tenait la réunion.

Rajamani était assis derrière sa table de travail, comme un instituteur. Suivant les termes de son contrat, il n'avait aucune part sur le bonus annuel. Cela était censé le rendre plus objectif concernant les risques, mais, de l'avis d'Hoffmann, cela ne servait qu'à en faire un donneur de leçons patenté qui pouvait se permettre de considérer les grands profits avec mépris. Le Hollandais et le Chinois occupaient les deux sièges. Quarry s'étala sur le canapé. Par les stores ouverts, il regarda Amber conduire Leclerc vers la réception.

L'indice de la peur

Le premier article concernait l'absence, sans explication, du docteur Alexander Hoffmann, président de la compagnie, et le fait que Rajamani veuille que ce manquement au devoir soit dûment enregistré fut, pour Quarry, la première indication que leur directeur de la sainte-nitoucherie se préparait à employer la manière forte. Rajamani sembla en effet prendre un malin plaisir à exposer à quel point leur situation était devenue dangereuse. Il annonça que, depuis leur dernière réunion, quelque quatre heures auparavant, le niveau d'exposition au risque du fonds avait considérablement augmenté. Tous les avertisseurs lumineux affichaient rouge dans le cockpit, et il fallait prendre des décisions au plus vite.

Il entreprit d'énumérer les données affichées sur son ordinateur. Le VIXAL avait pratiquement abandonné la position longue de la société sur les futures S&P, leur principale couverture pour faire face à une hausse du marché, les laissant se débrouiller avec leur pléthore de ventes à découvert. Il était également en train d'annuler tous – « Je dis bien tous » – les achats à long terme correspondant aux quatre-vingts et quelques titres vendus à découvert : rien qu'au cours de ces dernières minutes, il avait liquidé le restant d'une position longue de 70 millions de dollars sur Deloitte, prise pour couvrir leurs VAD massives contre leur concurrent Accenture. Et ce qui était peut-être le plus inquiétant, c'est que, à mesure que les positions longues étaient annulées, il n'y avait eu aucun mouvement pour racheter les titres vendus à la baisse.

— Je n'ai jamais rien vu de pareil de toute ma vie, conclut Rajamani. Le fait est que la compagnie n'a plus de couverture delta.

Quarry resta impassible, mais il n'en était pas moins saisi. Sa foi en le VIXAL avait toujours été inébranlable, mais ils étaient censés gérer un fonds de *couverture* – la définition était comprise dans le titre, pauvre cloche. Si on enlevait la couverture, si on se passait de toute la formule mathématique incroyablement compliquée supposée faire en sorte de couvrir les risques, on pouvait tout aussi bien prendre l'argenterie familiale et engager le tout dans des courses de chevaux. Évidemment, la couverture plafonnait les gains, mais elle empêchait de plonger en cas de perte. Et étant donné qu'il n'y avait pas un hedge fund sur Terre qui ne connût pas de petites traversées du désert de temps en temps, une série de mauvaises décisions pouvait vous anéantir en un rien de temps si vous n'aviez pas la couverture nécessaire. Un frisson glacé le parcourut à cette pensée, et le filet mignon du déjeuner lui remonta à la gorge. Il porta la main à son front et constata qu'il en avait carrément des sueurs froides.

Rajamani poursuivait son exposé implacable :

— Nous n'avons pas seulement abandonné nos positions longues sur les futures S&P, mais nous shortons les futures S&P. Nous avons aussi monté à près de un milliard de dollars notre position sur les futures du VIX. Et nous achetons des puts hors du cours tellement extrêmes – qui présupposent une telle détérioration du marché en général – que notre seule consolation sera de les récupérer pour quelques cents. En plus…

Quarry leva les mains.

— C'est bon, Gana. Merci. On a compris.

Il fallait absolument qu'il prenne la direction de cette réunion avant qu'elle ne vire à la débâcle. Il avait conscience qu'on les observait de la salle des marchés. Ils savaient tous que la couverture avait sauté. Des visages inquiets ne cessaient d'apparaître et de disparaître derrière leurs batteries de six écrans telles des cibles sur un stand de tir.

— Je vais fermer les stores, dit van der Zyl en se levant.

— Non, l'interrompit sèchement Quarry. Putain, laissez-les ouverts, Piet, ou ils vont croire qu'on prépare un suicide collectif. En fait, messieurs, vous allez tous autant que vous êtes me faire le plaisir de sourire. Tout le monde sourit : c'est un ordre. Même vous, Gana. Montrons aux troupes un peu de *sang-froid* * digne des officiers que nous sommes.

Il hissa ses pieds sur la table basse et croisa les mains derrière sa nuque en une parodie de nonchalance, même si ses ongles s'enfonçaient si profondément dans sa chair qu'il en garderait des marques jusqu'au lendemain. Il jeta un coup d'œil sur les photos personnelles que Rajamani avait rapportées de chez lui pour alléger l'étincelante morosité du décor scandinave : une grande photo de groupe prise lors d'un mariage, le soir, dans un jardin de New Delhi, la mariée enguirlandée et son époux au centre, souriant comme des maniaques ; Rajamani en étudiant prêt à recevoir son diplôme devant le Senate House de l'université de Cambridge ; et deux jeunes enfants en uniforme scolaire, un garçon et une fille, qui fixaient l'objectif d'un regard sombre.

— D'accord, Gana, qu'est-ce que vous préconisez ?

— Il n'y a qu'une seule option : ne pas tenir compte du VIXAL et remettre la couverture en place.

— Vous voulez qu'on squeeze l'algorithme sans même consulter Alex ? demanda Ju-Long.

— Je le consulterais volontiers si je pouvais mettre la main sur lui, rétorqua Rajamani. Mais il ne répond pas au téléphone.

— Je croyais qu'il déjeunait avec vous, Hugo, intervint van der Zyl.

— Oui. Mais il est parti à toute vitesse en plein milieu du repas.

— Et il est allé où ?

— Dieu seul le sait. Il a filé sans un mot.

— C'est d'une irresponsabilité confondante, commenta Rajamani. Je m'excuse, mais il savait qu'il y avait un problème. Il savait que nous devions nous voir à nouveau cet après-midi.

Il y eut un silence.

— D'après moi, dit Ju-Long, et je ne le dis que parce que nous sommes entre nous, Alex fait une sorte de dépression.

— Taisez-vous, LJ.

— Mais c'est vrai, Hugo, renchérit van der Zyl.

— Fermez-la vous aussi.

— D'accord, d'accord, s'empressa d'obtempérer le Hollandais.

— Je consigne ça ? demanda Rajamani.

— Vous n'avez pas intérêt, répondit Quarry en pointant par-dessus la table un pied élégamment chaussé en direction de l'ordinateur de Rajamani. Et maintenant, Gana, une fois pour toutes, écoutez-moi bien : s'il y a la moindre allusion dans ce compte rendu à un problème mental quelconque dont souffrirait Alex, ce sera la fin de cette entreprise et vous devrez en assumer la responsabilité devant tous vos collègues qui travaillent à côté et qui observent en ce moment chacun de vos mouvements, ainsi que devant tous nos investisseurs, lesquels ont gagné tellement d'argent grâce à Alex qu'ils ne vous le pardonneront jamais. Vous comprenez ce que je vous dis ? Laissez-moi vous résumer la situation en peu de mots : pas d'Alex, pas de société.

Pendant plusieurs secondes, Rajamani soutint son regard, puis finit par froncer les sourcils et éloigner ses mains du clavier.

— Bon, reprit Quarry, en l'absence d'Alex, essayons de prendre les choses autrement. Si nous laissons faire le VIXAL *sans* remettre la couverture delta en place, comment vont réagir les brokers ?

— Ils sont plus que sourcilleux sur les nantissements, en ce moment, répondit Ju-Long, après tout ce qui s'est passé avec Lehman. C'est certain qu'ils ne nous laisseront pas trader sans couverture dans les conditions actuelles de transaction.

— Quand est-ce qu'il va falloir commencer à leur montrer de l'argent ?

— Je m'attends à des premiers appels de marge demain avant la fermeture des marchés.

— Et combien vont-ils vouloir qu'on mette ?

— Je ne sais pas trop, dit Ju-Long en agitant sa tête terne mais soignée d'un côté puis de l'autre. Peut-être un demi-milliard.

— Un demi-milliard en tout ?

— Non, un demi-milliard pour chaque.

Quarry ferma brièvement les yeux. Cinq prime brokers – Goldman, Morgan Stanley, Citi, AmCor et Crédit Suisse – un demi-milliard à déposer pour chaque, soit 2,5 milliards de dollars. Pas de la monnaie de singe, pas des billets à ordre ni des obligations à long terme, mais de la drogue dure, du fric liquide qui devrait leur être versé avant 16 heures le lendemain. Le problème n'était pas qu'Hoffmann Investment Technologies n'avait pas cet argent. Ils n'utilisaient pour leurs opérations que 25 % des sommes que leur confiaient leurs investisseurs. Ils n'avaient jamais besoin de présenter le reste. La dernière fois qu'il avait vérifié, ils avaient au moins 4 milliards de dollars en seuls bons du Trésor américain. Ils pouvaient piocher là-dedans dès qu'ils en avaient besoin. Mais, Seigneur, ce serait un sacré coup porté à leurs réserves, un pas de plus vers le précipice...

Rajamani interrompit le cours de ses pensées.

— Je m'excuse, mais c'est de la folie, Hugo. Ce niveau de risque dépasse de loin ce qui est promis sur le papier. Si les marchés devaient repartir brusquement à la hausse, on perdrait des milliards. On pourrait même se retrouver en faillite. Nos clients pourraient se retourner contre nous.

— Et même si nous poursuivons les opérations, ajouta Ju-Long, ce serait bien malheureux d'avoir à informer nos investisseurs de la flambée de notre niveau de risque alors qu'on vient juste de leur demander de mettre un autre milliard de dollars dans le VIXAL-4.

— Ils vont retirer leurs billes, commenta van der Zyl. N'importe qui le ferait.

Quarry ne pouvait plus rester tranquille. Il se leva d'un bond et aurait volontiers fait les cent pas s'il y avait eu assez de place. Comment cela pouvait-il arriver maintenant, après tout son baratin à deux milliards de dollars!? Quelle injustice! Il griffa l'air devant lui et adressa une grimace au ciel. Incapable de supporter plus longtemps l'expression de supériorité morale affichée par Rajamani, il tourna le dos à ses collègues et s'appuya, mains écartées, contre la cloison de verre pour contempler la salle des marchés, sans tenir compte de qui regardait. Il essaya pendant un instant de se représenter un fonds d'investissement sans couverture totalement à la merci des marchés mondiaux : l'océan de centaines et de centaines de milliards de dollars d'actions et de valeurs, d'obligations et de monnaies qui ne cessaient de se soulever et de s'abaisser les uns contre les autres, jour après jour, fouettés par les courants, les marées et les tempêtes pour suivre de vastes mouvements absolument imprévisibles. Cela serait revenu à vouloir traverser l'Atlantique Nord sur un couvercle de poubelle avec une cuiller en bois en guise de rame. Il y avait bien une part de lui-même – la part qui considérait l'existence comme un jeu qui, tôt ou tard, ne pourrait que mal se terminer, celle qui pariait 10 000 dollars sur quelle mouche allait s'envoler la première sur une table de café, juste pour éprouver le frisson de l'appréhension – qui aurait pu, à une époque, apprécier ce genre de situation. Mais, à présent, il voulait aussi s'accrocher à ce qu'il avait. Il appréciait d'être reconnu comme le directeur d'un fonds spéculatif prospère, la crème de l'élite, l'équivalent financier de la Brigade de la Garde britannique. Il était classé cent soixante-dix-septième sur la liste des plus grandes fortunes du *Sunday Times*; on avait même imprimé une photo de lui debout sur la passerelle d'un Riva 115 (« Le célibataire Hugo Quarry mène une vie de rêve sur les rives du lac de Genève – et pourquoi pas, vu qu'il est à la tête de l'un des plus gros hedge funds d'Europe ? »). Allait-il vraiment mettre tout cela en danger simplement parce qu'un putain d'algorithme avait décidé de passer outre les règles élémentaires de la haute finance ? D'un autre côté, il ne devait sa position sur la liste des plus grosses fortunes qu'à ce même putain d'algorithme. Il poussa un grognement. C'était inextricable. Où était passé Hoffmann ?

Il se retourna vers les autres.

— Il faut absolument qu'on parle à Alex avant de passer en mode manuel. Enfin, à quand remonte la dernière fois que l'un d'entre nous a réellement effectué une opération ?

— Avec tout le respect que je vous dois, répliqua Rajamani, ce n'est pas le problème, Hugo.

— Bien sûr que si, c'est le problème. C'est même tout le problème. Nous dirigeons un fonds spéculatif algorithmique, nous n'avons pas le personnel qualifié pour gérer des paris à 10 milliards de dollars. Il me faudrait là-dedans au moins une vingtaine de traders de très haut niveau avec des couilles grosses comme ça et une très bonne connaissance des marchés ; tout ce que j'ai, ce sont des quants boutonneux qui n'osent même pas vous regarder en face.

— La vérité, c'est qu'on aurait dû parler de ça plus tôt, intervint van der Zyl de sa voix timbrée, sombre et profonde, marinée dans les cigares et le café. Je ne dis pas qu'on aurait dû y penser ce matin, mais il y a une semaine ou un mois. Le

VIXAL fonctionne depuis si longtemps que ça nous a tous étourdis. Nous n'avons jamais mis en place de procédures adéquates à suivre au cas où il y aurait des ratés.

Quarry savait au fond de lui que c'était la vérité. Il avait laissé la technologie l'affaiblir. Il était comme ces conducteurs paresseux qui se reposent intégralement sur les systèmes d'assistance au stationnement et le GPS pour circuler en ville. Cependant, incapable de concevoir un monde sans VIXAL, il ne put s'empêcher de voler à son secours.

— Puis-je simplement rappeler qu'il n'y a pas eu de raté? Enfin, la dernière fois que j'ai vérifié, nous en étions à un bénéfice de 68 millions pour la journée. Tout de suite, qu'est-ce que donne le compte de résultats, Gana?

Rajamani consulta son écran.

— En hausse de 77, concéda-t-il.

— Bien, merci. C'est une définition assez curieuse d'un raté, non? Un système qui rapporte 9 millions de dollars dans le temps qu'il me faut pour bouger mon cul d'un bout à l'autre de ces bureaux?

— Oui, reconnut patiemment Rajamani, mais c'est un bénéfice purement théorique qui pourrait disparaître à l'instant où le marché remonte.

— Et est-ce que le marché remonte?

— Non, je reconnais que, pour le moment, le Dow est en baisse.

— Eh bien, messieurs, voilà le dilemme. Nous sommes tous d'accord sur le fait que le fonds doit être couvert, mais nous devons aussi reconnaître que le VIXAL a jusqu'à présent mieux évalué que nous les places financières.

— Oh, allons, Hugo! Il y a de toute évidence quelque chose qui cloche! Le VIXAL est censé opérer dans les limites de certains paramètres de risques, et ce n'est pas ce qu'il fait. Donc, il y a dysfonctionnement.

— Je ne suis pas d'accord. Il a eu raison pour Vista Airways, non? C'était carrément extraordinaire.

— C'était une coïncidence. Même Alex en est convenu. (Rajamani se tourna vers Ju-Long et van der Zyl.) Allons, les gars, soutenez-moi, là. Pour que ces positions soient défen-

L'indice de la peur

dables, il faudrait que ce soit le monde entier qui s'écrase dans les flammes.

Ju-Long leva la main, comme un écolier.

— Puisqu'on en parle, Hugo, je pourrais vous poser une question sur la vente à découvert de Vista Airways? Quelqu'un a vu les dernières infos?

Quarry se laissa retomber lourdement sur le canapé.

— Non, pas moi. Je n'ai pas eu le temps. Pourquoi? Qu'est-ce qu'ils disent?

— Que le crash n'était pas dû à une défaillance technique mais à un genre de bombe terroriste.

— D'accord. Et?

— Il semble qu'il y a eu un avertissement posté sur un site jihadiste alors que l'avion était encore en vol. Les services de renseignements n'ont rien vu et, bien sûr, ça suscite pas mal de réactions de colère. Ça s'est passé à 9 heures ce matin.

— Désolé, LJ, je suis un peu lent à la comprenette. En quoi ça nous concerne?

— C'est juste que c'est à 9 heures exactement que nous avons commencé à shorter les titres Vista Airways.

Il fallut une seconde ou deux à Quarry pour réagir.

— Vous voulez dire que nous sommes branchés sur les sites Internet jihadistes?

— C'est ce qu'il semble.

— En fait, ce serait tout à fait logique, commenta van der Zyl. Le VIXAL est programmé pour chercher sur le Web les occurrences de termes liés à la peur et en tirer les corrélations avec les marchés. Que trouver de mieux?

— Mais il y a un saut quantique, n'est-ce pas? demanda Quarry. Entre voir l'avertissement, en tirer les déductions et vendre le titre à découvert?

— Je ne sais pas. Il faudra demander à Alex. Mais c'est un algorithme d'intelligence artificielle. Théoriquement, il ne cesse de se développer.

— Dommage qu'il ne se soit pas développé au point d'avertir la compagnie d'aviation, alors, dit Rajamani.

— Oh, je vous en prie, répliqua Quarry, arrêtez d'être aussi hypocrite. C'est une machine à faire du fric, pas un putain d'ambassadeur de bonne volonté des Nations unies. (Il appuya la tête contre le dossier du canapé et leva vers le plafond des yeux agités, s'efforçant d'intégrer toutes les implications.) Nom de Dieu. Je n'arrive juste pas à y croire.

— Bien sûr, tempéra Ju-Long, il pourrait s'agir d'une simple coïncidence. Alex a fait remarquer lui-même ce matin que la vente des titres de la compagnie entrait dans un schéma bien plus vaste de paris sur la baisse.

— Oui, mais, même comme ça, c'est la seule VAD où on a effectivement vendu les titres et encaissé les bénéfices. Pour les autres, on s'accroche encore. Ce qui soulève une question : pourquoi est-ce qu'on s'accroche ? (Il sentit un frisson lui parcourir l'échine et ajouta :) Je me demande ce qu'il pense qu'il va se passer.

— Il ne pense rien, décréta Rajamani avec impatience. C'est un algorithme, Hugo – un outil. Il n'est pas plus vivant qu'une clé à molette ou un cric de bagnole. Et notre problème, c'est que c'est un outil qui n'est plus assez fiable pour qu'on puisse compter dessus. Le temps presse maintenant, et je dois absolument demander à ce comité d'autoriser formellement la mise à l'écart du VIXAL pour reconstituer immédiatement la couverture du fonds.

Quarry regarda les autres. Il savait sentir les nuances, et il détecta un léger changement d'atmosphère. Ju-Long regardait droit devant lui, le visage impassible, et van der Zyl examinait une peluche sur la manche de son veston. Ils avaient l'air gêné. C'étaient des types bien, pensa Quarry, et intelligents, mais ils étaient faibles. Et ils tenaient à leurs bonus. C'était très facile pour Rajamani d'ordonner l'arrêt du VIXAL, cela ne lui coûterait rien. Eux avaient reçu 4 millions de dollars chacun l'année précédente. Il pesa le pour et le contre. Et il estima qu'ils ne feraient rien. Quant à Hoffmann, il ne s'intéressait pas au personnel de la société, mis à part les analystes quantitatifs, et il le soutiendrait quoi qu'il fasse.

— Gana, commença-t-il d'un ton aimable, je regrette, mais je crois bien que nous allons devoir nous séparer de vous.

— Quoi ? fit Rajamani en se rembrunissant. (Puis il s'efforça de sourire et obtint un horrible rictus nerveux. Il voulut traiter cela comme une plaisanterie.) Allons, Hugo...

L'indice de la peur

— Si cela peut vous consoler, je vous aurais viré la semaine prochaine de toute façon. Mais je crois que tout de suite est plus approprié. Consignez-le dans votre compte rendu, pourquoi pas ? « Après une brève discussion, Gana Rajamani a accepté de renoncer à ses fonctions de directeur des risques, la décision prenant effet immédiatement. Hugo Quarry l'a remercié pour tout ce qu'il avait fait pour l'entreprise » – ce qui, à mon humble avis, se monte en fait à que dalle. Maintenant, prenez vos affaires, rentrez chez vous et passez plus de temps avec vos charmants enfants. Et ne vous en faites pas pour l'argent – je serai plus qu'heureux de vous verser un an de salaire pour le simple plaisir de ne plus avoir à vous revoir.

Rajamani récupérait vite. Quarry fut forcé de lui reconnaître au moins une bonne capacité à encaisser les coups.

— Je voudrais que nous soyons clairs, dit-il. Vous me fichez à la porte parce que je fais mon travail ?

— C'est en partie à cause de votre travail, mais c'est surtout parce que vous êtes un emmerdeur fini quand vous le faites.

— Je vous remercie, répliqua Rajamani, non sans dignité. Je m'en souviendrai, ajouta-t-il en se tournant vers ses collègues. Piet ? LJ ? Est-ce que vous allez intervenir ?

Ni l'un ni l'autre ne bougea. Il ajouta, sur un ton légèrement plus pressant :

— Je croyais que nous avions un accord...

Quarry se leva et débrancha le cordon d'alimentation de l'ordinateur de Rajamani. L'appareil s'éteignit avec un cliquetis.

— Ne faites aucune copie de vos dossiers – le système nous préviendra si vous essayez. Vous remettrez votre portable à mon assistante en sortant. Ne parlez à aucun autre employé de cette entreprise. Ayez quitté les lieux dans moins d'un quart d'heure. Votre indemnité de compensation est liée à votre respect de nos accords de confidentialité. C'est compris ? Je préférerais vraiment ne pas avoir à appeler la sécurité – ça fait toujours très mauvais effet. Messieurs, dit-il aux deux autres, et si nous le laissions prendre ses affaires ?...

— Quand cette histoire se saura, c'en sera fini de cette société – j'y veillerai ! lança Rajamani dans son dos.

— Mais oui, je n'en doute pas.

— Vous avez dit que le VIXAL pouvait nous faire foncer dans la montagne si on n'y prenait pas garde, et c'est exactement ce qui est en train d'arriver...

Quarry prit Ju-Long et van der Zyl par les épaules et leur fit quitter le bureau devant lui. Puis il referma la porte sans un regard en arrière. Il savait que la scène s'était déroulée devant tout un public d'analystes quantitatifs, mais il n'y pouvait rien. Il se sentait plein d'allégresse. Cela lui faisait toujours du bien de virer quelqu'un : c'était libérateur. Il sourit à l'assistante de Rajamani. Jolie fille. Malheureusement, elle devrait partir aussi. Quarry avait une vision très préchrétienne de ces rites : mieux valait toujours enterrer les serviteurs avec leur défunt maître, au cas où ces derniers auraient encore besoin d'eux dans l'autre monde.

— Je regrette, dit-il à Ju-Long et à van der Zyl, mais, au bout du compte, on est quand même des innovateurs dans le métier, non ? Faute de quoi, qu'est-ce qui nous reste ? Et j'ai bien l'impression que Gana est le genre de type qui se serait pointé sur le quai de départ en 1492 pour dire à Colomb qu'il ne pouvait pas prendre la mer parce que le niveau de risque était trop élevé.

— La gestion du risque était sa responsabilité, Hugo, répliqua Ju-Long avec une rudesse qui surprit Quarry. Vous vous êtes peut-être débarrassé de lui, mais vous n'avez pas réglé le problème.

— J'en suis conscient, LJ, et je sais que vous étiez amis. (Il posa la main sur son épaule et plongea le regard dans ses yeux sombres.) Mais n'oubliez pas que, à cette heure précise, cette société s'est enrichie d'environ 80 millions de dollars par rapport au moment où nous sommes venus travailler ce matin. (Il désigna la salle des marchés : tous les analystes avaient regagné leur place et il régnait une apparente normalité.) La machine fonctionne toujours et, franchement, tant qu'Alex ne nous dit pas de faire autrement, je crois qu'on doit lui faire confiance. Nous devons supposer que le VIXAL décèle dans le cours des événements des schémas pour nous indétectables. Allons, on nous regarde.

Ils avancèrent le long de la salle des marchés, Quarry en tête. Il avait hâte de les éloigner de la scène de la mise à mort de Rajamani. Il essaya en chemin de joindre une nouvelle fois Hoffmann sur son portable, et il fut à nouveau dirigé vers sa boîte vocale. Il ne prit même pas la peine de laisser un message.

— Vous savez, dit van der Zyl, je réfléchissais.

— Et à quoi réfléchissiez-vous, Piet ?

— Le VIXAL doit avoir extrapolé un effondrement général du marché.

— Qu'est-ce qui vous fait dire ça ?

— Eh bien, si vous regardez les titres qui sont shortés, qu'est-ce que c'est ? Grands hôtels-casinos, sociétés de conseil en management, biens ménagers et produits alimentaires, et tout le reste... ça part dans tous les sens. Ils ne relèvent absolument pas d'un secteur spécifique.

— Mais il y a la VAD sur les futures S&P, intervint Ju-Long, et les puts hors du cours...

— ... et l'indice de la peur, ajouta van der Zyl. Vous savez, le milliard de dollars d'options sur l'indice de la peur... Bon Dieu !

Quarry songea que ça faisait sacrément beaucoup. Il s'immobilisa. En fait ça faisait même encore plus que sacrément beaucoup. Dans le tourbillon général de données qui affluaient de partout, il n'avait pas vraiment saisi l'ampleur de cette position. Il se dirigea vers un terminal libre, se pencha au-dessus du clavier et fit apparaître rapidement la courbe du VIX. Ju-Long et van der Zyl le rejoignirent. La valeur de l'indice de volatilité suivait sur le graphique une légère vague montrant ses fluctuations sur les deux derniers jours de cotations : la ligne montait et descendait à l'intérieur d'une bande étroite. Cependant, depuis quatre-vingt-dix minutes, la courbe affichait une pente nettement ascendante : partant d'une base d'environ vingt-quatre points à l'ouverture du marché américain, le VIX était monté à près de vingt-sept. Il était encore trop tôt pour déterminer s'il s'agissait d'une escalade significative du niveau de peur sur le marché lui-même. Néanmoins, même si ce n'était pas le cas, sur un pari à un milliard de dollars, ils assistaient à une prise de bénéfices de près de 100 millions de dollars. Quarry sentit à nouveau un frisson glacé lui parcourir le dos.

Il appuya sur une touche et se brancha sur la retransmission en direct du parquet du S&P 500, à Chicago. C'était un service auquel ils étaient abonnés pour leur permettre de sentir immédiatement l'ambiance du marché, que les chiffres ne suffisaient pas toujours à donner. « Alors, faisait une voix américaine, le seul acheteur que j'aie sur ma feuille depuis 9 h 26 exactement, est un acheteur Goldman à cinquante et un tout rond pour un volume de deux cent cinquante. Sinon, tous les mouvements que j'ai sous les yeux sont à la vente. Merrill Lynch a vendu massivement. Pru-Bache a vendu massivement et est passé de cinquante-neuf à cinquante-trois. Ensuite, nous avons vu la Banque suisse et Smith intervenir pour vendre massivement... »

Quarry coupa le son.

— LJ, dit-il, qu'est-ce que vous diriez de commencer à liquider ces 2,5 milliards de bons du Trésor, juste au cas où on aurait besoin de faire face à des appels de marge demain ?

— Absolument, Hugo.

Il croisa le regard de Quarry. Il avait compris la signification de la hausse du VIX ; van der Zyl aussi.

— Nous devons essayer de communiquer au moins toutes les heures, décida Quarry.

— Et Alex ? s'enquit Ju-Long. Il faut qu'il voie ça. Il pourrait expliquer ce que ça veut dire.

— Je connais Alex. Il reviendra, ne vous en faites pas.

Les trois hommes partirent chacun de leur côté – comme des conspirateurs, songea Quarry.

14

« Seuls les paranoïaques survivent. »
Andrew Grove, P-DG d'Intel Corporation.

Hoffmann avait réussi à avoir un taxi dans la rue de Lausanne, à une rue de l'hôtel Diodati. Le chauffeur se rappellerait par la suite très clairement cette course pour trois raisons. D'abord parce qu'il était en train de rouler vers l'avenue de France et qu'Hoffmann voulait se rendre dans la direction opposée – il lui avait demandé de le conduire à une adresse dans la banlieue de Vernier, à côté d'un parc local – et le chauffeur avait donc dû effectuer un demi-tour interdit sur la route à plusieurs voies. Ensuite parce que Hoffmann paraissait particulièrement nerveux et préoccupé. Ils avaient croisé une voiture de police fonçant dans l'autre sens, et il s'était enfoncé dans son siège tout en dissimulant ses yeux derrière sa main. Le chauffeur l'avait observé dans le rétroviseur. Son client serrait un ordinateur portable contre lui. Son téléphone sonna une fois, mais il ne décrocha pas. Il finit même par l'éteindre.

Un vent soutenu raidissait les drapeaux au-dessus des bâtiments officiels; la température atteignait à peine la moitié de ce que les guides touristiques promettaient pour cette période de l'année. On avait l'impression qu'il allait pleuvoir, et les gens avaient déserté les trottoirs pour prendre leurs voitures, ce qui rendait la circulation de l'après-midi plus dense que de coutume. Il était donc plus de 16 heures quand le taxi était arrivé dans le centre de Vernier et qu'Hoffmann s'était brusquement penché en avant en disant :

— Laissez-moi ici.

L'Américain avait donné un billet de cent francs et s'était éloigné sans attendre la monnaie – c'était la troisième raison pour laquelle le conducteur se souvenait de lui.

Vernier se dresse sur une colline qui surplombe la rive droite du Rhône. Il y a ne serait-ce qu'une génération, c'était encore un village à part entière, et puis la ville a franchi le fleuve et l'a englouti tout entier. De nos jours, les immeubles modernes sont assez près de l'aéroport pour que leurs habitants puissent lire les noms sur les flancs des appareils juste avant l'atterrissage. Cependant, certaines parties du centre-ville conservent leur caractère de village suisse traditionnel, avec ses toits pentus et ses volets en bois verts, et c'était cet aspect de la place qu'Hoffmann gardait à l'esprit depuis neuf ans. Il l'associait dans son esprit à des après-midi d'automne mélancoliques, avec les lumières qui s'allumaient tout juste et les enfants qui sortaient de l'école. Il tourna au coin de la rue et trouva le banc circulaire où il s'asseyait quand il était en avance pour son rendez-vous. Le banc entourait un vieil arbre sinistre couvert de feuilles vigoureuses. Il ne put supporter de s'en approcher et resta de l'autre côté de la place. Rien ne semblait avoir changé : la blanchisserie, le magasin de cycles, le petit café miteux où se retrouvaient les vieux, la *maison d'artisanat communal** semblable à une chapelle. L'immeuble où il était censé avoir été guéri se dressait juste à côté. Il y avait une boutique autrefois. Un marchand de fruits et légumes, peut-être, ou un fleuriste – quelque chose d'utile. Les propriétaires vivaient certainement au-dessus. Maintenant, la grande vitrine du rez-de-chaussée était en verre dépoli et on aurait dit un cabinet dentaire. La seule différence par rapport à huit ans plus tôt était la caméra de surveillance qui surmontait l'entrée ; ça, c'était nouveau, se dit-il.

Hoffmann avait la main qui tremblait lorsqu'il pressa le bouton de l'interphone. Aurait-il la force de traverser tout cela de nouveau ? La première fois, il ne savait pas ce qui l'attendait ; cette fois, il serait privé de la protection vitale de l'ignorance.

— Bonjour, fit une voix jeune et masculine.

Hoffmann lui donna son nom.

— J'étais un patient du docteur Polidori. Ma secrétaire est censée m'avoir pris rendez-vous pour demain.

— Ah, mais, le vendredi, le docteur Polidori fait ses visites à l'hôpital.

— Demain, ce sera trop tard. Je dois la voir tout de suite.

— Vous ne pouvez pas la voir sans rendez-vous.

— Dites-lui que c'est moi, et que c'est urgent.

— Quel nom avez-vous dit, déjà ?

— Hoffmann.

— Patientez, je vous prie.

L'interphone se tut. Hoffmann leva les yeux vers la caméra et cacha instinctivement sa tête derrière sa main. Sa blessure n'était plus poisseuse mais semblait parsemée de poudre : quand il inspecta le bout de ses doigts, ceux-ci étaient couverts de ce qui ressemblait à de la rouille.

— Entrez, je vous prie.

La porte se déverrouilla avec un bourdonnement bref – si bref en fait qu'Hoffmann ne l'entendit pas et dut s'y reprendre à deux fois. À l'intérieur, c'était plus confortable qu'autrefois – un canapé et deux fauteuils, un tapis dans des tons pastel apaisants, un caoutchouc en pot et, derrière la tête du réceptionniste, la grande photo d'un sous-bois traversé de rais de lumière filtrant entre les arbres. Tout à côté, il y avait affiché le diplôme de praticien du médecin : docteur Jeanne Polidori, titulaire d'un master de psychiatrie et de psychothérapie de l'université de Genève. Une autre caméra scrutait la salle. Le jeune homme de l'accueil l'étudiait attentivement.

— Vous montez. C'est la porte juste devant vous.

— Oui, dit Hoffmann. Je m'en souviens.

Le craquement familier des marches suffit à faire affluer les vieilles sensations. Il avait parfois trouvé presque impossible de se traîner jusqu'en haut. À la pire période, il avait eu l'impression de gravir l'Everest en étant privé d'oxygène. Le mot dépression n'était pas le terme qui convenait ; il s'agissait davantage d'une inhumation – d'un ensevelissement dans un tombeau de béton épais et glacé, inaccessible au bruit ou à la lumière. Il était certain à présent de ne pas pouvoir revivre ça. Il préférerait se tuer.

Elle se trouvait dans son cabinet, assise devant son ordinateur, et elle se leva à son entrée. Elle avait l'âge d'Hoffmann et, plus jeune, elle avait dû être jolie, mais un étroit sillon partait à présent de juste en dessous de l'oreille gauche et courait jusqu'à sa gorge, lui barrant toute la joue au passage. La perte de tissu et de muscle déséquilibrait complètement son visage, comme si elle avait subi une attaque cérébrale. Elle portait habituellement un foulard, mais pas cette fois. Avec le naturel qui le caractérisait, il lui avait un jour demandé ce qui avait bien pu lui esquinter la figure comme ça. Elle lui avait raconté qu'elle avait été agressée par un patient qui avait reçu de Dieu l'ordre de la tuer. L'homme était guéri. Mais elle gardait depuis une bombe lacrymogène dans son bureau : elle avait ouvert son tiroir pour montrer l'aérosol noir à Hoffmann.

Elle ne perdit pas de temps en salutations.

— Docteur Hoffmann, vous m'excuserez, mais j'ai indiqué au téléphone à votre assistante que je ne pouvais pas vous traiter sans une ordonnance de l'hôpital.

— Je ne veux pas de traitement, dit-il en ouvrant l'ordinateur portable. Je voudrais juste que vous regardiez quelque chose. Pourriez-vous au moins faire ça ?

— Ça dépend de ce que c'est, répondit-elle en l'examinant attentivement. Qu'est-ce que vous avez à la tête ?

— Quelqu'un s'est introduit chez nous. Il m'a frappé par-derrière.

— On vous a soigné ?

Hoffmann se baissa pour lui montrer les points de suture.

— C'est arrivé quand ?

— La nuit dernière. Ce matin.

— Vous êtes allé à l'Hôpital universitaire ?

— Oui.

— On vous a fait un CAT-scan ?

Il hocha la tête.

— Ils ont vu des taches blanches. Ça peut provenir du coup que j'ai pris, ou ça peut être quelque chose d'autre – qui était là avant.

— Docteur Hoffmann, reprit-elle d'une voix plus douce, j'ai quand même l'impression que vous venez me demander de vous traiter.

— Non, pas du tout, assura-t-il en posant l'ordinateur devant elle. Je voudrais juste avoir votre avis là-dessus.

Elle le contempla d'un air dubitatif, puis attrapa ses lunettes. Il remarqua qu'elle les gardait toujours accrochées au bout d'une chaîne, à son cou. Elle les chaussa et regarda l'écran. Il étudia son expression pendant qu'elle faisait défiler le document. D'une certaine façon, la laideur de la cicatrice faisait ressortir la beauté du reste du visage – il se souvenait de ça aussi. Le jour où il s'en était aperçu correspondait au jour où, selon lui, il avait commencé à guérir.

— Eh bien, fit-elle avec un haussement d'épaules, il s'agit de toute évidence d'une correspondance entre deux hommes, dont l'un fantasme sur l'acte de tuer et l'autre rêve de mourir et de connaître l'expérience de la mort. C'est assez raide, maladroit : ça ressemble à un chat sur Internet, un site Web... quelque chose de ce genre. Celui qui veut tuer ne parle pas couramment anglais ; la victime potentielle, si. (Elle le regarda par-dessus ses lunettes.) Je ne vois rien dans ce que je vous dis que vous n'auriez pu trouver par vous-même.

— Ce genre de chose est-il courant ?

— Absolument, et de plus en plus. C'est l'un des aspects les plus sombres du Web auxquels nous soyons confrontés. Internet rassemble des gens qui, autrefois, n'auraient heureusement pas eu l'occasion de se rencontrer, qui n'auraient même pas su qu'ils avaient ce genre de tendances dangereuses. Et cela pourrait avoir des répercussions catastrophiques. La police s'est déjà adressée à moi à plusieurs reprises sur ce sujet. Il y a des sites qui encouragent les pactes suicidaires, surtout parmi les jeunes. Il y a des sites pédophiles, bien sûr. Des sites cannibales...

Hoffmann s'assit et mit sa tête entre ses mains.

— Celui qui fantasme sur la mort... c'est moi, n'est-ce pas ?

— Eh bien, vous connaissez le docteur Hoffmann mieux que moi. Vous rappelez-vous avoir écrit ça ?

— Non, pas du tout. Et pourtant il y a là des pensées que je reconnais avoir eues – des rêves que je faisais quand j'étais malade. Et il semblerait que j'aie fait d'autres choses dont je ne me souviens absolument pas, ces derniers temps. Se pourrait-il que j'aie quelque chose au cerveau qui puisse provoquer ça, d'après vous ? questionna-t-il en levant les yeux vers elle. Qui puisse me faire faire des choses inhabituelles dont je n'ai aucun souvenir ensuite ?

— C'est possible. (Elle poussa le portable de côté et se tourna vers son propre écran d'ordinateur. Elle tapa quelque chose et cliqua plusieurs fois sur la souris.) Je vois que vous avez interrompu votre traitement avec moi en novembre 2001 sans aucune explication. Pourquoi cela ?

— J'étais guéri.

— Vous ne pensez pas que cela aurait plutôt dû être à moi et non à vous d'en décider ?

— Non, en fait, non. Je ne suis pas un gosse. Je sais quand je vais bien. Je n'ai eu aucun problème pendant des années. Je me suis marié. J'ai créé une société. Tout allait très bien. Jusqu'à cette histoire.

— Vous pouvez vous sentir bien, mais je crains qu'une dépression aussi grave que celle que vous avez faite ne puisse revenir. (Elle fit défiler ses notes en secouant la tête.) D'après ce que je lis, cela fait huit ans et demi que je ne vous ai pas vu. Vous voulez bien me rappeler ce qui a déclenché votre maladie ?

Hoffmann avait enfoui cela depuis si longtemps au fond de son esprit qu'il eut du mal à s'en souvenir.

— Je rencontrais de graves difficultés dans mes recherches au CERN. Il y a eu une enquête interne extrêmement stressante. Et ils ont fini par interrompre le projet sur lequel je travaillais.

— Quel était ce projet ?

— Le raisonnement de la machine – l'intelligence artificielle.

— Avez-vous subi un stress similaire, ces derniers temps ?

— Un peu, admit-il.

— Quelle sorte de symptômes dépressifs avez-vous ressentis ?

— Aucun. C'est ça qui est bizarre.

— De la léthargie ? De l'insomnie ?

— Non.

— De l'impuissance ?

Il pensa à Gabrielle et se demanda où elle était.

— Non, répondit-il à mi-voix.

— Qu'en est-il des fantasmes suicidaires que vous entreteniez ? Ils étaient très vifs, très détaillés. Sont-ils revenus ?

— Non.

— Cet homme qui vous a agressé – je suppose que c'est l'autre participant de la conversation en ligne.

Hoffmann acquiesça d'un signe de tête.

— Où est-il maintenant ?

— Je préfère ne pas en parler.

— Docteur Hoffmann, où est-il ? (Comme il ne répondait toujours pas, elle ajouta :) Montrez-moi vos mains, s'il vous plaît.

Il se leva à contrecœur et s'approcha de son bureau en tendant les mains. Il avait l'impression d'être un enfant obligé de prouver qu'il s'était bien lavé les mains avant de pouvoir passer à table. Elle examina sa peau éraflée sans le toucher puis l'inspecta brièvement.

— Vous vous êtes battu ?

Il mit du temps à répondre.

— Oui. C'était de la légitime défense.

— D'accord. Rasseyez-vous, je vous prie.

Il obéit.

— Je crois que vous devriez voir un spécialiste au plus vite. Il y a des psychoses – la schizophrénie, la paranoïa – susceptibles de conduire celui qui en est atteint à commettre des actes inhabituels qu'il peut ensuite totalement occulter. Ce n'est peut-être pas votre cas, mais je ne crois pas que nous devrions prendre le risque, si ? Surtout si le scanner de votre cerveau présente des anomalies.

— Peut-être pas, non.

— Alors ce que j'aimerais que vous fassiez, maintenant, c'est aller vous asseoir en bas pendant que j'en parle à mon collègue. Vous devriez peut-être en profiter pour appeler votre femme et lui dire où vous êtes. Cela vous convient-il ?

— Oui, absolument.

Il attendit qu'elle le raccompagne, mais elle resta prudemment derrière son bureau. Il finit par se lever et récupéra l'ordinateur.

L'indice de la peur

— Merci, dit-il. Je descends à l'accueil.
— Bien, ça ne devrait prendre que quelques minutes.
Arrivé à la porte, il se retourna. Une pensée venait de le traverser.
— C'était mon dossier que vous regardiez ?
— Oui.
— Tout est consigné dans l'ordinateur ?
— Oui, toujours. Pourquoi ?
— Qu'est-ce que ça comprend, exactement ?
— Mes notes. Un suivi du traitement – les médicaments prescrits, les séances de psychothérapie, etc.
— Vous enregistrez les séances avec vos patients ?
— Certaines, répondit-elle avec une hésitation.
— Les miennes ?
Nouvelle hésitation.
— Oui.
— Qu'en faites-vous ensuite ?
— Mon assistant les transcrit.
— Et vous gardez les transcriptions sur ordinateur.
— Oui.
— Je peux regarder ?
Il avait regagné le bureau en deux enjambées.
— Non, certainement pas.
Elle porta rapidement la main à la souris pour fermer le document, mais il lui saisit le poignet.
— Je vous en prie, laissez-moi juste regarder mon dossier.
Il dut lui arracher la souris. Elle essaya d'atteindre le tiroir qui contenait la bombe lacrymogène, mais il le bloqua avec sa jambe.
— Je ne vais pas vous faire de mal, assura-t-il. Je veux simplement vérifier ce que je viens de vous dire. Laissez-moi regarder ces transcriptions une seconde et je m'en vais.
Il détesta lire la peur dans les yeux du médecin, mais il ne voulut pas céder et elle finit par capituler. Elle repoussa sa chaise en arrière et se leva. Il prit sa place devant l'écran. Elle s'éloigna à distance respectueuse et l'observa depuis la porte, serrant son cardigan contre elle comme si elle avait froid.
— Où avez-vous pris cet ordinateur portable ? questionna-t-elle.

L'indice de la peur

Mais il n'écoutait pas. Il comparait les deux écrans, faisant défiler l'un, puis l'autre, avec l'impression de se regarder dans deux miroirs obscurs. Sur l'un et sur l'autre, les mots étaient identiques. Tout ce qu'il avait confié au médecin neuf ans plus tôt se retrouvait en copié-collé sur le site où l'Allemand l'avait lu.

Sans lever les yeux, il demanda :

— Est-ce que cet ordinateur est connecté à Internet ?

Puis il vit que c'était le cas. Il entra dans la base de registre et ne mit pas longtemps à découvrir des traces de logiciels malveillants – d'étranges fichiers d'un type qu'il n'avait jamais vu auparavant, au nombre de quatre :

u‖2sq.5o╪

/s├■.╫

5ᵣqpj.0ₜ

┌ᴸ⌀σε‖.o

— Quelqu'un a piraté votre système. On a copié mon dossier.

Il jeta un coup d'œil vers l'entrée. Le cabinet était vide et la porte entrouverte. Il entendit le son de la voix du médecin quelque part. Il semblait qu'elle téléphonait. Il saisit l'ordinateur portable et s'engouffra dans l'étroit escalier tapissé. Le réceptionniste quitta son comptoir et tenta de bloquer la sortie, mais Hoffmann n'eut aucun mal à l'écarter.

Dehors, la normalité de la journée le nargua – les vieux qui buvaient au café, la mère avec son landau, la fille au pair qui passait prendre le linge. Il partit à gauche et parcourut rapidement la rue bordée d'arbres, longeant les maisons ternes aux fenêtres garnies de volets qui donnaient directement sur le trottoir, passant devant la pâtisserie déjà fermée à cette heure, les haies de banlieue et les petites voitures raisonnables. Il ne savait pas où il allait. En temps normal, l'exercice – la marche, le jogging, la course de vitesse – l'aidait à concentrer sa pensée, stimulait sa créativité. Pas maintenant. Il était dans la plus totale confusion. Hoffmann descendit une côte. Il y avait des jardins sur sa gauche, puis, soudain, de grands champs ouverts et une usine gigantesque qui s'étendait en contrebas avec un parking et des tours d'habitation, les montagnes en arrière-plan et, au-dessus de lui, un ciel hémisphérique peuplé d'une flotte immense de nuages gris qui défilaient tels des navires de guerre à la parade.

Au bout d'un moment, la chaussée fut coupée net par le pilier en béton d'une autoroute surélevée, et se réduisit ensuite à un sentier qui filait à gauche, au pied des voies assourdissantes, et traversait un petit bois qui débouchait sur la rive du fleuve. Le Rhône était large et tranquille à cet endroit, peut-être deux cents mètres d'un bord à l'autre, et d'un vert brunâtre, opaque, s'enfonçant en un méandre paresseux dans la campagne boisée qui remontait abruptement sur la rive opposée. Il était enjambé par la passerelle de Chèvres. Hoffmann la reconnut. Il était déjà passé dans le coin en voiture et avait vu, en été, des gosses plonger du haut de la rambarde. La vue paisible était en complète contradiction avec le vacarme de la circulation et, tandis qu'il gagnait la travée centrale, il eut le sentiment de s'être écarté très loin du cours normal de son existence ; et qu'il lui serait très difficile de revenir. Au milieu de la passerelle, il s'arrêta et grimpa sur la rambarde métallique. Il ne lui faudrait pas plus de deux secondes pour dévaler les cinq ou six mètres jusqu'à l'onde lente et se laisser emporter. Il voyait pourquoi la Suisse occupait la première place mondiale en matière de suicide assisté – le pays tout entier semblait organisé pour vous encourager à tirer votre révérence avec tranquillité et discrétion, en causant le moins de dérangement possible.

Et il était tenté. Il ne se faisait pas d'illusions : il y aurait pléthore d'ADN et d'empreintes dans la chambre d'hôtel pour le relier au crime. Quoi qu'il arrive, son arrestation n'était qu'une question de temps. Il pensa à ce qui l'attendait : un long parcours du combattant entre la police, les avocats, les journalistes, les flashes des appareils photo, une épreuve qui durerait des mois. Il pensa à Quarry, à Gabrielle – surtout à Gabrielle.

Mais je ne suis pas fou, se dit-il. J'ai peut-être tué un homme, *mais je ne suis pas fou*. Soit je suis victime d'un plan très élaboré conçu pour me faire *croire* que je suis fou, soit quelqu'un essaie de me piéger, pour me faire chanter, pour me détruire. Il s'interrogea : pouvait-il se fier aux autorités – à ce ringard suffisant de Leclerc, par exemple – pour trouver mieux que lui-même le fin mot d'un piège aussi machiavélique ? La réponse était contenue dans la question.

Il prit dans sa poche le téléphone portable de l'Allemand. L'appareil sombra sans faire une éclaboussure, laissant à peine une brève cicatrice blanche sur la surface boueuse.

À l'autre bout de la passerelle, des enfants l'observaient à côté de leurs vélos. Il descendit de la rambarde, franchit le reste de la passerelle et passa devant eux, l'ordinateur portable à la main. Il s'attendait qu'ils lui crient quelque chose, mais ils restèrent figés, silencieux, et il comprit que, pour une raison ou pour une autre, il devait leur paraître effrayant.

* * *

Gabrielle n'avait jamais mis les pieds au CERN, et l'endroit lui rappela immédiatement sa vieille université du nord de l'Angleterre – de vilains immeubles de bureaux fonctionnels datant des années soixante et soixante-dix répartis sur un campus immense, des couloirs miteux peuplés de gens, jeunes pour la plupart, à l'air sérieux, qui discutaient devant des affiches annonçant des conférences ou des concerts. Il y régnait la même odeur de nettoyant de sol, de chaleur corporelle et de cantine mêlés. Elle se représenta bien plus facilement Alex ici que dans les bureaux luxueux des Eaux-Vives.

L'assistant du professeur Walton l'avait laissée dans le hall du centre de calcul pour aller le chercher. Maintenant qu'elle était seule, elle était très tentée de fuir. Ce qui avait semblé une bonne idée dans la salle de bains de Cologny lorsqu'elle avait trouvé sa carte – l'appeler, ne pas prêter attention à son étonnement, lui demander si elle pouvait venir tout de suite : elle lui dirait de quoi il s'agissait quand elle le verrait – lui apparaissait à présent comme une réaction névrotique très embarrassante. Alors qu'elle se retournait pour chercher la sortie, elle remarqua un vieil ordinateur dans une vitrine. Elle s'en approcha et lut qu'il s'agissait du NeXT, le premier processeur sur lequel avait été testé le World Wide Web, la Toile mondiale, au CERN, en 1991. La note d'origine laissée à l'intention de l'équipe de nettoyage était encore collée sur le boîtier de métal : « Cet appareil est un serveur – NE L'ÉTEIGNEZ PAS ! » C'est extraordinaire, pensa-t-elle, que tout ait commencé avec quelque chose d'aussi banal.

— La boîte de Pandore, fit une voix derrière elle.

Elle fit volte-face et se retrouva nez à nez avec Walton. Elle se demanda depuis combien de temps il l'observait.

— Ou la loi des conséquences imprévues. On commence par chercher à recréer les origines de l'univers et, au bout du compte, on a créé eBay. Venez dans mon bureau. Je n'ai pas beaucoup de temps, malheureusement.

— Oh, je ne veux pas vous déranger. Je peux revenir une autre fois si vous préférez.

— Ça ira, répliqua-t-il en la scrutant du regard. Est-ce qu'il s'agit de faire de l'art avec de la physique des particules, ou serait-il par hasard question d'Alex ?

— En fait, il s'agit d'Alex.

— C'est bien ce que je pensais.

Il la guida dans un couloir orné de photos de vieux ordinateurs, qui menait à des bureaux. C'était assez minable, mais fonctionnel – portes en verre opaque, lumière trop crue des néons, lino de l'Administration, peinture grise, pas du tout ce qu'elle s'attendait à trouver pour abriter le grand accélérateur de particules. Mais, une fois de plus, elle imaginait sans peine Alex ici : c'était certainement un décor qui convenait mieux à l'homme qu'elle avait épousé que son bureau de Cologny, avec ses luxueux sièges en cuir et son mobilier design.

— Et voilà, c'est ici que dormait le grand homme, indiqua Walton en ouvrant à la volée la porte d'une cellule spartiate comprenant deux bureaux, deux terminaux et une vue sur le parking.

— Dormait ?

— Où il travaillait aussi, pour être juste. Vingt heures de travail par jour, quatre heures de sommeil. Il avait l'habitude de rouler son matelas dans ce coin, là. (Il sourit vaguement à ce souvenir et posa sur elle ses graves yeux gris.) Je crois qu'Alex était déjà parti d'ici quand il vous a rencontrée à notre petit réveillon du jour de l'an, ou qu'il allait le faire, en tout cas. J'imagine qu'il y a un problème.

— Oui, effectivement.

Il hocha la tête, comme s'il s'y attendait.

— Venez vous asseoir.

Il remonta le couloir jusqu'à son propre bureau. Celui-ci était identique au précédent, à part le fait qu'il n'y avait qu'un seul bureau et que Walton avait, d'une certaine façon, humanisé la pièce – il avait recouvert le lino d'un vieux tapis persan et mis des plantes devant les bords de fenêtre en métal rouillé. Posée sur un classeur à tiroir, une radio déversait doucement de la musique classique, un quatuor à cordes. Il l'éteignit.

— Comment puis-je vous aider ?

— Dites-moi ce qu'il faisait ici, ce qui s'est mal passé. Je crois qu'il a fait une dépression, et j'ai comme l'impression que ça revient. Pardonnez-moi, ajouta-t-elle en regardant ses genoux. Je ne savais pas à qui m'adresser.

Walton avait pris place derrière son bureau. Il avait joint l'extrémité de ses longs doigts et les pressait contre ses lèvres. Il l'examina un moment. Puis il finit par demander :

— Avez-vous déjà entendu parler du Desertron ?

* * *

Le Desertron, dit Walton, était censé être le super collisionneur supraconducteur américain – quatre-vingt-sept kilomètres de tunnel creusés dans la roche à Waxahachie, au Texas. Mais, en 1993, le Congrès américain a décidé, dans son infinie sagesse, de voter l'abandon du projet. Cela a fait économiser environ dix milliards de dollars aux contribuables américains (« Ils ont dû danser dans la rue »). Quoi qu'il en soit, cela a aussi anéanti les projets de toute une génération de physiciens universitaires américains, dont le jeune et brillant Alex Hoffmann, qui terminait alors son doctorat à Princeton.

Au bout du compte, Alex a fait partie des heureux élus – il n'avait guère plus de vingt-cinq ans mais avait déjà une réputation suffisante pour se voir attribuer l'une des très rares bourses non européennes pour travailler au CERN sur le grand collisionneur électron-positron, précurseur du Grand Collisionneur de hadrons. La plupart de ses condisciples ont malheureusement dû devenir analystes quantitatifs à Wall Street, où ils ont aidé à créer des produits dérivés au lieu de construire des accélérateurs de particules. Et quand *ça* aussi s'est mis à aller de travers et que le système bancaire a implosé, le Congrès a dû lui porter secours, ce qui a coûté aux mêmes contribuables américains la coquette somme de 3,7 billions de dollars.

— Ce qui est un autre exemple de la loi des conséquences imprévues, fit remarquer Walton. Vous savez qu'Alex m'a proposé une place, il y a cinq ans environ ?

— Non.

— C'était avant la crise bancaire. Je lui ai répondu que, à mon avis, la science de haut niveau et l'argent ne faisaient pas bon ménage. C'est un composé instable. J'ai peut-être employé l'expression de « forces du mal ». Et je crois bien que nous nous sommes de nouveau disputés.

— Je vois ce que vous voulez dire, assura Gabrielle en hochant la tête avec empressement. C'est une sorte de tension. J'ai toujours eu conscience qu'il avait ça en lui, mais ça s'est accentué depuis quelque temps.

— C'est exactement ça. Avec les années, j'en ai connu pas mal qui ont quitté la science pure pour faire de l'argent – aucun n'ayant réussi aussi bien qu'Alex, je dois le reconnaître –, et on sait toujours, à la véhémence avec laquelle ils prétendent le contraire, qu'au fond d'eux-mêmes ils se méprisent.

Il semblait peiné par ce qui était arrivé à sa profession, comme si ces scientifiques avaient perdu l'état de grâce et, cette fois encore, Gabrielle pensa à un religieux. Il y avait en lui, comme chez Alex, un côté détaché du reste du monde. Elle dut le ramener à la réalité.

— Mais, dans les années quatre-vingt-dix…

— Ah, oui, bref, retour aux années quatre-vingt-dix…

Alex était arrivé à Genève deux ans seulement après que les scientifiques du CERN avaient inventé la Toile mondiale. Curieusement, c'était cela qui avait enflammé son imagination : ni chercher à recréer le Big Bang, ni trouver la particule de Dieu, ni fabriquer de l'antimatière, mais les possibilités offertes par la puissance du traitement en série, l'émergence d'un raisonnement par la machine, d'un cerveau global.

— Il avait une approche romantique du sujet, et c'est toujours dangereux. J'étais son chef de service au centre de calcul. Maggie et moi, on l'a aidé à se remettre un peu d'aplomb. Il gardait nos garçons quand ils étaient petits. Il n'était vraiment pas doué pour ça.

— Ça ne m'étonne pas.

Gabrielle se mordit la lèvre en pensant à Alex avec des enfants.

— Complètement *nul*. Quand on rentrait, on le retrouvait endormi dans leur lit au premier, et les enfants en bas, en train de regarder la télé. Il exigeait toujours beaucoup trop de lui-même, et il s'épuisait. Il était obsédé par l'intelligence artificielle, même s'il n'aimait pas beaucoup les connotations hautaines du terme IA et préférait l'appeler RAM – Raisonnement Autonome de la Machine. Vous vous y connaissez en sciences ?

— Non, pas du tout.

— Ce n'est pas trop problématique, quand on est mariée avec Alex ?

— Pour être franche, je crois que c'est plutôt l'inverse. C'est pour ça que ça marche.

Ou que ça *marchait*, faillit-elle ajouter. C'était du mathématicien distrait – de son ingénuité sociale, de sa curieuse innocence – qu'elle était tombée amoureuse ; elle avait beaucoup plus de mal à se faire au nouvel Alex, le patron milliardaire d'un fonds d'investissement.

— Eh bien, sans trop entrer dans les détails, l'un des gros défis auxquels nous devons faire face ici est tout simplement d'analyser les quantités faramineuses de données que nous produisons. Nous arrivons actuellement en gros à vingt-sept billions d'octets traités par jour. La solution proposée par Alex était d'inventer un algorithme capable, d'une certaine façon, d'apprendre quoi chercher, puis de savoir quoi chercher ensuite. Cela l'aurait rendu capable de travailler infiniment plus vite qu'un être humain. En théorie, c'était brillant, mais, dans la pratique, ça s'est révélé désastreux.

— Ça n'a donc pas fonctionné ?

— Oh, si, ça a fonctionné. C'est justement ça qui a été désastreux. Ça a commencé à se répandre dans tout le système comme du chiendent. Nous avons fini par devoir le mettre en quarantaine, ce qui impliquait de pratiquement tout fermer. J'ai malheureusement été contraint de dire à Alex que ses recherches étaient trop instables pour être poursuivies. Il faudrait confiner l'algorithme comme une technologie nucléaire, faute de quoi cela équivaudrait à lâcher un virus. Il n'a pas voulu en entendre parler. Les choses ont dégénéré. Il a fallu à un moment l'expulser de force.

— Et c'est à ce moment-là qu'il a fait sa dépression ?

Walton hocha tristement la tête.

— Je n'ai jamais vu quelqu'un d'aussi désespéré. On aurait dit que j'avais assassiné son enfant.

15

> « *Alors que je réfléchissais à ces questions[…] un nouveau concept m'est venu : " le système nerveux numérique "[…] Un système nerveux numérique consiste en procédés informatiques qui permettent à une société d'appréhender et de réagir à son environnement, de définir les défis des concurrents et les attentes des clients, et de mettre en place des réponses immédiates*[1]… »
>
> Bill Gates, *Le Travail à la vitesse de la pensée.*

Lorsque Hoffmann arriva devant l'immeuble du fonds de placement, c'était la sortie des bureaux –18 heures à Genève, midi à New York. Les gens quittaient le bâtiment pour rentrer chez eux, aller prendre un verre ou filer à leur cours de gym. Il se posta dans une encoignure de porte, juste en face, et vérifia qu'il n'y avait pas de policier en vue. Comme il n'en voyait aucun, il traversa la rue à vive allure, regarda la caméra de reconnaissance faciale d'un air morne, franchit l'entrée, prit l'un des ascenseurs et arriva à l'étage d'Hoffmann Investment Technologies. La salle des marchés était encore pleine ; la plupart des employés ne partaient pas avant 20 heures. Il baissa la tête et fonça vers son bureau en s'efforçant de ne pas prêter

---

1. Traduit de l'anglais par D. Roche, M.-H. Sabard, C. Vacherat, Robert Laffont, Paris, 1999.

attention aux regards curieux qu'il attirait. Assise à sa place, Marie-Claude le regarda arriver. Elle ouvrit la bouche pour dire quelque chose, mais Hoffmann leva les mains.

— Je sais, dit-il. J'ai besoin de dix minutes tout seul, et ensuite je m'occuperai de tout ça. Ne laissez entrer personne, d'accord ?

Il entra et referma la porte derrière lui. Il s'assit sur son coûteux fauteuil ergonomique inclinable dernier cri et ouvrit l'ordinateur portable de l'Allemand. Qui avait piraté son dossier médical ? C'était la question. Celui qui avait fait ça devait être derrière tout le reste. Il n'en revenait pas. Il ne s'était jamais vu comme susceptible d'avoir des ennemis. C'était vrai qu'il n'avait pas d'amis ; mais il avait toujours supposé que le corollaire d'une telle solitude était qu'il n'avait pas d'ennemis non plus.

Il avait de nouveau mal à la tête et se passa les doigts sur la partie rasée de son crâne ; on aurait dit les coutures d'un ballon de football. La tension avait raidi ses épaules. Il commença par se masser la nuque, s'allongeant sur son siège et regardant le détecteur de fumée au plafond comme il l'avait fait des milliers de fois pour essayer de concentrer sa pensée. Il contempla le minuscule point rouge, identique à celui qu'ils avaient à Cologny au-dessus de leur lit et qui lui faisait toujours penser à Mars quand il s'endormait. Il interrompit lentement son mouvement de massage.

— Merde, murmura-t-il.

Il se redressa et regarda l'écran de veille sur l'ordinateur portable : le portrait de lui levant les yeux avec une expression vide, les yeux dans le vague. Il monta sur son siège qui s'écarta traîtreusement alors qu'il s'en servait comme marche-pied pour grimper sur le bureau. Le détecteur de fumée était constitué d'un boîtier blanc carré, d'une plaque sensible au monoxyde de carbone, d'un voyant qui montrait qu'il était bien alimenté, d'un bouton test et d'une grille qui recouvrait vraisemblablement l'alarme proprement dite. Hoffmann en tâta les bords. Le boîtier semblait collé au plafond. Il tira dessus et exerça un mouvement de torsion puis, mû par la peur et la frustration, il l'attrapa à pleines mains et l'arracha d'un coup.

L'alarme poussa un cri de protestation perçant d'une intensité tangible. Le boîtier vibrait dans la main d'Hoffmann, et l'air pulsait avec lui. Il était toujours relié au plafond par un cordon ombilical de fils électriques. Quand Hoffmann glissa ses doigts derrière pour tenter de l'arrêter, il reçut une décharge électrique aussi brutale qu'une morsure animale et qui l'atteignit jusqu'au cœur. Il poussa un cri, lâcha l'appareil et le laissa pendre en secouant vigoureusement les doigts, comme pour les faire sécher. Le bruit l'agressait physiquement : il avait l'impression que ses oreilles allaient saigner s'il ne le faisait pas cesser au plus vite. Il saisit le détecteur par le boîtier cette fois et tira de toutes ses forces, s'y accrochant presque, et le dispositif céda, emportant avec lui un morceau de plafond. Le silence soudain qui s'ensuivit fut presque aussi brutal que le vacarme.

* * *

Bien plus tard, lorsque Quarry se remémorerait les deux heures qui suivirent et qu'on lui demanderait ce qui avait été pour lui le plus effrayant, il répondrait que, curieusement, cela avait été cet instant : celui où il avait entendu l'alarme et avait traversé la salle des marchés au pas de course pour trouver Hoffmann – le seul homme capable de comprendre les tenants et les aboutissants d'un algorithme qui faisait au même moment un pari de 30 milliards de dollars sans couverture – maculé de sang et de poussière, debout sur un bureau sous un faux plafond éventré, en train de marmonner qu'on l'espionnait partout où il allait.

Quarry ne fut pas le premier sur les lieux. La porte était déjà ouverte, et Marie-Claude était dans le bureau avec un certain nombre de quants. Quarry joua des coudes pour passer et leur ordonna à tous de retourner travailler. Il comprit tout de suite, en tendant le cou, même de là où il était, qu'Hoffmann avait subi un choc. Le physicien avait les yeux affolés et les vêtements en désordre. Il avait du sang séché sur les cheveux et les mains dans un tel état qu'il semblait avoir boxé un bloc de béton.

— C'est bon, Alexi, dit-il aussi calmement qu'il put. Qu'est-ce qui se passe là-haut ?

— Regarde par toi-même, s'écria Hoffmann avec excitation. (Il sauta du bureau et ouvrit la main. Les composants du détecteur de fumée démonté se trouvaient au creux de sa paume. Il les écarta de l'index, tel un naturaliste inspectant les entrailles d'une créature morte. Puis il sélectionna une petite lentille fixée à un bout de fil électrique.) Tu sais ce que c'est ?

— Pas vraiment, non.

— C'est une webcam. (Il laissa les pièces filtrer entre ses doigts sur le bureau : certaines roulèrent par terre.) Regarde ça, dit-il en remettant le portable à Quarry et en lui montrant l'écran. D'après toi, d'où a été prise cette photo ?

Il se rassit et inclina son fauteuil en arrière. Quarry le regarda, puis examina l'écran et le regarda de nouveau. Il leva ensuite les yeux au plafond.

— Putain de merde. Tu as eu ça où ?

— Ça appartenait au type qui m'a agressé la nuit dernière.

Même sur le moment, Quarry enregistra l'imparfait – *appartenait ?* – et se demanda comment ce portable avait pu se retrouver entre les mains de son associé. Mais Hoffmann se releva d'un bond, et il n'eut pas le temps de lui poser la question. L'Américain s'emballait et son esprit aussi. Il ne tenait plus en place.

— Viens, dit-il en lui faisant signe. Suis-moi.

Il prit Quarry par le coude, le fit sortir de son bureau et lui montra le plafond au-dessus du bureau de Marie-Claude, où il y avait un détecteur identique. Puis il porta un doigt à ses lèvres. Il le conduisit ensuite à l'entrée de la salle des marchés et les lui montra : un, deux, trois, quatre détecteurs supplémentaires. Il y en avait un dans la salle de conférence aussi. Il y en avait même un dans les toilettes. Il grimpa sur les lavabos et arriva tout juste à l'atteindre. Il l'arracha d'un coup sec sous une pluie de plâtre. Puis il sauta à terre et montra sa prise à Quarry. Une autre webcam.

— Ces détecteurs sont partout. Il y a des mois que je les remarque sans vraiment les voir. Il y en aura un dans ton bureau. J'en ai un dans toutes les pièces de ma maison – même dans la chambre. Bon Dieu, même dans la *salle de bains*. (Il porta la main à son front, prenant seulement maintenant toute la mesure de sa découverte :) C'est incroyable.

Quarry n'avait jamais pu s'empêcher de redouter que leurs concurrents ne cherchent à les espionner. C'était la raison pour laquelle il avait engagé les services du cabinet conseil en sécurité de Genoud. Consterné, il retourna le détecteur de fumée entre ses mains.

— Tu crois qu'il y a une caméra dans *chacun* d'eux ?

— Eh bien, on peut les vérifier tous, mais oui – oui, je crois.

— Bon Dieu, et dire qu'on paie Genoud une fortune pour qu'il n'y ait pas de micros ou quoi que ce soit dans cet endroit.

— Mais c'est là où c'est très fort : ce doit être lui qui les a posés, tu comprends ? C'est lui aussi qui a vérifié ma baraque quand je l'ai achetée. Il nous surveille vingt-quatre heures sur vingt-quatre. Regarde. (Hoffmann sortit son téléphone portable.) C'est lui aussi qui s'est occupé de ça, non – nos téléphones spécialement cryptés ?

Il l'ouvrit d'un coup – et son geste rappela à Quarry quelqu'un qui fracasse une pince de homard – et le démonta rapidement à côté d'un lavabo.

— C'est le mouchard parfait. On n'a même pas besoin de mettre un micro dedans : il est déjà intégré. J'ai lu ça dans le *Wall Street Journal*. Tu crois que tu l'as éteint, mais en fait il reste actif et capte tes conversations même quand tu ne téléphones pas. Et tu le gardes tout le temps chargé. Le mien a été bizarre toute la journée.

Il était tellement certain d'avoir raison que Quarry se sentit gagné par sa paranoïa. Il examina son propre téléphone avec précaution, comme une grenade prête à lui exploser dans la main, puis s'en servit pour appeler son assistante :

— Amber, tu veux bien me trouver Maurice Genoud et me l'envoyer ici tout de suite ? Dis-lui de laisser tomber ce qu'il est en train de faire et de me rejoindre dans le bureau d'Alex. (Il raccrocha.) On va voir ce que ce salopard a à dire. Je ne lui ai jamais fait confiance. Je me demande quel jeu il joue.

— C'est plutôt évident, non ? On est un hedge fund qui fait quatre-vingt-trois pour cent de bénéfices. Si quelqu'un arrive à lancer un clone de notre boîte et à copier toutes nos transactions, il en tirera une fortune. Il n'aura même pas besoin de savoir comment on fait. On imagine bien quel intérêt il y a à nous espionner. Ce que je ne comprends pas, c'est tout le reste.

— Quel reste ?

— Le fait d'ouvrir un compte off-shore aux îles Caïmans, d'y déposer de l'argent avant de le revirer, d'envoyer des mails signés de mon nom, de m'acheter un livre où il est question de peur et de terreur, de saboter l'expo de Gaby, de pirater mon dossier médical et de me brancher avec un psychopathe. C'est comme si on le payait pour me rendre dingue.

En l'écoutant, Quarry ressentit un nouveau malaise, mais avant qu'il ne puisse faire le moindre commentaire, son portable sonna. C'était Amber.

— M. Genoud était juste en bas. Il monte tout de suite.

— Merci. Apparemment, dit-il à l'adresse d'Hoffmann, il était déjà sur place. C'est bizarre, non ? Qu'est-ce qu'il fait là ? Peut-être qu'il sait qu'on est sur sa piste.

— C'est possible.

Soudain, Hoffmann s'était remis en branle. Il sortit des toilettes, traversa le couloir et entra dans son bureau. Il venait d'avoir une autre idée. Il ouvrit son tiroir à la volée et en sortit le livre avec lequel Quarry l'avait vu arriver le matin, l'ouvrage de Darwin au sujet duquel il l'avait appelé à minuit.

— Regarde ça, dit-il en le feuilletant.

Puis il le tint ouvert à la photo d'un vieil homme visiblement terrifié. Quarry trouva l'image grotesque, le genre de cliché qu'on pouvait prendre dans les foires aux monstres d'autrefois.

— Qu'est-ce que tu vois ? demanda Hoffmann.

— Je vois une espèce de taré d'un autre âge qui a l'air d'avoir chié dans son froc.

— Oui, mais regarde de plus près. Tu vois ces électrodes ?

Quarry regarda. Deux mains, de chaque côté du visage, appliquaient de minces tiges de métal sur le front du sujet. La tête de la victime semblait soutenue par une sorte de support en acier et il était apparemment vêtu d'une chemise d'hôpital.

— Évidemment que je les vois.

— C'est un médecin français, Guillaume-Benjamin Duchenne, qui tient les électrodes. Il croyait que les expressions du visage humain étaient la porte de l'âme. Il animait les muscles faciaux en utilisant une méthode qu'on appelait au xixe siècle le galvanisme, soit un courant électrique créé par réaction chimique. On l'utilisait pour faire tressauter des cuisses de grenouille morte afin d'amuser la galerie. (Il attendit que Quarry comprenne l'importance de ce qu'il disait, mais voyant que son associé gardait sa mine déconcertée, il ajouta :) C'est une expérience destinée à produire les symptômes faciaux de la peur dans le seul but de les photographier.

— D'accord, fit prudemment Quarry, je saisis.

Hoffmann agita le livre avec exaspération.

— Oui, eh bien, n'est-ce pas exactement ce qui est en train de m'arriver ? C'est la seule illustration du livre sur laquelle on voit les électrodes. Sur toutes les autres, Darwin les a fait effacer. Je suis le sujet d'une expérience destinée à me faire connaître la peur, et mes réactions sont constamment filmées.

Comme il n'était pas sûr de pouvoir parler normalement, au bout d'un moment, Quarry se contenta de :

— Oh, je suis désolé d'apprendre ça, Alexi. Ce doit être une impression horrible.

— La question est : qui fait ça, et pourquoi ? De toute évidence, l'idée ne vient pas de Genoud. Il n'est que l'instrument…

Mais c'était au tour de Quarry d'être distrait. Il réfléchissait à sa responsabilité en tant que directeur général – vis-à-vis de leurs investisseurs, de leurs employés, et (il n'aurait aucun mal à le reconnaître par la suite) vis-à-vis de lui-même. Il se remémorait l'armoire à pharmacie d'Hoffmann, toutes ces années auparavant, remplie d'assez de psychotropes pour permettre à un drogué de tenir pendant six mois, et l'interdiction qu'il avait faite à Rajamani de consigner le moindre détail concernant la santé mentale du patron de la société. Il se demandait ce qui arriverait si quoi que ce soit filtrait de tout ça.

— Asseyons-nous, suggéra-t-il. Il faut qu'on parle de certaines choses.

— C'est vraiment urgent ? s'enquit Hoffmann, irrité d'avoir été interrompu au milieu de sa démonstration.

— Oui, plutôt, répondit Quarry, qui prit place sur le canapé et fit signe à son associé de venir le rejoindre.

Mais Hoffmann ignora le canapé pour aller s'asseoir derrière son bureau. Il balaya la surface de celui-ci d'un revers de bras, faisant disparaître tous les résidus du détecteur de fumée.

— Bon, vas-y. Mais attends juste d'avoir retiré la batterie de ton portable.

* * *

Hoffmann ne fut pas surpris que la signification du livre de Darwin continue d'échapper à Quarry. Toute sa vie, il avait compris les choses plus vite que les autres ; c'est ce qui le contraignait si souvent à avancer seul dans les territoires de l'esprit. Généralement, ceux qui l'entouraient finissaient par le rejoindre, mais alors il était déjà parti ailleurs.

Il regarda Quarry ouvrir son téléphone et poser soigneusement la batterie sur la table basse.

— On a un problème avec le VIXAL-4, annonça l'Anglais.
— Quel genre de problème ?
— Il a dépassé la couverture delta.

Hoffmann le dévisagea.

— Ne dis pas n'importe quoi.

Il tira son clavier vers lui, se connecta sur son terminal et entreprit de parcourir leurs positions – par secteur, volume, genre et date. Les clics de la souris étaient aussi rapides que du morse, et chaque nouvelle fenêtre qu'ils faisaient surgir lui paraissait plus surprenante que la précédente.

— Mais ça déconne complètement, commenta-t-il. Ça ne correspond pas du tout à ce qui est programmé.

— Ça s'est passé principalement entre le déjeuner et l'ouverture des marchés américains. On n'arrivait pas à te joindre. La bonne nouvelle, c'est que, pour l'instant, il ne s'est pas planté. Le Dow a perdu une centaine de points et, si tu vérifies le compte de résultats, on a gagné plus de 200 millions sur la journée.

— *Mais ce n'est pas ce qu'il est censé faire*, répéta Hoffmann.

Il devait y avoir une explication rationnelle. Il y en avait toujours une. Il finirait par la trouver. Ça devait avoir un lien avec tout ce qui lui arrivait.

L'indice de la peur

— Bon, d'abord, est-ce qu'on est sûrs que ces données soient exactes ? Est-ce qu'on peut vraiment se fier à ce qui apparaît sur les écrans ? Ou est-ce qu'il pourrait s'agir d'un genre de sabotage ? D'un virus ? (Il repensa au logiciel malveillant sur l'ordinateur de sa psy.) Il est possible que toute la boîte fasse l'objet d'une cyberattaque de la part d'une personne isolée ou de tout un groupe – est-ce qu'on a envisagé cette possibilité ?

— Peut-être, mais ça n'explique pas la VAD sur Vista Airways – et, crois-moi, ça commence à faire trop pour être une simple coïncidence.

— Oui, ça n'en est sûrement pas une. Mais on en a déjà parlé...

— Je sais qu'on en a parlé, l'interrompit Quarry avec impatience, mais on a eu de nouvelles infos depuis. Il semble bien maintenant que le crash n'était pas dû à une défaillance mécanique. Apparemment, il y a eu une alerte à la bombe sur un site Web de terroristes islamiques pendant que l'avion était encore en vol. Le FBI ne l'a pas capté, mais nous, oui.

Hoffmann ne saisit pas tout de suite. Trop d'informations arrivaient en même temps.

— Mais ça dépasse de loin les paramètres du VIXAL. Ça constituerait un point d'altération extraordinaire... un saut quantique.

— Je croyais que c'était un algorithme d'apprentissage automatique.

— C'est vrai.

— Alors peut-être bien qu'il a appris quelque chose.

— Ne sois pas bête, Hugo. Ça ne marche pas comme ça.

— D'accord, ça ne marche pas comme ça. Très bien, ce n'est pas moi le spécialiste. Mais le fait est qu'on doit prendre une décision au plus vite. Soit on reprend les commandes du VIXAL, soit on va devoir mettre 2,5 milliards de dollars sur la table demain pour que les banques nous laissent continuer à trader.

Marie-Claude frappa à la porte et l'ouvrit.

— M. Genoud est là.

— Laisse-moi m'occuper de ça, glissa Quarry à Hoffmann.

L'indice de la peur

Il avait la sensation de se trouver dans un jeu vidéo où tout se précipitait sur lui en même temps.

Marie-Claude s'écarta pour laisser entrer l'ex-policier. Celui-ci porta immédiatement son regard vers le trou dans le plafond.

— Entrez, Maurice, dit Quarry. Fermez la porte. Comme vous le voyez, nous avons fait un peu de bricolage, et nous nous demandions si vous pourriez nous expliquer pourquoi.

— Je ne crois pas, répliqua Genoud en fermant la porte. Comment voulez-vous que je le sache?

— Bon Dieu, intervint Hoffmann, il ne se laisse pas impressionner, Hugo, on peut lui reconnaître ça.

Quarry leva la main.

— C'est bon, Alex, je t'en prie, attends un peu, tu veux bien? D'accord, Maurice. Pas de bobards. Il faut qu'on sache depuis combien de temps ça dure. Il faut qu'on sache qui vous paie. Et il faut qu'on sache si vous avez introduit quoi que ce soit dans notre système informatique. C'est urgent parce que nous sommes dans une situation boursière extrêmement volatile. Nous ne voudrions pas appeler la police pour régler ça, mais, si on doit en arriver là, nous le ferons. Donc, à vous de décider, mais je vous conseille de jouer la franchise.

Après un silence, Genoud regarda Hoffmann.

— Je peux lui dire?

— Vous pouvez lui dire quoi? demanda Hoffmann.

— Vous me mettez dans une position très inconfortable, docteur Hoffmann.

— Je ne vois absolument pas de quoi il parle, glissa Hoffmann à Quarry.

— Très bien, vous ne pouvez espérer que je garde le silence dans ces conditions, dit Genoud en se tournant vers Quarry. C'est le docteur Hoffmann qui m'a demandé de le faire.

Il y avait dans l'insolence tranquille d'un tel mensonge quelque chose qui donna à Hoffmann envie de le frapper.

— Quel enfoiré! lâcha-t-il. Et vous croyez que quelqu'un va gober ça?

Genoud ne se laissa pas démonter et, ignorant Hoffmann, continua de s'adresser uniquement à Quarry :

— C'est la vérité. Il m'a donné pour instruction d'installer des caméras cachées quand vous avez emménagé dans ces bureaux. J'ai bien supposé qu'il ne vous en avait pas parlé. Mais c'est le patron de la boîte, alors j'ai estimé que je pouvais lui obéir. C'est absolument véridique, je vous le jure.

Hoffmann sourit et secoua la tête.

— Hugo, c'est n'importe quoi. C'est le même genre de conneries qu'on m'a servi toute la journée. Je n'ai pas eu une seule conversation avec ce type pour lui demander de planquer des caméras dans les bureaux – pourquoi voudrais-je filmer en douce ma propre boîte ? Et pourquoi voudrais-je mettre mon propre téléphone sur écoute ? C'est du n'importe quoi, répéta-t-il.

— Je n'ai jamais dit que nous avions eu une conversation, rétorqua Genoud. Comme vous le savez pertinemment, docteur Hoffmann, je ne reçois mes instructions de vous que par mail.

— Encore des mails ! protesta Hoffmann. Vous me dites sérieusement que vous avez placé toutes ces caméras sans jamais, après tous ces mois et les milliers de francs que ça a dû coûter, sans jamais en parler directement avec moi ?

— Non, jamais.

Hoffmann émit un son qui exprimait à la fois son mépris et son incrédulité.

— On a du mal à y croire, intervint Quarry, à l'adresse de Genoud. Vous n'avez pas trouvé ça bizarre du tout ?

— Pas particulièrement. J'ai eu l'impression que ça se faisait en quelque sorte par en dessous. Qu'il ne voulait pas que ça se sache. J'ai essayé d'aborder le sujet une fois avec lui, de façon détournée. Il a fait comme s'il ne comprenait pas.

— Ce n'est pas très étonnant. Puisque je ne savais pas de quoi vous parliez. Et comment suis-je censé vous avoir payé tout ça ?

— Par virement, répondit Genoud, depuis un compte aux îles Caïmans.

Hoffmann se figea soudain. Quarry le dévisageait avec attention.

— D'accord, concéda l'Américain, supposons que vous avez bien reçu ces mails. Comment pouviez-vous être sûr que c'était moi qui vous les envoyais et pas quelqu'un qui se faisait passer pour moi ?

— Pourquoi aurais-je pensé une chose pareille ? C'était votre société, votre adresse mail et j'étais payé depuis un compte en banque à vous. Et, pour être honnête, docteur Hoffmann, vous n'avez pas la réputation de quelqu'un avec qui on parle facilement.

Hoffmann poussa un juron et, dans son énervement, frappa du poing sur son bureau.

— C'est reparti. Je suis censé avoir commandé un livre sur Internet. Je suis censé avoir acheté toute l'exposition de Gaby sur Internet. Je suis censé avoir demandé à un dingue de me tuer sur Internet...

Il eut une vision involontaire de la scène d'horreur à l'hôtel, de la tête du cadavre retombant au bout de sa tige. Il l'avait complètement oubliée pendant quelques minutes. Puis il prit conscience que Quarry l'observait avec consternation.

— Qui peut me faire ça, Hugo ? fit-il, désespéré. Qui peut faire ça et tout filmer en même temps ? Il faut que tu m'aides à démêler cette histoire. J'ai l'impression d'être coincé dans un cauchemar.

Quarry se sentait près de disjoncter. Il lui fallut faire un effort pour garder le contrôle de sa voix.

— Bien sûr que je vais t'aider, Alex. Essayons déjà de régler cette affaire une fois pour toutes. Bien, Maurice, reprit-il en se tournant vers Genoud, je suppose que vous avez conservé ces mails ?

— Naturellement.

— Vous pouvez y accéder tout de suite ?

— Oui, si c'est ce que vous voulez.

Genoud avait pris une attitude très raide et cérémonieuse durant ces derniers échanges, se tenant au garde-à-vous, comme si l'on remettait en question son honneur d'ancien policier. Ce qui était un peu fort, songea Quarry, considérant que, quelle que fût la vérité, il avait quand même installé tout un réseau de surveillance secret.

— D'accord, alors vous allez nous montrer tout ça, si ça ne vous dérange pas. Laisse-le utiliser ton ordinateur, Alex.

L'indice de la peur

Hoffmann quitta son fauteuil comme en transe. Les fragments du détecteur de fumée crissèrent sous ses pieds. Il leva instinctivement les yeux vers le gâchis qu'il avait fait au-dessus de son bureau. Le trou, là où la plaque avait cédé, donnait sur un vide obscur. Des fils se touchaient à l'intérieur, ce qui provoquait, par intermittence, une étincelle bleutée. Il crut voir quelque chose bouger dans l'espace sous le faux plafond. Il ferma les yeux, et l'empreinte lumineuse de l'étincelle continua de briller, comme s'il avait regardé le soleil. Le germe du soupçon s'insinua dans son esprit.

— Voilà ! s'écria triomphalement Genoud, penché au-dessus du terminal.

Il se redressa et s'écarta pour laisser Hoffmann et Quarry consulter les mails. Il avait trié les messages sauvegardés dans sa boîte afin que seuls ceux d'Hoffmann apparaissent – une multitude de courriers électroniques, qui s'étalaient sur près de un an. Quarry prit la souris et cliqua dessus au hasard.

— On dirait bien que c'est ton adresse électronique qui apparaît sur tous, Alex, dit-il. Ça ne fait pas de doute.

— Oui, ça ne m'étonne pas. Mais ce n'est pas moi qui les ai envoyés pour autant.

— D'accord. Mais alors, qui c'est ?

Hoffmann était plongé dans de sombres pensées. Il ne s'agissait visiblement plus de simple piratage, ni d'un problème de sécurité, ni même d'un clonage de serveur. C'était plus fondamental que ça, comme si l'entreprise avait créé deux systèmes d'exploitation parallèles.

Quarry lisait toujours.

— Je n'arrive pas à le croire, lança-t-il. Tu as même fait espionner ta propre baraque...

— En fait, et au risque de me répéter, ce n'est pas moi...

— Eh bien, pardon, Alexi, mais c'est le cas. Écoute ça : « À : Genoud. De : Hoffmann. Demande que caméras de surveillance vingt-quatre dissimulées immédiate Cologny... »

— Allez, mec, je ne parle pas comme ça. Personne ne parle comme ça.

— Il faut bien que quelqu'un l'ait fait. C'est là, sur l'écran.

Hoffmann se tourna brusquement vers Genoud.

L'indice de la peur

— Où vont toutes les données ? Que deviennent toutes les images, tous les enregistrements audio ?

— Comme vous le savez, tout est envoyé par flux numérique vers un serveur sécurisé.

— Mais ça doit faire des *milliers* d'heures ! s'exclama Hoffmann. Comment quelqu'un pourrait-il avoir le temps de visionner et d'écouter tout ? Moi, je ne pourrais pas, en tout cas. Il faudrait toute une équipe qui ne fasse que ça. Les journées ne sont pas assez longues.

— Je ne sais pas, répliqua Genoud avec un haussement d'épaules. Je me suis souvent posé la question. Je me suis contenté d'obéir aux ordres.

Seule une machine pouvait traiter une telle quantité d'informations, pensa Hoffmann. Elle devrait utiliser la toute dernière technologie de reconnaissance faciale ; de reconnaissance vocale également : des outils de recherches...

Sa réflexion fut interrompue par une nouvelle exclamation de Quarry :

— Depuis quand louons-nous des locaux industriels à Zimeysa ?

— Je peux vous le dire exactement, monsieur Quarry, répondit Genoud. Cela fait six mois. C'est un grand local, au 54, route de Clerval. Le docteur Hoffmann a ordonné qu'il soit équipé de tout un nouveau système de surveillance et de sécurité.

— Qu'est-ce qu'il y a, dans ce local ? questionna Hoffmann.

— Des ordinateurs.

— Qui les a installés ?

— Je ne sais pas. Une entreprise d'informatique.

— Vous n'êtes donc pas la seule personne avec qui je suis censé traiter. Je conclus aussi des opérations avec des sociétés entières en passant par des mails ?

— Je ne sais pas. Sans doute, oui.

Quarry continuait de cliquer sur des messages.

— C'est incroyable, dit-il à Hoffmann. D'après ce que je lis, tu possèdes aussi la propriété libre de tout l'immeuble.

— Effectivement, docteur Hoffmann. Vous m'avez transmis le contrat pour la sécurité. C'est pour ça que j'étais ici ce soir, quand vous m'avez fait monter.

— Est-ce que c'est vrai ? demanda Quarry. Tu possèdes vraiment tout l'immeuble ?

Mais Hoffmann ne l'écoutait plus. Il repensait à l'époque où il travaillait au CERN et au mémo que Bob Walton avait envoyé aux directeurs du comité des directives scientifiques et du conseil du CERN pour préconiser l'abandon du projet de recherche d'Hoffmann, le RAM-1. Il y avait joint une mise en garde de Thomas S. Ray, ingénieur informaticien et professeur de zoologie à l'université de l'Oklahoma : « *[...] des entités artificielles autonomes évoluant librement devraient être considérées comme potentiellement dangereuses pour la vie organique, et devraient toujours rester confinées dans une sorte d'enceinte, du moins jusqu'à ce que l'on ait parfaitement compris tout leur véritable potentiel [...] l'Évolution reste un processus orienté vers l'intérêt personnel, et les intérêts d'organismes numériques confinés pourraient aller à l'encontre des nôtres.* »

Il reprit sa respiration, puis annonça :

— Hugo, il faut que je te parle – en privé.

— D'accord, bien sûr. Maurice, vous voulez bien sortir une seconde ?

— Non, je crois qu'il devrait rester ici pour commencer à régler tout ça. Je voudrais, dit-il à l'intention de Genoud, que vous me fassiez une copie du fichier de mails provenant de mon adresse électronique. Je veux aussi une liste de tout ce que vous avez fait censément selon mes ordres. Et je voudrais surtout la liste de tout ce qui a un rapport avec le local industriel de Zimeysa. Je veux ensuite que vous démontiez toutes les caméras et tous les micros de tous nos locaux, à commencer par ma maison. Et je veux que ce soit fait ce soir. C'est compris ?

Genoud attendit l'aval de Quarry. Ce dernier hésita, puis donna son assentiment d'un signe de tête.

— Comme vous voudrez, fit Genoud d'un ton bref.

Ils le laissèrent à sa tâche. Une fois qu'ils furent sortis du bureau et la porte refermée, Quarry commença :

— J'espère vraiment que tu as une explication à tout ça, Alex, parce que je dois te dire...

Hoffmann leva le doigt pour lui intimer le silence et lui indiqua du regard le détecteur de fumée au-dessus du bureau de Marie-Claude.

— Oh, c'est bon, je comprends, répliqua Quarry en insistant lourdement. On va dans mon bureau.
— Non. Pas là. Ce n'est pas sûr. Ici…
Hoffmann le poussa dans les toilettes et ferma la porte derrière eux. Les fragments du détecteur de fumée étaient là où il les avait laissés, à côté du lavabo. Il reconnut à peine son reflet dans la glace. On aurait dit un évadé de l'aile sécurisée d'un hôpital psychiatrique.
— Hugo, demanda-t-il, est-ce que tu me crois fou ?
— Oui, maintenant que tu me poses la question, c'est exactement ce que je crois. Enfin, probablement. Je n'en sais rien.
— Non, ça va. Je ne te reproche pas de penser ça. Je me rends bien compte de l'impression que ça doit donner de l'extérieur… et ce que je m'apprête à te dire ne va pas vraiment te rassurer. Je crois que le problème de fond que nous avons ici, c'est le VIXAL.
Il avait peine à croire qu'il venait de dire ça.
— Parce qu'il a repoussé la couverture delta ?
— Parce qu'il a repoussé la couverture delta… et qu'il a fait bien plus que ce que j'avais prévu.
Quarry plissa les yeux.
— De quoi tu parles ? Je ne te suis pas…
La porte s'entrouvrit et quelqu'un voulut entrer. Quarry l'arrêta avec son coude.
— Pas maintenant, dit-il sans quitter son associé des yeux. Allez donc pisser dans un seau.
— Compris, Hugo, fit une voix.
Quarry referma la porte et s'appuya dessus.
— Comment ça, bien plus que ce que tu avais prévu ?
— Le VIXAL, expliqua prudemment Hoffmann, prend peut-être des décisions qui ne sont pas compatibles avec notre intérêt.
— Tu veux parler de notre intérêt en tant qu'entreprise ?
— Non, je parle de *notre* intérêt – de l'intérêt humain.
— Et ce n'est pas la même chose…
— Pas forcément, non.
— Pardon si je suis un peu bouché. Tu veux dire que tu penses que c'est lui qui ferait ça tout seul : la surveillance et tout le reste ?

Hoffmann se dit qu'il fallait au moins reconnaître à Hugo qu'il prenait quand même la suggestion au sérieux.

— Je ne sais pas. Je ne suis pas certain que ce soit exactement ça. Il faut qu'on procède par ordre, une étape à la fois, jusqu'à ce qu'on ait assez d'informations pour évaluer réellement le problème. Mais je crois qu'on doit commencer par revenir sur toutes les positions qu'il a prises sur le marché. Ça pourrait devenir vraiment risqué, et pas seulement pour nous.

— Même s'il gagne de l'argent ?

— Ce n'est plus juste une question de fric... Tu ne peux pas oublier le pognon, rien qu'une fois ? (Hoffmann avait de plus en plus de mal à garder son calme, mais il parvint à se reprendre :) Nous avons dépassé ce stade depuis longtemps.

Quarry croisa les bras et réfléchit, les yeux baissés vers le sol carrelé.

— Tu es sûr que tu es en état de prendre ce genre de décision ?

— Absolument. Tu veux bien me faire confiance, ne serait-ce qu'au nom des huit années qu'on vient de passer ensemble ? Ce sera la dernière fois, je te le promets. Après ce soir, c'est toi qui prendras les rênes.

Ils se dévisagèrent pendant un long moment, le physicien d'un côté, le financier de l'autre. Quarry ne savait absolument pas quoi penser. Mais, ainsi qu'il le raconterait par la suite, c'était l'entreprise d'Hoffmann – c'était son génie qui avait attiré les clients, sa machine qui avait produit les bénéfices, c'était à lui de l'arrêter.

— C'est ton bébé, conclut-il en s'écartant de la porte.

Hoffmann sortit pour gagner la salle des marchés, Quarry sur les talons. C'était mieux d'agir, de se battre. Il frappa dans ses mains.

— Écoutez-moi, tout le monde ! (Il monta sur une chaise pour que tous les analystes puissent mieux le voir. Il frappa une fois encore dans ses mains.) J'ai besoin que vous vous rassembliez tous un instant.

À son commandement, ils quittèrent leurs écrans telle une armée fantôme de docteurs ès sciences. Il vit les regards qu'ils échangeaient ; certains chuchotaient. Avec tout ce qui se passait, ils étaient visiblement tous à cran. Van der Zyl sortit de son bureau, Ju-Long aussi ; Hoffmann ne vit pas trace de Rajamani. Il attendit que deux traînards du service Incubation se soient frayé un chemin entre les bureaux, puis se racla la gorge.

— Bon, il faut de toute évidence qu'on règle quelques anomalies – c'est le moins qu'on puisse dire –, et je crois que, pour des raisons de sécurité, nous allons devoir commencer à défaire les positions que nous avons prises au cours de ces dernières heures. (Il se contrôlait. Il ne voulait pas déclencher de panique. Il n'oubliait pas non plus que les détecteurs de fumée constellaient le plafond. Tout ce qu'il disait était sans doute surveillé.) Cela ne signifie pas nécessairement que nous ayons un problème avec le VIXAL, mais il faut que nous procédions à des vérifications pour découvrir pourquoi il a fait certaines choses. Je ne sais pas combien de temps ça va prendre, aussi, dans l'intervalle, nous devons remettre en place le delta – compenser avec des positions longues sur les autres marchés ; procéder à des liquidations si on ne peut pas faire autrement. Mais, en tout cas, on a intérêt à se sortir au plus vite de là où on est.

— Nous allons devoir agir avec précaution, intervint Quarry, tant à l'adresse d'Hoffmann que du reste de la salle. Si on commence à liquider des positions de cette ampleur trop rapidement, on va faire bouger les cours.

Hoffmann acquiesça.

— C'est vrai, mais le VIXAL nous aidera à tout réaliser de façon optimum, même si on reprend le contrôle. (Il regarda la rangée d'horloges numériques sous les écrans de télévision géants.) Nous avons encore un tout petit peu plus de trois heures avant la fermeture des marchés américains. Imre, voulez-vous, avec Dieter, donner un coup de main sur les obligations et les marchés monétaires ? Franco et Jon, prenez trois ou quatre gars chacun et répartissez-vous les valeurs et les secteurs. Kolya, faites pareil avec les indices. Tous les autres gardent leur section habituelle.

— Si vous rencontrez le moindre problème, précisa Quarry, Alex et moi serons ici pour vous aider. Et je voudrais juste ajouter que personne ne doit penser un instant que c'est la fin des haricots. Nous avons engrangé 2 milliards d'investissements supplémentaires aujourd'hui même, ce qui veut dire que la boutique ne cesse de se développer. Compris ? C'est bien clair ? Nous réajusterons au cours des prochaines vingt-quatre heures et passerons à des choses encore plus importantes et positives. Des questions ?

Quelqu'un leva la main.

— Oui ?

— Est-ce que c'est vrai que vous venez de mettre Gana Rajamani à la porte ?

Hoffmann jeta un coup d'œil surpris en direction de Quarry. Il avait pensé que son associé attendrait la fin de la crise.

Quarry ne broncha pas.

— Gana voulait rejoindre sa famille à Londres pendant quelques semaines.

Une exclamation générale de surprise jaillit de l'assistance. Quarry leva les mains.

— Je peux vous assurer qu'il soutient totalement ce que nous faisons. Et maintenant, quelqu'un d'autre est-il prêt à ruiner sa carrière en me posant une question piège ?

Un rire nerveux se fit entendre.

— Bon, eh bien…

— En fait, reprit Hoffmann, il y a effectivement encore une dernière chose, Hugo. (En regardant les visages des quants tournés vers lui, il éprouva pour la première fois un brusque sentiment de camaraderie. Il avait recruté chacun d'eux. L'équipe… l'entreprise… sa création. Il se doutait qu'il ne pourrait pas leur reparler avant très longtemps, voire plus jamais.) Pourrais-je vous dire encore deux ou trois mots ? Ça a été, comme certains d'entre vous l'ont déjà deviné, une journée de merde. Et, quoi qu'il m'arrive, je voudrais juste que vous sachiez – que vous sachiez tous… (Il dut s'interrompre pour déglutir. Il s'aperçut avec horreur qu'il était gagné par l'émotion, la gorge nouée, les yeux débordant de larmes. Il regarda ses pieds et attendit de s'être ressaisi avant de relever la tête. Il fallait qu'il fasse vite s'il ne voulait pas craquer complètement.) Je veux simplement que vous sachiez à quel point de suis fier de ce que nous avons accompli ici. Cela n'a jamais été simplement une question d'argent – pas pour moi, en tout cas, et certainement pas pour la majorité d'entre vous non plus. Alors merci. Ça compte beaucoup pour moi. Voilà.

Il n'y eut pas d'applaudissements, juste une grosse perplexité. Hoffmann descendit de sa chaise. Il vit que Quarry le regardait curieusement, même si le directeur général se reprit aussitôt et lança :

— C'est bon, tout le monde, fini le petit discours. Retournez à vos galères, esclaves, et mettez-vous à ramer. On a un grain droit devant nous.

Les analystes quantitatifs se dispersèrent, et Quarry glissa à Hoffmann :

— On aurait dit un discours d'adieu.

— Ce n'était pas le but.

— Eh bien, ça y ressemblait. Qu'est-ce que tu entends par : « Quoi qu'il m'arrive ? »

Mais avant qu'Hoffmann ne puisse répondre, quelqu'un appela :

— Alex, vous avez une seconde ? Je crois qu'on a un problème, ici.

16

> *« La vie intelligente sur une planète ne peut naître qu'une fois qu'elle a appréhendé les raisons de sa propre existence*[1]. *»*
> Richard Dawkins, *Le Gène égoïste*, 1976.

Ce qui fut officiellement enregistré comme une « panne générale du système » se produisit à Hoffmann Investment Technologies à 19 heures pile, heure normale d'Europe centrale. Au même instant exactement, à plus de six mille kilomètres de là, à 13 heures, heure standard de l'est de l'Amérique du Nord, on détecta une activité inhabituelle à la Bourse de New York. Des dizaines de titres commencèrent à subir une volatilité des cours d'une telle ampleur que cela déclencha automatiquement un dispositif appelé Liquidity Replenishment Points, soit un « mode ralenti » permettant de « faire le plein de liquidités » pour chaque action cotée. Lors de son témoignage ultérieur devant la commission du Congrès, la présidente de la SEC, organe régulateur des marchés boursiers américains, expliquerait que :

« Les LRP sont souvent considérés comme des " ralentisseurs " et sont destinés à amortir la volatilité d'une action donnée en interrompant temporairement le trading automatique pour revenir aux courtiers dès qu'une action évolue trop à la

---

1. Traduit de l'anglais par Laura Ovion, Odile Jacob, Paris, 2003.

hausse ou à la baisse. Il en résulte alors qu'à la Bourse de New York, les opérations vont " ralentir " afin de permettre aux teneurs de marché désignés de solliciter des apports de liquidités avant de retourner aux automates de marché[1]. »

Il ne s'agissait cependant que d'une intervention technique sans rien d'exceptionnel et qui, à ce stade, restait relativement mineure. Ils furent très peu aux États-Unis à se rendre compte de ce qui se passa au cours de la demi-heure suivante, et aucun des analystes quantitatifs d'Hoffmann Investment Technologies n'en eut même conscience.

* * *

L'homme qui avait appelé Hoffmann devant sa batterie de six écrans était titulaire d'un doctorat d'Oxford et s'appelait Croker. Hoffmann l'avait recruté au Rutherford Appleton Laboratory, lors de ce même voyage où Gabrielle avait trouvé l'idée de faire de l'art avec des scanners. Croker avait essayé de passer outre l'algorithme et de reprendre le contrôle manuel afin de commencer à liquider leur position excessive sur le VIX, mais le système lui avait refusé l'accès.

— Laissez-moi essayer, dit Hoffmann.

Il prit la place de Croker au clavier et entra son propre mot de passe, censé lui donner un accès illimité à tous les composants du VIXAL, mais le système repoussa même sa demande d'opérateur privilégié. Il essaya de dissimuler sa peur.

Pendant qu'Hoffmann cliquait en vain sur la souris et tentait d'autres voies pour entrer dans le système, Quarry vint regarder par-dessus son épaule, rejoint par van der Zyl et Ju-Long. Il se sentait étonnamment calme, résigné même. Une part de lui avait toujours su que cela arriverait, de la même façon que, chaque fois qu'il attachait sa ceinture dans un avion, il s'attendait à périr dans un crash. À partir du moment où l'on se soumet à une machine pilotée par quelqu'un d'autre, on acceptait son destin. Au bout de quelques minutes, il lâcha :

---

1. Mary Shapiro, lors d'une audition au Congrès. Les détails évoqués en arrière-plan sur ce qui s'est produit sur les marchés financiers américains durant les deux heures qui vont suivre sont absolument véridiques, tirés des déclarations devant le Congrès et du rapport conjoint de la SEC et de la CFTC intitulé *Findings Regarding the Market Events of May 6, 2010*. (N.d.A.)

— Je suppose que l'option radicale est de débrancher tout le bazar ?

— Mais si on fait ça, répondit Hoffmann sans se retourner, on arrête carrément les transactions, point final. On ne revient pas sur nos positions actuelles : on reste figés là où elles sont.

Des exclamations de surprise et d'inquiétude se faisaient entendre dans toute la salle. Un par un, les quants abandonnaient leurs terminaux et venaient voir ce qu'Hoffmann faisait. Un peu comme des badauds rassemblés autour d'un immense puzzle, quelqu'un se penchait de temps à autre pour avancer une suggestion : Hoffmann avait-il pensé à mettre ça ici ? Est-ce que ça ne serait pas mieux d'essayer de faire l'inverse ? Il n'y prêtait aucune attention. Personne ne connaissait le VIXAL mieux que lui ; il en avait conçu chacun des aspects.

Sur les écrans géants, la retransmission de la séance de l'après-midi de Wall Street se poursuivait normalement. Le sujet qui concentrait toute l'attention était encore les émeutes à Athènes contre les mesures d'austérité prises par le gouvernement grec – savoir si la Grèce allait se retrouver en cessation de paiement, si la contagion allait s'étendre et l'euro s'effondrer. Et le hedge fund continuait de gagner de l'argent. C'était d'une certaine façon le plus curieux de tout. Quarry se retourna un instant pour consulter le compte de résultats sur l'écran voisin : il avait pris près de 300 millions de dollars pendant cette seule journée. Il ne pouvait s'empêcher, dans un petit coin de sa tête, de se demander pourquoi ils cherchaient à tout prix à stopper le VIXAL. Ils avaient créé le roi Midas avec des puces électroniques. Comment sa rentabilité phénoménale pourrait-elle aller à l'encontre des intérêts humains ?

Soudain, Hoffmann leva théâtralement les mains de son clavier comme un pianiste plaquant lors d'un récital le dernier accord d'un concerto.

— Ça ne marche pas. Il n'y a pas de réaction. Je pensais pouvoir au moins procéder à une liquidation ordonnée, mais ce n'est visiblement pas possible. Il faut arrêter complètement tout le système et le mettre en quarantaine jusqu'à ce que nous trouvions ce qui ne va pas.

— Comment allons-nous nous y prendre ? questionna Ju-Long.

L'indice de la peur

— Pourquoi ne pas le faire à l'ancienne ? proposa Quarry. On déconnecte le VIXAL et on demande par téléphone et par mails aux courtiers de ramener toutes nos positions.

— Il va falloir fournir une raison plausible pour expliquer pourquoi nous revenons au parquet au lieu d'utiliser l'algorithme.

— C'est très simple, dit Quarry. On débranche tout et on dit qu'on a eu un problème catastrophique d'alimentation électrique dans la salle des ordinateurs. On doit donc se retirer du marché jusqu'à ce que ce soit réparé. En plus, comme tous les bons mensonges, ça a le mérite d'être presque vrai.

— En fait, commenta van der Zyl, il faut seulement qu'on tienne encore deux heures et cinquante minutes, ensuite les marchés seront fermés de toute façon. Après-demain, ce sera le week-end. D'ici lundi matin, le carnet d'ordres affichera neutre et on sera hors de danger – pour autant que les marchés n'enregistrent pas une forte hausse entre-temps.

— Le Dow a déjà perdu 1 %, annonça Quarry. Pareil pour le S&P. Et il y a toute cette connerie de dette souveraine qui arrive de la zone euro. Il est impossible que le marché puisse clore la journée à la hausse.

Les quatre cadres de la compagnie se consultèrent du regard.

— Alors on y va ? On est d'accord ?

Ils acquiescèrent tous.

— Je vais le faire, dit Hoffmann.

— Je viens avec toi, proposa Quarry.

— Non. C'est moi qui l'ai branché ; c'est moi qui le débrancherai.

La traversée de la salle des marchés lui parut très longue jusqu'à la salle des ordinateurs. Il sentait les yeux de tous peser sur son dos, et il songea que, dans un film de science-fiction, il ne pourrait même pas avoir accès aux cartes mères. Mais lorsqu'il présenta son visage au scanner, les verrous s'écartèrent et la porte s'ouvrit. Dans l'obscurité froide et bruyante, la forêt d'yeux d'un millier d'unités centrales clignota à son approche. Il avait l'impression d'être sur le point de commettre un meurtre, comme des années plus tôt, au CERN, quand on l'avait obligé à tout arrêter. Il ouvrit néanmoins le boîtier métallique et saisit la manette du disjoncteur. Il se dit que ce n'était que la fin d'une phase : l'œuvre se poursuivrait, et, si ce n'était pas sous sa direction, ce serait sous celle de quelqu'un d'autre. Il remonta la manette et, en moins de deux secondes, les voyants et les ronronnements eurent cessé. Seul le bruit du climatiseur troublait encore le silence glacé. Hoffmann se serait cru dans une morgue. Il se dirigea vers la lueur de la porte ouverte. Lorsqu'il fut tout près du groupe de quants rassemblés autour de la batterie de six ordinateurs, tout le monde se tourna vers lui. Il ne put déchiffrer leurs expressions.

— Qu'est-ce qui s'est passé ? demanda Quarry. Tu n'as pas pu t'y résoudre ?

— Si, je l'ai fait. Je l'ai éteint.

Il regarda derrière le visage dubitatif de Quarry. Sur les écrans, le VIXAL-4 poursuivait ses opérations. Stupéfait, il s'approcha du terminal et passa d'un écran à l'autre.

— Allez vérifier, d'accord ? ordonna Quarry à voix basse à l'un des quants.

— Je suis encore capable de soulever une putain de manette, Hugo. Je ne suis quand même pas dingue au point de ne pas faire la différence entre marche et arrêt. Bon Dieu... Regarde ça.

Le VIXAL poursuivait ses opérations sur tous les marchés. Il vendait les euros à la baisse, entassait les bons du Trésor et renforçait sa position sur les futures du VIX.

À l'entrée de la salle des ordinateurs, le quant cria :

— L'électricité est bien coupée.

Un murmure excité parcourut l'assemblée.

— Où est l'algorithme s'il n'est pas dans nos ordinateurs, alors ? interrogea Quarry.

Hoffmann ne répondit pas.

— Je crois que c'est une question que les régulateurs ne manqueront pas de poser, intervint Rajamani.

Personne ne saurait par la suite depuis combien de temps il les observait. Quelqu'un assura qu'il n'avait jamais quitté son bureau : on l'avait vu écarter les lames des stores du bout des doigts et observer Hoffmann pendant qu'il s'adressait aux quants. Quelqu'un d'autre assura qu'il était tombé sur lui devant un terminal isolé, dans la salle de conférence, et qu'il copiait des données sur un périphérique de stockage de grande capacité. Un autre analyste encore, indien comme lui, avoua même que Rajamani l'avait approché dans la cuisine commune pour lui demander s'il accepterait d'être son informateur à l'intérieur de la compagnie. Dans l'atmosphère quelque peu hystérique qui commençait à s'emparer d'Hoffmann Investment Technologies, où les hérétiques, les disciples, les apostats et les martyrs trouveraient chacun leur place respective, il deviendrait parfois difficile d'établir la vérité. La seule chose sur laquelle tout le monde s'accorderait serait que Quarry avait commis une grave erreur en ne faisant pas reconduire à la sortie par la sécurité le directeur des risques, à l'instant même où il l'avait mis à la porte. Dans le chaos général, il l'avait tout simplement oublié.

Rajamani se tenait sur le seuil de la salle des marchés avec un petit carton contenant ses effets personnels – les photos de sa remise de diplôme, de son mariage et de ses enfants ; une boîte de thé Darjeeling qu'il conservait pour son usage personnel dans le frigo commun et auquel personne n'avait le droit de toucher ; un cactus qui semblait lever les pouces en signe de victoire ; et une lettre manuscrite encadrée du chef du Bureau des fraudes graves de Scotland Yard, qui le remerciait de son concours dans l'enquête sur une affaire bénigne censée ouvrir une nouvelle ère dans la réglementation de la City, mais qui avait été rapidement étouffée en appel.

— Je croyais vous avoir demandé de déguerpir, fit Quarry d'une voix rauque.

— Eh bien, je pars tout de suite, rétorqua Rajamani, et vous serez heureux d'apprendre que j'ai rendez-vous au ministère des Finances de Genève dès demain matin. Laissez-moi vous prévenir que chacun d'entre vous risque des poursuites, des peines de prison et des amendes de millions de dollars si vous persistez à faire tourner une entreprise qui ne devrait pas effectuer d'opérations. Nous avons visiblement affaire à une technologie dangereuse, totalement incontrôlée, et je peux vous promettre, Alex et Hugo, que la SEC et la FSA vont vous interdire l'accès à tous les marchés américains et anglais en attendant qu'une enquête soit ouverte. Vous devriez avoir honte, tous les deux. Vous devriez tous avoir honte.

Il fallait reconnaître à Rajamani son assurance : il parvint à prononcer son petit discours au-dessus d'une boîte de thé et d'un cactus victorieux sans perdre une once de dignité. Il balaya ensuite l'assemblée d'un dernier regard plein de fureur et de mépris, redressa le menton et se dirigea d'un pas décidé vers la réception. La scène rappela à plus d'un témoin des images d'employés quittant Lehman Brothers avec leurs affaires dans un carton.

— Oui, c'est ça, dégage! lança Quarry derrière lui. Tu verras qu'avec 10 milliards de dollars, on peut avoir tous les avocats qu'on veut. Et c'est toi qu'on va poursuivre pour avoir violé les clauses de ton contrat! Putain, on va te faire plonger!

— Attendez! s'écria Hoffmann.

— Laisse-le, Alex, conseilla Quarry. Ne lui donne pas cette satisfaction.

— Mais il a raison, Hugo. Ça devient très dangereux. Si le VIXAL a d'une façon ou d'une autre échappé à tout contrôle, ça pose un vrai problème de risque général. Il faut qu'on ait Gana avec nous jusqu'à ce qu'on ait compris ce qui se passe.

Ignorant les protestations de Quarry, il se lança à la poursuite de Rajamani, mais l'Indien avait accéléré le pas et il le manqua à la réception. Il l'aperçut près des ascenseurs. Le couloir était désert.

— Gana! appela-t-il. S'il vous plaît. On peut discuter.

— Je n'ai rien à vous dire, Alex.

Rajamani serrait le carton devant lui, le dos tourné à la cabine d'ascenseur. Il appuya sur le bouton d'appel avec son coude.

— Je n'ai rien contre vous personnellement. Je regrette.

Les portes s'ouvrirent. Il se retourna et s'avança vivement entre les panneaux coulissants, puis disparut instantanément. Les portes se refermèrent.

Hoffmann resta une seconde immobile, doutant de ce qu'il venait de voir. Il s'avança avec hésitation dans le couloir et appuya sur le bouton d'appel. Les portes s'ouvrirent sur le tube de verre vide de la cage d'ascenseur. Il se pencha et scruta une cinquantaine de mètres de colonne translucide qui s'enfonçaient ensuite dans l'obscurité et le silence du parking souterrain.

— Gana ! appela-t-il désespérément.

Il n'obtint pas de réponse. Il tendit l'oreille, mais n'entendit personne crier. Rajamani avait dû tomber si rapidement que personne n'avait rien remarqué.

Il se précipita dans le couloir vers l'escalier de secours et, moitié courant, moitié sautant, dévala les volées de marches de béton jusqu'au sous-sol puis fit irruption dans le garage souterrain et fonça vers l'ascenseur. Il glissa les doigts dans l'interstice et s'efforça d'écarter les portes, mais elles ne cessaient de se refermer sur lui. Il recula et chercha du regard ce qu'il pourrait utiliser. Il envisagea de briser la vitre d'une voiture pour avoir accès au coffre et récupérer un cric. Puis il repéra une porte métallique portant le symbole d'un éclair et l'essaya. Elle ouvrait sur un réduit de rangement – des balais, des pelles, des seaux, un marteau. Il découvrit une sorte de grand pied-de-biche de près d'un mètre de long et le porta en courant à l'ascenseur. Il en introduisit l'extrémité entre les deux portes et le poussa en faisant des mouvements de va-et-vient. Les panneaux s'écartèrent juste assez pour qu'il puisse glisser son pied, puis son genou. Il força pour enfoncer toute sa jambe dans l'espace. Cela déclencha un mécanisme automatique, et les portes s'ouvrirent complètement.

La lumière qui tombait des étages supérieurs éclairait Rajamani, couché, face contre terre, au fond de la cage d'ascenseur. Une flaque de sang grosse comme une assiette semblait jaillir du sommet de son crâne. Les photos gisaient, éparpillées autour de lui. Hoffmann sauta près de lui, et des bouts de verre crissèrent sous ses pieds. Il respira une odeur de thé incongrue. Il s'accroupit pour prendre la main de Rajamani, d'une douceur et d'une chaleur perturbante, et, pour la deuxième fois de la journée, chercha un pouls qu'il ne trouva pas. Dans son dos, juste au-dessus, les portes se refermèrent avec fracas. Hoffmann jeta un regard affolé autour de lui au moment où la cabine d'ascenseur entamait sa descente. Le tube lumineux diminuait rapidement alors que la cabine dévalait les étages – le cinquième, puis le quatrième. Hoffmann saisit le pied-de-biche et essaya de le glisser à nouveau entre les portes, mais il perdit l'équilibre et tomba en arrière à côté du corps de Rajamani, les yeux rivés sur le fond de la cabine qui se précipitait vers lui, maintenant la barre de fer à deux mains dressée au-dessus de sa tête comme une lance pour repousser une bête en train de charger. Il perçut un souffle graisseux sur son visage. La lumière se voila puis disparut, quelque chose de lourd heurta son épaule, et la barre de fer eut un sursaut avant de se fixer aussi fermement qu'un étai. Pendant plusieurs secondes, il sentit le pied-de-biche résister. Il hurlait de toutes ses forces dans le noir absolu, contre le fond de la cabine qui ne devait se trouver qu'à quelques centimètres de son visage, et s'arc-boutait pour empêcher que la barre ne ploie ou ne dérape. Mais alors le mécanisme s'inversa, la note tenue par le moteur se mua en vrombissement, le pied-de-biche lui retomba entre les mains et la cabine se mit à monter, accélérant à mesure qu'elle s'élevait jusqu'en haut de la cathédrale de verre, révélant des étages successifs de lumière blanche qui se déversait dans le puits.

Hoffmann se releva et fourra à nouveau la barre entre les portes, forçant pour la faire entrer dans l'interstice et parvenant à écarter légèrement les deux panneaux. L'ascenseur venait d'arriver tout en haut et s'immobilisa. Il y eut un bruit métallique et Hoffmann l'entendit entamer une nouvelle descente. Il se hissa contre les portes et enfonça les doigts dans l'étroite ouverture. Il s'accrocha, jambes écartées, muscles tendus, puis il rejeta la tête en arrière et rugit sous l'effort. Les portes cédèrent de quelques centimètres avant de s'ouvrir brusquement. Une ombre passa derrière son dos et, dans un grand souffle d'air et un vrombissement de machine, il se jeta en avant sur le sol du garage.

* * *

Leclerc se trouvait dans son bureau, au commissariat, et était sur le point de rentrer chez lui quand il reçut un appel l'informant qu'on avait trouvé un corps dans un hôtel de la rue de

Berne. Il devina tout de suite, à sa description – visage hâve, catogan, manteau de cuir –, qu'il s'agissait de l'homme qui avait agressé Hoffmann. La cause de la mort était apparemment la strangulation, mais il était encore trop tôt pour déterminer s'il s'agissait d'un meurtre ou d'un suicide. La victime était allemande : Johannes Karp, cinquante-huit ans. Leclerc téléphona pour la deuxième fois ce jour-là à sa femme afin de la prévenir qu'il était retenu au travail, puis partit à l'arrière d'une voiture de police dans la circulation des heures de pointe en direction de la rive nord du Rhône.

Il était en service depuis près de vingt heures et se sentait complètement claqué. Mais la perspective d'une mort suspecte, ce qui n'arrivait pas plus de huit fois par an à Genève, le requinquait toujours. Dans une explosion de gyrophare, de sirène hurlante et de rugissement de moteur, la voiture de police remonta avec importance le boulevard Carl-Vogt, franchit le pont et coupa la voie de gauche de la rue de Sous-Terre, forçant les voitures qui arrivaient en face à s'écarter de son chemin. Ballotté sur la banquette arrière, Leclerc appela le chef de la police et lui laissa un message pour l'informer qu'on avait apparemment retrouvé le suspect de l'affaire Hoffmann, mort.

Dans la rue de Berne, il régnait presque une atmosphère de carnaval devant l'hôtel Diodati : quatre voitures de police au gyrophare bleu éblouissant dans la pénombre de ce début de soirée couvert; une foule assez dense rassemblée de l'autre côté de la rue et comprenant plusieurs prostituées noires et lustrées aux vêtements aussi courts que criards, qui plaisantaient avec les gens du coin; des lignes vibrantes d'adhésif rayé noir et jaune destinées à interdire l'accès du lieu du crime aux curieux. De temps à autre, un flash éclatait. Leclerc songea en descendant de voiture qu'on aurait dit des fans attendant l'arrivée de la star. Un gendarme souleva l'adhésif, et Leclerc passa dessous. Quand il était jeune, il avait sillonné ces quartiers à pied et connaissait toutes les filles par leur nom. Il se disait que certaines devaient être grands-mères à présent; mais, en y réfléchissant, certaines étaient déjà grands-mères à l'époque.

L'indice de la peur

Il pénétra dans le Diodati. L'établissement s'appelait autrement dans les années quatre-vingt. Il n'arrivait pas à se rappeler comment. Les clients avaient tous été rassemblés dans la réception et n'étaient pas autorisés à partir tant qu'ils n'avaient pas fait de déposition. Il y avait là de toute évidence plusieurs prostituées, ainsi que deux types bien fringués qui auraient mieux fait de ne pas se trouver là et se tenaient à l'écart, taciturnes et gênés. Leclerc n'aima pas beaucoup l'allure du petit ascenseur et préféra prendre l'escalier, s'arrêtant à chaque étage désert pour reprendre son souffle. Devant la chambre où l'on avait découvert le corps, le couloir grouillait de policiers en uniforme, et l'inspecteur dut enfiler une combinaison blanche, des gants en latex et des chaussons en plastique transparents par-dessus ses chaussures. Il se refusa à mettre la capuche. Putain, j'ai l'air d'un lapin blanc, songea-t-il.

Il ne connaissait pas le flic en charge du lieu du crime – un nouveau qui s'appelait Moynier et n'avait apparemment pas plus de trente ans, même si c'était difficile à évaluer vu qu'il avait remonté sa capuche et que seul l'ovale de son visage poupin était visible. Il y avait aussi, dans la chambre, le médecin légiste et le photographe, deux anciens, même s'ils n'étaient pas aussi vieux que Leclerc ; personne n'était aussi vieux que Leclerc ; il se sentait aussi vieux que le Jura. Il examina le cadavre pendu à la poignée de porte de la salle de bains. La tête avait noirci au-dessus de la ligne mince de la ligature, qui était enfouie dans la chair du cou. Il y avait plusieurs coupures et des écorchures sur le visage. L'un des yeux était très enflé. Sa carcasse maigre ainsi pendue, l'Allemand ressemblait à un vieux corbeau mort accroché par un fermier pour décourager les autres charognards. Il n'y avait pas d'interrupteur dans la salle de bains, mais on distinguait tout de même le sang qui maculait la cuvette des toilettes. La tringle du rideau de douche était à moitié arrachée, tout comme le lavabo.

— Un voisin jure qu'il a entendu des bruits de bagarre vers 15 heures, annonça Moynier. Il y a aussi du sang près du lit. Je conclus provisoirement à un meurtre.

— Beau travail, commenta Leclerc.

Le médecin légiste toussa pour dissimuler son rire.

Moynier n'y vit que du feu.

— Est-ce que j'ai eu raison de vous appeler ? demanda-t-il. Pensez-vous qu'il s'agisse de l'homme qui a agressé le banquier américain ?

— Il me semble, oui.

— Eh bien, j'espère que vous n'y verrez pas d'objection, Leclerc, mais j'étais ici le premier, et je voudrais que ce soit bien clair que c'est mon affaire, maintenant.

— Mais, mon cher, je vous en prie.

Leclerc se demanda comment l'occupant de cette chambre minable avait pu croiser le propriétaire d'un manoir de soixante millions de francs à Cologny. Sur le lit, les affaires du mort avaient été réparties dans des sachets de plastique transparent et disposées pour être examinées : des vêtements, un appareil photo, deux couteaux, un imperméable dont le devant avait apparemment été taillé. Leclerc se rappela qu'Hoffmann en avait porté un semblable quand il s'était rendu à l'hôpital. Il s'empara d'un adaptateur secteur.

— C'est une prise d'ordinateur, non ? demanda-t-il. Où est-ce qu'il est ?

— Il n'y en avait pas ici, répondit Moynier avec un haussement d'épaules.

Le téléphone portable de Leclerc se mit à sonner dans la poche de sa veste. Il n'arrivait pas à l'attraper à travers sa fichue combinaison de lapin. Il baissa la fermeture à glissière avec irritation et arracha ses gants. Moynier commença à protester à cause de la contamination, mais Leclerc lui tourna le dos. C'était son assistant qui l'appelait, le jeune Lullin, qui était encore au bureau. Il lui signala qu'il venait de vérifier les rapports de l'après-midi. Une psychiatre, le docteur Polidori, à Vernier, avait appelé deux heures plus tôt au sujet d'un de ses patients qui présentait des symptômes schizophréniques potentiellement dangereux. Elle disait qu'il s'était battu. Mais, quand la patrouille était arrivée à son cabinet, l'homme avait disparu. Il s'appelait Alexander Hoffmann. La psy n'avait pas d'adresse récente, mais elle avait donné une description.

— A-t-elle précisé s'il avait un ordinateur avec lui ?

Il y eut un silence, puis un bruissement de feuilles de papier, et Lullin finit par répondre :
— Comment le saviez-vous ?

* * *

Sans lâcher le pied-de-biche, Hoffmann monta rapidement l'escalier conduisant du sous-sol au rez-de-chaussée avec l'intention de donner l'alerte au sujet de Rajamani. Il s'arrêta à la porte de la réception. Par la vitre rectangulaire, il repéra une escouade de six gendarmes en uniforme noir, gros brodequins et arme au poing, qui traversaient la réception au pas de course pour gagner l'intérieur du bâtiment ; les suivait un Leclerc essoufflé. Dès qu'ils eurent franchi le tourniquet, la sortie fut bloquée, et deux autres policiers armés se postèrent de chaque côté.

Hoffmann fit demi-tour, redescendit l'escalier et retourna dans le parking. La rampe qui menait à la rue se trouvait à une cinquantaine de mètres, et il prit cette direction. Il entendit bientôt derrière lui un doux crissement de pneus tournant sur le béton. Une grosse BMW noire sortit de son emplacement, redressa sa trajectoire et arriva derrière lui, feux allumés. Sans prendre le temps de réfléchir, Hoffmann se jeta devant pour la forcer à s'arrêter, puis il courut à la portière du conducteur et l'ouvrit à la volée.

Quel spectacle devait offrir le président d'Hoffmann Investment Technologies, couvert de sang, de cambouis et de saleté, une longue barre de fer à la main ! Le conducteur quitta sa voiture sans demander son reste. Hoffmann jeta le pied-de-biche sur le siège passager, enclencha la position de conduite automatique et écrasa l'accélérateur. Dans un sursaut, la grosse voiture s'engagea sur la rampe. La porte d'acier commençait tout juste à remonter et il dut piler pour attendre qu'elle s'ouvre entièrement. Il vit dans le rétroviseur le propriétaire de la voiture, dont l'adrénaline avait transformé la peur en fureur, remonter la rampe pour en découdre. Hoffmann bloqua les portières, et l'homme se mit à cogner contre la vitre en hurlant. L'épaisse vitre teintée étouffait ses cris et lui donnait un aspect subaquatique. La porte d'acier arriva en haut, et

Hoffmann lâcha la pédale de frein pour appuyer sur l'accélérateur, tellement pressé de partir qu'il l'écrasa cette fois encore trop fort. La BMW franchit le trottoir en tressautant puis vira sur deux roues dans la rue à sens unique déserte.

* * *

Au cinquième étage, Leclerc et son escouade sortirent de l'ascenseur. Il pressa le bouton de l'interphone et leva les yeux vers la caméra de sécurité. La réceptionniste habituelle était rentrée chez elle et ce fut Marie-Claude qui les fit entrer. Effarée, elle porta la main à sa bouche en voyant les hommes armés la dépasser en courant.

— Je cherche le docteur Hoffmann, annonça Leclerc. Il est ici ?

— Oui, bien sûr.

— Vous voulez bien nous conduire à lui, s'il vous plaît ?

Elle les mena à la salle des marchés. Quarry se retourna en entendant l'agitation. Il se demandait pourquoi Hoffmann traînait autant. Il avait supposé qu'il se trouvait toujours avec Rajamani et avait pris son absence prolongée comme un bon signe : à la réflexion, il pensait aussi qu'il vaudrait mieux persuader leur ancien directeur des risques de ne pas s'attaquer à eux à un moment aussi critique. Mais lorsqu'il vit arriver Leclerc et ses gendarmes, il sut que les carottes étaient cuites. Néanmoins, décidé à perpétuer l'esprit de ses ancêtres, il était prêt à tomber avec dignité.

— Puis-je vous aider, messieurs ? demanda-t-il calmement.

— Nous devons parler au docteur Hoffmann, répondit Leclerc. (Il oscillait de droite et de gauche, hissé sur la pointe des pieds pour essayer de repérer l'Américain au milieu des quants interrogateurs qui détournaient la tête de leurs écrans d'ordinateur.) Que personne ne bouge, s'il vous plaît.

— Vous avez dû le manquer de peu. Il est sorti pour s'entretenir avec un de nos cadres.

— Il est sorti de l'immeuble ? Sorti où ?

— Je pensais qu'il était juste dans le couloir…

Leclerc poussa un juron.

— Vous trois, dit-il aux gendarmes les plus proches, fouillez les locaux. Et vous trois, ordonna-t-il aux autres, venez avec moi. Personne ne doit quitter le bâtiment sans ma permission, lança-t-il enfin à la cantonade. Personne ne donne de coup de fil. Nous nous efforcerons de faire aussi vite que possible. Merci de votre coopération.

Il retourna d'un pas vif vers la réception. Quarry se lança à sa poursuite.

— Pardon, inspecteur... Excusez-moi... Qu'est-ce qu'Alex a fait, exactement ?

— On a découvert un corps. Nous devons en parler avec lui. Pardonnez-moi...

Il quitta les bureaux et pénétra dans le couloir, qu'il trouva désert. Cet endroit lui faisait une impression bizarre. Il fouilla l'espace du regard.

— Quelles sont les autres sociétés qui occupent cet étage ?

Quarry était toujours dans son sillage. Son teint avait viré au gris.

— Il n'y a que nous. On a loué l'ensemble. Quel corps ?

— Il va falloir commencer par le bas et remonter, lança Leclerc à ses hommes.

L'un des gendarmes appuya sur le bouton d'appel de l'ascenseur. Les portes s'ouvrirent, et ce fut l'inspecteur, le regard en alerte, qui vit le danger le premier et lui hurla de ne pas bouger.

— Bon Dieu, souffla Quarry en regardant le vide. Alex...

Les portes commencèrent à se refermer. Le gendarme remit son doigt sur le bouton pour les rouvrir. Leclerc s'agenouilla avec une grimace puis se traîna jusqu'au bord et scruta le fond. Il était impossible de voir quoi que ce fût à cette distance. Il sentit une goutte lui tomber sur la nuque. Il y porta la main et toucha un liquide visqueux. Il leva alors la tête et découvrit le dessous de la cabine d'ascenseur, arrêtée à l'étage du dessus. Quelque chose y était accroché. Il recula précipitamment.

* * *

Gabrielle avait terminé de faire ses bagages. Ses valises étaient dans l'entrée : une grande valise, une plus petite et un sac cabine, moins qu'un déménagement, mais plus qu'une escapade. Le dernier vol pour Londres devait décoller à 21 h 25, et le site de la British Airways annonçait des mesures de sécurité renforcées après l'attentat sur l'avion de la Vista Airways. Il fallait qu'elle parte maintenant si elle voulait être sûre de l'avoir. Elle s'installa dans son atelier pour écrire un mot à Alex, à l'ancienne, sur du papier d'un blanc immaculé, avec une plume d'acier et à l'encre de Chine.

Elle voulait avant tout lui dire qu'elle l'aimait et qu'elle ne partait pas pour toujours – « peut-être préférerais-tu que je le fasse » –, mais qu'elle avait besoin de quitter Genève quelque temps. Elle était allée voir Bob Walton au CERN – « Ne te fâche pas, c'est un type bien et il s'inquiète pour toi » – et cela l'avait aidée dans la mesure où, pour la première fois, elle commençait à comprendre quel travail extraordinaire il avait entrepris et la tension immense qu'il devait subir.

Elle regrettait de lui avoir reproché le fiasco de son exposition. S'il lui assurait toujours que ce n'était pas lui qui avait tout acheté, bien sûr, elle le croirait. « Mais, mon chéri, es-tu bien certain que ce ne soit pas toi, parce que, qui d'autre aurait pu faire une chose pareille ? » Peut-être souffrait-il de nouveau d'une sorte de dépression, auquel cas elle voulait l'aider. Ce qu'elle *ne voulait pas*, c'était apprendre par quelqu'un d'autre qu'il avait eu des problèmes, et qui plus est par un policier. « Si nous devons rester ensemble, nous devrons nous montrer plus honnêtes l'un envers l'autre. » Elle n'était venue en Suisse, toutes ces années auparavant, que pour y passer deux mois de stage, mais elle avait fini par rester et organiser toute son existence autour de sa vie à lui. Cela aurait peut-être tourné autrement s'ils avaient eu des enfants. Mais ce qui s'était passé aujourd'hui avait eu au moins le mérite de lui faire comprendre que, pour elle, le travail, aussi créatif qu'il puisse être, ne remplaçait pas la vie, alors que pour lui, elle avait l'impression que c'était *exactement le contraire*.

Ce qui l'amenait à ce qu'elle voulait dire. D'après ce qu'elle avait saisi des propos de Walton, il avait voué sa vie à essayer de créer une machine capable de raisonner, d'apprendre et d'agir indépendamment des êtres humains. Or, elle trouvait que cette idée même avait quelque chose de proprement effrayant, même si Walton lui avait assuré que ses intentions étaient des plus nobles (« et, te connaissant, je n'en doute pas un instant »). Mais avoir une ambition aussi démesurée et la placer entièrement au service de l'argent – cela ne revenait-il pas à marier le sacré et le profane ? Ce n'était pas surprenant qu'il ait commencé à se comporter bizarrement. Déjà, *vouloir* posséder un milliard de dollars, sans même parler de *posséder* effectivement une telle somme, lui apparaissait comme de la folie pure, mais elle était sûre qu'à une époque il aurait été lui aussi de cet avis. Si on inventait quelque chose dont tout le monde avait besoin, eh bien, d'accord, c'était normal de s'enrichir. Mais gagner tout cet argent en jouant (elle n'avait jamais bien compris ce que faisait son entreprise, mais ça semblait se résumer à ça)... ! Elle trouvait une telle avidité pire encore que la folie, elle la jugeait *mauvaise* – *rien de bon* ne pourrait en sortir – et c'est pour cela qu'elle devait quitter Genève, avant de se laisser contaminer par cet endroit et ses valeurs...

Elle ne cessait d'écrire, inconsciente du temps qui s'écoulait, le stylo glissant sur le papier fait main suivant le tracé complexe de sa calligraphie. La serre s'assombrit. De l'autre côté du lac, les lumières de la ville commencèrent à briller. La pensée d'Alex, seul dehors avec sa tête blessée, la tourmenta.

> *Il me répugne de partir alors que tu vas mal, mais si tu ne me laisses pas t'aider, si tu ne laisses pas les médecins t'examiner convenablement, il ne servirait pas à grand-chose que je reste, n'est-ce pas ? Si tu as besoin de moi, appelle-moi. Je t'en prie. N'importe quand. C'est tout ce que je demande. Je t'aime. G.*

Gabrielle glissa la lettre dans une enveloppe, la ferma et traça un grand A sur le devant. Puis elle la porta dans le bureau, s'arrêtant brièvement dans l'entrée pour demander à son chauffeur-garde du corps de mettre ses bagages dans la voiture et de la conduire à l'aéroport.

Elle pénétra dans le bureau et posa l'enveloppe sur le clavier de l'ordinateur de son mari. Elle dut presser une touche sans le faire exprès car l'écran s'anima, et elle se retrouva face à l'image d'une femme penchée au-dessus d'un bureau. Elle mit un moment à prendre conscience qu'il s'agissait d'elle-même. Elle regarda derrière elle et au-dessus, en direction de la lumière rouge du détecteur de fumée ; la femme sur l'écran fit la même chose.

Elle frappa plusieurs touches au hasard. Rien ne se produisit. Elle pressa ESCAPE, et l'image se réduisit instantanément à une vignette dans le coin supérieur gauche de l'écran, une case dans une grille de vingt-quatre plans de caméras différentes, légèrement renflée sur les bords à partir du centre, à la façon des images multiples enregistrées par l'œil d'un insecte. Quelque chose semblait remuer légèrement dans l'une des cases. Gabrielle fit bouger la souris et cliqua dessus. L'écran se remplit d'une image de vision nocturne la montrant allongée sur un lit, vêtue d'un peignoir court, jambes croisées et bras derrière la tête. Une bougie brillait, aussi lumineuse qu'un soleil à côté d'elle. Il n'y avait pas de son. Elle défit sa ceinture, laissa choir le peignoir et, nue, ouvrit les bras. La tête d'un homme – la tête d'Alex, intacte – apparut dans la partie inférieure droite de l'image. Lui aussi se déshabilla.

Une petite toux polie retentit.

— Madame Hoffmann ? s'enquit une voix derrière elle.

Elle détourna son regard horrifié de l'écran et découvrit son chauffeur dans l'encadrement de la porte. Deux gendarmes à casquette sombre se profilaient derrière lui.

* * *

À New York, à 13 h 30, la Bourse commençait à connaître une telle volatilité que le « disjoncteur » constitué par les Liquidity Replenishment Points s'emballa, sortant environ 20 % de liquidités du marché en quelques minutes. Le Dow était en baisse de plus d'1,5 %, le S&P 500 de 2 %. Le VIX était en hausse de dix points.

17

> « *Les mâles les plus vigoureux, c'est-à-dire ceux qui sont le plus aptes à occuper leur place dans la nature, laissent un plus grand nombre de descendants. Mais, dans bien des cas, la victoire ne dépend pas tant de la vigueur générale de l'individu que de la possession d'armes spéciales ou de moyens de défense.* »
> Charles Darwin, *De l'origine des espèces*, 1859.

Zimeysa, c'était nulle part – pas d'histoire, pas de géographie, pas d'habitants. Même son nom n'était qu'un acronyme : Zone Industrielle de MEYrin-SAtigny. Hoffmann roulait entre des bâtiments bas qui ne ressemblaient ni à des immeubles de bureaux ni à des usines, mais à des hybrides des deux. Qu'est-ce qu'on faisait ici? Qu'est-ce qu'on produisait? C'était impossible à déterminer. Des grues déployaient leurs bras squelettiques au-dessus de chantiers de construction et d'aires de stationnement de poids lourds désertés pour la nuit. Ça aurait pu se trouver n'importe où dans le monde. L'aéroport était situé à moins d'un kilomètre vers l'est. Les lumières des terminaux projetaient une lueur pâle sur le ciel sombre strié de nuages bas. Chaque fois qu'un avion de ligne traversait l'espace pour atterrir, l'air était secoué par un monstrueux bruit de vague déferlant sur la grève, un épouvantable crescendo qui portait sur les nerfs d'Hoffmann et auquel succédait la plainte du reflux, les feux d'atterrissage sombrant telles des épaves entre les grues et les toits plats.

L'Américain maniait la BMW avec un soin extrême, et conduisait le visage collé au pare-brise. Il y avait plein de travaux sur la chaussée, visiblement pour poser des câbles, ce qui bloquait une voie, puis l'autre, créant des chicanes. La route de Clerval se trouvait sur la droite, juste après un concessionnaire de pièces détachées automobiles – Volvo, Nissan, Honda. Il mit son clignotant. Un peu plus loin, sur la gauche, il y avait une station-service. Il s'arrêta aux pompes et se rendit dans la boutique. Les enregistrements des caméras de surveillance le montrent qui hésite dans les allées, puis se dirige d'un pas décidé vers le rayon des jerricanes : métalliques, rouges, de bonne qualité, 35 francs pièce. La vidéo est en accéléré, ce qui donne aux mouvements d'Hoffmann un côté saccadé, comme ceux d'une marionnette. Il achète cinq bidons et règle en liquide. La caméra placée au-dessus de la caisse montre clairement la blessure sur le sommet de son crâne. Les vendeurs le décriraient par la suite comme très agité. Il avait le visage et les vêtements maculés de cambouis et de saleté, et du sang séché dans les cheveux.

— Qu'est-ce que c'est que tous ces travaux ? demanda-t-il en produisant un sourire épouvantable.

— Ça fait des mois que ça dure, monsieur. Ils posent le câble à fibre optique.

Hoffmann sortit avec les jerricanes. Il lui fallut deux voyages pour les porter à la pompe la plus proche. Il entreprit alors de les remplir les uns après les autres. Il n'y avait pas d'autre client et il se sentait terriblement exposé, seul sous les néons. Il voyait bien que les employés de la station l'observaient. Juste au-dessus d'eux, un nouvel avion de ligne s'apprêta à atterrir, et l'air trembla tout autour. Hoffmann eut l'impression que ses entrailles allaient sortir de son corps. Il acheva de remplir le dernier bidon, ouvrit la portière arrière de la BMW et le fourra tout au fond, le long de la banquette, avant de disposer les autres en rang, à sa suite. Il retourna à la boutique, paya 178 francs d'essence plus 25 francs pour une lampe de poche, deux briquets et trois chiffons de nettoyage. Cette fois encore, il régla en liquide. Puis il quitta la station sans un regard en arrière.

* * *

Leclerc avait procédé à une inspection rapide du corps dans la cage d'ascenseur. Il n'y avait pas grand-chose à voir. Cela lui rappela un suicide qu'il avait eu un jour à traiter à la gare de Cornavin. Il n'avait pas trop de mal à supporter ce genre de chose. C'étaient les corps intacts, ceux qui vous regardaient comme s'ils respiraient encore, qui le mettaient dans un sale état. Leurs yeux étaient toujours si pleins de reproches : *Où étais-tu quand j'avais besoin de toi ?*

Au sous-sol, l'inspecteur s'entretint brièvement avec l'homme d'affaires autrichien à qui Hoffmann avait volé la voiture. L'homme était hors de lui et semblait en vouloir davantage à Leclerc qu'à celui qui l'avait dépouillé – « Je paie mes impôts ici, alors j'attends de la police qu'elle me protège » et ainsi de suite – et l'inspecteur avait dû l'écouter poliment. On avait signalé avec un caractère de priorité absolue le numéro d'immatriculation et une description de l'Américain à tous les agents de police de Genève. Le bâtiment tout entier était à présent fouillé et évacué. Les légistes étaient en route. On avait été chercher Mme Hoffmann chez elle, à Cologny, et on l'amenait ici pour l'interroger. Le bureau du chef de la police avait été averti : le chef lui-même participait à un dîner officiel à Zurich, ce qui représentait un soulagement. Leclerc ne voyait pas ce qu'il pouvait faire de plus.

Pour la seconde fois ce soir-là, il dut monter plusieurs étages à pied et se sentit étourdi par l'effort. Il éprouvait comme un tiraillement dans le bras gauche. Il faudrait qu'il se fasse faire des examens, comme sa femme ne cessait de le lui répéter. Il réfléchit à Hoffmann et se demanda s'il avait tué son collègue comme il avait tué l'Allemand dans la chambre d'hôtel. Tout portait à croire que c'était impossible : le dispositif de sécurité de l'ascenseur était de toute évidence en panne. Mais, en même temps, il fallait reconnaître que c'était une coïncidence incroyable qu'un homme puisse avoir été témoin de deux morts en l'espace de quelques heures.

Arrivé au cinquième étage, il s'arrêta pour reprendre sa respiration. L'accès aux bureaux du fonds d'investissement était ouvert ; un jeune gendarme montait la garde. Leclerc le salua en passant devant lui. Dans la salle des marchés, l'ambiance n'était pas seulement à la consternation – il s'y serait attendu, après la perte d'un collègue –, mais frôlait aussi l'hystérie. Les employés, qu'il avait trouvés jusque-là tellement silencieux, s'étaient rassemblés en petits groupes et parlaient avec animation. L'Anglais, Quarry, courut presque à sa rencontre. Sur les écrans, les chiffres ne cessaient de changer.

— Des nouvelles d'Alex ? questionna Quarry.

— Il semble qu'il ait obligé un conducteur à descendre de voiture pour la lui voler. Nous le recherchons.

— C'est inconcevable..., commença Quarry.

— Pardon, *monsieur**, l'interrompit Leclerc, mais pourrais-je voir le bureau du docteur Hoffmann, je vous prie ?

Quarry prit aussitôt un air fuyant.

— Je ne suis pas sûr que cela soit possible. Peut-être faudrait-il que j'appelle d'abord notre avocat...

— Je suis certain qu'il vous conseillerait de coopérer pleinement, assura Leclerc d'un ton ferme.

Il se demandait ce que le financier essayait de dissimuler.

Quarry obtempéra immédiatement.

— Oui, bien entendu.

Dans le bureau d'Hoffmann, le sol était toujours jonché de débris. Le trou béait dans le faux plafond au-dessus du bureau. Leclerc leva un regard effaré vers les dégâts.

— C'est arrivé quand ?

Quarry fit la grimace, aussi gêné que s'il devait confesser l'existence d'un parent aliéné.

— Il y a une heure. Alex a arraché le détecteur de fumée.

— Pourquoi ?

— Il pensait qu'il y avait une caméra à l'intérieur.

— Et il y en avait une ?

— Oui.

— Qui l'avait installée ?

— Notre conseiller en sécurité, Maurice Genoud.
— Sur ordre de qui ?
— Eh bien…, fit Quarry, qui ne trouva pas d'échappatoire. En fait, il s'avère que l'ordre venait d'Alex.
— Hoffmann s'espionnait lui-même ?
— Oui, apparemment. Mais il ne se souvenait absolument pas de l'avoir fait.
— Où est Genoud maintenant ?
— Je crois qu'il est descendu parler à vos hommes quand on a découvert le corps de Gana. Il gère la sécurité de ce bâtiment tout entier.

Leclerc s'assit à la place d'Hoffmann et entreprit d'ouvrir les tiroirs de son bureau.

— Vous n'avez pas besoin d'un mandat pour faire ça ?
— Non.

Leclerc trouva le livre de Darwin et le CD du service de radiologie de l'Hôpital universitaire. Puis il remarqua un ordinateur portable posé sur le canapé. Il s'en approcha et l'ouvrit, examina le portrait d'Hoffmann et entra dans le fichier de ses échanges avec l'Allemand mort, Karp. Il était tellement absorbé qu'il leva à peine les yeux à l'arrivée de Ju-Long.

— Excusez-moi, Hugo, déclara celui-ci, je crois que vous devriez jeter un coup d'œil à ce qui se passe sur les marchés.

Quarry fronça les sourcils, se pencha au-dessus de l'écran et passa d'une fenêtre à une autre. La dégringolade commençait à devenir sérieuse. Le VIX trouait le plafond, l'euro plongeait, les investisseurs laissaient tomber les actions et couraient se réfugier dans l'or et les bons du Trésor à dix ans dont le rapport chutait rapidement. Partout les liquidités venaient à manquer sur le marché – pour les seules futures S&P traitées électroniquement et en l'espace d'à peine plus de quatre-vingt-dix minutes, les liquidités côté acheteurs étaient tombées de 6 milliards de dollars à 2,5 milliards.

C'est parti, pensa-t-il.

— Inspecteur, dit-il, si nous en avons fini, il faut absolument que je retourne travailler. Il y a une grosse vente en cours à New York.

— À quoi ça servirait ? demanda Ju-Long. On ne contrôle plus rien.

La note de désespoir qui perçait dans sa voix attira vivement l'attention de Leclerc.

— Nous avons quelques problèmes techniques, admit Quarry.

Il lisait la suspicion sur le visage de l'inspecteur. Ce serait un cauchemar si l'enquête de police passait de la dépression nerveuse d'Hoffmann à la dépression économique de toute l'entreprise. Les régulateurs seraient tous sur leur dos dès le lendemain matin.

— Il n'y a pas de quoi s'inquiéter, mais je dois juste m'entretenir avec nos informaticiens…

Il voulut s'écarter du bureau, mais Leclerc l'arrêta d'une voix sans réplique :

— Attendez, je vous prie.

Il regardait en direction de la salle des marchés. Il ne s'était pas encore aperçu que la société elle-même pouvait être en difficulté. Mais il remarquait à présent que, en plus des groupes d'employés inquiets, il y en avait qui s'agitaient dans tous les sens. Ils étaient visiblement paniqués. Il avait au départ attribué cela à la mort de leur collègue et à la disparition de leur patron, mais il comprenait maintenant que c'était encore autre chose, une peur d'ordre plus vaste.

— De quelle sorte de problèmes techniques s'agit-il? questionna l'inspecteur.

Il y eut un coup bref contre la porte et un gendarme passa la tête dans la pièce.

— Nous avons une piste pour la voiture volée.

Leclerc se retourna vers lui.

— Où est-elle?

— Un type d'une station essence de Zimeysa vient d'appeler. Quelqu'un correspondant à la description d'Hoffmann et conduisant une BMW noire vient de lui acheter cent litres de carburant.

— Cent litres! Bon Dieu, jusqu'où il projette d'aller?

— C'est pour ça que le type a appelé. Il dit qu'il ne les a pas mis dans le réservoir.

* * *

L'indice de la peur

Le 54, route de Clerval se trouvait tout au bout d'une longue route qui comprenait des équipements de manutention et un centre de retraitement des déchets avant d'aboutir à un cul-de-sac près de la voie ferrée. Le bâtiment formait une tache pâle dans la pénombre, à travers un rideau d'arbres : structure d'acier rectangulaire, haute de deux ou trois étages – il était difficile d'évaluer la hauteur en l'absence de toute fenêtre – et équipée de spots de sécurité tout le long des bords du toit et de caméras de surveillance faisant saillie aux quatre coins. Elles pivotèrent pour suivre le passage d'Hoffmann. Une allée conduisait à un portail métallique. Il y avait un parking vide de l'autre côté. L'ensemble du site était entouré d'une clôture d'acier surmontée de trois rangs de barbelé acéré. Hoffmann devina qu'il s'agissait au départ d'un entrepôt ou d'un centre de distribution. En tout cas, il n'avait sûrement pas été construit exprès : il n'y avait pas eu assez de temps. L'Américain s'arrêta devant les grilles. Près de lui, à hauteur de la vitre, il y avait un clavier et un interphone, et, juste à côté, le minuscule œil d'éléphant rosé d'une caméra infrarouge.

Il se pencha et appuya sur le bouton de l'interphone. Rien ne se passa. Il regarda en direction du bâtiment. Il paraissait en mauvais état. Hoffmann se dit que c'était logique, du point de vue de la machine, et il tapa le plus petit nombre décomposable en la somme de deux cubes par deux manières différentes. Les grilles s'écartèrent aussitôt.

Il traversa le parking au ralenti et longea le côté du bâtiment. Dans son rétroviseur latéral, il voyait la caméra suivre ses mouvements. L'odeur d'essence qui émanait de la banquette arrière le rendait nauséeux. Il tourna à l'angle et se rangea devant un grand rideau de fer, entrée de livraison prévue pour des camions. Une caméra de surveillance installée juste au-dessus était braquée sur lui. Il descendit de voiture et s'approcha de la porte. Comme dans les bureaux du hedge fund, l'ouverture était commandée par un système de reconnaissance faciale. Il se plaça devant la caméra. La réponse fut immédiate : le volet se leva, semblable à un rideau de théâtre, sur une aire de chargement vide. Hoffmann se retourna pour regagner la voiture et remarqua au loin, de l'autre côté de la voie ferrée, un véritable spectacle sons et lumières itinérant, des éclairs rouges et bleus qui filaient à toute allure et des fragments de sirène de police portés par le vent. Il fit rapidement entrer la voiture à l'intérieur, l'arrêta dans un sursaut, coupa le moteur et tendit l'oreille. Il n'entendait plus les sirènes. Cela n'avait sans doute rien à voir avec lui. Il décida, au cas où, de refermer le rideau de fer derrière lui, mais lorsqu'il examina le tableau de contrôle, il ne trouva pas de commande de lumière. Il dut se servir de ses dents pour arracher l'emballage en plastique de la lampe de poche. Il vérifia qu'elle fonctionnait puis appuya sur le bouton qui actionnait la fermeture du volet. Un signal d'avertissement retentit ; un voyant orange s'alluma. L'obscurité descendit avec les lames métalliques. Il ne fallut pas dix secondes au volet pour heurter le sol en ciment, supprimant le dernier filet de lumière extérieure. Hoffmann se sentit très seul dans l'obscurité, et la proie de son imagination. Le silence n'était pas absolu : il percevait quelque chose. Il saisit le pied-de-biche sur le siège passager de la BMW. De la main gauche, il fit courir le faisceau de la lampe sur les murs nus et le plafond, repérant, dans un coin, tout en haut, une nouvelle caméra de surveillance qui le fixait avec malveillance, ou c'est du moins ce qu'il lui sembla. Juste au-dessous, il y avait une porte métallique activée, cette fois encore, par un scanner de reconnaissance faciale. Il fourra la barre de fer sous son bras, éclaira son visage avec la torche et posa avec hésitation la main sur le capteur. Pendant plusieurs secondes, rien ne se produisit, puis – presque, lui sembla-t-il, à contrecœur – la porte s'ouvrit sur un petit escalier en bois qui conduisait à un couloir.

Sa torche lui indiqua une autre porte tout au bout. Il percevait maintenant clairement le ronronnement sourd des unités centrales. Le plafond était bas et l'air glacial, comme dans une chambre froide. Il supposa qu'il devait y avoir un système de ventilation par le sol, comme dans la salle des ordinateurs au CERN. Il avança avec lassitude jusqu'au bout, pressa la paume contre le capteur, et la porte s'ouvrit sur le bruit et la lumière d'une ferme de processeurs. Dans le faisceau étroit de la lampe, les cartes mères étaient disposées sur des étagères en acier qui s'étendaient de tous côtés, exsudant une odeur familière et curieusement douceâtre de poussière brûlée. Une société d'informatique avait collé son étiquette de chaque côté des montants : en cas de problème, appeler ce numéro. Il avança lentement, faisant courir la lumière à droite et à gauche le long des allées, le faisceau se dissolvant dans l'obscurité. Il se demanda qui d'autre avait un droit d'accès. La société responsable de la sécurité, certainement – l'équipe de Genoud ; les services de maintenance et de nettoyage du bâtiment ; les techniciens des fournisseurs de hardware. Si chacun recevait instructions et paiements par mails, le site pouvait certainement fonctionner indépendamment de toute intervention extérieure, en s'appuyant uniquement sur du travail externalisé. Sans avoir besoin d'entretenir la moindre main-d'œuvre sur place. Le modèle par excellence du système nerveux numérique cher à Gates. Hoffmann se rappelait que, à ses débuts, Amazon se présentait comme « une entreprise réelle dans un monde virtuel ». Peut-être s'agissait-il ici d'une avancée logique dans la chaîne de l'évolution : une entreprise virtuelle dans un monde réel.

Il arriva à la porte suivante et répéta la procédure avec sa torche et le capteur de reconnaissance. Lorsque les verrous se furent ouverts, il examina le chambranle de la porte. Il s'aperçut que les murs n'étaient pas porteurs mais qu'il s'agissait de simples cloisons préfabriquées. Il s'était imaginé, en le regardant de l'extérieur, que le bâtiment consisterait en un vaste espace ouvert, mais il se rendait compte à présent qu'il était cloisonné à la façon d'une ruche. Pareil à une colonie d'insectes, il se divisait en multiples cellules. Le physicien franchit la nouvelle porte, entendit un mouvement sur le côté et se retourna au moment où une bandothèque IBM TS3500 fonçait sur lui en glissant sur son monorail. Le robot s'arrêta, sortit une cartouche et repartit. Hoffmann l'observa sans bouger pendant un moment, le temps que les battements de son cœur se calment un peu. Il lui sembla détecter une atmosphère d'urgence. Alors qu'il reprenait son chemin, il repéra quatre autres bandothèques qui s'activaient pour accomplir leurs tâches. Dans le coin opposé, sa torche lui indiqua un escalier métallique sans porte conduisant au niveau supérieur.

La pièce adjacente était plus réduite et semblait être le centre d'arrivée des tubes de communication. Il promena sa lampe sur deux gros câbles noirs, épais comme le poing, qui sortaient d'un boîtier métallique fermé et s'enfonçaient telles des racines tubéreuses dans un boyau qui passait sous ses pieds pour se relier à une sorte de tableau de commutateurs. Les deux côtés de l'allée étaient protégés par des sortes de lourdes cages en métal. Hoffmann savait déjà que les réseaux de fibre optique GVA-1 et GVA-2 passaient tous les deux près de l'aéroport de Genève sur leur parcours entre l'Allemagne et le site d'atterrage de Marseille. Grâce à ces réseaux, les données pouvaient circuler entre New York et Genève aussi rapidement que les particules expédiées dans le Grand Collisionneur de hadrons – soit juste en dessous de la vitesse de la lumière. Le VIXAL disposait donc du moyen de communication le plus rapide d'Europe.

Le faisceau de la lampe suivit d'autres câbles le long du mur, à hauteur d'épaule, en partie protégés par du métal galvanisé et qui surgissaient à côté d'une petite porte. Celle-ci était cadenassée. Il inséra l'extrémité du pied-de-biche dans l'arceau et s'en servit comme levier pour le déboîter. Le métal céda avec un cri perçant et la porte s'ouvrit. Hoffmann éclaira une sorte de réduit de contrôle de l'alimentation électrique – plusieurs compteurs, une boîte à fusibles grosse comme un petit placard et plusieurs disjoncteurs. Une autre caméra de surveillance suivait chacun de ses mouvements. Il coupa rapidement tous les compteurs. Pendant un instant, cela ne changea rien. Puis, quelque part dans le grand bâtiment, un générateur diesel se mit en route et, curieusement, toutes les lumières s'allumèrent. Incapable de contenir sa fureur, le physicien se servit de sa barre de fer comme d'un club de golf et atteignit son persécuteur en plein dans l'œil, le pulvérisant en un nombre satisfaisant de morceaux avant de s'en prendre au panneau de fusibles et de bousiller le boîtier de plastique. Il finit par abandonner quand il fut évident que cela ne servait à rien.

Il éteignit la torche et retourna dans la salle des communications. Tout au bout, il présenta son visage à la caméra, luttant pour conserver une expression neutre. Et la porte s'ouvrit...

pas sur une autre antichambre, en fait, mais sur un immense espace, doté d'un haut plafond, d'horloges numériques pour indiquer les différents fuseaux horaires, et d'écrans de télé géants qui reproduisaient la salle des marchés des Eaux-Vives. Il y avait une unité centrale de contrôle consistant en une batterie de six écrans plus des moniteurs séparés qui affichaient sous forme de grilles les images enregistrées par les diverses caméras de surveillance. Devant chaque écran, au lieu d'avoir des gens, il y avait des rangées de cartes mères, qui travaillaient à plein régime à en croire la vitesse à laquelle clignotaient leurs voyants lumineux.

Ce doit être le cortex, songea Hoffmann. Il demeura un instant immobile, émerveillé. Il y avait quelque chose dans la détermination concentrée et indépendante de toute cette scène qu'il trouva curieusement émouvant – un peu, pensa-t-il, comme un parent peut être ému quand il voit pour la première fois un enfant se débrouiller très naturellement tout seul dans le monde. Que le VIXAL soit purement mécanique et ne soit doué ni de conscience ni d'émotions ; qu'il n'ait pas d'autre but que de continuer à survivre au détriment de tout le reste en accumulant de l'argent ; qu'une fois livré à lui-même, il ne cherche, conformément à la logique darwinienne, qu'à s'étendre au point de dominer la Terre entière... tout cela ne diminuait en rien pour Hoffmann le prodige même de son existence. Il lui pardonna même les épreuves que la machine lui avait fait subir : tout cela n'avait été en fait perpétré que pour servir les objectifs de la science. On ne pouvait pas plus porter sur lui de jugement moral qu'avec un requin. Le VIXAL se comportait tout simplement comme un fonds spéculatif.

Hoffmann en oublia fugitivement qu'il était venu ici pour le détruire et se pencha au-dessus des écrans pour examiner quelles opérations il effectuait. Tout se déroulait en ultra haute fréquence et sur des volumes gigantesques – des millions d'actions détenues pendant quelques fractions de seconde uniquement – une stratégie connue sous le nom de *sniffing*, technique du « renifleur », ou *sniping*, du « canardeur », et qui consiste à soumettre des ordres aussitôt annulés dans le simple but de sonder les marchés pour y découvrir des poches cachées de liquidités. Mais il ne l'avait jamais vue appliquer à une telle échelle. Cela ne pouvait dégager que des profits minimes, voire inexistants, et il se demanda ce que visait en réalité le VIXAL. Puis un message d'alerte apparut sur l'écran.

* * *

Ce même message apparaissait en même temps dans toutes les salles des marchés du monde – à 20 h 30, heure de Genève, à 14 h 30, heure de New York, à 13 h 30, heure de Chicago.

Le CBOE a déclenché le Self-Help contre la NYSE/ARCA à 13 h 30, HAC. La NYSE/ARCA n'entre plus dans le NBBO et les liaisons sont interrompues. Tous les systèmes du CBOE fonctionnent normalement.

Le jargon masquait l'ampleur du problème, lui retirait toute nuance de panique, et c'est bien à cela que sert tout jargon. Mais Hoffmann savait exactement ce que le message signifiait. Le CBOE, c'est le Chicago Board Option Exchange, soit une Bourse où se négocient chaque année environ un milliard de contrats d'options sur des entreprises, des indices boursiers ou des fonds commercialisables – dont le VIX. Le « self-help », parfois traduit pas autoassistance, est un mécanisme par lequel une Bourse américaine est en droit de s'opposer à une autre si celle-ci met plus d'une seconde à répondre aux ordres : les marchés d'actions américains sont en effet contraints par les autorités de coordonner certains affichages de données, et les carnets d'ordres doivent être consolidés en temps réel et rendus publics – c'est-à-dire que, pour chaque titre, les investisseurs doivent connaître à tout moment l'offre la plus haute et la demande la plus basse sur tout le territoire des États-Unis. Ce système est complètement automatisé et fonctionne à la milliseconde près. Pour un professionnel comme Hoffmann, le self-help du CBOE avertissait que la plate-forme électronique ARCA du marché de New York connaissait une sorte de panne de système – une interruption suffisamment grave pour que Chicago cesse de router les ordres en provenance ou en direction de ce marché suivant les règles du meilleur cours acheteur et vendeur national (« NBBO »), même s'il proposait un meilleur prix aux investisseurs que ceux de Chicago.

Cette annonce avait deux conséquences immédiates. Cela signifiait que Chicago devait intervenir pour apporter les liquidités proposées antérieurement par NYSE/ARCA – à un moment où les liquidités venaient déjà à manquer –, ce qui achevait de semer la panique dans un marché déjà très nerveux.

Quand Hoffmann découvrit l'alerte, il ne fit pas aussitôt le lien avec le VIXAL. Mais lorsqu'il leva les yeux avec stupéfaction de l'écran et contempla les lueurs clignotantes des unités centrales, lorsqu'il sentit, presque physiquement, la vitesse et le volume phénoménaux des ordres traités, et lorsqu'il repensa à l'immense pari que le VIXAL prenait sans couverture sur la chute du marché, il comprit à cet instant ce que préparait l'algorithme.

Il chercha sur le pupitre de contrôles les télécommandes des écrans de télévision. Les chaînes affaires s'allumèrent instantanément, projetant des images en direct des émeutiers grecs chargés par la police sur une grande place citadine plongée dans la pénombre. Des tas d'ordures flambaient ; des explosions hors champ ponctuaient le discours des commentateurs. Sur CNBC, un panneau annonçait en bas de l'écran : « FLASH SPÉCIAL : LES MANIFESTANTS ENVAHISSENT LES RUES D'ATHÈNES APRÈS L'ADOPTION DU PLAN D'AUSTÉRITÉ. »

« On voit les forces de police frapper les manifestants à coups de matraque... », disait la présentatrice.

La fenêtre du coin inférieur droit de l'écran indiqua que le Dow Jones avait perdu deux cent soixante points.

Les cartes mères tournaient implacablement. Hoffmann retourna vers l'aire de chargement.

* * *

L'indice de la peur

À cet instant, un cortège bruyant de huit voitures de la police de Genève s'engouffra sur la route de Clerval déserte, s'immobilisa dans des crissements de freins le long de la clôture du centre informatique et se hérissa sur toute sa longueur d'une bonne douzaine de portières ouvertes. Leclerc se trouvait dans le véhicule de tête avec Quarry, Genoud dans la deuxième. Gabrielle ne venait que quatre voitures plus loin.

La première impression de Leclerc, lorsqu'il mit pied à terre, fut de se tenir devant une forteresse. Il embrassa du regard le solide rempart de métal, le barbelé acéré, les caméras de surveillance, l'aire de stationnement désolée et les parois d'acier brut du bâtiment proprement dit, qui se dressait tel un donjon argenté dans la lumière déclinante. Il devait bien faire quinze mètres de haut. Derrière l'inspecteur, des policiers armés se déversaient des voitures, certains équipés de gilets en Kevlar ou de boucliers pare-balles – tous gonflés à bloc, prêts à foncer. Leclerc songea que, s'il ne se montrait pas très prudent, cela ne pourrait que mal finir.

— Il n'est pas armé, dit-il en passant parmi les hommes qui se déployaient, un talkie-walkie à la main. Gardez ça en tête : il n'a pas d'arme.

— Cent litres d'essence, c'est une arme, rétorqua un gendarme.

— Non, pas du tout. Vous quatre, vous allez vous poster de l'autre côté. Personne ne cherche à entrer sans mon ordre, et absolument personne ne tire – c'est compris ?

Leclerc arriva à la voiture où se trouvait Gabrielle. La portière était ouverte. Elle se tenait encore sur la banquette arrière, visiblement en état de choc, et il se dit que le pire était à venir. Pendant le trajet depuis Genève, il avait continué à lire les échanges de messages sur l'ordinateur portable de l'Allemand tué. Il se demanda ce qu'elle éprouverait quand elle saurait que c'était son mari qui avait invité l'intrus à pénétrer chez eux pour l'agresser.

— Madame Hoffmann, commença-t-il, je sais que ce doit être très pénible pour vous, mais si vous voulez bien...

Il lui tendit la main. Elle le regarda d'un air vide pendant un instant, puis la saisit. Elle s'y accrocha avec force, comme s'il ne l'aidait pas simplement à descendre de voiture, mais l'arrachait à une mer déchaînée qui menaçait de l'engloutir.

La nuit froide sembla la tirer de sa transe, et la stupeur lui fit cligner des yeux lorsqu'elle découvrit les forces en présence.

— Tout ça juste pour Alex ? demanda-t-elle.

— Je suis désolé. C'est la procédure standard pour ce genre de cas. Il faut simplement s'assurer que tout se déroulera dans le calme. Vous voulez bien m'aider ?

— Oui, bien sûr. Tout ce que vous voudrez.

Il la conduisit à l'avant du cortège, où Quarry attendait avec Genoud. Le chef de la sécurité de l'entreprise se mit pratiquement au garde-à-vous en le voyant approcher. Quel fourbe, pensa Leclerc. Il s'efforça néanmoins de se montrer poli ; c'était son style.

— Maurice, dit-il. Si j'ai bien compris, tu connais cet endroit. De quoi s'agit-il exactement ?

— Trois niveaux, séparés par des cloisons avec charpente en bois…

L'empressement de Genoud était presque risible : au matin, il en serait à nier avoir jamais connu Hoffmann.

— … Faux planchers, faux plafonds. C'est une structure modulaire, et chaque module est rempli de matériel informatique, séparé d'une aire de contrôle centralisé. La dernière fois que je suis entré, c'était encore à moitié vide, largement.

— Le haut ?

— Vide.

— Accès ?

— Trois entrées. Dont une grande aire de chargement. Il y a un escalier de secours intérieur qui part du toit.

— Comment déverrouiller les portes ?

— Un code à quatre chiffres, ici. Reconnaissance faciale à l'intérieur.

— Une autre entrée sur la propriété, à part celle-ci ?

— Non.

— Et l'électricité ? On peut la couper ?

Genoud secoua la tête.

— Il y a des générateurs diesel au rez-de chaussée, à l'arrière du bâtiment, avec assez de carburant pour tenir quarante-huit heures.

— Sécurité ?
— Un système d'alarme. Tout est automatisé. Pas de personnel sur les lieux.
— Comment on ouvre les grilles ?
— Le même code que les portes.
— Parfait. Ouvre-les, s'il te plaît.

Il regarda Genoud taper le code. Les grilles ne bougèrent pas. Genoud, la mine sombre, réessaya plusieurs fois, avec le même résultat. Il paraissait incrédule.

— C'est le bon code, je te jure.

Leclerc saisit les barreaux. La grille était d'une solidité à toute épreuve. Elle ne frémit pas. Un camion pourrait sans doute foncer dedans sans la faire céder.

— Alex n'a peut-être pas pu entrer non plus, commenta Quarry. Auquel cas il n'est pas ici.

— Peut-être. Mais il est plus probable qu'il a modifié le code.

Un homme qui fantasmait sur la mort, enfermé dans un bâtiment avec cent litres d'essence ! Leclerc lança à son chauffeur :

— Dites aux pompiers d'apporter de quoi couper le métal. Et mieux vaudrait faire venir une ambulance, pour parer à toute éventualité. Madame Hoffmann, vous voulez bien essayer de parler à votre mari pour lui demander de ne pas faire de bêtise ?

— Je vais essayer. (Elle pressa le bouton de l'interphone.) Alex ? appela-t-elle doucement. Alex ?

Elle garda le doigt sur la touche, priant pour qu'il réponde, appuyant encore et encore.

* * *

Hoffmann venait de terminer d'arroser d'essence la salle des unités centrales, les bandothèques et la tranchée de la fibre optique quand il entendit sonner l'interphone sur le pupitre de contrôle. Il tenait un jerricane dans chaque main, et le poids lui faisait mal aux bras. Il s'était renversé de l'essence sur ses boots et sur son jean. L'atmosphère se réchauffait sensiblement – il avait dû quand même réussir à couper l'alimentation électrique du système de ventilation – et il transpirait. Sur CNBC, on annonçait à présent : « LE DOW PERD PLUS DE 300 POINTS. » Il posa les bidons près du pupitre et inspecta les moniteurs du système de sécurité. En déplaçant la souris pour cliquer sur les plans individuels, il finit par obtenir l'ensemble de la scène devant les grilles – les gendarmes, Quarry, Leclerc, Genoud et Gabrielle. Elle paraissait effondrée. Il se dit qu'elle avait dû apprendre le pire. Il laissa un instant son doigt en suspens au-dessus de la touche.

— Gaby...

C'était étrange de voir la réaction de sa femme sur l'écran au son de sa voix, de voir son expression de soulagement.

— Dieu merci, Alex. Nous sommes tous tellement inquiets à ton sujet. Qu'est-ce qui se passe, là-dedans ?

Il regarda autour de lui. Il aurait voulu trouver les mots pour tout décrire.

— C'est... incroyable.

— C'est vrai, Alex ? J'imagine. (Elle se tut, puis jeta un coup d'œil de côté avant de se rapprocher tout près de la caméra. Elle se mit à parler à voix basse, comme s'ils n'étaient que tous les deux et qu'elle lui chuchotait une confidence.) Écoute, j'aimerais bien entrer pour parler avec toi. J'aimerais voir, moi aussi, si tu veux bien.

— Moi aussi, j'aimerais bien. Mais, franchement, je ne crois pas que ce soit possible.

— Je viendrais toute seule. Je te le promets. Les autres resteraient ici.

— Tu dis ça, Gaby, mais ça m'étonnerait. Je crois qu'il y a eu beaucoup de malentendus.

— Attends une seconde, Alex.

Puis Gabrielle disparut de l'écran, et Hoffmann ne vit plus que le flanc d'une voiture de police. Il entendit une discussion s'engager, mais Gaby avait posé la main sur la grille du micro et ses mots étaient trop étouffés pour qu'il puisse saisir l'échange. Il coula un regard vers les écrans de télé. Le titre de CBNC était à présent : « LE DOW PERD MAINTENANT 400 POINTS. »

— Je regrette, Gaby, mais je vais devoir y aller.
— Attends ! cria-t-elle.
Le visage de Leclerc apparut soudain à l'écran.
— Docteur Hoffmann, c'est moi – Leclerc. Ouvrez les grilles et laissez entrer votre épouse. Il faut que vous lui parliez. Mes hommes ne bougeront pas, je vous l'assure.

Hoffmann hésita. Il s'aperçut que, curieusement, le policier avait raison. Il avait besoin de parler à sa femme. Ou, s'il ne pouvait pas lui parler, au moins de lui montrer – qu'elle voie tout avant que ce ne soit détruit. Ça expliquerait les choses bien mieux qu'il ne pourrait le faire.

Sur l'écran de la Bourse, il y eut un nouveau message d'alerte.

Le Nasdaq a déclenché le self-help contre la NYSE/ARCA à 14 : 30 : 59, HNE.

Il appuya sur le bouton de l'interphone pour la laisser entrer.

18

> « *La masse de fuite est produite par la menace. Elle implique que tout le monde fuit; tout le monde est entraîné. Le danger qui menace est le même pour tous. […] On prend la fuite ensemble parce qu'on fuit mieux ainsi. L'émotion est la même : l'énergie des uns accroît celle des autres; les gens se poussent mutuellement dans la même direction. Tant que l'on est groupé, on sent le danger divisé.* »
> Elias Canetti, *Masse et puissance*, 1960.

La peur se propageait sur les marchés américains, les algorithmes se reniflant et se canardant les uns les autres *via* leurs tunnels de fibre optique pour trouver des liquidités. Le volume d'échanges approchait donc dix fois le niveau normal : on achetait et vendait cent millions d'actions à la minute. Mais les chiffres étaient trompeurs. Les positions n'étaient tenues que pendant quelques fractions de seconde avant d'être cédées – ce qu'on appellerait dans l'enquête qui s'ensuivrait un effet « patate chaude ». Ce niveau d'activité anormale devenait en soit un facteur critique de la panique galopante.

À 20 h 32, heure de Genève, un algorithme initia un programme de vente de soixante-quinze mille contrats E-minis – contrats à terme S&P 500 traités sur le marché électronique –, valorisés à 4,1 milliards de dollars pour le compte de l'Ivy Asset

Strategy Fund. Afin de limiter l'impact sur les prix d'une vente aussi massive, l'algorithme avait été programmé pour cibler le taux d'exécution à 9 % du volume du marché total de la minute précédente : habituellement, l'opération aurait pris entre trois et quatre heures. Mais avec un volume d'échanges dix fois supérieur à la normale, l'algorithme s'ajusta et exécuta la vente en dix-neuf minutes.

* * *

Dès que l'ouverture fut assez large, Gabrielle se glissa de l'autre côté de la grille et traversa le parking. Elle n'avait fait que quelques pas quand elle entendit des cris derrière elle. Elle se retourna et vit Quarry qui se détachait du groupe et marchait vers elle. Leclerc lui hurlait de revenir, mais, pour toute réponse, l'Anglais leva le bras en un mouvement dédaigneux et continua son chemin.

— Je ne vais pas te laisser y aller seule, Gabs, dit-il en la rattrapant. Tout ça, c'est ma faute, pas la tienne. C'est moi qui l'ai attiré là-dedans.

— Putain, Hugo, mais c'est la faute de personne, dit-elle sans même le regarder. Il est malade.

— Quand même... ça ne te dérange pas si je m'incruste ?

Elle grinça des dents. *Si je m'incruste...* Comme s'ils partaient en balade.

— C'est toi qui vois.

Mais quand ils franchirent le coin du bâtiment et qu'elle vit son mari qui attendait devant l'entrée ouverte de l'aire de chargement, elle fut heureuse d'avoir quelqu'un à ses côtés, même si c'était Quarry, parce que Alex tenait une barre de fer dans une main et un gros jerricane rouge dans l'autre, et qu'il présentait un aspect proprement inquiétant et psychotique – dans sa façon de rester parfaitement immobile, du sang et du cambouis sur le visage, sur les cheveux et le devant de ses vêtements, dans son expression figée et apeurée, dans la puanteur d'essence qu'il dégageait.

— Vite, dit-il, venez, ça a vraiment commencé.

L'indice de la peur

Et avant qu'ils ne puissent même l'atteindre, il avait disparu à l'intérieur du bâtiment. Ils s'empressèrent de le suivre, laissant derrière eux la BMW sur l'aire de chargement, les cartes mères et les bandothèques. Il faisait très chaud. L'essence s'évaporait et rendait l'air irrespirable. Gabrielle dut se couvrir le nez avec un pan de sa veste. Devant eux, on entendait des hurlements dignes d'une maison de fou.

Alex, pensa-t-elle, Alex, Alex...

— Bon Dieu, Alex, s'écria Quarry, paniqué. Ça pourrait exploser...

Ils émergèrent dans une salle beaucoup plus vaste pleine de cris de panique. Hoffmann avait monté le son des grands écrans de télé. En marge de ces cris, une voix masculine monologuait à toute vitesse, évoquant un commentateur sportif dans la dernière ligne droite d'une course importante. Gabrielle ne savait pas ce dont il s'agissait, mais Quarry si : la retransmission en direct du parquet du S&P 500, à Chicago.

« *Et c'est reparti à la vente ! Échanges à neuf et demi maintenant, échanges à vingt, échanges à parité maintenant, échanges à huit et demi aussi. Encore une fois – offre à huit sept ! Offre à sept tout rond...* »

Des gens hurlaient en arrière-fond comme s'ils assistaient à une catastrophe. Sur l'un des écrans de télévision, Gabrielle lut : « LE DOW, S&P 500 ET LE NASDAQ CONNAISSENT LEURS PLUS GROSSES BAISSES EN UN JOUR DEPUIS PLUS D'UN AN. »

Un autre commentateur parlait sur des images d'émeutes nocturnes : « *Les fonds spéculatifs vont chercher à briser l'Italie, ils vont chercher à briser l'Espagne. Il n'y a pas de résolution...* »

L'inscription changea : « NOUVELLE HAUSSE DE 30 % DU VIX. » Gabrielle n'avait aucune idée de ce que cela voulait dire. Alors qu'elle regardait, un nouveau message apparut : « LE DOW PERD PLUS DE 500 POINTS. »

Quarry était cloué sur place.

— Ne me dis pas que c'est *nous* qui faisons ça.

Hoffmann était en train de renverser le gros jerricane pour en répandre le contenu sur les unités centrales.

L'indice de la peur

— On a été le point de départ. On a attaqué New York. On a déclenché l'avalanche.

« *C'est pas vrai ! s'exclamait la voix américaine. On est à soixante-quatre mouvements à la baisse depuis ce matin...* »

* * *

19,4 milliards d'actions ont été échangées à la Bourse de New York ce jour-là : plus qu'il n'en avait été échangé pendant toutes les années soixante. L'enchaînement des événements s'exprimait en millisecondes, bien au-delà de la compréhension humaine. On n'a pu le reconstituer que par la suite, une fois que les ordinateurs eurent livré leurs secrets.

À 20 h 42 min 43 s et 67 centièmes, heure de Genève, d'après un rapport de Nanex, société de diffusion de flux de données, « le taux de cotations pour l'ensemble des titres du NYSE, du NYSE/ARCA et du Nasdaq a atteint des niveaux de saturation en moins de 75 millisecondes ». Quatre cents millisecondes plus tard, l'algorithme de l'Ivy Asset Strategy Fund a vendu encore une autre tranche d'une valeur globale de 125 millions de dollars d'E-minis, sans tenir compte de la chute du cours. Vingt-cinq millisecondes plus tard, 100 millions de dollars de contrats à terme supplémentaires ont été vendus par voie électronique par un autre algorithme. Le Dow avait déjà perdu 630 points. Une seconde plus tard, il était à moins 720. Quarry, hypnotisé par les chiffres en mouvement, fut témoin de toute la scène. Il raconterait par la suite que cela faisait penser à ces dessins animés où l'un des personnages continue de courir alors qu'il a franchi le bord de la falaise et reste suspendu dans les airs jusqu'au moment où il baisse les yeux... et plonge.

* * *

À l'extérieur, trois camions de la caserne des sapeurs-pompiers de Genève se garèrent près des voitures de police. Profusion d'hommes ; profusion de lumières. Leclerc leur demanda de commencer. Dès qu'elles furent mises en place, les mâchoires de la pince hydraulique lui rappelèrent des mandibules géantes et coupèrent les épais barreaux métalliques un par un, comme de simples brins d'herbe.

* * *

Gabrielle suppliait son mari :
— Viens, Alex, je t'en prie. Laisse ça maintenant et partons.
Hoffmann termina de vider le dernier bidon et le laissa tomber. Avec ses dents, il déchira le paquet de chiffons de nettoyage.
— Il faut juste que je finisse, répliqua-t-il en craquant un bout de plastique. Allez-y tous les deux. Je vous suis.
Il la regarda et, pour la première fois, elle retrouva l'Alex qu'elle connaissait.
— Je t'aime. Pars maintenant. (Il passa un chiffon dans l'essence accumulée sur le boîtier d'une carte mère afin de l'imbiber complètement. De l'autre main, il tenait un briquet.) Vas-y, répéta-t-il, et il y avait une telle rage désespérée dans sa voix que la jeune femme se mit à reculer.
Sur CNBC, le commentateur disait : « *On est en pleine capitulation, un cas classique de capitulation. La peur s'est emparée des marchés – regardez le VIX, il s'envole littéralement aujourd'hui...* »
Devant l'écran des échanges, Quarry avait peine à croire à ce qu'il voyait. En quelques secondes, le Dow venait de passer de moins 800 à moins 900. Le VIX avait déjà grimpé de 40 % – nom de Dieu, c'était un demi-milliard de dollars de profit qu'il contemplait là, sur cette position. Le VIXAL exerçait déjà ses options sur les titres vendus à découvert, les rachetant à des prix si bas que c'en était ahurissant – P&G, Accenture, Wynn Resorts, Exelon, 3-M...
La voix hystérique en provenance du parquet de Chicago continuait sa litanie, un sanglot dans la gorge : « ... *tout de suite une offre à soixante-quinze tout rond, une vente à soixante-dix tout rond, et voilà Morgan Stanley qui vient à la vente* »...
Quarry entendit un *woumf!* et vit du feu jaillir des doigts d'Hoffmann. Pas maintenant, pensa-t-il, ne le fais pas tout de suite – pas avant que le VIXAL n'ait terminé ses transactions. Gabrielle hurla près de lui :
— Alex !

L'indice de la peur

Quarry se jeta vers la porte. Le feu quitta la main d'Hoffmann, sembla danser un instant dans les airs, puis se dilata en une supernova lumineuse.

* * *

La deuxième crise de liquidités décisive de ce flash crash de sept minutes avait commencé au moment où Hoffmann laissait tomber son jerricane vide, à 20 h 45, heure de Genève. Partout dans le monde, les investisseurs avaient les yeux rivés sur leurs écrans et soit cessaient toute transaction, soit vendaient tout. D'après les rapports officiels, « Comme la chute des cours touchait simultanément toutes sortes de titres, ils ont redouté un événement cataclysmique dont ils n'auraient pas eu encore connaissance et que leurs systèmes n'étaient pas conçus pour gérer… un nombre significatif d'opérateurs se sont tout simplement retirés des marchés ».

En l'espace de quinze secondes, à partir de 20 h 45 min 13 s, des programmes algorithmiques à haute fréquence ont échangé vingt-sept mille contrats E-minis – 49 % du volume global des transactions – mais seulement deux cents d'entre eux ont été effectivement vendus ; tout cela n'était en fait qu'un jeu de « patates chaudes », et il n'y avait pas de vrais acheteurs. Les liquidités sont tombées à un pour cent de leur niveau précédent. À 20 h 45 min 27 s, en l'espace de cinq cents millisecondes et à l'instant même où Hoffmann allumait son briquet, les vendeurs successifs se sont bousculés sur le marché, et le prix des E-minis est tombé de 1 070 à 1 062, puis à 1 059 et enfin à 1 056. La volatilité excessive des titres a alors déclenché automatiquement une suspension de cinq secondes de toutes les transactions sur le marché des futures du Chicago S&P, afin de permettre un retour de liquidités sur le marché.

Le Dow avait à présent perdu près d'un millier de points.

* * *

Les enregistrements timecodés des fréquences ouvertes des radios de police établissent que, au moment précis où la Bourse de Chicago s'est interrompue – à 20 h 45 mn 28 s –, une explosion a retenti à l'intérieur des installations de traitements de données. Leclerc courait vers le bâtiment, à la traîne derrière les gendarmes, quand le bruit de l'explosion le figea sur place. Il s'accroupit aussitôt, bras ramenés sur la tête – en une posture peu digne d'un inspecteur de police, se dirait-il plus tard, mais tant pis. Certains des plus jeunes, avec une témérité due à l'inexpérience, continuèrent de courir et, le temps que Leclerc se soit relevé, revenaient déjà au pas de course de derrière le coin du bâtiment, tirant Quarry et Gabrielle avec eux.

— Où est Hoffmann ? cria Leclerc.

Un rugissement leur parvint de l'intérieur du bâtiment.

* * *

Peur de l'intrus pendant la nuit. Peur de l'agression et de l'infraction. Peur de la maladie. Peur de la folie. Peur de la solitude. Peur de se retrouver piégé dans un bâtiment en feu…

Les caméras filment sans passion, scientifiquement, Hoffmann lorsqu'il reprend conscience dans la vaste salle centrale. Les écrans ont tous explosé. Les cartes mères sont mortes et le VIXAL éteint. Il n'y a aucun bruit sauf le rugissement des flammes qui avancent de pièce en pièce en s'emparant des cloisons de bois, des faux planchers et des faux plafonds, des kilomètres de câble plastifié, des composants plastiques des unités centrales.

Hoffmann se met à quatre pattes, se redresse sur les genoux et se lève péniblement. Il vacille. Il arrache sa veste et se la plaque sur le visage pour se protéger avant de foncer dans le brasier de la salle de fibre optique, passe devant les bandothèques fumantes et immobiles, traverse la ferme de processeurs et arrive sur l'aire de chargement. Le rideau de fer est baissé. Comment est-ce possible ? Il frappe le bouton d'ouverture avec le talon de sa main. Il n'y a aucune réaction. Il répète frénétiquement le mouvement, comme s'il voulait enfoncer le bouton dans le mur. Toujours rien. Les lumières sont toutes éteintes. Le feu a dû couper les circuits électriques. Il se retourne et son regard se porte sur la caméra qui l'observe. On peut y lire tout un tumulte d'émotions – il y a de la rage, une sorte de triomphe démentiel aussi, et de la peur, bien sûr.

> *Lorsque la crainte croît graduellement jusqu'à l'angoisse de la terreur, nous rencontrons, comme pour toutes les émotions violentes, des phénomènes multiples.*

Hoffmann se trouvait confronté à une alternative. Soit il pouvait rester où il était et risquer d'être piégé par le feu. Soit il pouvait essayer de retourner dans le brasier pour atteindre l'escalier de secours, dans le coin de la salle des bandothèques robotisées. Le calcul, dans ses yeux...

Il opte pour la seconde solution. La chaleur s'est considérablement intensifiée au cours des dernières secondes. Les flammes projettent une lueur vive. Les boîtiers en Plexiglas des bandothèques sont en train de fondre. L'un des robots s'est enflammé et sa partie centrale commence elle aussi à fondre, de sorte que, au moment où Hoffmann passe à côté, l'automate se plie en deux en une furieuse révérence, puis s'écroule derrière lui sur le plancher.

La rampe de l'escalier est trop brûlante pour qu'il puisse la toucher. Il perçoit la chaleur du métal à travers la semelle de ses souliers. L'escalier ne monte pas jusqu'au toit mais seulement jusqu'à l'étage supérieur, qui est plongé dans l'obscurité. À la lueur rougeoyante du feu derrière lui, Hoffmann parvient à distinguer un grand espace avec trois portes. Un bruit qui fait penser à une tempête de vent dans un grenier se déchaîne à cet étage. Hoffmann n'arrive pas à déterminer si cela vient de sa gauche ou de sa droite. Quelque part au loin, il entend qu'une partie du plancher s'écroule. Il place son visage devant le capteur pour déverrouiller la première porte. Comme celle-ci ne s'ouvre pas, il s'essuie la figure sur ses manches : il est tellement couvert de sueur et de crasse que le scanner n'arrive peut-être pas à le reconnaître. Mais, même avec des traits plus identifiables, la porte reste close. La deuxième réagit de même. La troisième s'ouvre, et il s'enfonce dans une obscurité complète. Les caméras à vision nocturne le prennent marchant à tâtons en suivant les murs pour trouver la sortie suivante, et cela se reproduit de pièce en pièce alors qu'Hoffmann cherche à fuir le labyrinthe du bâtiment, jusqu'au moment où, enfin, au bout d'un petit couloir, il ouvre une porte sur une fournaise. Pareille à une créature vivante et affamée, une langue de feu se précipite vers ce nouvel apport d'oxygène. Hoffmann fait volte-face et se met à courir. Les flammes le poursuivent, éclairant devant elles le métal rutilant d'un escalier. Il sort du champ des caméras. Une seconde plus tard, la boule de feu atteint l'objectif de la caméra. L'enregistrement s'achève.

* * *

Pour tous ceux qui le voient de l'extérieur, le centre de traitement de données ressemble à une cocotte-minute. Aucune flamme n'apparaît, il n'y a que de la fumée qui sort par tous les joints et bouches d'aération du bâtiment, accompagnée par ce rugissement incessant. Les pompiers projettent de l'eau sur les murs à partir de trois points différents pour tenter de les refroidir. Comme le commandant des pompiers sur place l'explique à Leclerc, le problème qui se pose est que, en découpant les portes, ils ne feront qu'attiser l'incendie en laissant s'engouffrer l'oxygène. Même ainsi, les équipements infrarouges continuent de détecter à l'intérieur de la structure des poches noires qui se déplacent, où la chaleur est moins intense et où quelqu'un a pu trouver refuge. Une équipe revêtue de grosses combinaisons protectrices s'apprête à entrer.

Gabrielle et Quarry ont été repoussés contre la clôture. Quelqu'un a mis une couverture sur les épaules de la jeune femme. Ils observent tous les deux la scène. Soudain, du toit plat du bâtiment, un jet de flammes orange fuse dans le ciel nocturne. Cela fait penser, par la forme sinon par la couleur, au panache de feu qu'on aperçoit au-dessus des raffineries et qui sert à brûler les déchets gazeux. Quelque chose se détache de sa base. Ils ne comprennent pas tout de suite qu'il s'agit du contour enflammé d'un homme. Celui-ci court jusqu'au bord du toit, bras écartés, puis plonge dans le vide, tel Icare.

19

> « *Si nous portons les yeux vers l'avenir [...] quels groupes finiront par prévaloir ? C'est là ce que personne ne peut prévoir, car nous savons que beaucoup de groupes, autrefois très développés, sont aujourd'hui éteints.* »
> Charles Darwin, De l'origine des espèces, 1859.

Il était près de minuit et les rues conduisant aux Eaux-Vives étaient tranquilles, boutiques closes, restaurants fermés. Quarry et Leclerc se tenaient en silence à l'arrière d'une voiture de police.

Leclerc finit par prendre la parole :

— Vous êtes certain de ne pas vouloir qu'on vous raccompagne chez vous ?

— Non, merci. Il faut que je joigne nos investisseurs cette nuit, avant qu'ils n'apprennent ce qui s'est passé par les infos.

— Ça va faire la une, certainement.

— Certainement.

— Cependant, si je peux me permettre, après un tel traumatisme, il faut que vous fassiez très attention.

— Je ferai attention, ne vous inquiétez pas.

— Au moins Mme Hoffmann se trouve-t-elle dans un hôpital où on pourra la soigner en cas de stress post-traumatique...

— Inspecteur, ça va aller, d'accord ?

Quarry posa le menton sur sa main et regarda par la fenêtre latérale afin de décourager plus ample conversation. Leclerc, observa l'autre côté de la rue. Dire qu'à peine vingt-quatre heures plus tôt il avait commencé un service de nuit de routine ! Vraiment, on ne pouvait jamais savoir ce que la vie vous réservait. Le chef l'avait appelé de son dîner à Zurich pour le féliciter d'avoir « résolu aussi rapidement une affaire potentiellement embarrassante » : le ministère des Finances était satisfait ; la réputation de Genève comme centre d'investissements ne serait pas ternie par ce moment d'égarement. Pourtant l'inspecteur ne parvenait pas à chasser l'impression qu'il n'avait pas été à la hauteur – qu'il avait toujours eu un retard critique d'une heure ou deux sur les autres participants. Si seulement j'avais accompagné Hoffmann à l'hôpital la nuit dernière, songea-t-il, et insisté pour qu'il reste en observation, rien de tout cela ne serait arrivé. Il dit, presque à mi-voix :

— J'aurais dû gérer cette affaire autrement.

— Pardon ? fit Quarry avec un regard en coin.

— Je me disais, *monsieur**, que j'aurais dû m'y prendre autrement, et que peut-être toute cette tragédie aurait pu être évitée. Par exemple, j'aurais dû voir plus tôt – dès le tout début, en fait – qu'Hoffmann se trouvait dans un état de psychose avancée.

Il repensa au livre de Darwin et à Hoffmann leur assurant contre toute raison que l'homme sur la photo était certainement lié à son agression.

— C'est possible, répliqua Quarry d'un ton peu convaincu.

— Ou encore, à l'exposition de Mme Hoffmann...

— Écoutez, l'interrompit Quarry avec impatience, vous voulez la vérité ? Alex est un type bizarre. Il l'a toujours été. J'aurais dû savoir où je mettais les pieds dès le premier soir où je l'ai rencontré. Alors, pardonnez-moi de vous dire ça, mais ça n'a rien à voir avec vous.

— Quand même...

— Comprenez-moi bien, je suis affreusement désolé que ça se termine comme ça pour lui. Mais imaginez un peu : pendant tout ce temps, il a carrément dirigé une société parallèle sous mon nez... Il m'a espionné, moi, sa femme, *lui-même*...

Combien de fois, pensa Leclerc, n'avait-il pas entendu ce genre d'exclamations incrédules de la part d'épouses ou de maris, d'amants ou d'amis ; c'est fou comme on sait peu de choses de ce qui se passe dans la tête de ceux qu'on croit connaître le mieux. Il demanda avec douceur :

— Que va-t-il advenir de la société, sans lui ?
— La société ? Quelle société ? La société est finie.
— Oui, je me rends bien compte que ça va vous faire une très mauvaise publicité.
— Ah, vraiment ? Vous croyez ? « Un banquier schizo génial perd les pédales, commet deux meurtres et fiche le feu au bâtiment » – ce genre de chose ?

La voiture s'arrêta devant les bureaux d'Hoffmann Investment Technologies. Quarry laissa retomber sa tête contre le dossier et contempla le plafond. Il poussa un long soupir.

— Putain, quel merdier.
— Comme vous dites.
— Oh, bon, dit l'Anglais en ouvrant la portière avec lassitude. Je suppose que nous nous reverrons dans la matinée.
— Non, monsieur, répliqua Leclerc. En tout cas, ce ne sera pas moi. L'affaire est désormais entre les mains d'un jeune inspecteur tout à fait capable – Moynier. Vous verrez, il est très efficace.
— Oh, d'accord, dit Quarry, l'air vaguement déçu en serrant la main du policier. J'attendrai des nouvelles de votre collègue, alors. Bonne nuit.

Il descendit de voiture, balançant avec aisance ses longues jambes sur le trottoir.

— Bonne nuit. Au fait, ajouta rapidement Leclerc en se penchant en travers de la banquette avant que Quarry claque la portière, votre problème technique de tout à l'heure – je voulais vous demander – c'était grave ?

Quarry n'avait rien perdu de sa prédisposition à la dissimulation :

— Oh non, ce n'était rien de grave... Rien du tout.
— Pourtant votre collègue disait que vous aviez perdu le contrôle de votre système...
— C'était une façon de parler. Vous savez, l'informatique...

— Ah oui, absolument – l'informatique !

Quarry referma la portière. La voiture de police démarra. Leclerc regarda une dernière fois le financier qui pénétrait dans l'immeuble. Une ombre lui traversa l'esprit, mais il se sentait trop fatigué pour la suivre.

— Où on va, patron ? s'enquit le chauffeur.

— On prend au sud, la route d'Annecy-le-Vieux, répondit l'inspecteur.

— Vous habitez en France ?

— Juste de l'autre côté de la frontière. Je ne sais pas vous, mais je ne peux plus me permettre d'habiter à Genève.

— Je vois exactement ce que vous voulez dire. Tout est pris par les étrangers.

Le chauffeur entreprit de déblatérer sur les prix de l'immobilier. Leclerc s'installa confortablement sur son siège et ferma les yeux. Il dormait avant d'avoir atteint la frontière française.

* * *

Les gendarmes avaient quitté l'immeuble. L'un des ascenseurs était barré par du ruban adhésif noir et jaune, et on y avait collé une pancarte – « DANGER : EN PANNE » –, mais l'autre était opérationnel et, après une brève hésitation, Quarry monta dedans.

Van der Zyl et Ju-Long l'attendaient à l'accueil. Ils se levèrent en le voyant entrer. Tous deux semblaient très secoués.

— Ça vient de passer aux infos, dit van der Zyl. Ils ont montré des images de l'incendie, de cet endroit… De tout.

Quarry jura et consulta sa montre.

— Je ferais mieux d'envoyer tout de suite des mails à nos plus gros clients. Il vaudrait mieux qu'ils l'apprennent par nous. (Il remarqua les regards échangés entre Ju-Long et van der Zyl.) Bon, qu'est-ce qu'il y a encore ?

— Avant de faire quoi que ce soit, dit Ju-Long, il y a quelque chose que vous devriez voir.

Quarry les suivit dans la salle des marchés. Il découvrit avec stupéfaction qu'aucun des quants n'était rentré chez lui. Ils se levèrent tous à son entrée et observèrent un silence complet. Il se demanda si c'était censé constituer une sorte de témoignage de respect, et il espéra qu'ils n'attendaient pas de lui qu'il fasse un discours. Machinalement, il leva les yeux vers les chaînes d'affaires. Le DOW avait récupéré près des deux tiers de ses pertes pour fermer à 387 ; le VIX était en hausse de 60 %. D'après un sondage national à la sortie des urnes, le résultat imminent des élections britanniques serait : « PAS DE MAJORITÉ ABSOLUE. » Bref, une situation incontrôlable. Ça résumait bien tout, songea Quarry. Il vérifia sur l'écran le plus proche le compte de résultats pour la journée, cligna des yeux et le relut, puis se tourna avec incrédulité vers les autres.

— C'est vrai, dit Ju-Long. On a tiré de ce krach un bénéfice de 4,1 milliards de dollars.

— Et le plus beau, ajouta van der Zyl, c'est que ça ne représente que 0,4 % de la volatilité totale du marché. Personne ne va le remarquer, à part nous.

— Nom de Dieu… (Quarry fit mentalement un calcul rapide de la part nette qui lui revenait.) Ça signifie que le VIXAL a réussi à réaliser toutes ses opérations avant qu'Alex le détruise.

Il y eut un silence, puis Ju-Long annonça à voix basse :

— Il ne l'a pas détruit, Hugo. Le VIXAL est toujours opérationnel.

— Quoi ?

— Le VIXAL trade toujours.

— Mais c'est impossible. J'ai vu tout le matériel complètement calciné.

— Alors il doit y avoir un autre centre dont nous n'avons pas connaissance. On dirait qu'il s'est passé un truc vraiment miraculeux. Vous avez vu l'Intranet ? Le slogan de la compagnie a changé.

Quarry dévisagea les analystes quantitatifs. Il les trouva à la fois inexpressifs et radieux, semblables aux adeptes d'un culte. C'était un peu effrayant. Plusieurs d'entre eux lui firent des signes de tête encourageants. Il se baissa pour examiner le fond d'écran.

L'indice de la peur

L'ENTREPRISE DE L'AVENIR N'A PAS D'EMPLOYÉS
L'ENTREPRISE DE L'AVENIR N'A PAS DE DIRECTEURS
L'ENTREPRISE DE L'AVENIR EST UNE ENTITÉ NUMÉRIQUE
L'ENTREPRISE DE L'AVENIR EST VIVANTE

* * *

Dans son bureau, Quarry écrivait un mail aux investisseurs.

À : Étienne et Clarisse Mussard, Elmira Gulzhan et François de Gombart-Tonnelle, Ezra Klein, Bill Easterbrook, Amschel Herxheimer, Iain Mould, Mieczyslaw Łukasiński, Liwei Xu, Qi Zhang
De : Hugo Quarry
Objet : Alex

Mes chers amis, lorsque vous lirez ceci, vous aurez probablement déjà appris les événements tragiques dont a été victime Alex Hoffmann hier. Je vous appellerai tous individuellement plus tard dans la journée pour discuter de la situation. Pour l'instant, je voulais juste que vous sachiez qu'Alex reçoit les meilleurs soins médicaux et que nos prières les accompagnent, lui et Gabrielle, en ce moment difficile. Il est bien entendu trop tôt pour discuter de l'avenir de la société qu'il a fondée, mais je tenais à vous rassurer : il a laissé derrière lui des systèmes opérationnels, ce qui signifie que vos investissements vont non seulement continuer à prospérer, mais vont, j'en suis certain, gagner en force et en puissance. Je vous expliquerai tout cela de vive voix.

Les quants avaient voté dans la salle des marchés et étaient tombés d'accord pour ne rien divulguer de ce qui s'était passé. Chacun recevrait en échange un bonus immédiat de cinq millions de dollars cash. Il y aurait d'autres versements à l'avenir, sur une échelle restant à déterminer en fonction des performances du VIXAL. Personne n'avait voté contre – Quarry supposa par ailleurs qu'ils avaient tous vu ce qui était arrivé à Rajamani.
On frappa à la porte. Quarry cria :
— Entrez !
C'était Genoud.

L'indice de la peur

— Bonjour, Maurice. Qu'est-ce que vous voulez ?
— Je viens retirer ces caméras, si vous êtes d'accord.

Quarry considéra le VIXAL. Il se le représentait comme une sorte de nuage céleste numérique rougeoyant qui se précipitait parfois sur la Terre. Il pouvait se trouver n'importe où – dans une zone industrielle défoncée et écrasée de chaleur, empestant le kérosène et résonnant du chant des cigales près d'un aéroport international en Asie du Sud-Est ou en Amérique latine ; ou dans le parc frais et verdoyant d'un quartier d'affaires arrosé par une douce pluie transparente, en Nouvelle-Angleterre ou en Rhénanie ; ou encore occupant un étage aveugle et rarement visité d'un immeuble de bureaux flambant neuf de la City de Londres ou de Mumbai ou de São Paulo ; ou même niché, invisible, dans des centaines de milliers d'ordinateurs individuels. Quarry se dit qu'il était partout autour de nous, dans l'air même que nous respirions. Il leva les yeux vers les caméras dissimulées et hocha imperceptiblement la tête en signe de soumission.

— Laissez-les, dit-il.

* * *

Gabrielle était de retour là où sa journée avait commencé, à l'Hôpital universitaire. Seulement, cette fois, elle se tenait assise au chevet de son mari. On l'avait installé dans une chambre individuelle, tout au bout d'un service sombre du troisième étage. Il y avait des barreaux aux fenêtres et des gendarmes à l'extérieur, un homme et une femme. Il était difficile de voir Alex sous tous les pansements et les tubes. Il n'avait pas repris conscience depuis qu'il avait heurté le sol. Les médecins disaient qu'il souffrait de fractures multiples et de brûlures au second degré. Il venait de quitter la chirurgie du service des urgences et on l'avait relié à une perfusion et un moniteur ; il était intubé. Le chirurgien s'était refusé à tout pronostic ; il disait simplement que les vingt-quatre heures suivantes seraient cruciales. Quatre rangées de lignes lumineuses vert émeraude traversaient l'écran à un rythme hypnotique, formant des sommets et des creux émoussés. Cela rappela à Gabrielle leur lune de miel, quand ils regardaient les vagues du Pacifique se former au large et déferler jusqu'au rivage.

Alex cria dans son sommeil artificiel. Il paraissait terriblement perturbé par quelque chose. Elle toucha sa main bandée et se demanda ce qui pouvait traverser cet esprit si brillant.

— Tout va bien, mon chéri. Ça va aller, maintenant.

Elle posa la tête sur l'oreiller, à côté de celle de son mari. Elle se sentait étrangement satisfaite, malgré tout, de l'avoir enfin auprès d'elle. Derrière les barreaux de la fenêtre, la cloche d'une église sonna minuit. Tout doucement, Gabrielle entonna une berceuse.

Remerciements

Je souhaite remercier tous ceux qui, en m'offrant leur expertise, ont rendu ce livre possible : d'abord et avant tout Neville Quie, de Citi, qui m'a ouvert de nombreuses portes et perspectives et qui, avec Cameron Small, m'a patiemment accompagné à travers le labyrinthe de ventes à découvert et options hors du cours ; Charles Scott, un ancien de chez Morgan Stanley, qui a discuté avec moi de l'idée de départ, lu le manuscrit, et m'a présenté Andre Stern de chez Oxford Asset Management, Eli Lederman, ancien patron de Turquoise, et David Keetly et John Mansell de Polar Capital Alva Fund, qui m'ont tous apporté leurs lumières ; Leda Braga, Mike Platt, Pawel Lewicki et l'équipe algorithmique de BlueCrest pour leur accueil et pour m'avoir permis de les regarder à l'œuvre pendant toute une journée ; Christian Holzer pour ses conseils sur le VIX ; Lucie Chaumeton pour sa vérification des faits ; Philippe Jabre de Jabre Capital Partners SA pour avoir partagé avec moi sa connaissance des marchés financiers ; le docteur Ian Bird, à la tête du Projet Large Hadron Collider Computing Grid, pour les deux visites guidées et riches d'enseignement au CERN dans les années quatre-vingt-dix ; Ariane Koek, James Gillies, Christine Sutton et Barbara Warmbein du bureau des relations publiques du CERN ; le docteur Bryan Lynn, physicien universitaire ayant travaillé à la fois pour Merrill Lynch et le CERN et qui a bien voulu me décrire son expérience du passage entre ces deux mondes ; Jean-Philippe Brandt de la

L'indice de la peur

police de Genève pour m'avoir fait visiter la ville et avoir répondu à mes questions sur les procédures policières ; le docteur Stephen Golding, consultant radiologue à l'hôpital John Radcliffe d'Oxford pour ses conseils sur les scanners cérébraux et son entremise auprès des professeurs Christoph Becker et du docteur Minerva Becker qui à leur tour m'ont également permis de visiter le département radiologique de l'hôpital universitaire de Genève. Aucun d'entre eux, bien entendu, n'est responsable des erreurs, opinions fautives et délires gothiques qui pourraient se trouver dans ce roman.

Enfin, un mot en particulier pour remercier Angela Palmer, qui m'a, d'elle-même, autorisé à emprunter le concept de ses œuvres époustouflantes pour les prêter à Gabrielle Hoffmann (les originaux peuvent être vus sur angelaspalmer.com), et aussi à Paul Greengrass, pour ses conseils judicieux, son amitié et tous les pleins de liquidités que nous avons pu partager en route.

Robert Harris
11 juillet 2011

*Cet ouvrage a été composé et imprimé par
CPI Firmin Didot à Mesnil-sur-l'Estrée
pour le compte des Éditions Plon
76, rue Bonaparte
Paris 6ᵉ
en janvier 2012*

Imprimé en France
Dépôt légal : février 2012
N° d'édition : 14806 – N° d'impression : 108830